KNAUR

Über die Autorin:
Agnes Lovise Matre wuchs in einem kleinen Dorf in Hardanger in Norwegen auf und lebt heute in Haugesund, einer Stadt an der norwegischen Westküste. Sie ist Lehrerin und Autorin. Ihre Romane handeln von den Abgründen, die im augenscheinlich so friedlichen Norwegen lauern. »Das Schweigen des Fjords« war der erste Roman von ihr, der auf Deutsch erschien, und der Auftakt der Reihe um Kommissar Bengt Alvsaker und sein Team.

AGNES LOVISE MATRE

DAS GRAB AM FJORD

KRIMINALROMAN

Aus dem Norwegischen von
Maike Dörries und Günther Frauenlob

KNAUR

Die norwegische Originalausgabe erschien 2021
unter dem Titel »Uvigslet jord« bei Gyldendal Norsk Forlag, Oslo.

NORLA
Norwegian
Literature Abroad

This translation has been published
with the financial support of NORLA.

Besuchen Sie uns im Internet:
www.knaur.de

Aus Verantwortung für die Umwelt hat sich die Verlagsgruppe
Droemer Knaur zu einer nachhaltigen Buchproduktion verpflichtet.
Der bewusste Umgang mit unseren Ressourcen, der Schutz unseres
Klimas und der Natur gehören zu unseren obersten Unternehmenszielen.
Gemeinsam mit unseren Partnern und Lieferanten setzen wir uns
für eine klimaneutrale Buchproduktion ein, die den Erwerb von
Klimazertifikaten zur Kompensation des CO_2-Ausstoßes einschließt.
Weitere Informationen finden Sie unter: www.klimaneutralerverlag.de

FSC
www.fsc.org
MIX
Papier aus verantwortungsvollen Quellen
FSC® C014496

Deutsche Erstausgabe September 2022
Knaur Taschenbuch

Redaktion: Marie-Sophie Kasten
Covergestaltung: buxdesign, München
Coverabbildung: Collage von buxdesign I Lisa Höfner
unter Verwendung von Motiven von Shutterstock.com
und mauritius images / Ingram Premium Collection
Satz: Adobe InDesign im Verlag
Druck und Bindung: GGP Media GmbH, Pößneck
ISBN 978-3-426-52867-9

2 4 5 3 1

Für Bjørn André Widvey
Ohne deine Großzügigkeit – kein Buch

ØYSTESE

DIENSTAG, 1. MAI 2018

Marte Samland wischte sich den Schweiß von der Stirn und betrachtete den verwilderten Hang, den der Makler als Garten bezeichnet hatte. Das Haus selbst sah zwischen den frisch gestrichenen Fassaden des Viertels oberhalb des Zentrums von Øystese wie ein rostroter, auf Grund gelaufener Kutter aus. Der gemauerte Sockel war von unbestimmtem Graugelb mit braunen Rändern.

Nachdem sie am Tag zuvor alle Büsche und Bäume mit der Motorsäge gefällt hatte, wirkte der Hang wie ein Kahlschlag. Die Wurzelstöcke hatte sie auszugraben und mit der Axt zu zerschlagen versucht, aber viele steckten zu tief in der Erde.

Mit voller Kraft stieß sie den Spaten in den Boden und riss Giersch, Quecken und Gras heraus. Die Erde schüttelte sie ab, und das Grünzeug landete in der Plastikwanne neben ihr. Systematisch schnitt sie sich durch ein Netzwerk von Zweigen und Wurzeln, las Steine auf und fegte Regenwürmer und Tausendfüßler weg. Sie seufzte zufrieden, denn aus der Schule wusste sie noch, dass viele Organismen im Boden gute Erde bedeuteten.

»So, so, Sie sind also eine von denen, die am 1. Mai im Garten arbeiten?«

Marte schnippte eine grüngelbe Spinne weg, die in aller Eile Reißaus nahm, und drehte sich um. Ein Mann stocherte mit einem Stock in ihrer Schubkarre herum, die dicht an der Mauer stand, damit sie ihre Wanne einfach ausleeren konnte.

»Es tut mir leid, wenn ich Ihren Feiertag störe«, antwortete sie brüsk und drehte dem Mann demonstrativ den Rücken zu.

Die gewünschte Wirkung blieb nicht aus. Ohne ein Wort verschwand er über den Bürgersteig, die kleine norwegische Fahne, die er in er linken Hand hielt, hing schlaff nach unten. Schwitzend arbeitete sie weiter. Hackte auf das Gras ein und warf fluchend Steine zur Seite, legte dabei aber immer mehr dunklen Boden frei.

Marte streckte sich, massierte sich das Kreuz und sah zu den schneebedeckten Bergspitzen hinüber, die sich im grünen Wasser des Fjords spiegelten. Allein die Aussicht war eine Million Kronen wert. Der Kirschbaum, der etwas entfernt im Garten blühte, würde in diesem Jahr keine Früchte tragen. Die ersten frisch ausgeschlagenen grünen Blätter waren an den Rändern bereits braun verfärbt.

Auf schmerzenden Beinen und mit krummem Rücken leerte sie die Schubkarre am Komposthaufen. Ein braungelber Lehmklumpen brach auseinander und offenbarte eine Ansammlung verpuppter Fliegenmaden.

Am Fuß des Hangs ging sie noch einmal auf einen Baumstumpf los, aber die Wurzeln saßen fest. Sie nutzte den Spaten. Grub tiefer, um eine bessere Hebelwirkung zu haben, drückte den Stumpf nach und nach immer höher, bis sich die Wurzeln plötzlich mit einem Ächzen lösten, Marte nach hinten kippte und der Stumpf gegen ihre Kniescheibe schlug.

»Verdammt!«, brüllte sie, fasste sich ans Knie und drehte sich in den Vierfüßlerstand. Ein stechender Schmerz ließ sie ihre Hand sofort wieder zurückziehen. Blut sickerte aus der Handfläche, und Tränen schossen ihr in die Augen. Vorsichtig suchte sie mit der anderen Hand den Boden nach Glasscherben ab. Wo der Stumpf gestanden hatte, ragte etwas

Weißes aus der Erde. Sie grub mit der Hand weiter, bis sie es zu fassen bekam und schließlich einen Schädel zwischen den Fingern hielt, der von einer Katze stammen konnte.

Marte dachte unwillkürlich an das rosa Schlafzimmer im Untergeschoss, in dem vermutlich einmal ein kleines Mädchen gewohnt hatte, dessen Kätzchen vielleicht gestorben war. Marte hatte wohl das Grab zerstört.

Erst jetzt bemerkte sie das Stück Stoff, das sich mit dem Schädel aus der Erde gelöst hatte. Sie zog daran, aber es war nass und schwer vom Lehm und schien sich noch dazu um eine der Wurzeln gewickelt zu haben. Marte fluchte. In der lehmigen Erde würde nichts wachsen. Sie beugte sich tiefer hinunter und zog an einer vermeintlichen Wurzel, bis sie mit einem Mal alles fallen ließ, in drei langen Sätzen am Haus war und auf die Bank neben der Tür sackte. Sie rang nach Atem und versuchte zu verstehen, was sie soeben gesehen hatte.

ØYSTESE, VAVOLLEN

DIENSTAG, 1. MAI 2018

Kommissar Bengt Alvsaker schüttelte resigniert den Kopf über seinen Kollegen Lars Staupe, der zum x-ten Mal in den Spiegel der Sonnenblende schaute. Sie trugen beide ihre Festtagsuniform und sollten den Erster-Mai-Umzug in Ålvik, einem kleinen Industriestädtchen am Hardangerfjord, begleiten.

Kurz vor dem Tunnel nach Øystese wurden sie von der Einsatzzentrale des Polizeidistrikts Vest angefunkt und gebeten, die Angaben einer Frau zu überprüfen, die behauptete, im Garten ihres Hauses die Reste eines Menschen gefunden zu haben.

Bengt parkte am Straßenrand und ließ seinen Blick über einen halb umgegrabenen Hang zu seiner Linken schweifen. Eigentlich war es wenig wahrscheinlich, dass dort irgendwelche menschlichen Überreste lagen, aber trotzdem mussten sie dem Anruf nachgehen. Er nahm sein iPad, das auf der Rückbank lag, und ging gemeinsam mit Lars den steilen, ungepflegten Kiesweg hinauf. Am Morgen hatte es noch leicht geregnet, aber im Gegensatz zu Norheimsund hatte der Wind in Øystese aus Nordwest aufgefrischt und die dichte Wolkendecke aufgelockert. Der blaue Himmel, der an einzelnen Stellen zum Vorschein kam, ließ auf besseres Wetter hoffen.

»Mann, was für eine Bruchbude«, sagte Lars leise. »Bin ich froh, dass meine Eltern für mich bürgen. Sonst müsste ich vielleicht auch so wohnen!«

»Ja, du hast es natürlich schön«, antwortete Bengt und stieß Lars freundschaftlich in die Seite. »Wenn du mich fragst, würde es dir gar nicht schaden, mal eine Weile an einem solchen Ort zu wohnen.« Bengt hatte schon viel zu oft von der fantastischen Wohnung gehört, die sein Kollege sich an der Hardanger Brygge in Norheimsund gekauft hatte.

Marte Samland saß auf der Bank neben der Haustür. Sie sah aus, als könne sie jeden Augenblick umkippen. Eine Sommerblume in einem abgestorbenen Moor, dachte Bengt und nahm das Grundstück in Augenschein.

»Frieren Sie nicht?«, fragte Lars und legte ihr eine Hand auf die Schulter. Sie zitterte, starrte aber weiterhin nur auf den Hang.

»Sitzen Sie schon die ganze Zeit hier? Sie hätten doch drinnen warten können.« Bengt setzte sich neben sie. Die Frau trug nur eine Jogginghose und ein geblümtes T-Shirt. Die Haut ihres Oberarms sah aus wie bei einem gerupften Huhn. Die Finger waren schwarz von Erde, und um eine Hand hatte sie sich einen weißen Lappen gewickelt. »Haben Sie sich verletzt?«

»Nur ein Kratzer, nicht der Rede wert. Ich hätte das Grundstück niemals kaufen sollen. Eine Leiche hat mir gerade noch gefehlt. Aber wer rechnet denn mit so was?« Sie versuchte sich an einem Lächeln, das aber nur zu einer Grimasse wurde.

»Jetzt lassen Sie uns erst einmal nachsehen«, sagte Lars in beruhigendem Ton. Dann machte er einen Schritt in Richtung Schubkarre, die etwas oberhalb am Hang stand.

Bengt bat Marte zu warten und folgte Lars. Vavollen war ein Viertel mit gepflegten Einfamilienhäusern, aber das hier …

»Ich habe ihn da drüben gefunden«, rief Marte und streckte den Arm aus.

Bengt zog eine Augenbraue hoch.

»Ihn?«

»Ja, ihn, den Menschen, oder was das ist. Keine Ahnung.« Sie schlug die Arme um sich. »Sie sehen ja, wo ich gegraben habe. Der Stoff an der Wurzel. Sieht aus wie Jeans.«

»Manche Leute begraben ihre Haustiere im Garten«, sagte Lars, wobei Bengt auffiel, dass seine Stimme ziemlich angespannt klang.

»Herrgott! Ich bin auf einem Hof aufgewachsen«, fuhr sie die beiden an. »Schauen Sie doch selbst. Das ist kein Tier!«

Es riefen nicht selten Leute bei er Polizei an, die an den unmöglichsten Stellen Leichenteile gefunden zu haben glaubten. Einmal hatten sie sogar ein Päckchen mit Knochenresten zur Untersuchung zugeschickt bekommen, die sich dann später als die sterblichen Überreste einer Kuh herausgestellt hatten.

Am Fuß des Hangs stand eine alte, windschiefe Birke. An einem kräftigen, direkt aus dem Stamm abzweigenden Ast hing eine Holzschaukel an einem Sisalseil. Lars stieß die Schaukel an und fing sie im Rückwärtsschwung wieder ein. Bengt sah, dass auf der Unterseite etwas mit einem Brennstab ins Holz graviert war.

»Sieh mal!« Er drehte das Brett um, roch förmlich noch das verbrannte Holz und fühlte sich schlagartig in die Grundschule in Øystese zurückversetzt. Das Kind, das diese Schaukel graviert hatte, hatte offensichtlich noch nicht richtig schreiben können. »Du bist lip«, las er laut.

»An dem Stumpf da vorne«, wiederholte Marte ungeduldig. Bengt ließ sich nicht hetzen und stieg langsam über die Erdhaufen, wobei er darauf achtete, in Martes Fußspuren zu treten. Als er zu der Stelle schaute, die sie angegeben hatte, überkam ihn ein ungutes Gefühl, das gleich darauf bestätigt wurde. Verdammt! Nicht jetzt!, dachte er und sah schon, wie sich die bevorstehende Konfirmation seines Sohnes Thomas in Rauch auflöste.

Bengt berührte nichts und gab keinen Kommentar ab, er nickte Lars nur kurz und mit ernster Miene zu, ehe er zurück auf die Wiese ging, wo er Lars bat, das Absperrband aus dem Auto zu holen. Anschließend fischte er das Handy aus der Innentasche seiner Jacke, rief die Kriminaltechnik in Bergen an und bat um Unterstützung. Er legte Marte Samland eine Hand auf die Schulter.

»Es war richtig, uns anzurufen«, sagte er. »Das sind möglicherweise die Überreste eines Menschen, die da aber schon länger liegen können. Sie wissen ja sicher, dass die Geschichte dieses Ortes weit in die Vergangenheit zurückreicht«, fügte er hinzu, als er das Zittern unter seinen Fingern spürte. »Alte Siedlungsplätze, Wikingergräber ... ich kann mir kaum vorstellen, dass jemand ...« Er hielt inne, als er einsah, dass er ihr ebenso gut erzählen könnte, jemand hätte eine Kiste Gold in ihrem Garten vergraben. Wikinger trugen keine Jeansjacken. »Ist es für Sie in Ordnung, wenn wir uns auf dem Grundstück etwas umsehen?«

Marte nickte tapfer. Sie sah zu Lars, der mit dem Absperrband und einer Wolldecke unter dem Arm vom Auto zurückkam.

»Kann ich hier sitzen bleiben und warten?«

»Natürlich.« Lars legte ihr die Decke um die Schultern.

Die Veranda auf der linken Seite des Hauses war aus solidem, unverputztem Beton gegossen und hatte noch kein Geländer. In einer Ecke standen die vermoosten Reste eines alten Gartenkamins. Fünf bis sechs Meter von der Terrasse entfernt trennte ein Zaun das Grundstück von dem angrenzenden Bauernhof, wo ein paar Kühe grasten. Weiter oben am Hang sah Bengt Schafe. Ein paar neugeborene Lämmer drängten sich an ihre Mütter und tranken Milch. Unter dem Küchenfenster war eine Hundehütte an die Wand gebaut.

Bengt rupfte ein vergilbtes Grasbüschel aus, das am Zaun lag, und wischte sich damit den Lehm von den Schuhen, ehe er zum Telefon griff und zwei andere Beamte zum Erster-Mai-Umzug abkommandierte. Er sah sich um.

»Sieht aus, als hätte das ganze Grundstück Krebs«, murmelte er.

Lars ging zu einem Komposthaufen, der aus alten Gatterzäunen zusammengezimmert worden war, und stocherte mit dem Zeigefinger in den Larvenpuppen herum.

»Vielleicht solltest du dir Handschuhe anziehen?« Bengt schnitt eine Grimasse, als er die Puppen bemerkte.

»Die sind frisch.« Lars nahm eine Handvoll Erde und Larven und sah sie sich genauer an. Bengt trat einen Schritt zurück, als Lars grinsend eine Larve zwischen Daumen und Zeigefinger nahm. »Weißt du, dass Napoleon auf seine Feldzüge immer Fliegenmaden mitgenommen hat? Damit hat er die Wunden gereinigt, Maden fressen nämlich tote Haut. Es ist extrem wichtig, abgestorbene Zellen zu entfernen, wenn die Wunden schnell heilen sollen. Denk dran, Bengt, wenn du dich das nächste Mal verletzt. Es ist gut, immer eine Fliegenmade in der Tasche zu haben.«

»Na, herzlichen Dank«, sagte Bengt und sah Marte zu ihnen kommen. Er musste sie irgendwie auf Abstand halten. »Bitte berühren Sie den Kompost nicht«, sagte er mit ungewollt scharfer Stimme, legte Marte dann aber beschwichtigend die Hand auf den Rücken und führte sie zurück zum Haus.

»Sie sollten auch nicht im Garten herumlaufen, bis wir hier alles untersucht haben. Haben Sie Familie, bei der Sie vorübergehend wohnen können?«

»Ich kann bei meinem Vater übernachten. Es wird ohnehin noch eine ganze Weile dauern, bis man hier wohnen kann. Was glauben Sie, wer das ist?«

Bengt antwortete nicht.

»Haben Sie einen Schlüssel für das Haus, den Sie uns dalassen können?«

Marte sah schaudernd zur Haustür, als hätte sie einen Geist gesehen. Dann nickte sie.

Bengt rief Lerke Ribenholt an. Seine Lebensgefährtin war Kriminaltechnikerin im Polizeibezirk Vest, sodass er direkt zur Sache kam.

»Ich habe schon gehört, dass ihr eine Leiche in einem Garten gefunden habt. Spannend«, fügte sie trocken hinzu. »Ich komme nach Hause, sobald ich hier fertig bin. Kannst du was zu essen besorgen?«, fragte sie im selben Atemzug. »Ich habe es gestern nicht mehr geschafft, einzukaufen. Das Wetter ist gut ... und Thomas nörgelt schon seit Tagen, dass wir mal grillen sollen. Kümmerst du dich darum? Bei mir könnte es wieder später werden.«

Bengt ging einen Schritt von den anderen weg und drehte sich um.

»Wenn ich ehrlich sein soll ... ist mir im Moment wirklich nicht nach Grillen zumute.«

»Außerdem ... wir müssen dringend den Dachboden aufräumen«, fuhr sie fort. »Die Kartons da oben sollten noch vor der Konfirmation geleert werden.«

Er ließ sie weiterreden. Er wusste nur zu gut, wie nüchtern und pragmatisch sie sein konnte. Das sachliche Gerede über Grillen und Aufräumen war aber nur ein Schutzmechanismus. Sie war in Alarmbereitschaft. Trotzdem fragte er sich, warum sie ausgerechnet jetzt den Dachboden aufräumen wollte. Sie feierten die Konfirmation schließlich nicht dort oben. Er ging nicht weiter darauf ein. Wenn Lerke zu einem Tatort musste, zog sie sich entweder in sich selbst zurück und antwortete nur noch einsilbig und kurz. Oder sie redete – wie jetzt – wie ein Wasserfall über vollkommen unwesentliche Dinge. Nur nicht über das, was sie tatsächlich beschäftigte. Sie bereitete sich immer auf den Worst Case vor und konzentrierte sich darauf, nichts zu vergessen. Ihr Job war manchmal aber auch wirklich widerwärtig, dachte Bengt.

»Ich lasse Lars als Wache hier. Vorläufig haben wir nur eine Hand, der allem Anschein nach ein paar Finger fehlen, etwas, das wie eine Jeansjacke aussieht, und noch ein paar Knochenreste. Schwer zu sagen, was genau.«

»Okay! Kind oder Erwachsener?«

Bengt erstarrte. Darüber hatte er sich noch keine Gedanken gemacht.

»Ich weiß es nicht? Wir haben nicht viel …«

»Ich nehme Palle Rolfsen und den Arbeitstisch mit, dann können wir die Knochen sortieren.« Bengt stutzte bei dem Namen des Pathologen, der am Gades-Institut in Bergen arbeitete.

»Er kann mir als Paläontologe helfen, Tier- und Menschenknochen voneinander zu unterscheiden.«

»Ich weiß, was ein Paläontologe ist«, antwortete Bengt, etwas verärgert über die Belehrung. »Außerdem kannst du mitbringen, wen immer du willst.«

»Okay! Wir finden noch mehr.«

»Sicher?« Bengt hörte sofort, wie dumm das klang, und ärgerte sich darüber, dass er ihr auf diese Weise das letzte Wort ließ.

»Tja, kommt ziemlich selten vor, dass jemand im Vorbeifahren einen einzelnen Arm wegwirft.«

ØYSTESE

1983

Als die Tür der Schultoilette hinter ihm ins Schloss fiel, bekam Morten zuerst Angst. Dann wurde ihm erst heiß, dann kalt. Er hatte Frode nicht kommen hören. Dieser lehnte mit dem Rücken an der Tür und sagte nichts, bevor er mit zwei schnellen Schritten bei ihm war. Weiche Hände strichen über Mortens Körper, Lippen fanden seinen Mund und zitterten in einer Mischung aus Angst und Lust. Als Frodes Hand sich unter seinen Hosenbund schob, rauschte ein Strom von irgendetwas Neuem, Unbekanntem durch seine Adern.

In der letzten Zeit hatten sich ihre Blicke immer wieder gesucht. Hände, die sich wie zufällig streiften, eine Schulter an der anderen. Morten empfand es so, als hätte er eine gespannte Bogensehne im Bauch, sobald Frode in seiner Nähe war. Die Gedanken an ihn überlagerten alles. Er wagte aber nicht zu glauben, dass es Frode ähnlich ging, traute sich nicht, den ersten Schritt zu machen und die erlösenden Worte zu sagen. Der Absturz wäre zu brutal, die Konsequenzen so groß, dass er nicht damit leben könnte. Er würde zum Gespött der Leute werden, sein Vater würde sich mit Sicherheit von ihm abwenden … Er würde ausgestoßen werden … wie Rapungen … der Schwule, der sich nie zu outen getraut hatte, von dem aber alle wussten, dass er vom anderen Ufer war.

Aber jetzt. Morten erwiderte zögernd die Liebkosungen. Er hatte noch immer Angst, abgewiesen zu werden, und fürchtete, Frode könne ihn plötzlich von sich stoßen und ihn auslachen. Dass das Ganze eine Verschwörung sei und die anderen plötzlich zu ihnen in die Toilette gestürzt kämen. Aber nichts dergleichen geschah.

Morten war außer Atem und glücklich, als Frode ihn von hinten umarmte und ihm den Kopf auf die Schulter legte … als wollte er mit dieser Geste sagen, dass er es ernst meinte und es von nun an nur sie beide geben würde. Er erschrak beinahe zu Tode, als Jørn an der Tür rüttelte und rief, dass er aufs Klo müsse, dann aber in Richtung der anderen Toilette weiterging. Frode wich lächelnd zurück. Zu Mortens Erleichterung wartete er etwas, ehe er durch die Tür schlüpfte und verschwand. Er war innerlich aufgewühlt, wusste, dass es jetzt besiegelt war. Was sie getan hatten, war nicht mehr rückgängig zu machen.

Vor dem Klassenzimmer blieb er eine Weile stehen und versuchte, sich zu beruhigen. Frode war eine tickende Zeitbombe, er konnte jederzeit alles Mögliche von sich geben, zu wem auch immer. Vorsichtig öffnete er die Tür. Gelächter schallte ihm entgegen. Die Schüler lagen grölend auf ihren Pulten oder wippten feixend auf ihren Stühlen herum und redeten wild durcheinander. Mit einer Sekunde Verzögerung erkannte er, dass die Welt noch immer rund war. Der Mittelpunkt des Universums saß allein am Fenster.

Morten sah schnell weg, als Frode den Kopf hob und ihn ansah.

POLIZEIWACHE KVAM

MITTWOCH, 2. MAI 2018

Bengt stellte das Rennrad vor der Umkleidekabine ab und zog die verschwitzten Trainingsklamotten aus, die ihm nach der Tour nach Kvamskogen und zurück am Körper klebten. Ein Schmerz schoss zwischen seine Schulterblätter, der ihn für den Rest des Tages quälen würde. Mit einem genervten Seufzer schob er Lars' Rollski beiseite, die der mal wieder direkt vor Bengts Spind abgestellt hatte, und legte seine Trainingssachen ordentlich zusammen, bevor er unter die Dusche ging. Als er nach fünf herrlichen Minuten das Wasser ausstellte, hörte er die Tür gehen.

»Hallo? Ich bin's.«

Lars' muntere Stimme deutete darauf hin, dass er einen guten Start in den Tag gehabt hatte.

Bengt zog den Duschvorhang zur Seite und nickte dem Kollegen zu, der sich auf die Garderobenbank fallen ließ, bevor er die Trainingshose auszog und auf den Boden warf. Danach zog er sich das Shirt über den Kopf und schmiss es dazu. Scharfer Schweißgeruch mischte sich mit Seifenduft.

Bengt zog seine Uniformhose an und betrachtete sich selbst im Spiegel, während er den Gürtel zuschnallte. Es war schon eine Weile her, dass er sein Triathlontraining an den Nagel gehängt hatte, und er musste feststellen, dass er körperlich abbaute. Die Narbe zwischen den Schulterblättern war als weißer Strich zu erkennen, als er mit dem Rücken zum Spiegel stand und den Kopf drehte. Unweigerlich erinnerte er sich an das Messer, das seine Wirbelsäule nur um wenige Zentimeter verfehlt hatte.

Nach längerer Krankschreibung und Lerkes guter Pflege hatte er sich langsam wieder an den Arbeitsalltag gewöhnt. Genau wie sie. Anfangs hauptsächlich mit Bürokram und Ordnungswidrigkeiten. Es hatte mehr als genug zu tun gegeben. Stein- und Erdrutsche waren im Fjordland ein ebenso sicheres Anzeichen für den Herbst wie das Fallen der Blätter, weshalb in dieser Jahreszeit immer mit dem einen oder anderen Verkehrsunfall zu rechnen war. Die Straßen erinnerten mitunter ja auch eher an mittelprächtige Fahrradwege. Häusliche Gewalt, kleine Betrügereien, Jugendliche, die beim Ladendiebstahl erwischt wurden, und Alkohol am Steuer waren Alltagskost in der norwegischen Provinz. Das, womit sie es jetzt zu tun hatten, war etwas für größere Städte mit besseren Ressourcen und mehr Personal. Bei ihnen war die Reform der Polizei irgendwie nicht angekommen.

»Bis gleich«, sagte er zu Lars und verließ die Umkleide.

Exakt eine Viertelstunde später betrat er den Sitzungsraum und atmete tief ein. Kommissarin Susanne Hauso murmelte ein leises »Guten Morgen«, als er den Papierstapel vor dem Smartboard auf den Tisch legte. Susanne hatte vor ein paar Monaten die Möbel umgestellt, weil der alte Konferenzraum ihrer Meinung nach als Koordinationsraum nicht mehr gut genug war. Der viel genutzte, ovale Konferenztisch war zum Secondhandladen gebracht und durch kleine Arbeitsstationen ersetzt worden. Bengt schickte ihr einen dankbaren Gedanken, als er sich auf einen der modischen Bürostühle sinken ließ. Lars saß bereits auf der Kante seines Stuhls, als könne er es gar nicht erwarten, anzufangen. Auf dem Tisch neben ihm lagen sein iPad und der Bericht.

»Ester meint, dass der Mieter in dem Haus in Vavollen, das Marte gekauft hat, ein ziemlich schrulliger Kauz war.« Lars nahm sich einen Proteinriegel, biss hinein und spülte das Ganze mit einem Energydrink hinunter. »Er hatte den Spitznamen Kleppemann, weil er bei Kleppe-Möbel gearbeitet hat.«

Bengt hob eine Hand, um den Redeschwall seines Kollegen zu bremsen.

»Das steht alles in dem Bericht, den ich geschrieben habe.« Er wartete, bis er Lars' volle Aufmerksamkeit hatte, ehe er aufstand. »Lassen wir Esters Theorien vorerst noch beiseite und konzentrieren uns auf die Fakten.«

Ester war die Sekretärin am Empfang, und auch wenn kein Zweifel daran bestand, dass sie den vollen Überblick über alles hatte, was sich im Ort tat, war sie nicht ihre erste Informationsquelle.

Bengt schaute nach Unterstützung suchend zu Susanne, aber die war ganz in ihren Unterlagen versunken und sah nicht auf. Das blonde, kurz geschnittene Haar, das sie, wie sie behauptete, von Marie Fredriksson von Roxette geerbt hatte, sah aus, als wäre sie gerade erst aufgestanden. Er verkniff sich einen Kommentar, das würde er später ansprechen. Jetzt brauchte er ein waches Team. Er wartete ungeduldig, während Lars seine Notizen durchsah.

»Der Kleppemann«, fuhr er fort, »ist denen, die hier aufgewachsen sind, ein Begriff. Ich habe mit seinem Arbeitgeber gesprochen. Der beschreibt ihn als einsamen Wolf, aber zähen Kämpfer.« Bengt lächelte schief. »Ich fand ihn als Junge ziemlich gespenstisch. Er hat immer nur auf den Boden gestarrt, einen nie angesehen, krummer Rücken und lange, dünne Beine, mit denen er ganz kurze Schritte gemacht hat.

Wir Kinder fanden ihn echt unheimlich, aber der hätte keinen Menschen umgebracht und die Leiche im Garten vergraben. Außerdem läuft die Straße direkt an seinem Grundstück vorbei, es sind andere Häuser in der Nähe, und da spaziert immer jemand vorbei.«

»Wo ist der Kleppemann heute?« Lars lehnte sich auf dem Bürostuhl zurück.

Bengt sah Lars streng an.

»Hättest du deine Hausaufgaben gemacht, wüsstest du das. Der Bericht vor dir ist nicht dazu da, ihn nur mit sich herumzutragen, der soll gelesen werden.«

Er sah den Papierstapel vielsagend an, ehe er seine Aufmerksamkeit wieder auf Susanne richtete.

Sie rieb sich die Augen und hob den Kopf.

»Er ist tot«, sagte sie trocken.

Der gelbe Bleistift, auf dem sie herumkaute, war schon halb abgenagt. Im nächsten Augenblick richtete sie ihn auf Bengt, ehe sie ihn hinters Ohr schob.

»Unser guter Lars ist tagsüber mit dem Kopf woanders. Reden wir tatsächlich von Mord?«, sprach sie weiter, ohne Notiz davon zu nehmen, dass Lars errötete.

»Erst mal nur von einem verdächtigen Todesfall.« Bengt strich sich mit den Fingern durchs Haar. »Damit fangen wir an. Wollen wir dann loslegen?«

Lars richtete sich auf seinem Stuhl auf.

»Marte Samland meint, dass Kinder in dem Haus gelebt haben. Hatte der Kleppemann Kinder?«

»Nein, aber Familie Tornes, die damals das Haus gebaut hat.« Bengt klopfte auf den Blätterstapel vor sich. »Laut Einwohnermeldeamt heißt das Mädchen Elise Tornes. Sie ist inzwischen erwachsen. Die Eltern sind weggezogen und wohnen direkt über dir in Hardanger Brygge.«

Bengt wollte Lars nicht mehr als notwendig zurechtweisen. Der junge Polizist war immer als einer der Ersten bei der Arbeit, hatte den absoluten Überblick über alle rausgehenden Informationen und meckerte nie über Überstunden.

»Tornes? Ja, klar! Die stehen auf dem Briefkasten unten. Denen hat das Haus in Vavollen gehört?«

»Kennst du sie?« Bengt legte seine Hände um den Kaffeebecher, um sie zu wärmen.

»Nicht gut. Sie sind etwas verschroben ... altmodisch, irgendwie. Ihr hättet den Umzugswagen sehen sollen ... Aber ich dachte, die hätten früher in Tolohagen gewohnt?«

»Ja, dort sind sie in den Achtzigern hingezogen.« Bengt gab ein Zeichen, dass er weitermachen wollte. »Ich kann mir, ehrlich gesagt, nicht so recht vorstellen, dass sie eine Leiche in ihrem Garten verscharrt haben sollen. Es muss eine andere Erklärung geben, wie die dort gelandet ist, meint ihr nicht auch?« Bengt schob seine Unterlagen zusammen. »Wir kümmern uns erst mal um andere Sachen, bis die Techniker ihre Untersuchungen abgeschlossen haben.« Er breitete die Arme aus. »Wir wollen ja keine Hypothesen aus der Luft greifen.«

Das Telefon wanderte vibrierend über die Tischplatte.

»Lerke«, sagte er zu den anderen und stellte den Lautsprecher an.

»Wir haben den ganzen Tag gearbeitet«, sagte sie kurzatmig.

»Und?«, fragte er.

»Ich habe mich offenbar geirrt. Es sieht so aus, als hätte tatsächlich jemand nur den einen Arm weggeworfen. Mehr ist hier nicht zu finden.«

VAVOLLEN

MITTWOCH, 2. MAI 2018

Auf der Straße vor Marte Samlands Haus hatten sich ein paar Schaulustige versammelt. Als Bengt aus dem Auto stieg, verstummte die Unterhaltung. Alle Augen richteten sich auf ihn, als wäre er das Orakel, auf das alle gewartet hatten.

»Was ist passiert?« Ein langer, schlaksiger Journalist vom *Hordaland Folkeblad* hob seine Kamera und schoss ein paar Fotos von Bengt, ehe der reagieren konnte.

»Das versuchen wir, herauszufinden. Wir überprüfen gerade ein paar Knochenfunde.«

Bengt schob sich an dem Journalisten vorbei und hörte hinter sich das Klicken seiner Kamera.

»Und da rückt ihr mit der ganzen Mannschaft an? Reden wir von menschlichen Knochen?«

Bengt ließ sich nicht aus der Reserve locken.

»Marte Samland hat gesagt, sie hätte eine Skeletthand gefunden und die Polizei alarmiert. Wurde noch mehr gefunden?«

Bengt versuchte, ruhig zu bleiben, spürte aber eine wachsende Frustration. Er hatte eine Pressemitteilung herumgeschickt, dass sämtliche Presseanfragen über Malvin Flotve laufen sollten. Flotve war normalerweise in Bergen stationiert, unterstützte ihren Bezirk aber bei größeren Fällen. Der routinierte Polizist und Einsatzleiter stammte aus Øystese. Er und Bengt kannten sich schon ihr ganzes Leben, Flotve war mit den hiesigen Verhältnissen vertraut und konnte sich rasch in neue Situationen einfühlen. Er verband seine Einsätze gerne mit einem Besuch bei seiner Mutter.

Bengt ignorierte den Journalisten und bahnte sich einen Weg. Er war neugierig, zu hören, was die Techniker zu berichten hatten. Susanne und Lars erwarteten ihn schon in der Einfahrt zum Haus.

Vor der Eingangstür war ein Sortiertisch mit Drahtnetz aufgebaut worden, um die Erde von den Knochen zu trennen. Er war bereits gesäubert worden, vermutlich waren die Techniker dabei, ihre Sachen zusammenzupacken.

Susanne hielt Lars und Bengt den Eingang zum Schutzzelt auf, das vor dem Haus stand. Auf einem mit grauem Packpapier abgedeckten Tisch lagen ein paar Knochen. Lerke strich sich mit dem Handrücken Schweißtropfen von der Stirn. Sie wirkte gestresst. Bengt hatte sie in den letzten Tagen kaum zu Gesicht bekommen. Lerke pendelte unter der Woche nach Bergen, aber da Øystese und Norheimsund zum Polizeibezirk Vest gehörten und sie bei ihm wohnte, bekam sie häufig die Aufträge in der Gegend zugeteilt. Sie hatte dunkle Ränder unter den Augen, und er konnte sich gut vorstellen, wie sie sich in ihrem Schutzanzug fühlte, nachdem sie stundenlang gebückt gearbeitet hatte. Im Zelt waren es mindestens vierzig Grad.

»Zeit, mal aus dem Leichenhaus rauszukommen und die Nasengänge zu reinigen.«

Palle Rolfsen, der Rechtsmediziner, rieb sich das Kinn.

»Ist das alles?« Bengt wartete die Antwort nicht ab und trat an den Tisch. »Wie alt sind die Knochen?«

»Die Untersuchung können wir hier nicht durchführen.«

Palle nahm einen mittelgroßen Knochen in die Hand, der wie der Finger aussah, den Bengt als Erstes gefunden hatte. Er nahm ihn in Augenschein, ehe er ihn wieder hinlegte.

»Wir haben fast den ganzen Arm und die Hand gefunden, aber sonst nichts. Wisst ihr, was die Radiokarbonmethode ist?«

»Ja«, sagte Susanne. »Aber nicht, wie sie funktioniert.«

»Nein, schon klar.«

Palle Rolfsen kratzte sich am Kinn. Er war eine bemerkenswerte Erscheinung. Halb Mensch, halb Tristanpinguin, wie er scherzhaft auf der Polizeiwache beschrieben wurde.

»Ich gebe euch die Kurzversion.« Er hielt einen Knochen hoch. »Zu Lebzeiten beinhalten unsere Knochen eine kleine, aber konstante Menge des radioaktiven Kohlenstoffisotops C14. Wenn wir sterben, wird kein C14 mehr aufgenommen. Kohlenstoff kann nur durch die Nahrung dem Körper zugeführt werden. Und mit jedem Tag, der vergeht, vermindert sich der Anteil an C14 in unserem toten Körper. Damit können wir ziemlich exakt berechnen, wie lange der Besitzer dieser Knochenreste keine feste Nahrung mehr zu sich genommen hat.« Er sah die anderen an, um sicherzugehen, dass sie ihm folgen konnten. »Bleibt die große Frage, wo der Rest dieses bedauernswerten Menschen abgeblieben ist. Wir haben Stichproben in den Nachbargärten gemacht, wo nichts anderes als frische, saftige Erde zu finden ist. Hier gibt es fast ausschließlich Lehm. An einigen Stellen haben wir mit einem Minibagger tiefer gegraben. Aber der Lehm reicht nicht tief. Darunter ist wieder eine Humusschicht.« Er strich sich mit der Hand über die Stirn, wonach die Haare auf der einen Seite vom Kopf abstanden. »Eine Höllenarbeit«, fügte er in seinem dänisch-norwegischen Akzent hinzu.

»Haben wir genug, um herauszukriegen, wer das ist?«

»Das muss das Labor abchecken. DNA aus Knochen ist mit den heutigen Methoden nicht mehr so schwierig zu extrahieren. Deine Frau und ich haben eine Theorie.« Er stieß Lerke freundschaftlich an, der die Bezeichnung nicht zu schmecken schien. »Wir werden hier noch eine Weile weitersuchen, bis wir mehr Antworten haben. Und es ist leider nicht auszuschließen, dass die übrigen Teile des Körpers woanders begraben sind.«

GYMNASIUM ØYSTESE

1983

Die Schulglocke hatte gerade geschellt, und die Klasse wartete auf den Mathelehrer. Es war still im Klassenzimmer, wie immer vor der ersten Stunde, wenn noch nicht alle richtig wach waren. Morten atmete den gewohnten Geruch von Erdnussbutter, Kreide und Schweiß ein.

Er schaute zu Frode, der in der Fensterreihe saß. Frode, mit dem niemand zusammen sein durfte, als sie noch jünger waren, weil er zwischendurch total ausrastete, mit Sachen um sich warf und den Lehrern Schimpfwörter an den Kopf knallte, von denen die anderen noch nicht einmal wussten, was sie bedeuteten. Der uneingeladen auf Geburtstagspartys und später bei Feten auftauchte, der sich betrank und mit Leuten prügelte, die er nicht mochte. Frode war gleichbedeutend mit Trouble. Die meisten gingen ihm aus dem Weg. Morten hingegen wäre gerne mehr mit ihm zusammen.

Jetzt saß er am Fenster und warf Morten unmerkliche Blicke zu.

»Du bist schwer, weißt du das?« Morten sprach lauter als nötig und schob Sonja Hellestveit von seinem Schoß. »Setz dich auf deinen Platz, Brukvik kann jeden Moment kommen.«

Statt einer Antwort legte sie die Hände an sein Gesicht und küsste ihn.

Sonja war das hübscheste Mädchen in der Klasse. Wer nichts von ihr wollte, konnte nur ein Arschficker sein, hatte Kjetil Stuve eines Tages erklärt.

Morten hatte totalen Schlag bei den Mädchen. Er wusste, dass er gut aussah, hatte seine Gesichtszüge zigmal im Spiegel studiert. Dunkles, fast schwarzes Haar, klare Linien, volle, sinnliche Lippen, lange Wimpern, schlanke Arme und Beine, schmale Hüfte, flacher Bauch ... trotzdem wäre er zwischendurch lieber ein grauer Stein gewesen, den niemand bemerkte. Sein Vater lag ihm in den Ohren, mit Karatetraining anzufangen, wogegen seine Mutter protestierte. Er solle machen, was er wolle. Sein Vater hätte gerne gehabt, dass Morten mehr wie der Rotschopf Jørn Råen war, der Hoferbe aus Børve, der direkt hinter ihm saß und schon einen Vollbart hatte. Morten schielte zu Frode und ließ seine Gedanken wandern, bis sie im Bootshaus auf Lundanes waren.

Den ganzen Sommer über waren sie mit dem Boot rausgefahren, das Frode von einem Bekannten seines Pflegevaters geliehen hatte. Nur Morten und Frode, mit der vorgeschobenen Aussage, angeln zu wollen. Sie hatten das Boot in einer einsamen Bucht auf der anderen Seite des Fjords vertäut, ein Stück hinter dem kleinen Dorf Herand. Dort hatten sie nackt in der Sonne gelegen, weit weg von den Mädchen in ihren kurzen Jeansröcken und Bikinitops.

Morten war nicht zum ersten Mal verliebt. In der ersten Klasse im Gymnasium, gleich nach den Sommerferien, war er immer extra früh zur Schule aufgebrochen, um vor den Mitschülern in der Klasse zu sein, vor Ernst Skeie, seinem Kinderfreund, der auf Vavollen aufgewachsen war. Dann setzte Morten sich an Ernsts Pult und strich mit der Hand über die Tischfläche, um seine Nähe zu spüren, während in ihm Angst und Verliebtheit miteinander rangen. Und das Gefühl ließ nicht nach. Das, was er für Ernst empfand, wurde mit der Zeit immer stärker, schmerzhafter, heftiger, bis zu dem Tag, als er begriff, dass Frode so einer wie er war, einer, den die anderen als krank bezeichneten.

VAVOLLEN

MITTWOCH, 2. MAI 2018

»Wir fassen uns kurz.«

Es kribbelte in Bengts Nacken, als Lerke das Wort ergriff und Palle Rolfsen signalisierte, dass er übernehmen sollte. Sie zog sich in den hinteren Teil des Zelts zurück, stellte sich neben Bengt und streifte seine Hand mit ihrem kleinen Finger.

Palle zeigte auf den Tisch.

»Wie ihr seht, sind die Fundstücke teilweise so klein, dass wir sie nur mit der Pinzette zu fassen bekamen. Und das ist alles, was wir gefunden haben. Ein Ellbogenknochen und ein Unterarmknochen, die in einem Jackenärmel steckten. Eine Hand ohne Daumen und Zeigefinger. Gut erhalten, dank der Tonerde am Hang. Und dann haben wir noch das hier gefunden.«

Er reichte Bengt einen großen, schweren und durchsichtigen Beweisbeutel. Es roch nach feuchter Erde.

»Darin lagen die Unterarmknochen«, fuhr Palle mit seinen Ausführungen fort.

Bengt zog das Plastik zwischen den Fingern glatt, um den Inhalt besser begutachten zu können. Ein Gefühl der Ohnmacht überkam ihn.

In dem Beutel lag eine Jeansjacke mit Brusttasche und aufgenähtem rotem Levi's-Label. Bengt warf Lerke einen fragenden Blick zu.

»Es gibt noch mehr«, sagte Lerke ernst und nahm einen kleineren Beweisbeutel von Palle entgegen, den sie an Bengt weiterreichte. »Das steckte in der Innentasche.«

In Bengt stieg das vertraute Gefühl auf, welches ihn bei Mordfällen immer beschlich, wie eine Vorwarnung, dass von nun an alles passieren konnte. Sein Puls schnellte in die Höhe, als er erkannte, was er in der Hand hielt. Das Logo eines Schülerausweises vom Gymnasium Øystese, der Schule, auf die auch er gegangen war.

»Ausgestellt 1982«, sagte er und schluckte, als ihm die Bedeutung aufging. »Morten Vik, geboren 1965 …«, las er laut.

Er starrte an die Zeltwand, während er im Kopf durchging, ob er jemanden im Ort kannte, der Vik hieß. Sein Hals schnürte sich zusammen, als sein Blick auf die Knochen fiel. Das war einmal ein junger Mensch gewesen, ein Schüler mit größeren oder kleineren Träumen und Hoffnungen.

»Der Schülerausweis verrät uns das Geburtsdatum, und dass er auf alle Fälle siebzehn Jahre alt geworden ist.« Palle sprach mit gewohnt neutraler Stimme, als würde ihn das alles nicht berühren. Er schob eine Haarsträhne aus dem Gesicht. »Bei neueren Funden ist die Radiokarbonmethode wegen der Atombombenversuche in den vergangenen siebzig Jahren nicht ganz zuverlässig, den Todeszeitpunkt können wir aber trotzdem einigermaßen genau angeben.«

Er warf Lerke einen Blick zu als Zeichen, dass sie gerne etwas hinzufügen dürfte. Sie signalisierte ihm, dass er weitermachen konnte.

»Wir scheinen also die Identität des Opfers zu kennen, aber das muss natürlich überprüft werden. Die Überreste müssen untersucht werden, ehe wir Genaueres sagen können. Lerke und ich sind beide zu dem Schluss gekommen, dass der Tatort woanders zu suchen ist. Es ist eher unwahrscheinlich, dass der restliche Körper in der lehmigen Erde verwest ist.«

Palle sammelte die Beutel wieder ein und legte sie auf den Tisch. Von den anderen beiden Ermittlern hatte sich noch keiner geäußert, seit sie das Zelt betreten hatten.

»Die DNA wird dank des Lehmbodens nicht das Problem sein, nicht weniger wichtig ist es aber, herauszufinden, wie die Knochen hier gelandet sind.«

Palle machte einen Schritt nach hinten als Zeichen, dass er fertig war.

»Oder was passiert ist und wer das getan hat.«

Bengt dachte an seinen Sohn Thomas und fragte sich, wie alt dieser Morten tatsächlich geworden war, ehe er hier landete.

»Vik ist hier kein sonderlich seltener Name. Würdest du das überprüfen, Lars?«

Der Kollege nickte und verschwand durch die Zeltöffnung.

»Dann überlassen wir euch mal die Denkarbeit und nehmen das Material für eine gründlichere Analyse mit nach Bergen.« Lerke zog den Reißverschluss des Overalls runter und stieg aus dem Schutzanzug. »Die Knochenreste schicken wir zur weiteren Analyse ans Labor, und auch, wenn es noch ein bisschen früh dafür ist, solltet ihr euch vielleicht schon mal um Referenzproben kümmern von … seiner Mutter.« Sie nickte in Richtung Tisch. »Wenn ihr sie findet.«

»Es wird vermutlich dauern, DNA aus so wenig Material zu extrahieren, oder?« Bengt sah sich das Schwarz-Weiß-Foto von Morten Vik noch einmal an. Ein junger Kerl mit dunklen Haaren und einem offenen, freundlichen Lächeln.

Lars kam mit seinem iPad in der Hand zurück.

»Laut Einwohnermeldeamt ist Morten Vik der Sohn von Torill und Henrik Vik. Es gibt keinen Eintrag, dass er tot ist, was zu erwarten wäre, wenn wir es mit einem ungeklärten Vermisstenfall zu tun hätten. Ich habe von hier nicht auf alle

Register Zugriff, aber er scheint nie vermisst gemeldet worden zu sein.«

»Henrik Vik, der Politiker?« Bengt überflog, was Lars über ihn gefunden hatte. »Den kennen die meisten von uns, aber dass er einen Sohn hat, wusste ich nicht. Auch nicht, dass er verheiratet ist.« Er sah den alten Griesgram vor sich. Er war Politiker, solange Bengt zurückdenken konnte, und veröffentlichte im *Hordaland Folkeblad* unermüdlich hitzige Leserbriefe. Bengt streckte den Rücken und räusperte sich, um die Aufmerksamkeit der anderen auf sich zu lenken.

»Es wundert mich, dass ich nichts davon weiß, dass hier in der Gegend jemand verschwunden ist. Andererseits muss es nichts heißen, dass Morten Vik in unseren Registern nicht als vermisst auftaucht.« Er dachte kurz nach. »Es sind längst noch nicht alle Daten digitalisiert worden. Das Kriminalamt hat da sicher einen besseren Überblick. Und vielleicht gibt es was im Staatsarchiv?«

Lars hielt die Zeltöffnung auf, damit die anderen nach draußen gehen konnten.

»Da sind ja ganz schön viele Leute auf der Straße«, sagte er, als sie draußen standen. »Ich weiß nicht, Bengt, aber wenn das tatsächlich der Sohn einer öffentlichen Person ist, ist das bald auf allen Titelseiten.«

Bengt nickte ernst und schaute zu den Schaulustigen. Er befürchtete, dass das in jedem Fall eine Titelstory werden würde.

»Die vorläufige Version für die Presse lautet, dass wir Knochenreste gefunden haben, vermutlich Tierknochen. Und der Einzige, der sich öffentlich dazu äußert, ist Malvin Flotve. Er müsste bald hier sein.« Bengt machte eine Pause, um sich zu vergewissern, dass seine Order bei allen angekommen war. »Natürlich wird uns das niemand glauben. Nicht, nachdem wir das halbe Grundstück umgegraben haben. Und wir können Marte nicht daran hindern, zu erzählen, was sie will. Aber heute ist es das Käseblatt und morgen die landesweiten Medien, das kennen wir ja. Und außerdem ... die Knochen liegen vermutlich schon eine ganze Weile hier. Und wir haben sie jetzt ausgegraben.« Bengt dämpfte die Stimme. »Mindestens ein Mensch da draußen kann uns sagen, was passiert ist. Wenn der Betreffende noch nicht weiß, was wir gefunden haben, wird er es spätestens erfahren, wenn die Gerüchte im Dorf kursieren. Wir müssen darauf gefasst sein, dass er in diesem Moment mit den anderen an der Straße steht.«

Susannes Blick richtete sich auf die Menschenansammlung.

»Lerke, könntest du diskret ein paar Fotos von den Schaulustigen machen? Und du, Lars, fahr ins Büro und überprüf die anderen Register. Und informier das Kriminalamt und Flotve, sobald er da ist. Und check das Passregister.« Er dachte nach. »Und frag bei Interpol nach, ob die möglicherweise irgendwelche Informationen zu Morten Vik haben.« Bengt sah Susanne und Lerke an, dann wieder Lars. »Ich richte ein Projekt auf Indicia ein, wo ihr alles, was ihr findet, sammelt. Und damit meine ich absolut alles. Um uns gegenseitig auf dem Laufenden zu halten. Das gilt auch für euch, Lerke. Alles wird dort abgelegt.«

Sie sah ihn missbilligend an, ehe sie mit einem kurzen Nicken zustimmte. Ihm war klar, wieso. Die Kriminaltechniker nutzten die interne Datenbank nur ungern, weil sie das System schwerfällig und wenig intuitiv fanden. Aber diese Diskussion mussten sie auf später verschieben.

»Der Schülerausweis ist ein Hinweis, aber kein Beweis, zu wem die Knochen gehören könnten. Und er sagt noch nichts über die Todesursache oder den Todeszeitpunkt aus.« Bengt sah zu Palle. »Liege ich richtig, wenn ich behaupte, dass unsere Fundstücke zwischen fünf und dreißig Jahren alt sein könnten?«

»Ja, genauer lässt es sich zum jetzigen Zeitpunkt nicht einkreisen. Die lehmige Erde ist tricky.«

Bengt streckte die Arme über den Kopf und beobachtete Lerke, die am Hang hockte und dort etwas am Boden Liegendes zu fotografieren schien, obwohl sie eigentlich die Schaulustigen ablichtete. Als sie zu ihm kam, strich er ihr über den Rücken.

»Ich kenne die meisten, die da stehen. Hauptsächlich Nachbarn aus der Gegend.« Sie legte die Kamera auf die Bank neben der Haustür. »Immer noch Appetit auf Grillhaxe?« Sie sah ihn foppend an.

Bengts Gedanken kreisten bereits um die Arbeitsaufgaben, die erledigt werden mussten.

»Im Moment nicht, nein. Werdet ihr hier erst mal fertig ... und sieh zu, dass du eine Mütze Schlaf bekommst. Palle nimmt das Zelt mit. Wir müssen jemanden organisieren, der in den nächsten Tagen mal nach Thomas guckt.«

»Wir?« Lerke ging zum Technikerwagen und öffnete die Tür.

»Okay, ich.« Bengt folgte ihr und stellte sich dicht hinter sie, damit die anderen nicht mitbekamen, was er sagte. »Ich dachte, wir wären Familie und teilen die Verantwortung?«

Lerke antwortete mit einem Schweigen, das ein unschönes Ziehen in seinem Bauch auslöste. Als er auf die Uhr schaute, fluchte er.

»Oh, Scheiße, Lerke! Das Elterngespräch in der Schule um drei Uhr. Jetzt ist es Viertel nach.« Er scrollte die SMS auf seinem Handy durch. »Wie hieß die App noch gleich?«

»Meinst du VISMA?« Lerke nahm ihm das Handy aus der Hand. »Du hast eine Nachricht von Thomas. Hast du die nicht gelesen?«, sagte sie. »Hab versucht, dich zu erreichen, aber kein Stress«, las sie laut vor und zog die Finger übers Display.

»Wo ist der Zettel an der Kühlschranktür geblieben?«, seufzte Bengt irritiert, während er den Gesprächstermin mit der Klassenlehrerin nachschaute und einsah, dass er wieder mal zu spät dran war.

»Du hast mehrere ungelesene Nachrichten aus der Schule.«

»Nicht jetzt.« Bengt schnappte sich das Handy und lief zum Auto, wobei er einen lauten Ruf aus der Menschenmenge ignorierte.

Während er mit viel zu hoher Geschwindigkeit losfuhr, dachte er mit schlechtem Gewissen daran, dass er jetzt schon zum dritten Mal in zwei Wochen das Elterngespräch verschwitzt hatte. Und diesen letzten Termin hatte er selbst vorgeschlagen, um ihn dann prompt auch wieder zu vergessen.

Er versuchte, Thomas zu erreichen, und schlug mit der Hand aufs Lenkrad, als der nicht antwortete. In der Einladung hatte ausdrücklich gestanden, dass er seinen Sohn mitbringen sollte. Er schaltete einen Gang runter, fuhr aber trotzdem noch zu schnell durchs Zentrum. Vor der Schule parkte er quer auf dem Bürgersteig und lief los. Er legte sein charmantestes Lächeln auf, als er die Lehrerin auf ihr Auto zulaufen sah, ging ihr entgegen und breitete entschuldigend die Arme aus.

»Tut mir leid«, sagte er atemlos, bevor er ganz bei ihr war. »Ich komme gerade von Ermittlungen, die sich nicht aufschieben ließen.«

Die Lehrerin blieb stehen und musterte ihn in seiner Uniform. Bengt schickte Stoßgebete an die höheren Mächte, dass seine Kleidung ihm Pluspunkte gab.

»Und wo ist Thomas?«, fragte sie.

»Ich habe versucht, ihn zu erreichen, aber er geht nicht ans Handy. Heute Morgen habe ich vergessen, es ihm zu sagen. Haben Sie ihn heute in der Schule darauf angesprochen?«

»Er war nicht in der Schule«, sagte sie und schloss die Tür ihres kleinen, knallroten Nissan Micra auf. »Außerdem ist er alt genug, sich seine Termine selbst zu merken.«

In diesem Augenblick klingelte Bengts Handy.

»Das wird er sein«, sagte er erleichtert und schaute aufs Display. Es war Lerke. »Sorry, da muss ich ran.« Er entfernte sich ein paar Schritte von der Lehrerin. »Ja«, sagte er schärfer als geplant.

»Oh! Welche Laus ist dir denn über die Leber gelaufen?«

»Thomas war nicht in der Schule. Und ich erreiche ihn nicht. Jetzt stehe ich wie ein Idiot da.« Bengt holte Luft.

»Thomas ist hier. Er steht mit ein paar Freunden an der Straße. Er hat wohl hinter dir hergerufen, aber du bist einfach vorbeigelaufen.«

Bengt drehte sich wieder zu der Lehrerin um und entschuldigte sich noch einmal.

»Wenigstens habe ich Thomas gefunden. Wäre es … können wir das Gespräch noch einmal vertagen? Heute ist wahnsinnig viel los, und ich müsste eigentlich …« Bengt ließ die Arme fallen. »Können wir das Gespräch zu einem anderen Termin nachholen?«, wiederholte er eindringlich. »Das sollte doch Thomas' Gespräch sein?«

Schon beim Sprechen war ihm klar, dass er es verbockt hatte.

Die Lehrerin setzte sich in ihr Auto. Sah aus, als überlege sie es sich anders, startete dann aber den Wagen und kurbelte nur das Seitenfenster hinunter.

»Ich will es ja nicht komplizierter machen, als es ist. Ich schätze eine gute Zusammenarbeit mit den Eltern.« Sie schnallte sich übertrieben langsam an. »Aber, Bengt …« Als sie seinen Namen aussprach, fühlte er sich schlagartig wie sein zehnjähriges Ich. »Wir haben jetzt schon drei Termine vereinbart, und ich habe neben meinem Beruf auch noch andere wichtige Dinge: Familie, Enkel, Gartenarbeit, und was sonst noch erledigt werden will.« Erst jetzt fiel ihm auf, dass seine alte Lehrerin erschöpft aussah. »Ich kenne dich schon dein ganzes Leben. Du bist ein denkender und vernünftiger Mensch. Und darum muss ich dich fragen: Was kann wichtiger sein als dein eigenes Kind?« Bengt sah die Knochen auf dem Tisch in Vavollen vor sich. Er wollte es ihr erklären. Aber bevor er etwas sagen konnte, hatte sie das Fenster hochgekurbelt und rollte davon.

POLIZEIWACHE KVAM

DONNERSTAG, 3. MAI 2018

Ich finde echt gar nichts!«

Lars warf das Handy beiseite und stand auf. Bengt, Susanne und er hatten sich in dem neuen Koordinationsraum eingerichtet.

Bengt stand von seinem Platz vorne am Smartboard auf und ging zu Lars. »Was ist denn los?«

Lars' Finger huschten über die Tastatur. Er drehte den Bildschirm zu Bengt, sodass dieser selbst lesen konnte.

»Die Zentrale. Sie haben niemanden, den sie ins Staatsarchiv schicken können. Ich muss selber fahren.«

Bengt sah auf die Uhr.

»Ich rufe da an. Natürlich fährst du jetzt nicht dahin. Das wäre ja noch schöner. So viel zum Thema Polizeireform. Die Idee dahinter ist doch wohl, dass wir Hilfe bekommen, wenn wir sie brauchen. Was hast du rausgefunden?«

Lars breitete die Arme aus.

»Frag lieber, was ich nicht herausgefunden habe. In der Vermisstendatei des Kriminalamts gibt es keinen Hinweis. Nichts!« Lars hob die Hand und zählte an den Fingern ab. »Vermisstenstelle. Auch nichts.«

»Und Interpol?« Bengt trat einen Schritt vor.

»Dasselbe. Kein Pass, keine Reisedokumente, nicht einmal ein Fahrzeug ist auf Morten Vik registriert. Er ist wie vom Erdboden verschluckt.«

»Damit triffst du den Nagel wohl ziemlich genau auf den

Kopf …« Bengt musste grinsen, als Lars erst Sekunden später verstand, was er gesagt hatte.

Bengt setzte sich wieder, winkte die beiden Kollegen zu sich und lächelte aufmunternd. Er wusste, wie frustrierend es sein konnte, Stunde um Stunde nichts zu finden. Susanne und Lars schoben ihre Stühle zu ihm.

»Ich verstehe eure Frustration, aber im Grunde ist das ziemlich gut …« Die beiden sahen ihn skeptisch an. Bengt legte Lars die Hand auf die Schulter. Sein Kollege nickte. »Wir müssen einfach nach anderen Anhaltspunkten suchen … Die frühen Achtziger waren digital gesehen noch die reinste Steinzeit. Was gab es damals, was wir nutzen können? Tiki 100? Commodore 64? Scheckhefte?«

»Datentransfer können wir vergessen. Der Tiki 100 kam zweiundachtzig auf den Markt«, sagte Lars. Bengt zog beeindruckt eine Augenbraue hoch.

»Gut. Dann vergessen wir das. Aber auch wenn er einen Schülerausweis von 1982 in der Tasche hatte, könnte er trotzdem erst später verschwunden sein. Wie sieht es mit Banküberweisungen aus?«

»Ich habe den Bankdirektor angerufen«, sagte Susanne. »Ich hatte die Hoffnung, dass es irgendwo ein Papierarchiv geben könnte, aber wir kommen natürlich zu spät. Nach dreißig Jahren wird alles geschreddert, und in den modernen digitalen Datenbanken ist nichts über Morten Vik zu finden.«

»Gut! Daraus können wir dann ja wohl schließen, dass er zu Tode kam, bevor das digitale Archiv eingerichtet wurde, nicht wahr?«

Bengt stand auf und trat an die Pinnwand, an der Susanne zuvor einige Bilder aufgehängt hatte. Fotos von Morten, den Knochenresten, dem Schülerausweis und der Jeansjacke. Sie hatte auch ein altes Foto von Henrik Vik ausgegraben, vermutlich aus der Zeitung. Den mürrischen Gesichtsausdruck hatte Bengt schon oft auf Bildern von ihm gesehen.

»Lerke hätte gerne Referenzproben von Mortens Mutter.« Bengt seufzte und sah zur Tafel. »Die sollten wir aber erst anfragen, wenn wir bombensicher sind, dass ihr Sohn nicht einfach irgendwo abgetaucht ist.« Er drehte sich zu den anderen. »Wir haben nur das, was wir hier sehen, mehr nicht. Wir können uns deshalb entmutigen lassen oder anfangen, jeden nur erdenklichen Stein umzudrehen.«

Er trat näher an die Pinnwand heran und sah sich die Fotos genauer an, ehe er sich wieder zu den anderen umdrehte.

»Keine Banktransaktionen, keine Treffer bei der Personennummer, keine Vermisstenmeldung, keine Zeugen, kein registriertes Fahrzeug ... absolut nichts. Was sagt uns das?«

»Dass es mit größter Wahrscheinlichkeit Morten ist, den wir gefunden haben.«

Susanne steckte sich den Bleistift in den Mund und biss zu.

»Genau. Und wenn er wirklich seit damals in Vavollen liegt, ohne dass ihn jemand vermisst hat, sagt uns das noch etwas anderes.«

Lars schob seinen Stuhl näher an die Tafel heran.

»Nämlich?«

»Dass wir die Eltern näher unter die Lupe nehmen müssen«, sagte Susanne. »Ich kann mir nicht vorstellen, dass sie seit vierzig Jahren glauben, ihr Sohn würde irgendwo vergnügt leben, ohne auch nur das kleinste Lebenszeichen von ihm bekommen zu haben. Entweder wissen sie etwas, oder die ganze Sache stinkt gewaltig zum Himmel.«

Bengt klopfte Susanne auf die Schulter und ging zurück zu der Fototafel. Morten Viks klare Augen sahen ihn an. Er hatte keine andere Wahl. Er musste die Eltern um Referenzproben bitten, egal, wie unangenehm das sein mochte.

ØYSTESE, GARTVEIT

FREITAG, 4. MAI 2018

Von der Terrasse des Ehepaars Vik in Gartveit sah Bengt das Dorf und den Hardangerfjord in Richtung Jondal. Der Folgefonnagletscher zog sich wie ein grauweißer Pinselstrich über die Berge. In der anderen Richtung erkannte er das Zelt der Kriminaltechnik in Vavollen als kleinen, weißen Punkt.

Er ließ seinen Blick über den gepflegten Naturgarten schweifen. An den Stämmen der Bäume wuchs Rentierflechte. Es roch nach den hellroten Blüten der Torsteinäpfel, eine Kindheitserinnerung. Die Luft fühlte sich hier oben irgendwie dünner an, wobei das nichts mit den Höhenmetern zu tun haben konnte. Schon seit Tagen hatte er das Gefühl, nicht richtig durchatmen zu können.

Sie mussten schleunigst weiterkommen. Auch nach so langer Zeit war es noch möglich, Beweise und Spuren zu vernichten. Und die ersten Gerüchte kursierten bereits. Bengt ahnte, worauf das alles hinauslief. Er lüftete nicht zum ersten Mal alte, vermoderte Brunnendeckel.

Torill Vik stellte Kaffeetassen und Teller auf den Terrassentisch. Bengt hatte sie sofort wiedererkannt. Sie gehörte zu den Statisten des Dorfes, die er häufig sah, beim Einkaufen im Laden oder mit dem Rollwägelchen hinter sich auf dem Weg nach Hause. Die kleine, magere Frau mit den grauen Haaren stand mehr als offensichtlich im Schatten des konservativen Politikers Henrik Vik, dachte Bengt, als er in dem Netzwerk der Falten in ihrem Gesicht nach so etwas wie

Sehnsucht oder Trauer suchte. Ihre Augen verschwanden fast in den schmalen Spalten unter den Hängelidern.

Henrik hatte ihnen den Rücken zugedreht und unterhielt sich mit einem groß gewachsenen Mann mit kräftigem, rotblondem Bart. Jan Grasdal. Der Busfahrer war in derselben Partei wie Vik. Bengt war unangemeldet gekommen, und der mittlerweile gedeckte Tisch deutete darauf hin, dass Grasdal eingeladen worden war.

»Ich muss schon sagen, aus Ihnen ist ja wirklich ein stattlicher Mann geworden.« Torill setzte sich und rieb die Hände an ihren Schenkeln, als wäre ihr kalt. »Ich habe Sie nicht mehr gesehen, seit Sie vielleicht zwei Jahre alt waren, und da haben Sie ziemlich unverständliches Gebrabbel von sich gegeben. Aber ich habe Ihren Werdegang natürlich in der Zeitung verfolgt.«

Bengt wusste nicht, was er dazu sagen sollte. Er öffnete seine Aktentasche, zog sein Notizbuch heraus, nahm den Kugelschreiber aus seiner Hemdtasche und dachte zum hundertsten Mal darüber nach, wie er beginnen sollte.

»Es gibt da etwas, das ich gerne mit Ihnen besprechen würde«, sagte er und sah zu Henrik und Grasdal, die sich an den Tisch setzten. »Es ist ziemlich privat, ich weiß nicht, ob …«

»Ich kann gehen.«

Grasdal erhob sich und sah ebenso ernst wie neugierig in die Runde.

»Nicht doch.« Henrik legte die Hände auf Grasdals Unterarm und drückte ihn förmlich zurück auf den Stuhl. »Du gehörst zur Familie, wir kennen uns seit unserer Kindheit. So ernst wird es schon nicht sein.« Er lachte viel zu laut. »Und wenn es darum geht, dass ich meine Hand in die Parteikasse gesteckt habe, ist Jan ohnehin mitschuldig.« Henrik schlug Grasdal kameradschaftlich auf den Rücken.

Bengt räusperte sich.

»Ich glaube trotzdem, dass es besser wäre. Es tut mir leid, aber ich würde gerne nur mit Ihnen beiden sprechen.«

Henrik sah verärgert aus, gab Grasdal aber ein Zeichen, der Aufforderung nachzukommen.

»Sie haben vielleicht mitbekommen, dass wir ein Grundstück in Vavollen untersuchen?«, begann Bengt, nachdem Grasdal gegangen war.

»Richtig, ja«, sagte Henrik und nahm sich einen frisch gebackenen Eierpfannkuchen. Bengt wartete, bis er ihn mit Butter und Marmelade bestrichen hatte. Henriks Handrücken trugen deutliche Altersflecken. »Ich habe in der Zeitung davon gelesen. Knochenreste … nicht wahr?«

Bengt lehnte sich zurück und verschränkte die Arme vor der Brust. Es schien Henrik vollkommen kaltzulassen, dass er da war.

»Wir können noch nichts Genaues sagen, aber …«

»Nehmen Sie sich doch etwas«, unterbrach Torill ihn und schob den Teller zu ihm rüber, als versuche sie instinktiv, seine Worte aufzuhalten.

Bengt ließ die Eierkuchen liegen und zog einen Beweisbeutel aus seiner Aktentasche, zögerte und legte ihn dann auf den Tisch.

»Das haben wir gefunden. Vergraben im Garten.«

Torill nahm die Tüte und warf kurz einen Blick darauf.

»Aber … das ist doch Mortens Schülerausweis«, platzte sie heraus. Im gleichen Moment ging ein Lächeln über ihr Gesicht. »Wo haben Sie den gefunden?« Sie legte ihre Handflächen um den Ausweis, als wäre er ein geliebtes Schmuckstück, ehe sie den Beutel wieder auf den Tisch legte und zu Henrik hinüberschob.

»Was ist damit?« Henrik machte keine Anstalten, sich den Ausweis anzuschauen.

»Wir haben versucht, mit ihm in Kontakt zu kommen, hatten bis jetzt aber keinen Erfolg. Und da er ja Ihr Sohn ist, würden wir gerne wissen, wann Sie zuletzt mit ihm gesprochen haben.«

Henrik hörte zu kauen auf.

»Er *war* unser Sohn. Das ist lange her.« Bengt erschrak über den harschen Ton in Henriks Stimme und fragte sich, ob er daraus schließen konnte, dass sie bereits von seinem Tod wussten. Bevor er fragen konnte, kam Henrik ihm zuvor.

»Der Ausweis ist alt«, sagte er brüsk. »Vielleicht hat er ihn verloren. Was hat das mit den Funden in Vavollen zu tun?«

»Es ist noch zu früh, darüber etwas zu sagen«, erwiderte Bengt so ruhig er konnte und hob den Blick, als von Torill ein unterdrücktes Schluchzen kam.

Sie versuchte, sich Kaffee einzuschenken, aber ihre Hände zitterten so stark, dass sie es aufgeben musste. Stattdessen drehte sie an ihrem Ehering herum und starrte in Richtung Vavollen.

»Wann haben Sie zuletzt von Morten gehört?«, fragte Bengt erneut, dieses Mal mit mehr Nachdruck.

»Wir haben keine Silbe mehr von ihm gehört, seit er damals weg ist«, antwortete Henrik. »Das ist jetzt über dreißig Jahre her.« Er beugte sich über den Tisch und schenkte seiner Frau Kaffee ein. Bengt wartete. »Morten hat das Gymnasium abgebrochen und ist fortgegangen. Seither haben wir nichts mehr von ihm gehört.«

»Wann war das?«

»Im Oktober 1983«, sagte Torill und sah zu ihrem Ehemann, als wäre er ein Rettungsring, den niemand ihr zuwerfen wollte.

»Warum hat er nichts von sich hören lassen?« Bengt streckte seinen Rücken.

Henrik breitete sichtlich irritiert die Arme aus.

»Wir waren uns über ein paar grundlegende Dinge ziemlich uneinig. Das Dorf wurde zu klein für uns beide, der Junge war volljährig. Er hat sich in seinen Volvo gesetzt und ist weggefahren. Mehr gibt es da nicht zu sagen.« Henrik schnaubte, biss in einen Eierpfannkuchen und spülte mit Kaffee nach. Auf dem Nachbargrundstück startete jemand einen Rasenmäher. Er hob den Blick. »Wenn das alles war? Ich muss noch eine Kreistagssitzung vorbereiten. Den da«, sagte er und zeigte auf den Schülerausweis wie auf einen schimmeligen Rest Brot, »können Sie gerne wegwerfen.«

Torills Hände legten sich sofort auf den Beweisbeutel.

»Darf ich?«

Bengt schüttelte den Kopf.

»Tut mir leid, den brauche ich noch.«

»Oh, ja, natürlich.« Zu seiner großen Überraschung stand sie auf und räumte den Tisch ab, als ob nichts gewesen wäre.

»Würden Sie bitte wieder Platz nehmen«, sagte Bengt und sah sie an. Es kribbelte in seinem Nacken. Torill blieb stehen und starrte auf die Teller, die sie in der Hand hielt.

»Es ist so, dass wir …« Bengt wartete, bis Torill sich wieder gesetzt hatte. »Wir haben auf dem Grundstück auch die sterblichen Überreste eines Menschen gefunden. Es besteht Grund zu der Annahme, dass es sich bei dem Toten um Morten handeln könnte.« Er hielt inne, wollte ihnen Zeit geben, das alles zu verdauen, ehe er fortfuhr. »Wir brauchen Referenzproben von Ihnen, Torill.« Bengt hörte selbst, wie gefühllos das klang, aber seine Worte ließen Henrik endlich reagieren. Sein mürrischer Gesichtsausdruck änderte sich.

»Referenzproben? Was zum Teufel! Sterbliche Überreste? Was soll das heißen? Morten gefunden? Selbstverständlich haben Sie nicht Morten gefunden. Er ist doch nicht …« Henriks Gesicht war rot vor Erregung, während Torill steif und ausdruckslos vor sich hin starrte.

»Alles wegen dem da?« Henrik klopfte mit dem Zeigefinger auf den Schülerausweis. »Sein Name steht doch da. Das ist Mortens Ausweis. Um das bestätigt zu bekommen, brauchen Sie keine DNA.« Dann machte es den Eindruck, als ginge ihm endlich der Zusammenhang auf. Er verstummte und blieb mit offenem Mund sitzen, als bekäme er nicht genug Luft.

»Der Schülerausweis steckte in einer Jeansjacke der Marke Levi's. Die Jacke war …« Bengt sah zu Torill.

Henrik stand auf und lief auf der Terrasse auf und ab, die Hände auf dem Rücken zusammengelegt. Er atmete schwer.

»Das ist doch Unsinn.« Er drehte sich zu ihnen. Seine Stimme bebte. »Ich habe ihn an jenem Tag aus freien Stücken wegfahren sehen. Mit meinen eigenen Augen. Ich hatte ihn rausgeschmissen … ja, das habe ich … Ich denke, das reicht jetzt. Sie irren sich!« Er zeigte auf Bengt. Seine Hand zitterte.

»Und was ist mit der Jeansjacke?« Bengt wollte nicht aufgeben. Er legte ein Foto der Jacke auf den Tisch.

Torill stand abrupt auf, dann gaben ihre Knie nach, und sie sackte zusammen. Bengt konnte gerade noch rechtzeitig seinen Arm ausstrecken und sie auffangen, aber die Tasse, die sie in der Hand hielt, fiel zu Boden und zerbrach auf dem Beton. Henrik fluchte.

Ein unterdrücktes Schluchzen brach aus ihr heraus. Henrik stand da wie ein Zinnsoldat und sah sie voller Verachtung an. Bengt setzte sie auf einen Stuhl und begann, die Scherben aufzusammeln.

»Was soll das alles mit Morten?« Sie sah ihren Ehemann verzweifelt an. »Ich dachte, er …«

Henriks Schultern sackten zusammen, sein Gesicht war ausdruckslos und etwas blasser als zuvor.

»Sie glauben, ihn in Vavollen gefunden zu haben. Was sagst du zu diesem Unsinn?«

Torill senkte den Kopf und weinte still.

»Haben Sie noch irgendetwas von ihm?« Bengt beugte sich auf dem Stuhl vor und griff nach der Kaffeetasse.

»Wir haben hier doch kein Mausoleum eingerichtet.« Henrik holte tief Luft. »Ich habe ihm verboten, jemals wieder einen Fuß über unsere Schwelle zu setzen. Er sollte für immer verschwinden.« Torill zuckte zusammen und schien protestieren zu wollen, schloss aber den Mund, als sie zu ihrem Ehemann sah.

»Wie sieht es mit seinen Freunden aus? Seinem Umfeld?«

Torill wischte sich mit der Hand über die Augen. Die Andeutung eines Lächelns erschien in ihrem Mundwinkel.

»Die hatte er. Er hatte viele Freunde.« Sie schien nachzudenken. »Sonja, die Arme. Sie war völlig am Boden zerstört, als er fuhr.« Henrik schnaubte. »Und die anderen drei. Sie waren immer zu fünft unterwegs.« Sie sah zu ihrem Ehemann.

»Können Sie mir die Namen nennen?« Bengt schlug eine neue Seite seines Notizbuchs auf.

»Jørn Råen, Kjetil Stuve, Ernst Skeie und Sonja Hellestveit«, zählte Torill auf. Bengt notierte die Namen und steckte das Buch weg.

»Wir stehen noch immer am Anfang unserer Ermittlungen.« Er öffnete seine Aktentasche und nahm ein DNA-Set heraus. »Torill, darf ich Sie bitten? Ich würde das Ganze gerne auf morgen oder einen anderen Tag verschieben, aber … Ich hoffe, Sie verstehen das?«

»Es ist nicht Morten, den Sie da gefunden haben, wie oft soll ich das noch sagen.« Henrik kam mit geballter Faust auf ihn zu, und Bengt bereitete sich auf einen Schlag vor. »Das ist vollkommen absurd. Wie sollte das möglich sein?«

Torill wischte sich mit der Serviette die Tränen weg, dann schnäuzte sie sich.

»Bitte.« Ihre Lippen waren zwei schmale Striche. »Nehmen Sie Ihre Probe. Bringen wir es hinter uns. Aber das ist nicht Morten. Das ist nur seine Jacke. Morten hat immer irgendetwas vergessen. Er hat ständig Kleider liegen lassen, Schlüssel verlegt, sein Portemonnaie, Geld ... Wie oft er Geld verloren hat. Es wurde mit den Jahren immer schlimmer.«

Bengt bat sie, den Mund zu öffnen, während ihm die Bilder aus Vavollen durch den Kopf gingen. Elle und Speiche hatten aus dem Ärmel der Jacke geragt, gemeinsam mit der Hand, an der Daumen und Zeigefinger fehlten... Torills Sohn. Ihr einziges Kind. Derselbe Junge, der Sachen verlegt und Geld verloren hatte ... wie jeder andere Teenager auch. Wie Thomas.

»Hat er gesagt, wohin er fahren wollte?« Bengt versiegelte die Probe, die er aus ihrem Mund genommen hatte.

»Damals waren Morten und Henrik allein zu Hause. Ich war in unserer Hütte in Kvamskogen.« Torill knetete ihre Schürze.

»Dann haben nur Sie ihn wegfahren sehen?«

Henrik antwortete mit einem kurzen Nicken. Bengt starrte ihn an. Seine Augen verrieten, was sein Stolz ihm einzuräumen verbot. Auch Henrik trauert, dachte Bengt. Um den verlorenen Sohn, und dass er es als Vater nicht geschafft hat, die Probleme aus der Welt zu schaffen. Der Schülerausweis und das Foto der Jacke lagen auf dem Tisch. Die Vergangenheit serviert zwischen Eierpfannkuchen und Erdbeermarmelade.

Torill saß mit gesenktem Kopf da, und Bengt widerstand dem Drang, der alten Frau über die Haare zu streichen. Er wollte ihr nicht auch noch die restliche Kraft nehmen.

»Als ich nach Hause zurückkam, war Morten bereits weg«, sagte sie nach einer Weile. Sie wischte sich die Tränen weg und hob den Blick. »Ich konnte mich nie richtig von ihm verabschieden.« Sie wandte sich nachdenklich an Henrik. »Ich habe nur deine Version, dass er gefahren ist, Henrik. Dass ihr das nach eurem Streit so entschieden habt. Gemeinsam. Diese ewigen Streitereien.« Bei ihren letzten Worten zuckte Henrik zusammen. »Morten ist freiwillig gefahren ...«, fuhr sie fort. »Das hast du gesagt. Aber war es auch so?«

BERGEN, ZENTRUM

1983

Morten parkte den Wagen in einer Querstraße unweit des Frimerket und wartete, bis Frode ausgestiegen war. Dann verließ auch er das Auto. Er sah zu der Kneipe, von der Frode gesprochen hatte. Ein Ort für Leute wie sie. An diesem Tag hatte er sich überreden lassen, mit Frode dorthin zu gehen.

Nach ihrer Begegnung auf dem Schulklo war Frode von morgens bis abends in seinen Gedanken. Beim Frühstück, bei den Hausaufgaben, oder wenn er Musik hörte. Hätte Sonja gewusst, was er für Frode empfand, hätte sie ihn sicher umgebracht.

Mortens Blick klebte an Frodes schwarzen Haaren. Nach dem Bad im Fjord lockten sie sich feucht in seinem Nacken. Die glatten Wangen, die dunklen Augen und die festen Muskeln an seinen Oberarmen. Kjetil zog Morten immer damit auf, dass sie sich ähnlich sähen und vielleicht ja Geschwister waren. Wahrscheinlich hatte seine Mutter mit demselben Herumtreiber geschlafen wie die von Frode. Morten ließ diese Kommentare immer an sich abprallen, aber sie taten ihm weh. Frode war schön. Morten liebte es, mit dem Zeigefinger seinen Arm abzufahren und zu spüren, wie Frode reagierte, bevor er ihn küsste. Am liebsten hätte er ihn jetzt, mitten auf der Straße, in die Arme genommen, damit alle sahen, dass sie mehr als Freunde waren.

Aber das war ein Wunschtraum, so würde es nie werden. Früher oder später würde ihre Beziehung enden müssen, aber bis dahin wollte er jede Sekunde genießen und sich so oft wie möglich an Frodes warmen Körper schmiegen. Im Frimerket mussten sie sich nicht verstellen, hatte Frode gesagt. Dort konnten sie das Dorf draußen an den Laternenpfahl binden und für eine Weile sie selbst sein. Niemand würde fragen, wer sie waren oder woher sie kamen. Dort drinnen waren alle wie sie.

Er wurde aus seinen Tagträumen gerissen, als plötzlich vor ihnen die Tür aufging und ein Mann auf die Straße trat, den er kannte. Torleif Tysse aus Øystese. Frode nahm Mortens Hand. Sein Herz hämmerte. So viel zum Thema Anonymität, dachte Morten und versuchte, seine Hand zu sich zu ziehen, aber Frode hielt ihn fest. Ein Ziehen ging durch seinen Körper. Torleif musterte ihn, ohne sonderlich überrascht zu sein, was Morten mehr besorgte, als wenn er die Augen aufgerissen hätte. Wusste sonst noch wer Bescheid? Hatte Frode etwa geredet, irgendwelche Gerüchte verbreitet? Bei dem Gedanken wurde Morten übel. Wenn dem so war, konnte er sich gleich einen Strick nehmen. Denn wenn er es nicht selbst tat, würde sein Vater das für ihn erledigen.

»Sieh an, ihr seid also auch in der Stadt?« Torleif zündete sich eine Zigarette an, ehe er Morten das Päckchen hinhielt. »Schön, dich hier zu sehen«, fügte er hinzu und hielt seinen Blick fest.

Frode trat zwischen sie, schnappte sich das Päckchen und bediente sich.

»He! So nicht mein Freundchen!« Torleif nahm Frode die Zigarette aus dem Mund und warf sie so weit weg wie nur möglich.

»Noch immer sauer?« Frode hatte die hektisch roten Flecken auf den Wangen, die er immer bekam, wenn er etwas von seiner Kindheit erzählte, von den Partys seiner Mutter, den schlaflosen Nächten und davon, wie sie ihn nachts aus dem Zimmer gezerrt und allen gezeigt hatte. Oder von seinen Versuchen, sich unter dem Bett zu verstecken, wenn wieder ein neuer Onkel in sein Schlafzimmer kam ...

Torleif legte die Hände auf Frodes Brust und schob ihn weg. Morten hielt die Luft an und wartete ab, was passierte. Das Letzte, was er jetzt wollte, war, Aufsehen zu erregen. Überraschenderweise blieb Frode aber einfach stehen.

»Mach nur so weiter«, fuhr Torleif fort, »dann ...«

Frode breitete grinsend die Arme aus. »Wovon redest du? Ist Morten nicht okay?« Frode spuckte auf den Boden und traf dabei fast den Schuh von Torleif.

»Lass die Leute in Ruhe. Du bist inzwischen doch wohl erwachsen genug. Glaubst du, ich verstehe nicht, was du hier treibst? Dass du die Leute erpresst? Geld von ihnen forderst?« Torleif wandte sich an Morten. »Du solltest Verstand genug haben und nicht mit diesem Typ abhängen!« Er legte Morten eine Hand auf die Schulter. Sicher hatte er gemerkt, wie angespannt er war und dass er nicht an diesem Ort gesehen werden wollte. Er verstand aber nicht ganz, auf was Torleif da anspielte. Erpressung? Was genau machte Frode?

»Entspann dich. Dein Geheimnis ist bei mir sicher, Morten. Aber meld dich mal, dann können wir reden.« Mit einem herausfordernden Blick zu Frode verschwand er in Richtung seines Wagens.

»Was war das denn? Was meinte er?« Morten drehte sich weg, als Frode ihm den Arm um die Schultern legen wollte.

»Mach dir keinen Kopf.« Frode streckte wieder seinen Arm aus, zog ihn fest an sich und küsste ihn auf den Mund. Über Frodes Schulter sah Morten, wie Torleif das Gesicht verzog, bevor er sich in seinen Wagen setzte.

POLIZEIWACHE KVAM

FREITAGNACHMITTAG, 4. MAI 2018

Ich will euch wirklich so schnell wie möglich ins verdiente Wochenende entlassen«, leitete Bengt die Sitzung ein, »aber bis dahin müssen wir noch ein paar Sachen klären und abhaken. Wir können die Identität nicht öffentlich machen, bevor sie nicht zweifelsfrei bestätigt ist, was uns aber nicht davon abhalten soll, hausintern im Mordfall Morten Vik zu ermitteln. Nach unserem bisherigen Kenntnisstand können wir davon ausgehen, dass der Mord im Herbst 1983, genauer im Oktober passiert ist, also zu dem Zeitpunkt, als Morten laut seinen Eltern weggegangen ist. Vorläufig haben wir noch keine Hinweise, dass ihn danach noch jemand lebend gesehen hat. Zumindest nicht von den Zeugen, die diesbezüglich befragt wurden. Dank eurer gründlichen Arbeit können wir mit großer Wahrscheinlichkeit davon ausgehen, dass die sterblichen Überreste, die wir gefunden haben, tatsächlich zu Morten Vik gehören. Die Vorstellung, dass er über dreißig Jahre dort verscharrt war und keine Menschenseele ihn vermisst hat, das geht ganz schön unter die Haut.« Er schaute in die Runde. »Ich habe heute mit der Schulleiterin vom Gymnasium Øystese gesprochen. Sie hat sich bei den damals angestellten Lehrern umgehört und bestätigt, dass Mortens engerer Freundeskreis aus Sonja Hellestveit, Ernst Skeie, Jørn Råen und Kjetil Stuve bestand.«

Er stand auf und ging zu der Pinnwand, an der die Fotos von Mortens vier Freunden hingen.

»Den zuletzt Genannten kennt ihr vielleicht, er arbeitet als Anwalt in der Kanzlei Skarve. Wir werden mit allen vieren sprechen, sobald Mortens Identität bestätigt ist. Aber wir sollten uns genau überlegen, mit wem wir anfangen. Wer war am engsten mit Morten? Wer kannte ihn am besten? Von wem kriegen wir Informationen, die uns weiterbringen? Warum ist Morten so plötzlich abgehauen? Wir wissen, dass er mit seinem Vater aneinandergeraten ist, aber ist das der einzige Grund?«

Er zeigte auf ein Klassenfoto von Mortens Klasse, auf dem die größten Jungs in der hinteren Reihe standen. Auf der rechten Seite, ein klein wenig abseits, stand der Lehrer.

»Das ist Morten.« Bengt zeigte auf einen dunkelhaarigen Jungen in der hinteren Reihe.

»In seiner Jeansjacke«, sagte Susanne.

»Ja, sieht so aus.«

Es gab auch noch ein Passfoto von Morten, das gleiche wie im Schulausweis, nur farbig. Darauf kamen Mortens helle Augen stärker zur Geltung. Bengt hatte Kreuzschmerzen, weil er am Abend auf dem Sofa eingeschlafen war, deshalb setzte er sich auf seinen Bürostuhl.

»Mit zwei inzwischen pensionierten Lehrern habe ich bereits gesprochen. Den Klassenlehrer kontaktiere ich später. Die heißen inzwischen anders, oder?«

»Kontaktlehrer«, sagte Susanne.

Bengt nickte.

»Es war ein seltsames Gefühl, mit den beiden Lehrern zu sprechen – ich hatte selbst früher Unterricht bei ihnen.«

Er goss sich einen Kaffee ein und trank einen Schluck, ehe er sich wieder zu Susanne und Lars drehte.

»Karl Ombo war schon zu meiner Zeit ein echter Stinkstiefel, und er hat sich nicht verändert, um es mal freundlich auszudrücken. Er hat sich geweigert, ohne die Zustimmung der Schulleitung irgendetwas zu sagen.« Bengt schüttelte den Kopf. »Es hat auch nichts genützt, als ich ihm gesagt habe, dass die Schulleitung bereits zugestimmt hat. Ich gehe davon aus, dass wir uns nicht weiter um den Waldschrat kümmern müssen. Selbst wenn er den Mund aufmacht, wäre die Ausbeute vermutlich minimal. Hallvor Bruvik war dafür umso mitteilsamer. Er erinnert sich an jeden einzelnen seiner Schüler, mich eingeschlossen, und hat mir bestätigt, dass Morten ein guter Schüler war. Reifer als die anderen. Er ist ein Jahr später eingeschult worden als sie. Morten war allseits beliebt, unter anderem deswegen fand Bruvik es sonderbar, dass er völlig überraschend mitten im Schuljahr abgesprungen ist.« Bengt schnappte sich einen Kugelschreiber und ließ ihn zwischen den Fingern kreisen. »Die Sache hat ihn so beschäftigt, dass er den Eltern nach Mortens Verschwinden einen Besuch abgestattet hat, obwohl Morten schon volljährig war. Bruvik hatte Unterhaltungen in der Klasse mitbekommen, kleine Lästereien darüber, dass Morten homophil sein sollte, und sich gefragt, ob das vielleicht der Grund für Mortens Weggang war.«

»Schwul. Können wir schwul sagen?«, fragte Lars. »Homophil klingt so klinisch. Das ist keine Diagnose mehr.« Er sah sich das Foto von Morten an. »Das war damals bestimmt nicht ganz leicht, denke ich.«

»Genau das hab ich auch gedacht.« Bengt trank einen Schluck, bevor er weiterredete. »Auf jeden Fall waren das Dinge, über die nicht offen gesprochen wurde. Halvor Bruvik wurde damit abgespeist, dass an Mortens Verschwinden nichts Dramatisches wäre, während Henrik Vik mir erzählt hat, dass er und sein Sohn sich in grundlegenden Dingen uneinig waren. Irgendwo dazwischen liegt vermutlich der Hund begraben.«

Er stand auf und ging zu der Pinnwand.

»Sonja war offiziell Mortens Freundin, aber Bruvik meinte, das wäre nur ein Ablenkungsmanöver gewesen. Kjetil Stuve, der Anwalt, war wohl schon damals ehrgeizig und zielstrebig«, sagte Bengt und sah seine Kollegen an, die wie er im Rahmen ihrer Arbeit bereits mit dem Anwalt zu tun gehabt hatten. »Jørn Råen kenne ich ein bisschen. Ältester Sohn und Erbe einer der größten Höfe oben in Børve ... Und Ernst Skeie.« Bengt zögerte etwas bei dem letzten Foto. »Er hat das Haus seiner Eltern auf Vavollen übernommen. Das letzte Haus in der Reihe, wo wir die sterblichen Überreste gefunden haben. Lehrer in der Mittelstufe und Vorsitzender der Linkspartei.« Er drehte sich zu den beiden anderen um. »Bei einer schnellen Suche habe ich bei keinem von ihnen irgendwelche Vorstrafen gefunden. Aber trotzdem, wir werden mit ihnen reden müssen. Vermutlich kannte Morten niemand so gut wie die drei.«

Bengt merkte, wie rastlos er war, außerdem hatte er Hunger. Zum Glück war bald Wochenende. Er freute sich darauf, vor Lerke nach Hause zu kommen, etwas Gutes zu kochen, sich ein Glas Wein einzuschenken und mit Thomas zu reden. Die meisten Punkte an der Pinnwand hinter ihm waren aber noch unbeantwortet. Sie suchten nach dem Tatort und wussten nicht, was wirklich passiert war. Statt eines möglichen Täters hatten sie nur ein paar Personen, die Morten damals gekannt hatten, mehr nicht. Sie wussten nicht einmal, wie er gestorben war. Außer Henrik Viks Aussage, dass er Morten vor die Tür gesetzt hatte, hatten sie kaum Informationen. Und auch der Zeitpunkt des Mordes war nur vage einzugrenzen, irgendwann im Oktober 1983. Vorläufig gab es noch keine Theorie über ein Motiv, nur Hypothesen.

Er holte tief Luft und schaute von Susanne zu Lars, um sicherzugehen, dass sie noch zuhörten.

»Der Täter ist häufig im näheren Bekanntenkreis zu finden. Wir kennen die Namen seiner Freunde, aber was ist aus ihnen geworden? Wir wissen, wo sie arbeiten, aber mit wem verbringen sie ihre Freizeit? Ist die Freundschaft zerbrochen? Gab es Konflikte? Die üblichen Fragen eben.«

Bengt kratzte sich mit dem Kugelschreiber an der Nase, um seinen Kollegen Zeit zu geben, sich Notizen zu machen und bei Bedarf Fragen zu stellen, aber es kamen keine.

Er sah sich Sonja Hellestveit an. Hellrosa Pulli, Dauerwelle und hellrosa Lipgloss.

»Was ist mit Sonja? Wie hat sie reagiert, als ihr die Gerüchte zu Ohren gekommen sind, ihr Freund wäre ... schwul?«

»Sauer, tippe ich mal.«

Lars sah Susanne an, die zustimmend nickte.

»Wäre das ein Motiv?«

»Möglich«, sagte Lars. »Aber sollten wir nicht erst mal verifizieren, ob er wirklich schwul war? Das wird ja auch gerne mal als Beleidigung rausgehauen.«

»Natürlich«, sagte Bengt. »Und was ist mit den Freunden. Schwule hatten damals vermutlich keinen besonders hohen Status in der Gruppe.«

»Ich frag mal Torleif. Torleif Tysse«, sagte Susanne und wartete kurz, um sicherzugehen, dass die anderen wussten, wen sie meinte. Torleif war ein Freund von ihr. »Er war bekennender Schwuler und 1983 bereits erwachsen. Vielleicht weiß er ja was über Morten.«

»Super! Ich habe in der Zwischenzeit das Liegenschaftskataster überprüft«, sagte Bengt. »Familie Tornes hat im Laufe der letzten sechs Monate zwei Häuser verkauft. In Vavollen und in Tolomarka. Möglicherweise ist es nicht weiter relevant, aber es wäre schon interessant zu erfahren, warum sie das Haus in Vavollen vermietet und sich selbst ein neues Haus eine Viertelstunde entfernt gekauft haben. Gab es einen besonderen Grund oder Vorfall, dass sie dort nicht mehr wohnen wollten?«

Bengt ließ die Frage im Raum stehen.

»Na ja, nachdem sie einen Arm im Garten vergraben hatten, fanden sie es vermutlich nicht mehr so attraktiv, weiter dort zu leben«, sagte Lars trocken. »Und mit der Vermietung an den verschrobenen Kleppemann konnten sie einigermaßen sicher sein, dass sich niemand an dem Hang zu schaffen macht.« Er schnappte sich sein Smartphone vom Tisch, als das Display aufleuchtete. »Eine Mail aus Bergen«, sagte er und stand auf.

Bengt wartete, bis Lars die Tür hinter sich zugemacht hatte.

»Der Kleppemann lebt nicht mehr«, sagte er schließlich. »Wir stufen Vavollen nicht als Tatort ein, nicht zuletzt wegen der wenigen Funde. Und es ist ja nun mal kein Verbrechen, ein verschrobener Kauz zu sein. Wir können ihn also von unserer Liste streichen.«

Susanne war seiner Meinung. Bengt schob seine Unterlagen zusammen, schenkte sich ein Glas Wasser ein und leerte es in einem Zug. Er mochte solche effektiven Treffen, in denen die Aufgaben verteilt wurden und es an die Arbeit ging.

»Und Selbstmord schließen wir aus?« Susanne stand auf und gähnte.

»Das müssen wir natürlich im Hinterkopf behalten, aber solange wir den Rest der Leiche nicht gefunden haben, lässt sich das nicht mit Sicherheit sagen.«

»Dann tendierst du also zu der Theorie, dass er möglicherweise zerstückelt wurde?«

Bengt zuckte mit den Schultern.

»Im Augenblick habe ich mich noch nicht festgelegt. Es kommt mir aber völlig abwegig vor, dass jemand aus der Gegend so etwas gemacht haben sollte. Lars und ich werden morgen mit dem Ehepaar Tornes reden, er wohnt ja praktischerweise direkt unter ihnen. Das wird nicht lange dauern. Aber jetzt sieh du erst mal zu, dass du ein bisschen Schlaf bekommst.«

»Vergiss es!«, Susanne legte den Kopf schief und schob die Hände in die Hosentaschen. »Freiwilligendienst im Dorfgemeinschaftshaus Skogheim. Ein fünfzigster Geburtstag. Ich bin für den Abwasch eingeteilt. Um davon befreit zu werden, müsste ich entweder meine Sterbeurkunde vorlegen oder aus Myrane wegziehen. Eins von beiden.«

»Bergen hat sich echt ins Zeug gelegt.« Lars kam ins Zimmer gerauscht, wedelte mit einem Blatt Papier herum und grinste zufrieden. »Sie haben im Staatsarchiv tatsächlich etwas über Morten Vik gefunden.«

Susanne setzte sich wieder, Bengt blieb stehen. Sein Puls schnellte hoch.

»Eine Anzeige vom 26. Oktober 1983«, fuhr Lars eifrig fort. »Wegen Körperverletzung.« Er setzte sich auf die Schreibtischkante neben Susanne. »Es gab keine polizeiliche Untersuchung, weil die Anzeige kurze Zeit später zurückgezogen wurde.«

Die drei sahen sich an. Susanne stand langsam auf. Bengt machte einen Schritt auf Lars zu.

»Zurückgezogen?«, hakte er nach.

»Die Anzeige kam von einem Karsten Storhei. Er hat Morten schwer verletzt auf der Straße gefunden.«

»Karsten? Der alte Mann, der immer in dem Café im Coop rumhängt?« Susanne schob den Bleistift in den Mund und kniff die Augen zusammen. »Den kenne ich.«

»Kann sein.« Lars reichte Bengt den Bericht. »Mehr steht hier nicht.«

Sie begaben sich in den Pausenraum für einen letzten Kaffee vorm Wochenende. Bengt nahm sich den Bericht aus Bergen vor.

»Körperverletzung«, sagte er, als er fertig war. »Ansonsten steht in dem Bericht wirklich herzlich wenig.«

Er schaute von Susanne zu Lars, dann an die gegenüberliegende Wand mit der Fotogalerie der ehemaligen Bezirkspolizeichefs. Da hingen sie, allesamt, gerahmt hinter Glas, wie eine Ahnengalerie. Alle in Uniform ... nur Männer. Vor dem letzten Porträt in der Reihe blieb er stehen. Sein Vorgänger. Er war 1983 im Dienst gewesen.

Bengt warf das Blatt vor sich auf den Tisch, nahm von Susanne einen Kaffeebecher entgegen und griff sich ein süßes Teilchen. Er kaute nachdenklich.

»Aber der Bericht ist schon mal ein Anfang. Wir bestellen Karsten ein.«

SKIPADALEN

FREITAGABEND, 4. MAI 2018

Bengt, komm doch mal hoch!«, rief Lerke ihm aus dem oberen Stockwerk zu, sobald er das Haus betreten hatte. Er stellte die Einkaufstüten in der Küche ab.

»Gleich!«

Er räumte die Waren in den Kühlschrank und spürte, wie Muskeln und Kopf dagegen protestierten, heute noch zu entrümpeln. Gleichzeitig meldete sich aber auch das schlechte Gewissen. Es roch nach Kernseife, und die untere Etage sah aus wie aus einem Möbelkatalog. Lerke hatte ihren Freitagsputz gemacht. Es hatte sich einiges verändert, seit sie eingezogen war. Sie hatte sich wirklich ins Zeug gelegt und eine Reihe Verschönerungsarbeiten vorgenommen. Die nachgedunkelte Holzverkleidung der Wände war durch Gipsplatten ersetzt und in freundlichen Farben gestrichen worden. Jetzt stand das obere Stockwerk an.

Das Gerumpel von oben ließ vermuten, dass sie schon in vollem Gang war. Bengt streckte die Arme über den Kopf und gähnte. Er hörte Thomas' hysterisches Lachen, gefolgt von Lerkes Wiehern und musste grinsen. Im Hintergrund lief der Radiosender P4. Am liebsten hätte er sich jetzt einfach auf dem Sofa ausgestreckt, aber wann ihm das mal wieder vergönnt sein würde, wussten nur die Götter.

»Shit! Das war alles hier untergebracht?«, fragte er von der oberen Treppenstufe nach einem Blick durch das Dachgeschoss.

Überall standen Kisten herum: auf dem Boden, auf dem Sofa, auf dem Couchtisch und unter dem großen Flachbildschirm an der Wand. Sein Blick blieb an mehreren Neoprenanzügen und einem Rennrad hängen, von dem er eigentlich geglaubt hatte, es schon vor seiner Volljährigkeit entsorgt zu haben. Bengt unterdrückte ein Stöhnen und stieg über die Kartons in die Mitte des Raums.

»Guck mal, was wir gefunden haben«, sagte Thomas, der mit in die Luft gestrecktem Hinterteil in einem Pappkarton wühlte. »Sind das Opas Sachen? Da sind lauter alte Fotos drin.« Er hielt ein in rot-blauem Blumenmuster gebundenes Album hoch.

»Bestimmt«, sagte Bengt mit einem sehr kurzen Blick auf den Kartoninhalt. »Sicher Fotos von Sonnenuntergängen. Das Einzige, was ihn interessiert hat. Wahrscheinlich nur Schrott. Lass es einfach in der Kiste liegen.«

»Nein, das ist kein Schrott. Jedenfalls nicht, was ich gesehen hab. Da sind auch Fotos von dir dabei! Von dir und deiner Mutter. Lerke hat gesagt, ich soll warten, bis du nach Hause kommst«, sagte Thomas, ohne auf Bengts Reaktion zu achten. »Du hast nie was von Oma erzählt.« Er stand auf und drückte seinem Vater das Album in die Hand. »Da sind haufenweise Bilder drin, das musst du dir angucken.«

Bengt riss sich zusammen, aber sein Herz hämmerte in der Brust. *Fotos von mir und Mama?* Thomas' Augen funkelten, wie schon lange nicht mehr, während er selbst spürte, wie auch der letzte Funke Energie aus ihm herausrann.

»Ich weiß nicht.« Bengt fühlte sich in die Ecke gedrängt. »Sie ist schon so lange tot. Und wir wollen hier jetzt erst mal was wegschaffen.«

Es gab einen Grund, warum er nie die Hinterlassenschaften seines Vaters durchgegangen war. Er hatte sich mit dem

Tod seiner Mutter abgefunden und ganz bestimmt nicht damit gerechnet, dass es noch Fotos von ihr gab. Von ihnen beiden.

»Wir wollen doch aufräumen und nicht in alten Fotoalben blättern«, sagte er und wuschelte Thomas durch die Haare.

»Das ist auch Aufräumen.« Lerke schob sich rückwärts aus dem Kriechboden und zog einen Wassereimer hinter sich her.

»Hast du auch da drinnen geputzt?«

»Na, selbstverständlich. Wenn schon, denn schon.«

Sie sah sich um und wischte sich mit dem Handrücken den Schweiß von der Stirn. Sie hatte sich ein buntes Tuch um die Haare gebunden, trug schwarze Leggins und ein knallrosa Unterhemd.

»Wo kommt die ganze Energie her? Wann bist du aus Bergen gekommen? Bist du nicht müde?«

Lerke schaute auf ihr Fitbit-Armband.

»Vor ungefähr zwei Stunden. Palle hat sich ins Wochenende verabschiedet. Brann hat ein Heimspiel gegen Tromsø.«

Palle Rolfsen war Vorsitzender des Fanclubs von Brann. Es war nicht ungewöhnlich, dass er Fußball über eine Mordermittlung stellte, speziell wenn es sich wie jetzt um einen dreißig Jahre alten Fall handelte. Bengt hatte den Pathologen nicht nur einmal in seinem roten Fußballtrikot im Obduktionssaal in Gades angetroffen, nachdem er einen heiß ersehnten Sieg gefeiert hatte. Bengt selbst konnte auf Anhieb nicht sagen, wann er das letzte Mal bei einem Spiel in Bergen gewesen war. Noch vor einigen Jahren wäre es undenkbar gewesen, keine Saisonkarte zu kaufen. Aber es gab eine Menge Dinge, die er inzwischen vernachlässigte wie Training, Bowling, Fußball, Fischen … Dinge, die er gemacht hatte, bevor er Lerke kennengelernt hatte.

»Wollen wir Sonntag mal zu einem Spiel?«, fragte Bengt in der Hoffnung, mit dem Themenwechsel Thomas von dem Album abzulenken. Aber Thomas murmelte nur ein kurzes »Nö« und machte es sich mit dem Album auf dem Schoß auf dem Sofa bequem.

»Erst das hier, dann überleg ich mir das mit dem Fußball«, sagte er altklug.

Bengt setzte sich neben Thomas und nahm ein anderes Album aus dem Karton, ohne es aufzuschlagen. Bei einem Blick in den Karton zählte er vier weitere Alben, und es durchströmte ihn warm, als Thomas sich in seine Armbeuge kuschelte, wie er es früher immer getan hatte.

»Dann schauen wir doch mal«, sagte Bengt so beiläufig, wie es ihm gelang, und schlug die erste Seite auf. Es durchzuckte ihn, als er die Frau mit dem Baby auf dem Arm sah. Das musste seine Mutter sein, und das Baby auf ihrem Arm war er. Er schätzte, dass er auf dem Foto ungefähr ein Jahr alt war. Da war sie also noch bei ihnen gewesen, dachte er und blätterte weiter.

»Bist du das?«

Bengt sah aus dem Augenwinkel, dass Thomas zu ihm hochschaute. Ihm schoss die Hitze ins Gesicht wegen des sorgsam versteckten Geheimnisses, das sein Sohn unwissentlich gelüftet hatte.

1983

Warmes, gelbliches Licht drang durch die Ritzen der Planken des alten Bootshauses in Lundanes. Versteckt hinter einem alten Ruderboot lag dicht an der Wand eine Schaumstoffmatratze. Wasser gluckste über die Steine am Ufer, und es roch nach Meer, Tang und verschwitzten Körpern.

»Warte«, flüsterte Morten und richtete sich auf. »Nicht so.« Er schälte sich aus der engen Hose. Ein kalter Lufthauch strich über seine Schenkel, als er sich hinlegte und mit den Fingern über Frodes breiten Brustkorb fuhr. Die Härchen rund um die Brustwarzen waren so weich. Dann wanderten seine Finger weiter zu Frodes Hals und den Lippen.

Frode schob ihn von sich, griff in Mortens Haar und drückte seinen Kopf auf seinen Schritt.

Mortens Puls hämmerte vor Erregung, aber da war auch ein Hauch von Scham und Unbehagen. Er tat, was Frode von ihm wollte, obwohl er unangenehm nach ungewaschenem Körper schmeckte.

Anschließend lag er still da und dachte an Torleif Tysse. Was hatte er an jenem Abend vor dem Frimerket gemeint? Machte Frode wirklich irgendwelche krummen Dinger? Seit dieser Begegnung fürchtete er mehr als zuvor, sein Vater könne alles herausfinden. Gleichzeitig wurde er das Gefühl nicht los, dass Frode ihm auch irgendwann in den Rücken fallen könnte.

Es ging nicht nur um das, was Torleif gesagt hatte. In der letzten Zeit hatte sich das Verhältnis zwischen Frode und ihm irgendwie verändert. Zärtlichkeit und Wärme waren abgelöst worden durch eine konstante Unruhe und Gereiztheit bei Frode, als wäre er ihn schon leid.

Ihre Beziehung war nicht mehr das, wovon Morten geträumt hatte, als er zu Hause unter der Decke gelegen und die Magazine gelesen hatte, die er sorgsam hinter der Verkleidung der Zimmerdecke versteckte. Er dachte immer häufiger darüber nach, einfach abzuhauen, vielleicht nach Oslo, wie schon so viele andere vor ihm. Oder nach Kopenhagen in die Freistadt Kristiania. Aber dann waren im Sommer plötzlich diese hässlichen Schlagzeilen in den Zeitungen gewesen. Über die panische Angst des Personals im Rigshospital, sich mit Aids anzustecken. Und im September hatte in der Zeitung gestanden, dass nun auch Norwegen seinen ersten Aids-Toten habe. Frode war das alles scheißegal, Morten hingegen machte es Angst. Im Frimerket hatte jemand von Schwulen erzählt, die in die USA gegangen und krank zurückgekommen waren.

Der eigentliche Grund, weshalb er blieb, war aber seine Mutter. Die Art, wie sie ihn, wenn sie sich unbeobachtet fühlte, ansah; die Trauer in ihren Augen, wenn sie ihm tröstend über die Wange streichelte, wenn er gar keinen Trost brauchte. Zwischendurch sprach sie es sogar aus, dass es in Ordnung sei, dass er so war, wie er war, aber … Immer lag irgendwie ein »Aber« in der Luft. Dass sie sich wünschte, dass er nicht »so« wäre … Für seinen Vater wäre die Sache viel klarer. In seinen Augen war es schmutzig, amoralisch, unnormal und krank … und vielleicht hatte er ja recht?

»Hast du schon mal einen Dreier versucht?« Frode inhalierte tief und blies dicke Rauchringe an die Decke. Er lag neben Morten auf dem Rücken. Morten nahm die Zigarette und betrachtete die Glut.

»Nein, was denkst du denn, ich will nicht mit Mädchen schlafen. Ich will nur mit dir zusammen sein, so wie jetzt.«

»Ha? Und warum fickst du dann Sonja?« Frode hob einen faustgroßen Stein vom Boden auf und streckte ihn über den Kopf. Für einen Moment fürchtete Morten, er würde ihm den Stein gegen die Stirn schlagen, doch dann hämmerte Frode ihn an die Wand hinter ihm. So nah, dass er den Luftzug spürte.

»Lass das!« Morten schob sich an der Wand entlang, drückte die Zigarette auf einem Stein aus und zog sich die Jeans an. Dann stand er auf und band sich die Schuhe.

»Es gibt noch andere als dich, die scharf auf mich sind. Das ist dir doch wohl klar«, sagte Frode. Seine Augen wurden schmal, und sein Mund verzog sich zu einem schiefen Grinsen, bei dem es Morten kalt den Rücken herablief. Und wieder dachte er daran, dass Torleif etwas von Erpressung gesagt hatte. »Ich meine das ernst«, sagte Frode und zog sich seine Hose an. »Männer sind scharf auf mich und bezahlen mich gerne mal für eine Nummer. Sie mögen es allerdings weniger, wenn ich auch Geld dafür verlange, dass ich den Mund halte und nicht erzähle, was sie in Wahrheit für Leute sind.«

Redete er jetzt über Torleif? Morten zog sich fertig an und ging nach draußen. Frode folgte ihm, nahm einen Kiesel und ging an die Spitze der Landzunge, wo er den Stein in Richtung einer Möwe schleuderte, die auf dem Wasser saß. Morten atmete erleichtert aus, als er sah, dass der Wurf sein Ziel verfehlte. Er wandte den Kopf zur Seite und erblickte eine gestreifte, fuchsrote Waldkatze, die auf sie zulief. Sie schlich durch das Gras, bis sie Morten bemerkte und sich rasch näherte. Voller Vertrauen strich sie um seine Beine. Morten nahm sie hoch und setzte sich auf einen Felsen. Die Katze war warm, und er drückte seine Nase in das weiche Fell. Sie schnurrte, als wäre alles normal. Dabei war es das ganz und gar nicht.

»Puss, puss«, lockte Frode sie an und hockte sich hin.

Die Katze sprang von Mortens Schoß und lief zu Frode, als wären sie alte Freunde. Sie miaute laut.

»Magst du sie?«, fragte Frode und hob sie hoch. Doch noch ehe Morten antworten konnte, fuhr er fort: »Weißt du, dass Katzen Wasser hassen?« Er fuhr mit der Hand langsam über das Fell und hielt Mortens Blick wie in einem Schraubstock fest. Mortens Herz überschlug sich, aber trotzdem war er nicht vorbereitet auf das, was dann geschah.

Frode packte die Katze am Schwanz und schwang sie wie ein Hammerwerfer um sich herum und in Richtung Wasser. Das Tier strampelte wild mit den Beinen, bevor es klatschend im Wasser landete.

»Was zum Henker machst du da!«, schrie Morten und sprang auf. Er lief zu Frode, als könnte er irgendwie rückgängig machen, was der getan hatte, dann machte er auf dem Absatz kehrt. Die Katze kämpfte sich verzweifelt in Richtung Land. »Zum Teufel mit dir, Frode!«, schrie Morten und lief los. »Mit dir stimmt doch was nicht!«

Am Ufer wurde er von einem festen Griff um seinen Oberarm aufgehalten.

»He! Beruhig dich wieder. Das ist doch nur eine Katze! Ich frage mich eher, ob mit *dir* alles stimmt.«

Frode lachte. Und verpasste Morten einen kräftigen Stoß, sodass er nach vorne taumelte und ins Wasser stürzte. Morten ruderte mit den Armen, brachte die Beine auf den Boden und watete in Richtung Katze. Er bekam sie zu fassen und hielt sie fest im Arm, als er zurück an Land ging.

Die Katze wand sich unter seinen Fingern, miaute laut, schrie mit weit aufgerissenen Augen und bohrte ihre Krallen in Mortens Unterarm. Sie bekam eine Pfote los, kratzte ihm durchs Gesicht und sprang aus seinem Arm. Einen kurzen Moment blieb sie stehen und schüttelte das Wasser aus ihrem Fell, dann verschwand sie wie eine Rakete in Richtung Wald.

Morten war bis auf die Knochen nass. Ein kalter Wind strich über den Fjord, aber es war nicht die Kälte, die ihm einen Schauer über den Rücken trieb. Frode hielt mit fieberhaftem Blick nach der Katze Ausschau, und Morten verstand etwas, das er schon längst hätte verstehen müssen: Frode war komplett verrückt.

Ein neues Gefühl beschlich ihn, ein Gefühl der Gefahr, und er spürte, dass er die Dinge nie wieder ungeschehen machen konnte.

»Verdammt noch mal! Kapierst du es echt nicht?« Frode kam zwei Schritte auf ihn zu. Morten wich zurück, ohne dass Frode das zu bemerken schien. »Nicht nur Mädchen verkaufen sich, verstehst du? Das wird verdammt gut bezahlt, besonders hinterher.« Frode machte eine Kunstpause, als wollte er sich vergewissern, dass Morten verstand, auf was er hinauswollte. »Außer Torleif«, fügte er kichernd hinzu. »Der zahlt nicht. Bei dem ist nichts zu holen, aber es gibt verdammt viele in der Gemeinde, die auf Schwänze scharf sind. Wirklich verdammt viele.«

Morten schnappte nach Luft, als ihm alles klar wurde. Frode erpresste Männer, die Angst vor der Öffentlichkeit hatten. Die nicht wollten, dass jemand von ihrer Homosexualität erfuhr. Und ihm wurde klar, dass er jederzeit der Nächste sein konnte. Er war in die Falle getappt. Wütend fuhr er sich mit der Hand über die Augen.

»Dumm gelaufen, denn ich habe nun wirklich kein Geld.«

Er wollte gehen, aber Frode versperrte ihm den Weg.

»Geh doch«, zischte er. »Ist mir egal. Aber dann bist du nie mehr sicher, dass ich das nicht deinem Vater stecke. Du hast vielleicht kein Geld, aber was meinst du, wie viel er zahlen würde, damit ich meinen Mund halte?«

SKIPADALEN

FREITAGABEND, 4. MAI 2018

Bengt wusste nicht, was er sagen sollte. Er erinnerte sich nicht an seine Mutter, er erkannte sie auf den Fotos nicht wieder, trotzdem erfüllten die Bilder ihn mit Wärme, als wäre die Erinnerung an sie in seinen Genen abgespeichert. Auch Thomas war still geworden, er schien instinktiv zu verstehen, dass sein Vater Zeit brauchte. Er blätterte weiter. Alle Bilder waren von ihm allein oder zusammen mit seiner Mutter.

»Verdammt schlechte Auflösung«, kommentierte Thomas trocken. Lerke setzte sich auf die Armlehne neben Bengt. Er entspannte sich etwas, als sie ihm die Hand auf die Schulter legte und sanft drückte. Es fühlte sich wie eine Ewigkeit an, dass sie zuletzt so beieinandergesessen hatten.

»Guck mal, Papa als Baby.« Thomas fuhr mit dem Zeigefinger über das Bild. »Wie süß. Du siehst aus wie ich. Auf den Babyfotos, die du unten von mir hast, sehe ich fast genauso aus.«

Und wie meine Mutter, dachte Bengt und konnte den Blick nicht von ihr nehmen. Da war sie, die Mutter, an die er sich nicht erinnern konnte und deren Grab er nie gefunden hatte.

»Wo ist sie beerdigt worden«, fragte Thomas, als würde er seine Gedanken lesen.

Bengt sah zu Lerke, die ihm aufmunternd zunickte, dabei hatte die Frage ganz und gar nichts Aufmunterndes an sich. Eine Erinnerung huschte durch seine Hirnwindungen. Er war als Kind allein zum Friedhof gefahren und hatte den Namen seiner Mutter auf den Grabsteinen gesucht. Um zu überprüfen, ob sein Vater die Wahrheit gesagt hatte. Er hatte sie aber nie gefunden.

Auch nicht im Studium, trotz seines Zugangs zu unzähligen Registern. Ihr Name war nirgends aufgetaucht. Irgendwann hatte er die Suche nach ihr aufgegeben. Hin und wieder tauchte der Gedanke an sie auf, eine vage Erinnerung, wie ein Ziehen im Bauch, das rasch wieder vorbeiging.

»Ich weiß es nicht«, sagte Bengt. »Mein Vater hat nie über sie gesprochen. Vielleicht wusste er es nicht? Sie hat ihn verlassen und ist dann irgendwann gestorben.«

»Machst du Witze?« Thomas sah ihn mit großen Augen an. »Hast du etwa nicht nach ihr gesucht?« Er wartete die Antwort nicht ab. »Du weißt also gar nicht mit Sicherheit, ob Oma wirklich tot ist?«

Oma ... Bengt sah sich das Bild noch einmal an. Seine Mutter war eine schöne Frau, stellte er überrascht fest. Obwohl er eher einen hellen und sie einen dunklen Teint hatte, sah er seine Züge in ihr. Sie hatten die gleichen Augen.

Er machte sich aus Lerkes Arm frei, legte das Album auf den Tisch und ging zu der offenen Terrassentür. Vor ihm lag der Fjord. Er brauchte Luft. Draußen blieb er stehen und ließ seinen Blick schweifen, während er langsam zu dem kleinen Jungen zusammenschrumpfte, der er einmal gewesen war und der immer diese unendliche Sehnsucht gespürt hatte.

»Für dich sollte es doch kein Problem sein, mehr herauszufinden«, sagte Thomas, der zu ihm nach draußen gekommen war und die Arme um ihn schlang.

»Vielleicht«, sagte Bengt und schluckte. »Ich war irgendwann an einem Punkt, an dem ich Abstand brauchte. Und danach sind die Jahre einfach so vergangen.«

»Wie hieß sie?«

»Nora. Nora Haugen.«

Er bemerkte, dass der Kirschbaum in der Gartenmitte zur Freude der Bienen und Hummeln in voller Blüte stand. Das Summen … er liebte diesen beruhigenden Frühjahrston.

Er sah nach rechts zu dem weißen Nachbarhaus. Es hatte viele Jahre leer gestanden, nachdem Familie Gulliksen ausgezogen war. Es gab so viele tragische Schicksale, und sein eigenes war bei Weitem nicht das schlimmste. Jetzt wollte William in das Nachbarhaus einziehen. Dann hätte Bengt alle Menschen, die ihm wichtig waren, um sich herum: Thomas, Lerke und Esso-William, wie er in der Gegend genannt wurde, weil ihm die Tankstelle in Øystese gehörte. Mehr Menschen brauchte er nicht. Die Freunde aus der Kindheit und Jugend waren einer nach dem anderen verschwunden. Einige waren nach Oslo gegangen, andere nach Bergen, und zu wieder anderen hatte er einfach den Kontakt verloren. Von manch einem hatte er sich auch selbst distanziert, nachdem er Polizist geworden war.

Thomas nahm seine Hand und drückte sie.

»Wir können ja gemeinsam nach ihr suchen. Ich helfe dir dabei.« Bengt hob den Blick und wollte protestieren, aber Thomas kam ihm zuvor. »Wir können MyHeritage nutzen. Du weißt schon, so ein Ahnenforschungstool im Netz. Du schickst deine DNA ein, mit der sie Verwandte auf der ganzen Welt finden. Komm, ich zeig's dir. Mama nutzt das. Sie meint, es wäre wichtig, seine Wurzeln zu kennen.«

Lerke kam Bengt zu Hilfe.

»Das muss warten«, sagte sie streng und hielt sie mit dem Schrubber als Waffe zurück. »Erst müssen wir hier fertig werden. Morgen ist Samstag, aber da haben wir nicht frei, ich nicht und du auch nicht, Bengt. Und du wirst bald konfirmiert«, sagte sie zu Thomas, aber Bengt spürte, dass die Worte nicht minder ihm galten.

»Ich glaube, für diese Suche es ist zu spät, Thomas«, sagte Bengt, um den Enthusiasmus seines Sohnes etwas zu bremsen. »Das alles ist so lange her. Wenn sie noch am Leben wäre, wäre sie doch sicher irgendwann hier aufgetaucht, genau wie du. Lass die Kartons stehen. Ich werde sie selbst mal durchgehen. Jetzt müssen wir Lerke helfen.«

Den Rest des Abends arbeiteten sie gemeinsam in dem Dachzimmer. Thomas half, ohne sich zu beschweren, Bengt bemerkte aber, dass sein Blick immer wieder zu den Kartons wanderte, die sie in einer Ecke der Mansarde übereinandergestapelt hatten.

Später im Bett lag er noch eine ganze Weile wach da. Schließlich stand er auf und schlich nach oben ins Dachzimmer. Er nahm den großen Karton mit dem Fotoalbum und trug ihn in den Wintergarten. Dann holte er sich ein Bier aus dem Kühlschrank und setzte sich. Thomas hatte recht. Er hätte das schon längst abklären sollen. Es war, als spräche sein Vater zu ihm. Wenn er nicht gewollt hätte, dass Bengt sie findet, hätte er die Kartons doch sicher weggeschmissen?

Bengt blätterte die Alben rasch durch. Es gab noch ein weiteres mit Fotos von ihm und seiner Mutter. Beim Anblick des Babys in den selbst gestrickten Wollsachen ging ihm das Herz auf. Die übrigen Alben hatten eine andere Wirkung auf ihn. Auf den Fotos waren seine Eltern gemeinsam mit anderen Paaren zu sehen. Die Bilder mussten vor seiner Geburt aufgenommen worden sein, die Eltern sahen jünger aus, und sowohl die Kleider als auch die Qualität der Fotos mit dem charakteristischen weißen Rand deuteten auf die frühen Siebziger hin.

Die Fotos waren an verschiedenen Orten aufgenommen worden; Badeausflüge am Laupsastrand und einmal vermutlich Ferien in Dänemark. Auf den Fotos vom Laupsastrand erkannte er Vaters altes Holzboot, das ein Stück vom Ufer entfernt im Fjord lag. Bengt fielen lauter kleine Dinge wieder ein, an die er sich aus seiner Kindheit erinnerte: geblümte Kühltaschen, orange Sonnenschirme und ein brauner Campingtisch mit dazugehörigen Stühlen ... Henrik Vik war leicht zu erkennen. Er saß mit vier anderen Männern zusammen und gestikulierte wild. Er hielt eine Pfeife in der Hand. Seine heute ergrauten Haare waren damals noch pechschwarz gewesen. Er schien im Mittelpunkt zu stehen, während der frühere Polizeichef und ein Mann, in dem Bengt den alten Gemeindeingenieur erkannte, sich über das Gesagte zu amüsieren schienen. Bei dem vierten Mann stutzte er kurz, bis ihm klar wurde, dass es sich bei ihm um die sehr junge Ausgabe des Dorfschwulen Rapungen handeln musste. Es erstaunte Bengt, ihn zusammen mit Vik und den anderen zu sehen, und er dachte, dass er von den wenigsten Alten in der Gemeinde wusste, wie sie früher gewesen waren. Den fünften Mann kannte er nicht.

Ein Panoramabild, das vom Boot aufgenommen worden sein musste, zeigte eine Schar Kinder, die Ball spielten. War einer von ihnen Morten Vik?, fragte Bengt sich. Aus der Entfernung war das nicht zu erkennen.

Im letzten Album tauchte ein Bild auf, das seine Neugier weckte. Es war zu Hause im Wohnzimmer in Skipadalen aufgenommen worden. Die Wände waren aus hellem Kiefernholz, das Haus musste damals noch ganz neu gewesen sein. Vielleicht war es ein Geburtstag oder ein Clubtreffen, wenn es so etwas damals schon gegeben hatte. Es saßen ausschließlich Frauen am Tisch, auf dem ein dicker Sahnekuchen thronte. Daneben standen Schalen mit Kirschen, eine Weinflasche und eine Kaffeekanne. Die Kirschen deuteten darauf hin, dass das Foto im Sommer aufgenommen worden war. Juli oder August. Die meisten Frauen am Tisch kannte er nicht, seine Mutter und eine der anderen erkannte er aber wieder. Torill Vik sah ihrem Sohn so ähnlich, wie das nur möglich war. Bengt versuchte, den dünnen Bleistifttext unter dem Bild zu entziffern. »Clubabend bei mir. Berit, Aslaug und Torill.«

Deshalb hatte Torill also darauf hingewiesen, wie groß und stattlich er geworden sei. Sie kannte seine Mutter. Er hatte im Grunde nie darüber nachgedacht, dabei lag es auf der Hand, dass die Menschen in der Gemeinde seine Mutter gekannt hatten. Warum hatte ihn nie jemand auf sie angesprochen?

NORHEIMSUND

SAMSTAG, 5. MAI 2018

Bengt parkte den Dienstwagen auf einem der markierten Plätze vor Hardanger Brygge gleich gegenüber vom Hotel Sandven. Er zog Schlips und Uniformhemd zurecht und folgte dem asphaltierten Weg zum Luxusapartmenthaus. Die Tür öffnete sich, noch bevor er auf die Klingel drücken konnte. Er ging über die Treppe in den zweiten Stock.

»Hallo! Hier kommt der Mörder!«, sagte Bengt eine halbe Minute später mit finsterer Stimme in der geöffneten Tür der Wohnung.

»Geh schon mal ins Wohnzimmer!«, rief Lars. »Ich bin gleich so weit. Du kannst dich ruhig umsehen, du warst ja noch nie hier, oder?« Letzteres sagte er mit fast beleidigtem Unterton.

Lars war so stolz auf seine Wohnung, dass er unablässig darüber redete. Bengt sah sich um und musterte das hellbraune Ledersofa mit dazugehörigem Eichentisch und die Kücheninsel mit zu dem Sofa passenden Hockern. Gemütliche Sessel standen vor dem Fenster zum Fjord. Lächelnd stellte er fest, dass Lars offensichtlich vergessen hatte, zwei Weingläser wegzuräumen. Dann hatte er am Abend zuvor also Besuch gehabt. Bengt wusste, dass Lars jemanden kennengelernt hatte, wollte aber nicht fragen. Das sollte er ihm selbst erzählen, wenn er so weit war.

»Sieht super aus«, sagte Bengt, als Lars ins Wohnzimmer kam. »Bist du bereit?«

»Gleich. Ich brauche nur noch etwas Feuchtigkeitscreme. Mein Gesicht, weißt du. Ist es okay, wenn ich in zivil bleibe. Ich meine, es ist ja Samstag. Ich habe anschließend noch was vor.« Lars strich sich mit der Hand über den linken Arm.

»Natürlich.« Bengt sah ihm nach, als er im Schlafzimmer verschwand. Durch die angelehnte Tür hörte er Lars mit einem Mann reden, verstand aber nicht, was sie sagten.

Sie gingen über die Treppe bis zur obersten Wohnung. Odd Tornes öffnete die Tür. Er trug ein grau-weiß kariertes Flanellhemd unter einer selbst gestrickten grauen Jacke. Die Hose war aus braunem Cord. An den Füßen hatte er Pantoffeln.

»Kommen Sie rein!«, sagte er mit nüchterner Stimme und fuhr sich mit nikotingelben Fingern über die schütteren, am Schädel klebenden Haare.

»Das grenzt an Vandalismus«, flüsterte Lars Bengt zu, als sie im Flur standen. Bengt nickte, konnte ihm wirklich nicht widersprechen. Die Penthousewohnung, die mindestens acht Millionen Kronen gekostet haben musste, war überladen mit Nippes, Bildern und Möbeln aus den Siebzigern und Achtzigern. Selbst Susanne hätte das als Overkill bezeichnet. Gerd Tornes saß wie gemalt auf dem braun gestreiften Sofa und strickte. Lars reichte ihr die Hand.

»Machst du uns einen Kaffee, Gerd«, fragte Odd und warf einen Blick auf Bengts Uniform. »Und bring Kuchen mit, schließlich haben wir die Obrigkeit zu Besuch.« Der sarkastische Ton war nicht zu überhören. Tornes war über ihren Besuch offensichtlich alles andere als erfreut. »Lassen Sie uns auf die Veranda gehen. Dann kann ich eine rauchen, ohne andere als mich in Lebensgefahr zu bringen.«

Bengt gab Lars ein Zeichen, dass er bei Gerd Tornes bleiben und sich etwas umsehen würde. An den Wänden hingen wild durcheinander Gemälde, Aquarelle und Fotografien in den unterschiedlichsten Rahmen. Ein Stück Treibholz, verziert mit Muschelschalen und Krimskrams hing neben einem dicken Paar aus Salzteig. Bengt bemerkte eine Fotografie ohne Rahmen, die zwischen all den anderen Sachen mit einer Heftzwecke an die Wand gepinnt war. Das Bild zeigte ein etwa acht- bis zehnjähriges Mädchen mit dunkelroten Haaren und kurzem Pony. In den Armen hielt sie eine schwarzweiße Waldkatze. Sie stand vor der Tür des Hauses in Vavollen.

»Das ist unsere Tochter, Elise«, sagte Gerd aus der Küche. »Sie ist Tierärztin in Bergen.«

»Wie alt war sie, als sie aus Vavollen weggezogen sind?« Bengt nahm den Teller mit dem Kuchen entgegen und wartete, bis Gerd die Thermoskanne gefüllt hatte.

»Sie war im letzten Jahr auf der weiterführenden Schule, denke ich. Das war Mitte der Achtziger.« Gerd schob die Verandatür auf, woraufhin sich die ganze Wand öffnete. Licht und Frühlingsluft verdrängten den Gestank nach kaltem Zigarettenrauch.

»Warum sind Sie damals weggezogen?«

Gerd blieb stehen und sah zum Flur.

»Elise hat es in Øystese nicht gefallen. Die Freunde, die sie dort hatte, sind alle weggezogen und auf die weiterführende Schule in Bergen gegangen. Sie hat keine neuen Freunde gefunden.« Verwundert bemerkte Bengt, dass Gerd mit den Tränen rang, als fiele ihr die Erinnerung auch nach all den Jahren noch schwer.

Bengt nickte.

»Aber Sie haben sich entschieden, das Haus zu behalten. Warum? Hatten Sie vor, irgendwann wieder zurückzuziehen?«

Gerd reichte ihm die Thermoskanne, nahm ihr Strickzeug und ging vor ihm auf die Veranda, auf der Lars und Odd sich bereits an den Tisch gesetzt hatten.

»Ach nein. Vielleicht anfangs. Odd hatte alles renoviert und den Garten schön gemacht ... Wir dachten wohl, dass wir so regelmäßige Einkünfte haben würden. Eine Investition, wie es so schön heißt, aber dann hätten wir einen anderen Mieter nehmen müssen, jemanden, der besser auf das Haus aufpasst. Jetzt hat nur noch das Grundstück einen gewissen Wert.«

Bengt stellte die Kaffeekanne und den Kuchen auf den Tisch und wartete, bis sich alle gesetzt hatten und ihre Tassen in den Händen hielten.

»Wie gestern schon am Telefon erwähnt, haben wir im Garten in Vavollen etwas gefunden.«

»Die Leute reden über nichts anderes mehr«, sagte Odd Tornes. Er nahm ein Päckchen Tabak aus der Brusttasche seines Hemdes, drehte sich eine Zigarette, zündete sie an und inhalierte tief, ehe er den Rauch durch den Mundwinkel wieder ausatmete. »Nachdem wir ausgezogen waren, stand das Haus ein paar Jahre leer. Erst danach haben wir es vermietet. Jetzt ... jetzt war ich natürlich oben und habe nachgeschaut«, begann er. »Die Zeitung hat angerufen und wollte wissen, was ich weiß.«

»Und was wissen Sie?«

»Nichts, natürlich! Nur, dass Sie dort einen Menschen ausgegraben haben. Das besagen auf jeden Fall die Gerüchte.« Die Zigarette hing in seinem Mundwinkel.

Lars schob sich ein Stück Kuchen in den Mund. Für eine Weile blieb es still. Gerd nahm ihr Strickzeug und legte es auf den Schoß. Noch ehe Bengt wieder das Wort ergreifen konnte, stand plötzlich eine Frau in der Türöffnung, in der man leicht das Mädchen von dem Bild im Wohnzimmer erkennen konnte. Elises Haare waren noch immer tiefrot, ihr Mittelscheitel ließ sie aber streng und nüchtern wirken. Das Gesicht war voller Sommersprossen. Sie reichte ihrem Vater ein iPad. Er las, und sein Gesicht wurde merklich blasser. Er sah ungläubig zu Lars und Bengt.

»Sie haben also wirklich einen Menschen gefunden? Das sind nicht nur Gerüchte? Aber …« Seufzend reichte er Bengt das iPad.

Die Schlagzeile aus der *Bergens Tidende* sprang einen förmlich an: »Leichenfund im Garten«, las er.

»Ein Schuss ins Blaue. Das haben die nicht von uns. Die Menschen reden viel, wenn der Tag lang ist, das wissen Sie ja. Es stimmt aber, dass wir Knochenreste gefunden haben, die wir näher untersuchen.«

Odd sog den Rauch ein und atmete ihn langsam wieder aus.

»Haben Sie jetzt einen oder haben Sie keinen Menschen gefunden?«

»Teile eines Menschen, glauben wir«, sagte Bengt. »Es ist davon auszugehen, dass die dort schon sehr lange gelegen haben. Deshalb sind wir hier. Und ich bitte Sie, alles, was wir hier und heute sagen, noch für sich zu behalten.«

Gerd stand auf. Ihr war anzusehen, wie aufgeregt sie war, als sie den Arm um ihre Tochter legte und ihren Mann anstarrte.

Odd führte die Zigarette wieder zu seinen Lippen.

»Schon sehr lange? Sie glauben doch wohl nicht im Ernst, dass wir in unserem Garten einen Menschen vergraben haben?« Er stand auf. »Wenn das alles ist, würde ich jetzt gerne wieder mein Wochenende genießen.«

Lars und Bengt standen auf.

»Sagt Ihnen der Name Morten Vik etwas?«

Bengt ließ Odd nicht aus den Augen. Aus dem Westen war zum ersten Mal in diesem Jahr ein Kuckuck zu hören.

»Morten, ja.« Ein milder Zug huschte über sein Gesicht.

»Das ist viele Jahre her«, sagte Gerd. »Ich glaube, er war nicht mehr zu Hause, seit er damals weggegangen ist.« Sie hielt inne und schlug sich die Hand vor den Mund. »Aber ... das hat doch wohl nichts mit Morten zu tun? Ist er es, den Sie in unserem Garten gefunden haben? Aber ...« Sie sah zu ihrem Mann, als erwartete sie eine Antwort von ihm. Odds Kiefer arbeiteten, er wirkte eher wütend als betroffen. Dann stand er auf und trat neben die Verandatür.

Er schob das Kinn vor.

»Das ist doch verrückt.« Er sah zu seiner Frau. »Verdammt. Es ist zig Jahre her, dass wir aus Øystese weggezogen sind. Das hat nichts mit uns zu tun.«

SKIPADALEN

SAMSTAG, 5. MAI 2018

Während Lerke im Erdgeschoss am Entrümpeln war, schlich Thomas sich ins Dachgeschoss, um einen der Kartons seines Großvaters zu holen. Er schloss seine Zimmertür ab, froh, dass er bald das Haus für sich hatte. Seine To-do-Liste für den Tag war noch längst nicht abgearbeitet, aber er kriegte die alten Fotos nicht aus dem Kopf. Die Kiste, die er sich geschnappt hatte, enthielt hauptsächlich alte Steuererklärungen und anderen Kram, mit dem er nichts anfangen konnte. Aber unter den Unterlagen tauchte plötzlich eine vergilbte Pappmappe auf, in der eine Kopie der Geburtsurkunde seines Vaters lag. Begleitet von einem zusammengefalteten Papier mit der Aufschrift »Privat!«.

Er stutzte kurz und überlegte, ob er es erst Bengt zeigen müsste, faltete es dann aber behutsam auseinander.

Vereinbarung!

stand dort als Überschrift.

Ich, Nora Haugen, überlasse aus freiem Willen meinen Sohn, Bengt Alvsaker, seinem Vater. Ich tue das, weil ich nicht in der Lage bin, Verantwortung für ein Kind zu übernehmen. Ich verzichte auch in aller Zukunft auf mein Recht, Kontakt zu meinem Sohn aufzunehmen.
Nora Haugen.

Thomas' erster Gedanke war, dass sein Vater dieses Schreiben niemals sehen durfte. Er saß mit dem Blatt auf dem Schoß da, während sein Puls hämmerte und ihm Tränen über das Gesicht liefen.

Ganz vorsichtig faltete er das Blatt wieder zusammen und legte es zu der Geburtsurkunde in die Mappe, die er zwischen zwei Bücher ins Regal schob, ehe er den Karton wieder zuklebte und auf den Dachboden trug. Zurück in seinem Zimmer setzte er sich vor seinen PC, aber seine Suche nach Nora Haugen blieb erfolglos. Was gab es sonst noch für Möglichkeiten? Sein Blick fiel auf das aufgeschlagene Naturkundebuch, in dem er gerade las, und ein Plan nahm in seinem Kopf Gestalt an. Einen Versuch war es wert.

Er loggte sich auf der Seite von MyHeritage ein und sah nach, was so ein DNA-Test kostete.

> Spüren Sie Ihre Ahnen auf. Erforschen Sie Ihren biologischen Ursprung und finden Sie neue Familienmitglieder mit unserem einfachen DNA-Test.

Ein Test kostete fünfhundert Kronen, aber das sollte kein Problem sein. Durch seinen Job bei William hatte er ein bisschen gespart. Aber es würde zu lange dauern, wenn er erst noch das Testmaterial bestellen musste, und es sollte möglichst schnell gehen. Am besten vor der Konfirmation. Er musste sich eine andere Lösung einfallen lassen. Er gab »DNA-Tests Norwegen« ins Suchfeld ein und hatte mehrere Treffer von privaten Firmen in Stavanger und Bergen, die fast noch am selben Tag das Testergebnis versprachen. Vielleicht konnte er bei einer dieser Firmen einen Test machen lassen und das Ergebnis an MyHeritage schicken. Er schrieb die Anschrift der Firma mit dem Namen Genius A/S raus, bevor er in die Küche ging und sich ein Glas Sprudel einschenkte.

Danach schwang er sich aufs Rad und fuhr nach Øystese zur Esso-Tankstelle. In seiner Tasche steckten die Adresse von Genius A/S und die Vereinbarung, die Thomas in dem Karton auf dem Dachboden gefunden hatte.

GEMEINSCHAFTSHAUS SKOGHEIM

SAMSTAGABEND, 5. MAI 2018

Susanne Hauso ging an den Tischen mit den festlich gekleideten Gästen im Speisesaal des Gemeinschaftshauses vorbei, ohne jemanden anzusehen. Das Gemeinschaftshaus lag idyllisch am Skårsvatnet, wenige Hundert Meter von ihrem Haus in Myrane entfernt.

»Sorry für die Verspätung«, sagte sie zu dem Koch, einem Mann in den Sechzigern, der Gemüsesuppe in Teller füllte, die ein schlaksiger junger Mann in den Saal tragen sollte. »Ich hab mich nach der Arbeit nur kurz auf dem Sofa ausgestreckt und bin prompt eingeschlafen.«

Susanne band sich eine Schürze um und bekam einen Teller dampfend heißer Suppe in die Hand gedrückt. Sie sah sich in der spartanischen Küche um.

»Iss erst mal einen Happen«, sagte der Koch. »Der Abwasch läuft dir schon nicht weg.«

Susanne probierte einen Löffel der heißen Suppe und ließ sie dann noch etwas abkühlen. Danach arbeiteten sie in Stille, während die Feiernden aus dem Speisesaal in das Tanzlokal im Erdgeschoss umzogen. Sie kannte den Jubilar nicht, aber das spielte keine Rolle. Jeder, der sich in dieser Gegend niederließ, war irgendwann dran.

»So, jetzt gönn ich mir eine wohlverdiente Zigarette«, sagte der Koch irgendwann und legte seine Schürze ab. »Leistest du mir Gesellschaft?«

Sie setzten sich auf einen Stapel alter Dachschiefer auf der

Hangseite des Hauses. Obwohl ihr die Knochen nach der stundenlangen Spülerei wehtaten und ihr T-Shirt vollkommen verschwitzt war, war Susanne gut aufgelegt. Die körperliche Arbeit gab ihr nach den langen Tagen am Schreibtisch Energie. Sie atmete die frische Abendluft ein und schaute über den Goldfischsee.

»Ich bleib noch ein bisschen«, sagte sie, als der Koch aufstand und seine Zigarette austrat.

Sie schloss die graue Strickjacke vor der Brust. Die dunklen Berge warfen ihre Schatten über die spiegelglatte Wasserfläche und boten einen wunderbaren Kontrast zu dem langsam verblassenden rosa Schimmer am Abendhimmel. Noch wenige Minuten, dann würde es stockdunkel sein.

Sie hob den Kopf, als für einen kurzen Moment auf der Vorderseite die Tür geöffnet wurde und Musik zu hören war. Der Zigarettenrauch kam eher bei ihr an als die zwei Männer, die hitzig diskutierend an ihr vorbeitorkelten. Der eine warf die glühende Zigarette auf den Asphalt und folgte dem anderen in das Birkenwäldchen.

Sie stritten sich, und der eine stieß den anderen mehrmals an. Neugierig, was da vor sich ging, stand Susanne auf und schlich in geduckter Haltung am Waldrand entlang, um näher an die beiden heranzukommen. Im Suff kochten gerne mal die Gemüter hoch. Aber wenn es zu heftig wurde, wollte sie einschreiten. Die Stimmen waren in der stillen Mainacht gut zu hören.

»Verdammt, Jørn. Ihr habt mich vierzig Jahre lang angelogen. Vierzig verfluchte Jahre!«

Susanne horchte auf. Das war der unverkennbare, blasierte Hardingdialekt des Anwalts Kjetil Stuve. Jørns genuschelte Antwort bekam sie nicht mit.

Sie konnte sich nicht entscheiden, was sie tun sollte. Was sie hier tat, war scharf an der Grenze des Zulässigen. Die beiden waren aber zwei von Morten Viks engsten Jugendfreunden, mit denen sie ohnehin noch sprechen wollten. Sie schlich näher und hoffte im Stillen, dass Bengt ihr Vorgehen im Nachhinein absegnen würde.

»Nein, das ist verdammt noch mal nicht wahr. Hältst du mich für einen kompletten Idioten? Du und Ernst, ihr habt damals beteuert, dass alles geregelt ist, aber jetzt haben sie ihn gefunden.« Kjetil sprach wieder. »Was zum Teufel ist damals passiert?«

Susanne schob sich hinter einen Baumstamm. Sie war sich jetzt ganz sicher, dass die beiden über Morten redeten!

»Du warst doch auch dabei. Glaubst du, du kannst deine Hände in Unschuld waschen? Wir waren alle beteiligt.«

Susanne hielt die Luft an und spürte, wie ihre Füße einschliefen. Heute hatten alle Zeitungen die Neuigkeit veröffentlicht, dass in Vavollen menschliche Knochen entdeckt worden waren. Natürlich hatte das die Gerüchteküche angeheizt, wer dort gefunden worden sein konnte. Beim Einkauf im Supermarkt hatte sie mehrfach Mortens Namen gehört.

Im Licht, das aus den Fenstern des Gemeinschaftshauses fiel, sah sie die beiden Männer gut, während sie selbst von der Dunkelheit geschützt war. Der rosa Schimmer am Himmel war einer grauen Finsternis gewichen.

»Eine Schwuchtel weniger auf der Welt, soll mir nur recht sein«, schnaufte Jørn. »Morten war echt … pervers.«

»Das mag ja alles sein, aber die Welt hat sich mittlerweile weitergedreht«, zischte Kjetil und warf einen Blick über die Schulter.

Er sagte etwas zu Jørn, das Susanne nicht verstand, dafür hörte sie dann wieder die Antwort.

»Morten hat sich aus dem Staub gemacht. Ich hab selbst gesehen, wie er damals davongefahren ist.« Jørn klang nervös.

Kjetil breitete die Arme aus, machte auf dem Absatz kehrt und ging los. Wenige Meter von Susannes Versteck in der Dunkelheit entfernt blieb er stehen und drehte sich noch einmal um.

»Sie haben ihn gefunden, Jørn. Er ist nicht abgehauen. Seht zum Teufel zu, wie ihr das in Ordnung bringt.«

Susanne hatte genug gehört. Sie lief in einem weiten Bogen zur Rückseite des Gemeinschaftshauses und von dort weiter zum Vordereingang. Im Keller schnappte sie sich ihre Schürze und band sie um. Als sie sich umdrehte, stieß sie mit Kjetil Stuve zusammen. Der Koch war direkt hinter ihm. Sie nickte kurz und bemerkte ein Birkenblatt auf dem Ärmel ihrer Strickjacke.

»Dann will ich mal loslegen«, war alles, was ihr auf die Schnelle einfiel.

1983

Die Plattensammlung im Ständer der Stereoanlage war seit der ersten Nazareth-LP gewachsen. The Rolling Stones, Black Sabbath und AC/DC lagen bereit. Coole Bands, auf die er total stand. Aber heute wollte er einfach nur auf dem Bett liegen, an die Decke starren und statt der LPs die Kassetten hören, die er in der Schreibtischschublade eingeschlossen hatte. Zusammen mit seinem Tagebuch für die Gedanken, die er mit irgendjemand teilen musste. Jørn würde ihn lynchen, wenn er wüsste, was er hörte. In letzter Zeit war er nicht mehr so oft mit Sonja, Ernst, Kjetil und Jørn unterwegs. Aus Angst, dass sie ihm auf die Schliche kommen könnten. Sonja drängte ihn immer häufiger, dass sie mit ihm schlafen wollte, und ihm gingen allmählich die Ausflüchte aus.

Take a look at the lawman, beating up the wrong guy, sang er mit, während er sich im Badezimmer auszog und seine Klamotten über den Duschvorhang hängte. *Oh man, wonder if he'll ever know, he's in the best selling show, is there life on Mars?*

Oben klingelte das Telefon, aber er ließ es klingeln. Das war bestimmt für seinen Vater, der mal wieder Überstunden machte. Morten legte sich aufs Bett und hörte zu. Erinnerte sich, wie er als Kind mit seiner Mutter zusammen vor dem Flurspiegel getanzt und in seinem kindlichen Englisch, das niemand verstand, *Mamma Mia* gesungen hatte. Er war dabei in den hochhackigen Schuhen seiner Mutter auf und ab gehüpft und im Kreis durchs Wohnzimmer gewirbelt. ABBA hörte er jetzt schon lange nicht mehr. Außerdem gab es keinen Grund mehr zum Tanzen.

Als das Telefon zum dritten Mal klingelte, zog er eine trockene Hose an und lief die Treppe hoch. Es war Frode. Er klang aufgeregt, als er Morten bat, so schnell wie möglich in den Ingebrigt-Vik-Park zu kommen, weil Torleif Tysse mit ihnen sprechen wolle.

Ehe Morten antworten konnte, legte er auf. Was zum Teufel könnte Torleif denn von ihnen wollen? Mortens Herz begann schneller zu schlagen. Dachte Torleif etwa, dass er etwas mit Frodes dreckigen Geschäften zu tun hatte?

Morten zog sich dicke Wollsocken an und stieg in die Boots, die nach dem Heimweg durch das Schneegestöber noch immer feucht waren. Er zog den Strickpullover über den Kopf und schaute auf die Uhr. Wenn er sich beeilte, war er vielleicht noch vor seinem Vater zurück und hätte das Haus noch einen Moment für sich. Vor der Tür zögerte er und drehte die Handfläche den weißen, reinen Schneeflocken entgegen.

*

Der Supermarkt lag im Dunkeln. Das große Neon-S warf ein orangefarbenes Licht über den davorliegenden Parkplatz. Alle Spuren von Fahrzeugen und Menschen waren zugeschneit. Es war kurz vor sechs, die Läden schlossen um drei Uhr. Er war ganz allein auf dem Platz und blieb stehen, legte den Kopf in den Nacken. Die funkelnden Sterne versetzten ihn in Weihnachtsstimmung.

Als er weiter weg Kinderjohlen hörte, wurde er von der starken Sehnsucht gepackt, wieder dreizehn Jahre alt und zum ersten Mal verliebt zu sein. Er erinnerte sich an das Kribbeln im Bauch bei der rasanten Abfahrt von Gartveit über Råkabrekko nach unten. Er hatte die Arme um Ernsts Bauch geschlungen, ohne sich um die Kälte zu kümmern, und dabei immer nach Autolichtern Ausschau gehalten.

Der festgefahrene Schnee auf der Straße und die hinter ihnen aufstiebenden Kristalle, wenn sie mal auf schwarzen Asphalt kamen. Den Geruch von Ernsts Winterjacke, während sie sich reglos an die Leitplanke drückten, um ein Auto vorbeizulassen. Der Duftmix von warmem Diesel und Frost. Dieser kurze Augenblick hatte sich für immer in sein Herz und Hirn eingebrannt. Morten konnte noch heute das Gefühl von seiner Hand auf Ernsts Bauch wachrufen, bevor der sich umgedreht und ihn mit zwei kalten, weichen Lippen geküsst hatte, die nach Spearmint schmeckten. Danach hatten sie nie mehr darüber gesprochen.

Er bog rechts in den Ingebrigt-Vik-Park ab. Schnee türmte sich auf den Statuen. Er lief weiter und hielt nach Frode Ausschau.

Morten teilte seinen Nachnamen mit Ingebrigt Vik, dem Künstler, der es aus dem Städtchen herausgeschafft, die Stelle in der Möbeltischlerei seines Vaters aufgegeben hatte und nach Dänemark und zum Louvre in Paris aufgebrochen war, wo er Aktmalerei studiert und Skulpturen nackter Menschen geschaffen hatte. Øystese sei zu klein für solche Dinge, hatte seine Mutter mal gesagt. Zu klein für alles Andersartige.

Er sah sich um. Es waren keine Fußspuren im Schnee. Er hatte keine Lust auf solche Scherze.

»Hier!«

Die Stimme kam aus Richtung des Museums. Morten drehte sich um. An der grauen Mauer, unter dem Dachüberhang, war der Boden schneefrei. Er zögerte und fröstelte. Es war nicht das erste Mal, dass sie sich hier trafen, aber Torleif … Er schaute skeptisch zu der Ecke, aus der die Stimme zu kommen schien, konnte in der Dunkelheit aber niemanden erkennen. Der Frost biss in seine Ohren.

»Was soll das?«, fragte Morten.

Als die Antwort ausblieb, seufzte er genervt und ging mit langen Schritten auf das Museum zu, als er unvermittelt zu Boden gestoßen wurde.

»Scheiße, Frode! Idiot!«, konnte er noch rufen, bevor er mit dem Gesicht auf die Erde knallte. Er versuchte, den Kopf zur Seite zu drehen, wurde aber festgehalten. Er bekam Panik, glaubte, es sei Torleif, und wand sich aus dem Griff, indem er die Hand aus dem Handschuh zog. Als er sich auf den Rücken wälzte, legte sich eiskalter Schnee in seinen Nacken. »Lass los«, rief er und erkannte im gleichen Augenblick, dass es weder Torleif noch Frode waren, die ihn umringt hatten.

Der eine war Jørn mit der Stars-and-Stripes-Mütze, auf die er so stolz war. Sein Onkel hatte sie ihm aus den USA mitgebracht. Ernst trug die Mütze mit dem klassischen Strickmuster, die Mortens Mutter ihm vor ein paar Wintern gemacht hatte, damit sie im Partnerlook unterwegs waren. Und dann war da noch Kjetil mit seiner Olympia-Mütze, die er von seinem Vater bekommen hatte, nachdem er 1976 in Innsbruck gewesen war.

Sie standen über ihn gebeugt da.

»Perverse Schwuchtel. Verdammter Arschficker«, fauchte Ernst und trat Morten ins Gesicht, ehe er reagieren oder sich irgendwie wehren konnte. Erst jetzt kapierte er, dass das kein Spiel war.

»Perversling«, fauchte Kjetil und trat ihm mit voller Wucht in den Bauch. Die anderen beiden hielten ihn im Klammergriff.

»Wie ist es, von Rapungen in den Arsch gefickt zu werden?«, rief Jørn und steckte die Finger andeutungsweise in den Hals, als wollte er sich übergeben. »Ich kotze gleich! Pfui Teufel!« Er nahm eine Hand voll Schnee und drückte sie Morten ins Gesicht. Und noch eine, und noch eine.

Sie ließen seine Arme los, aber blind vom Schnee sah er den nächsten Tritt nicht kommen, fühlte nur, dass die Nase brach. Blut lief ihm in die Augen, und er konnte den einen nicht mehr vom anderen unterscheiden.

Einer zwang seine Kiefer auseinander und stopfte ihm Schnee in den Mund.

»Schwanzlutscher!« Das war Ernsts Stimme.

»Verfluchter Schwanzlutscher.« Kjetils Stimme klang weiter weg, als hätte er sich zurückgezogen.

Ein kräftiger Tritt traf Morten im Schritt. Ein paar Sekunden konzentrierte sich aller Schmerz auf diesen Punkt, ehe er auszustrahlen begann. Es folgten Tritte in die Seite, ins Kreuz, wieder in den Schritt, noch einer gegen die Brust. Er wollte schreien, er wollte wirklich schreien, brachte aber keinen Ton heraus.

Jetzt würde das ganze Dorf erfahren, was er für einer war. Da konnte er auch gleich an Ort und Stelle sterben. Kaum hatte er den Gedanken gedacht, erfüllte ihn eine übermächtige Erschöpfung. Einer seiner Arme wurde nach hinten gedreht, und ein neuer Schmerz schoss durch seinen Körper.

Ernst trat seitlich in sein Blickfeld. Kjetil versuchte halbherzig, ihn und Jørn zu bremsen. Etwas weiter weg trat Sonja in den Lichtkegel einer Laterne. Aber sie sagte nichts, tat nichts, um Jørn daran zu hindern, weiter auf ihn einzutreten, bald wieder unterstützt von Ernst. Kjetil stand mit hängenden Armen daneben. Sie tun nichts, dachte Morten mehr verwundert als beängstigt. Sonja lehnte sich an die Skulptur eines jungen Mannes, während Morten weiter Tritte einkassierte. Mehr Schmerz. Dann wurde es schlagartig schwarz und still.

BERGEN

MONTAG, 7. MAI 2018

Während der gesamten Fahrt nach Bergen saß Thomas grübelnd neben William, der einen Lokalsender aus Hordaland im Radio hörte. Das Navi leitete sie durch die Stadt an ihr Ziel. Genius A/S lag im Erdgeschoss eines Bürogebäudes. Sie parkten direkt vor dem Eingang. Thomas sah gespannt zu William, der ohne Overall und mit sauberen Fingernägeln kaum wiederzuerkennen war. Sein Vater meinte, William sei schon immer ein eitler Geck gewesen, aber Thomas fand ihn in Ordnung. Er steckte die Hand tief in die Tasche und verbrannte sich fast die Finger an dem Brief.

»Das wird schon alles gut gehen. Wir müssen es nur richtig anpacken«, sagte William. »Lass mich reden.«

Eine Frau mit hochgesteckten Haaren im Schwesternkittel empfing sie. Der Geruch erinnerte an eine Arztpraxis, der Wartebereich war allerdings deutlich größer, und die Wände, an denen diverse Kunstdrucke hingen, waren in modernen, dunklen Farben gestrichen. Einige große Grünpflanzen lockerten den Raum auf.

»Setz dich dahin«, sagte William und nickte in Richtung einer gelblichen Couch, bevor er zum Empfang ging.

Thomas setzte sich auf den vorderen Rand der Couch, faltete die Hände im Schoß und suchte sich einen Punkt, auf den er seinen Blick richten konnte. William redete mit der Frau und lachte mehrmals laut, wie er es immer tat, sobald eine hübsche Dame die Tankstelle betrat, um etwas zu kaufen. Etwas weiter hinten wurde eine Tür geöffnet, und ein Mann in Williams Alter kam auf sie zu.

Er trug einen weißen Arztkittel und signalisierte ihnen, dass sie ihm folgen sollten. Er erinnerte Thomas an den Schuldirektor, der ihn in sein Büro gebeten hatte, weil er geschwänzt hatte.

»Sind Sie Arzt?«, rutschte es Thomas heraus. Er warf William einen entschuldigenden Blick zu, der ja das Reden übernehmen sollte.

»Ja, ich bin Arzt, aber keiner von denen, die dir in die Ohren schauen.« Thomas entspannte sich etwas. »Ich bin auf medizinische Genetik spezialisiert. Wenn ich das richtig verstanden habe, suchst du nach deiner Großmutter?«

Der Arzt wandte sich jetzt an William, obwohl es ja um *Thomas'* Großmutter ging. »Wie schon am Telefon erwähnt, kann ich keinen Gentest ohne Einwilligung der Eltern machen.«

Thomas sank innerlich zusammen, überrascht, dass William ihm davon nichts gesagt hatte.

»Das verstehen wir.« William sah dem Arzt in die Augen. »Aber wir brauchen ja keinen umfangreichen Gentest, bloß einen, den wir auf MyHeritage nutzen können. Außerdem würde ich mich durchaus als so etwas wie ein Elternteil von Thomas bezeichnen, nicht wahr?«, sagte er und zwinkerte ihm zu.

Der Arzt sah von einem zum anderen, als fragte er sich, was er tun sollte. Dann öffnete er eine Schublade und fischte eine kleine Papiertüte heraus.

»Es geht wirklich nur darum, einen Verwandten zu finden?«

»Richtig«, sagte William und nickte synchron mit Thomas, ehe er sich etwas zur Seite drehte, sein Portemonnaie aus der Gesäßtasche nahm und auf den Tisch des Arztes legte. Es war so voll, dass der Druckknopf sich beinahe von selbst öffnete.

Mit einem Mal war es still im Raum. Thomas war peinlich berührt, aber William schien das nicht zu kümmern.

»Verstehe«, sagte der Arzt nach einer Weile und sah auf seinen PC. Dann tippte er etwas ein, das Thomas nicht sehen konnte, warf einen Blick auf den Bildschirm und öffnete die Papierverpackung.

Er bat Thomas, den Mund zu öffnen.

Es war still, während der Arzt mit dem Wattestäbchen durch Thomas' Mund fuhr.

»Das ist ein Autosomal-Test«, sagte der Arzt. »Damit können ausschließlich Verwandtschaftsbeziehungen erkannt werden.« Er rieb das Probestäbchen über ein Papier.

William nahm seine Geldbörse und wollte bezahlen, aber der Arzt hob abwehrend die Hand.

»Was glauben Sie, wie lange es dauert, bis wir eine Antwort von MyHeritage haben?«, fragte Thomas. »Nur ein paar Tage, stand im Internet, aber das kommt mir komisch vor.« Wieder sah er William entschuldigend an. Er musste das einfach jemanden fragen, der Ahnung davon hatte.

»Tja, schwer zu sagen, aber warum nicht. Das Ganze läuft ja digital, und wenn sie die Infos direkt durch die Datenbank jagen, hat man die Antwort ziemlich schnell.«

William stand auf und schlug Thomas auf die Schulter. »Einen Versuch ist es auf jeden Fall wert«, sagte er.

Der Arzt trat an ein Sideboard, schrieb etwas auf die Verpackung und legte sie in eine Plastikkiste. Dann wandte er sich an Thomas. »Kannst du kurz draußen am Empfang warten. Ich muss noch was mit deinem Freund hier bereden.«

Thomas war so angespannt, dass er die ganze Zeit im Wartezimmer hin und her lief. Er hatte Angst, dass irgendwas schiefging. Und so ganz legal war das sicher auch nicht – das hatte der Arzt ziemlich deutlich gemacht.

Nach fünf Minuten kam William endlich aus dem Sprechzimmer. Seine Hoffnung sank wie ein Senkblei im Wasser, als er Williams niedergeschlagenen Blick sah. Am Empfang nahm William seine Kreditkarte heraus, während er ernst und leise etwas zu der Frau sagte, was Thomas nicht hören konnte.

»Du kriegst heute Abend eine E-Mail mit dem Ergebnis«, sagte William auf dem Weg zum Auto. »Ich soll dir noch einen Gruß vom Arzt ausrichten. Er drückt die Daumen, dass du deine Großmutter findest.«

»Danke, vielen, vielen Dank.« Thomas musste sich zusammenreißen, um William nicht um den Hals zu fallen.

»Er hat mich aber auch gebeten, deine Hoffnung etwas zu dämpfen. Es ist wirklich eine Frage von Glück. Wenn deine Oma noch lebt und nicht gefunden werden will, ist sie bestimmt nicht in diesem Register verzeichnet.«

William wuschelte Thomas durch die Haare, als sie wieder im Auto saßen, dann wurde er ernst.

»Deine Großmutter ist aller Wahrscheinlichkeit nach tot. Ich glaube, dein Vater hat gründlicher gesucht, als er es dir gegenüber eingesteht. Aber den Versuch ist es wert.« Er machte eine kleine Pause, als er bei Rot an einer Ampel hielt. »Aber jetzt müssen wir erst einmal an etwas anderes denken.« Er schlug ihm auf die Schulter. »Was willst du essen? Sollen wir zu McDonald's auf dem Torgallmenningen oder schwedische Hackbällchen bei IKEA essen?«

Thomas grinste über die eindeutige Fangfrage.

»Hackbällchen, ist doch klar«, sagte er. »Weil es keinen besseren Burger gibt als … deinen Esso-Burger.«

William fuhr auf die linke Spur. Thomas richtete sich auf seinem Sitz auf und verfolgte den Verkehr, als sie durch den Fløyfjellstunnel in Richtung Åsane fuhren.

1983

Morten spürte eine Hand auf seiner Wange, dann einen vorsichtigen Stupser. Ein spitzer Schmerz schoss durch sein Becken, als jemand versuchte, ihn auf den Rücken zu drehen. Für einen Moment war er wach, dann war er wieder weg.

»Morten.«

Als es ihm endlich gelang, ein Auge zu öffnen, sah er niemanden. Sein Magen rebellierte, und seine Rippen schmerzten. Er verstand, dass er irgendwie aufstehen und nach Hause kommen musste, weil er sonst erfrieren würde, aber einer seiner Arme gehorchte ihm nicht. Er stützte sich auf den anderen und schaffte es schließlich, sich hinzusetzen. Um ihn herum war es weiß und trotzdem dunkel. Die Spuren waren verwischt.

Über ihm glänzte es, er konnte aber nicht sagen, ob das Schneekristalle oder Sterne waren. Er legte sich wieder hin und versuchte, sich zu erinnern. Schneeflocken trafen sein Gesicht. Sein ganzer Körper schmerzte. Das Gesicht brannte, und seine blau gefrorenen Finger ertasteten Platzwunden über den Augen sowie an Nase und Kinn. Er bekam keine Luft durch die Nase. Irgendwo im Hinterkopf hörte er die Stimme seines Vaters: »Jungen weinen nicht.«

Es mussten mehrere Stunden vergangen sein. Er blinzelte mit einem Auge, das andere war zugeschwollen. Er hatte einen metallischen Geschmack in seinem Mund. Sein Blickfeld schnürte sich zusammen. Wenn er jetzt ohnmächtig wurde, war es vorbei. Dann bräuchte er sich nicht mehr zu verstellen, wäre endlich diese Einsamkeit los.

Schwarze Fenster starrten aus den Häusern oben am Hang auf ihn herunter. Er sah die Kirchturmspitze durch das Schneetreiben und schloss daraus, dass er nicht mehr im Park war. Jemand musste ihn hierhergebracht haben. Voller Panik realisierte er, dass er mitten auf der Straße lag, wenige Meter von der Kirchenmauer entfernt.

Er versuchte, sich aufzurichten, aber sein Körper wollte nicht. Es war einfach nicht möglich. Er kauerte sich so gut es ging zusammen, um warm zu bleiben. Ließ sich von dem Licht einhüllen. Dem Licht ... Er sah es schon von Weitem. Es näherte sich mit hohem Tempo.

POLIZEIWACHE KVAM

MONTAG, 7. MAI 2018

»Hast du Lars gesehen?«

Bengt stand in der Tür zum Büro seines Kollegen und sah zu Ester, die schräg gegenüber am Empfang saß.

»Nein, heute noch nicht. Warum?«

Sie kam zu ihm und sah sich verwundert in Lars' Büro um. Der Schreibtisch war aufgeräumt, und im Regal daneben waren die Ordner sorgsam aufgereiht.

»Ich bin kurz nach halb acht gekommen.« Ester nahm die Brille ab und putzte sie mit einem Zipfel ihrer Bluse. »Ich hätte mitbekommen, wenn er hier gewesen wäre. Vielleicht ist er ja krank?«

»Dann hätte er doch angerufen«, antwortete Bengt kurz und öffnete die Facebook-App auf seinem Handy. Der letzte Post von Lars war vom vergangenen Abend. Da war er beim Training in Sjusete gewesen. Gegen 18 Uhr. Bengt dachte nach. Wie krank konnte man über Nacht werden?

»Ruf die Streife an und bitte sie, bei ihm vorbeizufahren. Und frag bei seinen Eltern in Stord nach. Vielleicht ist etwas passiert, und er ist spontan zu ihnen gefahren.«

Verärgert schloss er Lars' Bürotür und ging in den Koordinationsraum. Er nahm einen Apfel aus der Schale, biss hinein und stellte sich an die Pinnwand. Als er Susannes Räuspern hörte, kam er gleich zur Sache, ohne sich umzudrehen.

»Sieht so aus, als müssten wir heute ohne Lars auskommen.« Er seufzte. »Man muss schon übel dran sein, um sich ausgerechnet jetzt krankzumelden.«

Er drehte sich zu Susanne um, die den Blick senkte, als sollte sie für Lars antworten. Sie setzte sich ohne einen Kommentar an den Tisch, und Bengt richtete seinen Blick wieder auf die Pinnwand. Sie mussten in die Gänge kommen.

»Ich habe gelesen, was du da am Gemeinschaftshaus mitgehört hast. Wenn ich richtig verstanden habe, war das ein heftiger Streit.« Er zeigte auf die beiden Fotos von Kjetil und Jørn. »Das bestätigt unsere Theorie, dass der Mord etwas mit Mortens Neigung zu tun haben könnte. Und dass die Freunde irgendwie verwickelt sein könnten.« Er wartete ihre Antwort nicht ab. »Hast du mit Lars darüber gesprochen?«

»Ja, gestern Nachmittag. Ich habe ihn angerufen.«

»Und was hat er gesagt?«

»Er war natürlich sauer. Aus dem Gespräch, das ich belauscht habe, war klar zu entnehmen, dass Jørn nicht gerade an einer Pride-Parade teilnehmen würde. Und Kjetil Stuve schien eine Heidenangst zu haben, irgendwo reingezogen zu werden.« Susanne nahm eine Dose Pepsi Max.

Bengt ließ sich auf einen Stuhl fallen und trommelte mit den Fingern ungeduldig auf die Tischplatte.

»Also, was schlägst du vor? Sollen wir sie vorladen?«

Susanne schlug die Beine übereinander. Sie hatte ihre bunten Wollsocken bis weit über die Uniformhose hochgezogen. Sie zögerte etwas, ehe sie seinem Blick begegnete.

»Natürlich laden wir die vor. Alles andere wäre doch vollkommen verrückt. Ich habe ein Treffen mit Sonja Hellestveit vereinbart. Lars war einverstanden. Er ist ziemlich scharf darauf, mit den drei anderen zu sprechen. Allen voran mit Jørn.«

Bengt war überrascht darüber, dass die beiden Beamten diese Entscheidung gefällt hatten, ohne sich erst mit ihm zu beraten.

»Heute? Wann? Wir wollten doch warten, bis die Überreste sicher identifiziert sind.« Er steckte die Hände tief in die Taschen seiner Uniformhose.

»Hast du schon einen Blick in die Zeitung geworfen?«, fuhr sie aufgeregt fort, bevor er noch mehr sagen konnte, und nickte in Richtung des Zeitungsstapels auf dem Tisch.

Bengt hatte sie gelesen. Auf allen Titelseiten prangten die Bilder von Vavollen. Eine der überregionalen Zeitungen hatte sogar ein Bild vom Grundstück der Viks in der unteren Ecke des großen Fotos aus Vavollen abgedruckt.

»Außerdem kursieren die wildesten Gerüchte.« Susanne griff nach ihrem Fuß und zog ihn näher an ihren Bauch heran. »Wir können nicht so tun, als wäre es nicht Morten Vik, den wir gefunden haben, oder als wäre das, was ich am Samstag gehört habe, nie gesagt worden.« Sie hob abwehrend die Hand, als Bengt protestieren wollte. »Ja, doch, ich weiß, dass wir damit noch nicht an die Öffentlichkeit gehen dürfen, aber was, wenn die vier die Zeit nutzen, um sich abzusprechen?« Susanne ließ ihren Fuß los, nahm einen großen Schluck ihrer Limonade und lehnte sich zurück. »Sonja hat sich übrigens geweigert, mich hier zu treffen.«

»Ach was?«, sagte Bengt überrascht. »Das ist ja …«

Er dachte nach. Es machte eigentlich keinen großen Unterschied, wenn sie schon jetzt mit ihnen sprachen. Es wäre interessant zu hören, was Lars zu sagen hatte, wenn er kam.

»Okay, rede mit ihr, aber gib ihr so wenige Fakten wie nur möglich.«

Susanne sah weg.

»Außerdem haben wir heute Mortens Auto gefunden. Ich habe das noch nicht vermerkt, aber ich habe gerade mit einem Schrotthändler in Voss gesprochen. Er hat den Volvo im Dezember 1983 bekommen.«

Bengt richtete sich auf.

»Im Dezember? Also ein oder zwei Monate nach Mortens Verschwinden?« Er rieb sich mit dem Zeigefinger über die Nasenwurzel. »Und von wem hat er den bekommen?«

»Das konnte er nicht mehr sagen, aber er hat ihn dann in Teilen weiterverkauft.« Sie trank einen weiteren Schluck. »So läuft das heute, aber jetzt wissen wir auf jeden Fall, dass der Wagen den Ort verlassen hat.«

»Keiner von Mortens Freunden hatte damals schon einen Führerschein, das habe ich überprüft«, sagte Bengt. »Der Erste, der mir da in den Sinn kommt, wäre sein Vater.« Bengt stand auf und trat an die Pinnwand. »Henrik hat gesagt, dass Morten in seinem Volvo weggefahren ist.«

Er hob den Blick. Ein alter Mann stand in der Türöffnung. Bengt erkannte ihn augenblicklich als Karsten Storhei. In der einen Hand hielt er einen Hut, in der anderen einen braunen Spazierstock. Bengt sah zu der Pinnwand, an der noch die Fotos der Knochenreste und der beteiligten Personen hingen. Schnell ging er dem Mann entgegen.

»Karsten Storhei! Wie schön, dass Sie kommen konnten. Wir unterhalten uns nebenan.«

»Tut mir leid.« Der Mann warf Bengt einen entschuldigenden Blick zu. »Ich wollte am Empfang warten, aber Frau Pedersen war die ganze Zeit am Telefon, und ... draußen wartet mein Taxi.«

Storhei nickte Susanne zu, die ihnen folgte. Er schien sie zu kennen.

»Wir wollten gerade Pause machen«, log Bengt und lotste Karsten Storhei in Richtung des Personalraums, spürte aber einen Anflug von schlechtem Gewissen, dass sie nicht angeboten hatten, zu dem alten Mann nach Hause zu kommen. »Susanne, sag doch bitte dem Taxifahrer draußen Bescheid, dass er in einer Viertelstunde wiederkommen soll. Möchten Sie einen Kaffee? Gebäck?« Er zog einen Stuhl vom Tisch zurück, als sie im Personalraum waren, damit der Alte sich setzen konnte.

»Das Taxi kann warten«, sagte Karsten zu Susanne. »Ich kriege das bezahlt. Ein paar Vorteile hat es, alt zu sein. Sie haben doch bestimmt genug zu tun, aber wenn ich das richtig verstanden habe, geht es noch einmal um diese alte Anzeige?«

Bengt wechselte schnell einen Blick mit Susanne, während Karsten sich mühselig hinsetzte. Dann schob Bengt ihm den Teller mit Gebäck hin und schenkte ihm Kaffee ein. Karsten blies auf die Oberfläche und trank einen Schluck.

»Das muss so Anfang der Achtziger gewesen sein«, begann er zögernd. »Ich fuhr damals das Räumfahrzeug.«

»Daran erinnere ich mich«, sagte Bengt lächelnd und nahm sein Notizbuch.

»Ja, ich habe das viele Jahre gemacht. Aber das ist jetzt vorbei.« Er lachte trocken und streckte die Hand nach vorn. »Ich zittere wie ein Hamster. An das genaue Datum erinnere ich mich nicht, es muss aber irgendwann im Spätherbst gewesen sein. Der Schnee war ganz plötzlich gekommen, viel zu früh, wie so oft hier bei uns.« Karsten rutschte auf seinem Stuhl herum und stemmte die Ellbogen auf den Tisch.

»Morten Vik lag mitten auf der Fahrbahn, unweit der Kirche. Erst dachte ich, er wäre betrunken, aber als ich aus dem Lastwagen kletterte, sah er aus wie tot.« Karsten Storhei sah Bengt aufgewühlt an, als erlebte er das Ganze noch einmal. »Ich erinnere mich daran, als wäre es gestern gewesen. Er war fast erfroren und grün und blau geschlagen.« Karsten trank einen weiteren Schluck Kaffee, der bei dem Zittern seiner Hand fast aus dem Becher schwappte. »Ich denke noch heute, dass er auf die Straße gelegt worden ist, damit er überfahren wird. Ich habe ihn zu seinem Vater nach Hause gebracht. Das war natürlich eine dumme Entscheidung, wie ich heute weiß. Hätte ich ihn mal besser zum Arzt gebracht, aber damals gab es hier ja noch keine Notfallambulanz. Der Arzt kam damals noch zu den Kranken nach Hause.«

»Haben Sie mehr darüber erfahren, was damals passiert ist?«, fragte Susanne.

»Nein, das ist es ja. Ein paar Wochen später habe ich Henrik gefragt, aber er hat es als Bagatelle abgetan, meinte, es sei alles in Ordnung, das sei nur ein Dummejungenstreich gewesen. Er nahm es mir fast ein bisschen krumm, dass ich die Sache angezeigt hatte, aber ich war Berufsfahrer …« Karsten lehnte sich zurück, verschränkte die Arme vor der Brust. »Ich hätte der Sache nachgehen und weitere Fragen stellen sollen, aber Sie wissen ja, wie das hier ist. Henrik Vik war im Kreistag, und damals war uns hier das Privatleben der Leute noch heilig.«

»Haben Sie Morten danach noch einmal gesehen?« Susanne legte den Kopf zur Seite.

Karsten Storhei dachte nach.

»Schwer zu sagen, das ist so lange her. Ich weiß aber noch, dass ich in der Stadt Ausschau nach ihm gehalten und mich gefragt habe, wie es ihm wohl geht.« Der Alte sah aus, als dächte er nach. »Nein«, sagte er schließlich. »Ich glaube nicht, dass ich Morten nach dieser Nacht noch einmal gesehen habe.«

Bengt wartete, aber es kam nichts mehr. Stattdessen nahm Storhei seinen Stock und kämpfte sich hoch.

»Tja, mehr habe ich nicht zu sagen. Ich habe den Vorfall angezeigt, aber von der Polizei habe ich damals auch nichts mehr gehört.« Er ging langsam zur Tür, drehte sich dann aber noch einmal um. »Falls Sie mit Henrik reden wollen, erwähnen Sie mich bitte nicht. Ich mag kein Gerede. Es weiß ja niemand, dass ich heute hier bin. Aber …« Er legte die Hand auf die Klinke. »In den letzten Tagen habe ich viel nachgedacht.«

»Worüber?« Bengt stand auf, ebenso Susanne.

»Tja, ob Morten diesen Abend überhaupt überlebt hat. Wenn ich ehrlich sein soll, glaube ich … uff. Es hört sich schrecklich an, dass ich so etwas überhaupt denke, aber ich habe diese Gedanken immer für mich behalten. Und verdrängt. So was macht einen kaputt.«

POLIZEIWACHE KVAM

MONTAG, 7. MAI 2018

Ich kann es kaum erwarten, mit Sonja zu reden«, sagte Susanne, nachdem Karsten gegangen war. Sie stand mit ihrer Jacke in der Tür. »Was für eine Geschichte. Und du fährst raus nach Gartveit, um Henrik Vik in die Mangel zu nehmen? Brauchst du Beistand?«

»Danke fürs Angebot, aber das mach ich besser allein. Die beiden haben erst vor dem Wochenende erfahren, dass ihr Sohn vielleicht ermordet wurde.«

»Und da möchtest du ihnen meine unorthodoxen Methoden nicht zumuten, meinst du?« Susanne sagte das in scherzhaftem Ton, aber Bengt wusste, dass er ihren wunden Punkt getroffen hatte, denn sie konnte ihr Temperament manchmal wirklich nicht zügeln.

»Ich bin gespannt auf Henriks Version von Karstens Geschichte. Das Verhältnis zwischen Vater und Sohn war ja ganz offensichtlich nicht das beste.« Er zog die Schultern hoch. »Vielleicht liegt da ja der Ursprung der ganzen Geschichte?« Bengt schaute sinnierend das Foto des ehemaligen Polizeichefs an. »Ich bedaure, dass er nicht mehr lebt.« Er drehte sich zu Susanne um. »Ich würde ihn zu gerne fragen, wieso der Fall damals nicht weiterverfolgt wurde. Wieso stand in dem Bericht weder etwas von dem Schneepflug noch von der Schwere von Mortens Verletzungen? Laut Storhei war er doch mehr tot als lebendig?«

Bengt sah den lückenhaften Bericht vor sich. Da hätte eine

ganze Reihe von Dingen überprüft werden müssen, was offensichtlich nicht geschehen war.

Susanne stellte sich an das Fenster, das zum Motvatnet rausging.

»Ich denke, es kommt häufiger vor, als wir glauben, dass Schwule zusammengeschlagen werden und der Fall zu den Akten gelegt wird. Torleif hat ein bisschen aus dem Nähkästchen geplaudert. Vielleicht hat er ja einen Verdacht, wer dahinterstecken könnte?«

Bengt nahm sich ein Plundergebäck vom Teller und schlug die Zähne in die Vanillecreme.

»Ja, mit dem müssen wir unbedingt reden. Und apropos Torleif Tysse. Ich habe nachgedacht. Es gibt noch einen weiteren Kandidaten in Øystese. Åsmund Børve. Kennst du ihn?«

»Ist das nicht der, den alle Rapungen nennen?«, fragte Susanne.

Bengt leckte sich die Lippen ab.

»Ja, genau der. Den müssen wir auf alle Fälle auf dem Schirm behalten, auch wenn Schwulsein allein nicht reicht. Da muss schon noch mehr dazukommen.«

Bengt hatte einen schalen Geschmack im Mund, als er daran dachte, wie sie früher mit Rapungen umgesprungen waren. Und was alles über ihn geredet worden war. Bengt konnte nicht sagen, was davon wahr war und was Gerüchte waren. Mit größter Wahrscheinlichkeit war der Alte aber genau das, was er zu sein vorgab: ein harmloses Dorforiginal auf einem Moped, immer in Stallklamotten, obwohl das letzte Tier den Hof schon vor Jahren verlassen hatte. Auch Bengt war einer von denen gewesen, die ihm das Leben schwer gemacht hatten. Er hatte mit den anderen Jungs im Gebüsch vor seinem Haus gelauert, Schneebälle gegen die

Fenster geworfen und *Homo* gerufen. Und wenn er Åsmund mal allein begegnet war, hatte er immer Angst gehabt, dass die Gerüchte wahr sein konnten. Bengt erinnerte sich an bisweilen ziemlich konkrete Geschichten darüber, dass Åsmund Jungs betatscht hätte, die im Sommer bei ihm gejobbt hatten.

»Kein Rauch ohne Feuer«, sagte er seufzend zu Susanne. »So heißt es doch, oder?« Er zögerte. »Aber rede du erst mal mit Torleif. Er kennt Åsmund ja vermutlich auch. Lass dir die Gerüchte bestätigen oder sie entkräften. Wenn wir irgendwas Relevantes über ihn erfahren, müssen wir dem natürlich nachgehen. Aber vorläufig haben wir ihn einfach mal nur auf dem Plan. Schwul zu sein, ist schließlich nicht strafbar.«

»Nicht mehr, zumindest.« Susanne schnaufte durch die Nase. »Ich denke übrigens die ganze Zeit über was anderes nach«, sagte sie. »Sonja muss ganz schön sauer gewesen sein, als sie die Wahrheit über ihren Freund erfahren hat. Ich an ihrer Stelle hätte da sicher Mordgedanken gehabt.« Sie sah Bengt mit zur Seite geneigtem Kopf und Unschuldsblick an, ehe sie die Spülmaschine zuknallte und den Startknopf drückte. Es piepste, bevor sie loslief. »Glaubst du mir nicht?«

»Doch, absolut, aber weder du noch Sonja hätten das allein geschafft.«

Sie gingen zur Rezeption hinaus.

»Es muss damals doch noch mehr Schwule im Ort gegeben haben, oder?«

»Ja, bestimmt. So wie heute auch. Aber die verstecken sich gut. Die meisten wandern nach Oslo ab, das ist jetzt auch noch so, aber durchschnittlich soll es in jeder Klasse mit dreißig Schülern drei geben, die queer sind. Und ohne Schulabschluss zieht man normalerweise nicht weg. Was sagt uns das?« Susanne blieb stehen. »Ist dir in letzter Zeit mal jemand begegnet? Hat Thomas homosexuelle Mitschüler in seiner Klasse?«

Bengt blieb ihr die Antwort schuldig. Als sie nach unten ging und durch die Eingangstür verschwand, versuchte er, sich die Jungs aus Thomas' Klasse ins Gedächtnis zu rufen, aber mehr als zwei fielen ihm nicht ein. In seinem Zimmer hing zwar ein Klassenfoto an der Wand, aber das hatte er sich nie genauer angesehen. Und Thomas brachte nie irgendwelche Freunde mit nach Hause.

ØYSTESE, TUNET

MONTAG, 7. MAI 2018

Susanne winkte den drei Männern, die wie immer vor dem Coop saßen, freundlich zu, einer von ihnen war Karsten. Sie verriet mit keiner Miene, dass sie gerade erst miteinander gesprochen hatten.

Sie ging in den Laden, hatte noch ein bisschen Zeit bis zu ihrem Gespräch mit Sonja. Mit zwei Schokoladentafeln in der Hand suchte sie Lars' Telefonnummer heraus und steuerte auf das Regal mit Softdrinks zu. Sie legte beunruhigt auf, als wieder nur die Mailbox ansprang. Die üblichen Katastrophengedanken klopften seit einer Weile an, aber zum ersten Mal seit Langem fühlte sie auch wieder die Beklemmung in der Brust – genau wie bei den Panikattacken, mit denen sie während ihrer langen Krankschreibung zu kämpfen gehabt hatte.

»Na, während der Arbeitszeit beim Einkaufen?«

Sie drehte sich um und sah den Mann überrascht an, an den sie in den letzten Tagen so oft gedacht hatte.

»Torleif!«, sagte sie und nahm ihn fest in die Arme. »Wie schön, dich zu sehen.«

Susanne hatte Torleif Tysse in den ersten Wochen ihrer Neueinstellung bei der Polizei im Hotel Sandven kennengelernt. Sie hatte sich vorübergehend im Hotel einmieten müssen, da das Haus, das sie mieten wollte, noch nicht einzugsbereit war. Trotz des Altersunterschiedes hatten die beiden sich schnell angefreundet.

»Ihr habt ja grade ganz schön was an der Backe, wie ich höre.«

Er legte eine Hand auf ihre Schulter.

»Ah, du hältst dich also auf dem Laufenden.«

»Muss ich gar nicht.« Er nahm eine Flasche Farris Mineralwasser aus dem Regal. »Die Wahrscheinlichkeit, dass ich von einem Journalisten angesprochen werde, wenn Gerüchte über einen Schwulenmord kursieren, liegt bei hundert Prozent.«

»Machst du Witze? Haben die dich kontaktiert?«

»Jepp!« Er wedelte es weg wie eine lästige Fliege und ging in Richtung der Gemüseabteilung im hinteren Teil des Supermarktes weiter. Susanne folgte ihm.

»Die meisten Journalisten wohnen im Hotel. Und ich arbeite an der Rezeption. Die können eine Birke sehr wohl von einem Weihnachtsbaum unterscheiden.«

Er wedelte mit dem Handgelenk, um das Gesagte zu unterstreichen.

»Ich würde auch gerne mit dir reden«, sagte sie. »Aber das muss noch ein bisschen warten. Vorher stehen noch ein paar andere Interviews an.«

»Heißt das jetzt so? Interview? Sagt ihr nicht mehr Verhör?« Er überprüfte die Qualität eines kleinen Thymians im Topf und stellte ihn in den Einkaufskorb, der in seiner Armbeuge hing. »Aber sicher doch. Komm vorbei. Meine Bienen machen gerade Überstunden. Ich bin so oft es sich einrichten lässt bei meinen Kästen. Da findest du mich.«

»Torleif«, sagte sie leise und gab ihm ein Zeichen, ein bisschen näher zu kommen. »Du stammst doch von hier. Aber wir reden so selten darüber. Ich meine, hast du immer hier gelebt?«

Torleif schlug sich die Hand vor den Mund.

»O ja, aber sicher! Hört man das nicht an meinem Dialekt?«

Susanne reagierte nicht darauf. Sie war es gewohnt, dass er aus allem eine Nummer machte.

»Und du hast die Gerüchte gehört?«

»Na, selbstverständlich. Die Journalisten haben gleich danach gefragt. Morten Vik. Stimmt das?« Er legte den Kopf schräg und sah sie mit traurigem Gesichtsausdruck an. »Seid ihr sicher?«

»Das kann ich nicht kommentieren, wieso?« Susanne senkte die Stimme noch weiter und schielte zu zwei Frauen mittleren Alters, die direkt neben ihnen stehen geblieben waren. »Weißt du irgendwas?«

»Nein, ich dachte, Morten hätte das Weite gesucht, aber …«

»Kanntest du ihn?«

Susanne zog an seinem Pullover und hielt ihn davon ab, den Kühlschrank zu öffnen.

»Herrgott, natürlich! Damals kannte hier jeder jeden. Wir hatten ab und zu Kontakt.« Torleif strich sich über den Bauch. »Morten hat nicht verdient, auf so eine Weise zu sterben.«

»Das hat niemand«, sagte Susanne und wartete, bis die zwei Frauen außer Hörweite waren. »Was für eine Art Kontakt?«

»Also, keine Beziehung, wenn du das meinst.«

»Kanntest du andere Leute aus der Szene?«

»Szene, ich bitte dich.« Er öffnete den Kühlschrank und nahm zwei Packungen Schlagsahne heraus, ehe er die Frischwaren ansteuerte. Dann blieb er stehen und sah sie an. »Siehst du hier etwa irgendeine Szene um mich herum?«

»Hör auf!«, zischte Susanne, als sie sah, dass die beiden Frauen Torleif hemmungslos anglotzten und ganz offensichtlich neugierig ihrem Schlagabtausch folgten. »Ich meine es ernst«, flüsterte sie.

Torleif lachte ein perlendes Lachen, ehe er gedämpft antwortete.

»Ich auch. Es gab damals keine Szene. Heute eigentlich auch nicht. Sieh dich doch mal um.« Torleif zählte an den Fingern ab. »Ich, Rapungen und vielleicht ein paar Frauen in Steinsdalen. Mehr kennst du auch nicht, schätze ich mal.« Er sprach laut, als wollte er sichergehen, dass die beiden Frauen auch alles mitbekamen. »Die Wahrheit ist, Susanne, dass du hier lange und gründlich nach Homosexuellen suchen musst. Und jetzt sieh mich an«, sagte er weiter, als sie die Nase rümpfte. »Sie glotzen.« Er nickte schamlos zu den beiden Frauen, die sich schlagartig verzogen. »Das hält kaum jemand aus, jeden Tag den Zirkusclown zu geben. Nicht einmal der Vorsitzende kann sich entscheiden, ob er die Pride-Flagge hissen soll oder nicht.« Torleif nahm ein Päckchen eingeschweißter Steaks aus der Kühltruhe und warf es in den Korb. Dann legte er eine Hand um Susannes Arm und drückte zu. »Und begreift zum Teufel, dass ihr nicht so weitermachen könnt wie bisher. Die Leute werden langsam panisch.«

»Weitermachen?« Susanne sah ihn fragend an. »Soll das ein Witz sein? Weitermachen ist so ziemlich das Letzte, was mir dazu einfällt. Wir sind ja noch nicht mal richtig in Gang gekommen.«

»Genau. Und das ist völlig ausreichend. Und so verdammt naiv.« Er fuchtelte mit dem freien Arm. »Ihr geht von Tür zu Tür und befragt die Leute. Da reicht schon die kleinste Andeutung.«

»Was für eine Andeutung?«

»Eine falsche Frage an die richtige Person.« Torleif bestellte hundert Gramm dünn aufgeschnittenes Roastbeef bei der Verkäuferin hinter der Theke. Susanne wartete. »Die Frage, ob und welche Form von Beziehung der Befragte zu Morten hatte, nur als Beispiel. Ich denke an die Angst, solche Fragen in einem Raum mit anderen Personen beantworten zu müssen, die nichts wissen sollen. Die Konsequenzen, wenn diese Leute es erfahren. Es haben sich schon Menschen aus geringfügigeren Gründen umgebracht.« Torleif ging weiter.

»Die richtige Person? Meinst du damit den Täter?«

Susannes Puls stieg spürbar.

»Dazu kann ich nichts sagen«, antwortete Torleif und drehte ihr den Rücken zu. »Aber wenn ihr, oder wer auch immer, auch nur mit einer Silbe andeutet, dass ihr Informationen von mir oder anderen bekommen habt ... dann habt ihr ganz schnell eure nächste Leiche.«

Susanne sah ihn aufgewühlt an. So hatte sie Torleif noch nie erlebt, sonst wischte er immer alle Probleme flapsig vom Tisch. Dieses Mal war es ihm sehr ernst.

»Gibt es denn keine Klubs, wo ihr euch trefft? Die LGBTQ-Vereinigung hat doch sogar einen Lokalverband?«

Er schnappte sich seufzend eine Tütensuppe aus dem Regal, ehe er sie wieder zurücklegte.

»So was wie *Natur und Jugend* meinst du?« Er sah sie resigniert an. »Du bist wirklich naiv.« Torleif blieb stehen und schien scharf nachzudenken, ehe er mit gedämpfter Stimme fortfuhr. »Okay, ich geb dir was. Ab und zu arrangiere ich was im Hotel. Nichts Organisiertes, natürlich. Aber wenn rauskommt, dass ich ausplaudere, wer dort vorbeischaut, führt das im besten Fall dazu, dass sich keiner mehr zu kommen traut.«

»Und im schlimmsten Fall?«

Torleif zögerte die Antwort lange hinaus.

»Im schlimmsten Fall ... könnte es Panik auslösen, befürchte ich. Irgendjemand hat damals Morten umgebracht.« Er schluckte. »Susanne, die Leute haben Familie. Verwandte. Fassaden. Es geht nicht einfach darum, zu ...«

»Was ist mit Rapungen?«, fiel Susanne ihm ins Wort. Sie flüsterte. Die Ladenregale waren hoch, und sie konnte nicht sehen, ob auf der anderen Seite jemand stand. »Hatte er eine Beziehung zu Morten? Ich habe von den Gerüchten gehört, die damals kursiert sind. Dass er Jungs angefasst haben soll, die bei ihm gearbeitet haben.«

»Ach, hör doch auf. Nicht auch noch du? Der arme Åsmund ...« Torleif stand unentschlossen vor dem Regal mit Hygieneartikeln. »Er ist harmlos! Aber ... gestern hab ich mich an was erinnert, nachdem ein Freund im Hotel vorbeigeschaut hat. Du weißt ja, wie das ist. Plötzlich haben alle was zu erzählen. Hauptsache, sie können von sich selbst ablenken.« Torleif warf ein Deo in den Korb. »Åsmund wurde vor vielen Jahren erpresst. Das hat ihn ruiniert. Ich weiß nicht, ob du schon mal bei ihm warst, aber es sieht furchtbar aus dort oben. Er lebt auf einem ... ja, Misthaufen, wenn du so willst.«

»Und da hat er sich gerächt?«

Torleif rieb sich das eine Auge.

»Susanne, ich bitte dich. Hast du ihn mal gesehen? Schwarze Witwe im Overall, oder was? Davon mal ganz abgesehen, wäre ich damals an Åsmunds Stelle gewesen, hätte ich den Scheißkerl mit meinen bloßen Händen erwürgt. Kein Wunder, dass er menschenscheu ist.«

»Hat er das nicht angezeigt?«

»Ende der Siebziger, Anfang der Achtziger?«, sagte er, als wäre das die erschöpfende Antwort auf ihre Frage.

Sie hatten die Kasse erreicht. Torleif legte seine Waren auf das Band. Susanne stellte sich hinter ihn.

Draußen auf dem Parkplatz fischte Torleif ein Paar schwarze Lederhandschuhe aus der Tasche.

»Weißt du, wer Åsmund erpresst hat? War es Morten?«

Torleif zog einen Handschuh an.

»Polo Ralph Lauren«, sagte er und wedelte mit dem anderen Handschuh. »Er hieß Polo. Nein, es war nicht Morten.«

Susanne schaute auf die Handschuhe.

»Neuer Style?«

»Du meine Güte, nein! Was denkst du. Die sind ein Geschenk. Ich stelle dir den Besten bald mal vor. Ist noch ganz frisch.« Er beugte sich vor und umarmte sie. »Das ist alles noch etwas neu für ihn, weißt du. Es gibt immer noch eine Menge, die es unterdrücken. *Late bloomers.*«

»Ich brauche einen Namen.« Susanne ließ sich nicht so einfach abspeisen. »Wer hat Børve erpresst?«

»Den kriegst du nicht, Susanne. Er ist ohnehin längst über alle Berge.«

»Dann kannst du es doch sagen?«

»Nein, weil das nicht dein Weg ist. Glaub mir. Ich habe mit eigenen Augen gesehen, zu was er in der Lage ist. Außerdem werdet ihr ihn nicht finden. Er ist garantiert schon vor langer Zeit an Aids gestorben.«

»Glaub mir, Torleif.« Susanne schaute auf die Uhr. »Wenn es sein muss, mache ich das zu meinem Weg, und es kann gut sein, dass ich dich zum Verhör vorlade und den Namen aus dir herausquetsche.«

»Tu, was du nicht lassen kannst. Wir reden dann weiter.« Torleif zuckte mit den Schultern, nahm seine Einkaufstüten und ging auf die Autos zu. Susanne rief seinen Namen, und er drehte sich zu ihr um.

»Sei vorsichtig, Susanne. Versprich mir, dass du nicht auf eigene Faust ermittelst, wie du es so gerne tust.«

»Weißt du was?« Sie musste sich am Riemen reißen, um nicht laut zu werden. »Ich bin durchaus in der Lage, auf mich aufzupassen. Immer dieses Gelaber, dass ich vorsichtig sein soll, von Bengt, von dir.«

Sie schaute auf, als direkt neben ihnen eine Autotür aufging. Ein Mann stieg aus, ganz offensichtlich hatte er ihren Auftritt mitbekommen. Torleif grüßte zurückhaltend, und Susanne sah, dass er rot wurde. Sie schaute dem Mann hinterher, als er an ihnen vorbeiging.

»Noch was anderes … Hast du mal was von einem Überfall auf Morten gehört? Wir haben eine zurückgezogene Anzeige wegen Körperverletzung bei uns liegen. Er wurde schwer verletzt auf der Straße vor der Kirche gefunden.«

»Nein, davon weiß ich nichts.« Die Antwort kam schnell. Etwas zu schnell, fand sie, als hätte er beschlossen, ihr Gespräch an dieser Stelle zu beenden. Oder als ob er log.

»So was kommt immer wieder vor«, fügte er hinzu. »Da hatte wohl jemand spitzgekriegt, dass Morten gay ist?« Torleif kratzte sich an der Schläfe. »Das reicht oft schon völlig. Aber weißt du was … rede am besten mal mit seinen alten Freunden. Die kannten ihn besser als ich.«

»Steht schon auf unserer Liste«, antwortete Susanne. »Als Erstes habe ich ein Gespräch mit Sonja Hellestveit. Danach mit den anderen.«

GARTVEIT

ZUR SELBEN ZEIT, MONTAG, 7. MAI 2018

Ein Paar nasser Wanderschuhe lehnte an der Wand neben der Eingangstür von Henrik und Torill Vik. Daneben stand ein geöffneter roter Rucksack mit einer metallenen Brotdose, einer blauen Thermoskanne und einem Wollpullover. An der Seite hing ein Taschenmesser. Bengt wedelte ein aufdringliches Insekt weg, als oben das Küchenfester einen Spaltbreit geöffnet wurde.

»Bengt, kommen Sie rein! Die Tür ist offen«, rief Torill, als begrüßte sie einen alten Freund.

Im Windfang stand ein abgenutzter Rollkoffer aus hellbraunem Leder mit dünnem Aluminiumgestell und kleinen, weißen Rädern. Bengt zog die Stiefel aus und ging auf Socken die Treppe hoch.

Torill stand in der Küche und goss Wasser in die Kaffeemaschine. Ihre nassen Haare lockten sich im Nacken.

»Gibt es etwas Neues?«, fragte sie und drehte sich um. Ihre Wangen waren rot und hatten eine frische Farbe. »Sie trinken doch einen Kaffee, wenn Sie schon mal hier sind?«

»Ja, eine Tasse nehme ich gerne. Wie geht es Ihnen?« Bengt fuhr sich mit den Fingern durch die Haare.

»Tja, es geht so, aber gut, dass Sie kommen.« Torill gab fünf Löffel Kaffee in den Filter. »Ich wollte Sie schon anrufen, aber Henrik meinte, ich solle warten und Sie in Ruhe arbeiten lassen.« Sie legte Bengt die Hand auf den Oberarm, als brauchte er Trost. »Setzen Sie sich.«

Bengt nahm am Küchentisch unterm Fenster Platz.

»Waren Sie in den Bergen?«

»Ja, Sie haben Glück, dass Sie mich antreffen.« Torill trocknete sich die Hände an ihrer Schürze ab. »Wenn Sie vor einer Stunde gekommen wären …«

Sie setzte sich auf die vordere Kante des anderen Stuhls. Bengt musterte sie. Ihr Zeigefinger folgte dem Umriss eines Autos auf der Tischplatte. Für einen Moment war nur das Röcheln der Kaffeemaschine zu hören. Er suchte nach einem passenden Anfang, aber sie kam ihm zuvor.

»Dieser Tisch war damals neu.« Sie hielt ihren Finger auf einem Rad an, das wie ein Viereck geformt war. »Morten war noch nicht ganz acht. Es ist so lange her, und trotzdem fühlt es sich an, als hätte er erst gestern hier gesessen mit einem viel zu scharfen Messer und weit aufgerissenen Augen.« Die Erinnerung ließ sie wehmütig lächeln. »Er wollte mich überraschen.« Sie wischte eine Träne weg. »Es ist schon verrückt, was für eine Angst wir um unsere Kinder haben, wenn sie klein sind. Dabei wird es eigentlich immer schlimmer, oder? Wenn Sie erwachsen werden und wir ihnen die Entscheidungen nicht mehr abnehmen können.«

Es versetzte Bengt einen Stich, und er dachte mit schlechtem Gewissen an Thomas. Wie oft hatte er das gedacht, wenn er vor Jugendlichen stand, die Mist gebaut hatten. Torill hob das Gesicht und sah ihn eine Weile an. Dann stand sie auf.

»Wir trinken den Kaffee im Garten«, sagte sie. »Das Wetter ist so schön. Ich denke, Henrik will später auch noch einen Kaffee.«

Bengt nahm die Kaffeekanne und drei Tassen. In Gedanken sah er Thomas, der auf der Schwelle zum Erwachsenenleben stand. Im Vergleich zu Mortens Zeit waren die Möglichkeiten heute deutlich vielfältiger, aber auch riskanter.

Würde er aus eigenem Antrieb die richtige Entscheidung treffen? Er knüpfte an die Frage an, die er schon bei seinem letzten Besuch gestellt hatte.

»Haben Sie irgendetwas von Morten behalten?«

»Das meiste haben wir weggeworfen.« Sie wandte sich ab, als sie das sagte. »Henrik wollte nichts behalten. Der arme Mann. Nicht nur die Tatsache, dass Morten einfach gegangen ist, ich meine ... Henrik ist von der alten Schule, in seiner Jugend war es noch strafbar, so wie Morten zu sein. Vermutlich hat er die Angst vor dem Andersartigen geerbt ... wie viele andere auch.« Sie zog ihre Schürze zurecht. »Die letzten Tage hat er sich wie besessen auf die Gartenarbeit gestürzt. Den Rasen, die Beete. Heute ist anscheinend das Auto an der Reihe. Ich konnte mir das nicht länger ansehen und bin in die Berge gegangen.«

Torill holte eine Schale mit Erdbeeren aus dem Kühlschrank und stellte sie mit Zucker und Sahne auf den Tisch. »Die sind aus dem Ausland.« Sie warf ihm einen entschuldigenden Blick zu. »Henrik mag es nicht, wenn ich die kaufe, aber ich brauche einen Vorgeschmack auf den Sommer, auch wenn sie noch sauer wie Johannisbeeren sind.«

»Sie müssen mir hier nichts auftischen.« Bengt war nicht wohl in seiner Haut. »Ich habe noch eine ganz andere Frage. Erinnern Sie sich daran, als Morten zusammengeschlagen wurde und Karsten Storhei, der Fahrer des Räumfahrzeugs, ihn nach Hause gebracht hat? Die Sache wurde damals auch angezeigt.«

Torill erstarrte mitten in einer Bewegung und sah ihn bestürzt an.

»Zusammengeschlagen? Nein, davon weiß ich nichts.« Sie dachte nach. »Ich erinnere mich daran, dass Karsten Storhei damals das Räumfahrzeug fuhr. Aber er ist nie bei uns gewesen oder hat Morten nach Hause gebracht. Das wüsste ich noch.«

»Nicht, wenn Sie weg waren.«

Torill schien über seinen Einwand nachzudenken und schüttelte den Kopf.

»Das hätte Henrik mir doch erzählt?«

»Wie geht es Ihnen denn wirklich?« Es war Bengt nicht entgangen, dass sie blass geworden war, als grübelte sie über das nach, was er gesagt hatte.

»Es ist nicht Morten, den Sie da gefunden haben«, sagte sie und stellte die Sachen auf den Tisch, bevor sie sich setzte. »Ihr letzter Besuch hat uns ganz durcheinandergebracht, darum habe ich versäumt, Ihnen die hier zu geben. Wir ... das heißt, ich habe noch etwas von Morten.« Sie fischte etwas aus der großen Tasche ihrer Schürze und reichte es ihm. »Ich dachte, dass Sie die vielleicht haben wollen.«

»Weihnachtskarten?«

»Ja, wie gesagt. Die habe ich beim letzten Mal vergessen. Henrik weiß nicht, dass ich die behalten habe. Sehen Sie selbst.«

Bengt löste das dicke Gummi, das die Karten zusammenhielt.

»Wie haben Sie herausgefunden, dass Morten homosexuell ist? Hat er es Ihnen erzählt?«

»Eine Mutter weiß so etwas. Das war bei Henrik anders. Er bekam es direkt um die Ohren gehauen und musste spontan darauf reagieren. Seine Gefühle müssen mit ihm Achterbahn gefahren sein. Deshalb hat er sich an dem Tag, an dem Morten gefahren ist, mit ihm gestritten.«

Die Postkarten waren vergilbt und abgegriffen, wie alte Spielkarten.

»Bitte«, sagte sie. »Lesen Sie selbst. Er lebt.«

Sie lehnte sich zurück und verschränkte die Arme vor der Brust. Bengt drehte die Karten der Reihe nach um.

Bei der fünften hielt er inne. Plötzlich empfand er großes Mitleid mit Torill. Als Junge hatte er sich nie eingestehen wollen, dass seine Mutter tot war, weil es zu schwer zu akzeptieren gewesen wäre. Torill hatte sich auf ähnliche Weise an die Hoffnung geklammert, dass ihr Sohn noch lebte. Nur so hatte sie alles verdrängen können.

Sie schien seine Gedanken zu lesen.

»Und Ihre Mutter? Haben Sie Kontakt zu ihr?«

Bengt zuckte zusammen.

»Nein, sie ist tot.«

»Oh, das tut mir leid. Das wusste ich nicht. Ich kannte sie damals, hatte nach ihrem Weggang aber keinen Kontakt mehr zu ihr.«

Eine Ader an seiner Stirn begann zu pochen.

»Weggang? Erinnern Sie sich daran?«, war alles, was ihm in den Sinn kam.

Torill zögerte einen kurzen Moment, ehe sie antwortete.

»Ihre Mutter ... Ich weiß nicht, wie viel Sie wissen, aber sie war eine große Stütze für Morten und mich. Sie war es, die damals mit mir Kontakt aufgenommen und mir gesagt hat, wie es um meinen Jungen steht. Sie hatte selbst Ähnliches durchgemacht.«

»Wie Morten? Wie meinen Sie das?«

Noch ehe Torill es ihm erklären konnte, verstand Bengt den Zusammenhang. Seine Mutter war lesbisch. Deshalb hatte sie ihren Mann verlassen ... und ihn.

»Aha.« Bengt sah in Gedanken die Bilder aus dem Album auf dem Dachboden vor sich. Fotos von sich und seiner Mutter und von seiner Mutter gemeinsam mit Torill beim Clubtreffen. Er wusste nicht, was er sagen sollte.

»Ich weiß nicht, wie sie gestorben ist«, fuhr er schließlich fort, »aber …« Er holte tief Luft, als er hörte, dass seine Stimme zitterte. »Papa hat es mir irgendwann beiläufig erzählt, als wäre das nichts Besonderes.« Bengt zuckte mit den Schultern.

»Für ihn war es sicher auch nicht leicht.« Torills Blick glitt über die Siedlung. »Er fühlte sich betrogen, und er schämte sich natürlich dafür. Das hat er damals jedenfalls gesagt. Aber danach … wir haben nie mehr darüber geredet. Ihr Vater war die meiste Zeit für sich.«

Bengt konzentrierte sich wieder auf die Postkarten und spürte, dass er unter Torills Blick rot wurde. Er hatte sich vor vielen Jahren damit abgefunden, dass seine Mutter tot war. Dass sie lesbisch gewesen war, war eine Information, mit der er nicht gerechnet hatte, aber auch eine Erklärung dafür, warum sie sie damals verlassen hatte. Es konnte nicht leicht für sie gewesen sein, insbesondere wenn bereits Gerüchte kursierten. Aber das eigene Kind zu verlassen! Seine Mutter hatte ihn auf die Welt gebracht, mit ihm zusammengelebt, und vermutlich wusste sie, dass ihr Mann der Aufgabe als alleinerziehender Vater nicht gewachsen sein würde. Trotzdem war sie gegangen. Der Gedanke machte ihn traurig, aber mit seinen Gefühlen musste er sich später auseinandersetzen. Jetzt galt es, sich auf das Gespräch zu konzentrieren.

Die Postkarten waren in Dänemark abgestempelt, die meisten in Kopenhagen, sie konnten aber unmöglich von Morten stammen. Alle waren etwa um das gleiche Datum herum abgeschickt worden, Jahr für Jahr. Torill hatte sie chronologisch geordnet. Auf der ersten Karte waren kleine Weihnachtswichtel, die um den Tannenbaum tanzten, einer von ihnen hielt eine dänische Flagge in die Höhe. Später folgten Karten mit norwegischen Wichteln und schneebedeckten Bergen.

»Ich habe jedes Weihnachten eine bekommen. Seit er fort ist. Es kann also nicht er sein, den Sie in Vavollen gefunden haben. Das ist sicher.«

Bengt nickte und legte die Karten auf den Tisch. Für einen Moment war es vollkommen still. Er versuchte, den Gedanken an seine Mutter zu verdrängen, wie schon so oft, aber es gelang ihm nicht. Eine schmerzhafte Wehmut hatte von ihm Besitz ergriffen.

Als er wieder zu Torill sah, strahlte ihr Gesicht erwartungsvoll, als hätte sie ihm ein überraschendes Geschenk gemacht und wartete auf die Reaktion. Ob das Geschenk die Postkarten oder die neuen Erkenntnisse über seine Mutter waren, konnte er nicht mit Sicherheit sagen. Vielleicht beides? Er wusste nur, dass es wehtat, wenn eine Lebenslüge aufgedeckt wurde. Deshalb weihte er sie nicht in seinen Verdacht ein. Die Rückseiten der Karten waren nahezu identisch, wie von Jahr zu Jahr kopiert. Irgendjemand schickte Torill seit 1983 Weihnachtskarten, und er war sich sicher, dass dieser Jemand nicht Morten war.

Will sie das nicht sehen?

Torills Name und die Adresse waren mit Schreibmaschine geschrieben. Heute schrieb niemand mehr mit einer Schreibmaschine, schon damals nicht, auf jeden Fall keine privaten Karten an Freunde oder Verwandte. Und ganz sicher nicht, wenn neben der Adresse bloß ein einzelner Buchstabe auf der Karte stand. M.

Wie sollte er es übers Herz bringen, die Glut in den Augen der alten Dame noch einmal zu löschen?

»Die sind von ihm«, sagte sie, als läse sie wieder Bengts Gedanken. Sie legte ihre Hand fest auf seine und drückte sie, dann schob sie ihm ein rotes, eingebundenes Notizbuch hin. Bengt sah sie fragend an. »Sein Tagebuch. Er hat Tagebuch geschrieben. Ich habe es in seinem Schreibtisch gefunden, nachdem er weg war.« Sie lehnte sich zurück und warf einen schnellen Blick in Richtung Garage.

Bengt schlug es auf und begann zu lesen.

»Darf ich das und die Karten mitnehmen?«

»Wenn Sie mir versprechen, gut darauf aufzupassen. Das ist alles, was ich noch von ihm habe. Ich bin nicht dumm. Morten kommt nicht mehr nach Hause, damit habe ich mich abgefunden. Auf jeden Fall nicht, solange Henrik lebt.«

»Ich würde gerne auch mit ihm reden.«

»Mit Henrik?« Sie sah zur Garage. »Er kommt gleich.«

»Wie war seine Beziehung zu Morten, als ihr Sohn noch klein war? Bevor er es wusste?«

»Anfangs richtig gut. Genauso, wie es sein soll. Sie sind in Kvamskogen gemeinsam Ski gefahren. Wir haben da eine Hütte … und sie waren in Bergen bei irgendwelchen Fußballspielen. Morten liebte Tiere, und sein Vater hat ihn mitgenommen, als in Børve bei dem Bauern dort die Schafe gelammt haben. Als Morten etwas größer war, hatte er da auch einen Sommerjob. Er hat bei der Heuernte geholfen und Erdbeeren gepflückt. Henrik hat immer ein Ohr für die Gemeinde gehabt. Er wusste genau, wo was vor sich ging. Um ihre Stimmen zu bekommen, musste er den Kontakt pflegen, aber eines Tages hat Henrik den Jungen plötzlich nicht mehr nach Børve mitgenommen, als hätte er das Interesse verloren. Morten hat aber trotzdem weiter dort gearbeitet, ohne dass sein Vater davon wusste.«

Torill verlor sich in Gedanken. Bengt wartete, ließ ihr Zeit, während er die Bruchstücke in seinem Kopf zusammenzusetzen versuchte: der Børve-Hof … Rapungen, die plötzliche

Distanz zwischen Vater und Sohn, die Körperverletzung und dann die Tatsache, dass dem Fall nie wirklich nachgegangen worden war … Ein Freundschaftsdienst? Der Streit zwischen Jørn und Kjetil, Geheimnisse aus der Vergangenheit, die sich wie Tentakel in die Gegenwart erstreckten. Bengt hatte das schon einmal erlebt.

»Was ist passiert?«

»Zwischen Henrik und Morten?« Torill legte die Hände wie zum Gebet vor sich auf den Tisch und sah an ihm vorbei. »Nichts Spezielles. Nichts Konkretes. Im Nachhinein denke ich, dass auf dem Børve-Hof vielleicht irgendetwas vorgefallen ist. Sie wissen schon … Åsmund Børve. Vielleicht ist zwischen ihm und Morten irgendwas passiert. Børve ist ja …« Sie breitete die Arme aus. »Auf jeden Fall sagen das die Leute, nicht wahr? Oder vielleicht hat Henrik auch etwas gesehen? Ich weiß es nicht.«

»Kennen Sie Børve?«

»Früher, ein bisschen. Er hat sich da oben ja ziemlich abgeschottet. Ich denke mir, dass auch er es nicht leicht hatte. Wenn ich ihn im Laden sehe, grüße ich ihn natürlich, aber … das ist auch alles.«

Bengt nickte und sah sich um. Der Garten war wie geleckt. Die Schieferplatten waren gesäumt von einem Spalier aus grünen, frischen Blättern. In der Beetmitte war ein kleiner Steingarten mit Kieseln angelegt worden, und an den Hang klammerten sich Polster farbenfroher Blumen. Unter einem Fliederbusch stand ein alter Schaukelstuhl. Über der Armlehne lag eine gestrickte Patchworkdecke. Die Obstbäume waren ordentlich beschnitten, nicht ein Zweig wuchs in Richtung Stamm. Bengt dachte plötzlich an Lars und warf einen Blick auf die Uhr. Die Zeit war schneller vergangen, als er es gedacht hatte.

»Würden Sie mich kurz entschuldigen?«, fragte er. »Ich muss mal telefonieren.«

Er ging ein paar Schritte von ihr weg. Die Antwort der Dienststelle war ernüchternd. Niemand hatte von Lars gehört. Bengt rief Malvin Flotve an, der die Pressearbeit übernommen hatte. Er hatte im Augenblick sicher genug mit den Medien zu tun, aber er war routiniert und hatte auch viel Erfahrung als Einsatzleiter. Bengt brauchte ihn. Er bat Flotve, ein paar Leute zusammenzurufen, den Hausmeister zu kontaktieren und Lars' Wohnung zu überprüfen.

»Und wenn ihr ihn nicht findet, startet ihr mit der Suche.«

Flotve brauchte keine weiteren Instruktionen.

Als Bengt sich umdrehte, stand Torill an einer Öffnung der Eibenhecke, die das Grundstück säumte. Alles an diesen Pflanzen war giftig, abgesehen von dem verlockend roten Samenmantel. Ein paar Beeren in einem Kindermund reichten schon. Die Hecke war alt, vermutlich war sie gepflanzt worden, als Morten noch klein war. Wie sicher auch die großen Rhododendronbüsche, die in voller Blüte standen.

ØYSTESE, GARTVEIT

MONTAG, 7. MAI 2018

Wenn Sie mit Henrik reden wollen, müssen Sie wohl mit zur Garage kommen«, sagte Torill. »Er scheint doch nicht zu kommen.«

Bengt verstaute die Karten und das Tagebuch in seiner Aktenmappe. Dann folgte er ihr, wobei er einen Blick nach Vavollen warf, wo noch immer das weiße Zelt der Kriminaltechnik zu erkennen war.

»Was ist eigentlich an dem Tag passiert, an dem Morten weggefahren ist?«

»Ich weiß nur das, was Henrik erzählt hat«, Torill flüsterte fast.

Sie gingen an der Garagenwand entlang zu einer Tür am hinteren Ende. Die Verschalungsbretter rochen frisch gestrichen. Oben unter dem Dach hing eine Wespenfalle neben einer Hängepflanze mit großen grünen Blättern und violetten Blüten.

»Das fragen Sie Henrik am besten selbst.« Sie legte die Hand auf die Klinke. Die Tür war verschlossen. »Er war auf jeden Fall schlimm zugerichtet.«

»Henrik? Schlimm zugerichtet? Wie meinen Sie das?«

Torill rüttelte an der Klinke und klopfte an. Draußen fuhr ein Auto vorbei. Bengt streckte seinen Hals, um mehr zu sehen, ehe er auf die Rasenfläche trat. Ein weißer Golf mit dem Logo des Senders NRK beschleunigte, als er an Bengts Dienstwagen vorbeifuhr, und verschwand hinter der Kurve.

»Er hatte ein Veilchen und überall blaue Flecken«, sagte Torill, die zu ihm auf den Rasen gekommen war. »Aber Henrik war damals noch jünger, er hat das weggesteckt. Morten muss außer sich vor Wut gewesen sein. Er ist gefahren, ohne nachzuschauen, ob sein Vater noch lebt.« Sie winkte ab. »Aber Henrik übertreibt gerne. Und obwohl er schlimm zugerichtet aussah, wollte er nicht zum Arzt gehen ... das kam für ihn überhaupt nicht infrage.«

»Und Morten? Hat Henrik gesagt, ob der auch verletzt war?«

Torill schüttelte den Kopf.

»Nein, ich hatte den Eindruck, dass nur Henrik etwas abbekommen hat.«

»Was ist mit Mortens Freunden? Haben die jemals nach ihm gefragt? Ich denke an Jørn Råen, Kjetil Stuve, Ernst Skeie und ...«

»Ja, und Sonja«, vollendete Torill den Satz. »Das arme Mädchen. Sie waren ja ein Paar, aber ...« Torill machte eine Pause. »So war das eben damals. Ich glaube, Ernst und Jørn waren ein paar Tage später hier, aber Henrik hat mit ihnen gesprochen. Ich konnte das nicht. In den ersten Monaten habe ich viel im Bett gelegen, als wenn Morten gestorben wäre.« Ihr Blick kehrte sich nach innen. »Außerdem kannte ich Mortens Freunde nicht so gut«, fügte sie nach einer Weile hinzu und drehte sich um. »Sie haben sich immer im Dorf getroffen, unten beim Pensionat. Sie hatten da so einen Raum im Keller. Sie erinnern sich doch sicher an das alte Pensionat?«

Auf dem Nachbargrundstück hingen weiße Laken an einer Wäschespinne, die bei jedem Windhauch leise quietschte. Torill sah zur Garage. Bengt folgte ihrem Blick.

»Henrik!«, rief sie in den Garten. »Bist du hier?« Einen

Augenblick stand sie ratlos da. »Das ist wieder typisch für ihn. Immer will er allein sein. Manchmal schließt er sich sogar ein. Im Moment könnte ich aber darauf wetten, dass er auf dem Dorfplatz sitzt und mit seinen Freunden redet. Aber … ich schau zur Sicherheit mal im Schlafzimmer nach. Vielleicht hat er sich ja hingelegt.«

Bengt folgte ihr mit dem Blick, als sie im Haus verschwand, während er über das Gespräch nachdachte, das sie gerade geführt hatten. Konnte die Prügelei an jenem Tag zu Mortens Tod geführt haben? Und wenn das der Fall war, hatte Henrik Freunde, die ihm geholfen hatten, die Tat zu vertuschen?

Bengt schüttelte den Kopf. Es fiel ihm schwer, sich das vorzustellen … Der Zweifel nagte aber trotzdem an ihm. Warum ging Henrik ihm aus dem Weg? Karsten Storhei hatte einen Verdacht in ihm geweckt.

Sein Handy gab einen Ton von sich. Er hatte eine SMS erhalten. Flotve schrieb, dass sie Lars nicht zu Hause angetroffen hätten und jetzt mit der Suche begännen. Die Wohnung sei unverschlossen gewesen. Die Schlüssel zur Wohnung und zum Auto hätten mit dem Handy zusammen im Bad gelegen. Er bat Bengt, Kontakt mit ihm aufzunehmen, sobald er in Gartveit fertig war.

Bengt schoss die Hitze in den Kopf. Das war nicht gut. Er sah zu der verschlossenen Garagentür und fragte sich, ob er einfach fahren oder auf Torill warten sollte. Im gleichen Moment erblickte er zwei Fenster direkt unter dem Dachvorsprung auf der anderen Seite der Garage.

»Ich komme, sobald ich hier fertig bin. Bitte nichts in der Wohnung anfassen«, schrieb er zurück. Dann ging er zu den Fenstern, stellte sich auf die Zehenspitzen und legte die Hände an die Scheibe, um in die Garage zu blicken.

Dort hatte Henrik auch aufgeräumt, mindestens so gründlich wie im Garten. Zwischen zwei Aluminiumregalen hingen vier Autoreifen übereinander an der Wand. Vorne an der Garagentür stand der Rasenmäher, umgedreht, ausgespült und gereinigt. In der Tür, an der Torill gerüttelt hatte, steckte innen der Schlüssel. Direkt daneben hing Henrik Vik an einem Seil.

SKIPADALEN

DIENSTAG, 8. MAI 2018

Bis an die Grenze erschöpft und verzweifelt kam Bengt nach Hause. Die Resignation hatte sich nach und nach aufgebaut. Die Ermittlungen steckten fest, die Vernehmungen von Mortens Freunden waren verschoben, und es gab keine Spur von Lars. Nichts in seiner Wohnung gab irgendeinen Hinweis. Er schien Hals über Kopf die Wohnung verlassen zu haben, da alle Schlüssel und sein Handy noch in der Wohnung lagen und die Tür unverschlossen gewesen war. Sie hatten einen gehörigen Aufgabenberg vor sich, aber der Gedanke, dass Lars etwas zugestoßen sein könnte, machten es ihm unmöglich, sich auf den Fall zu konzentrieren.

Seine Eltern hatten das letzte Mal vor dem Wochenende von Lars gehört, und keiner kannte bisher den angedeuteten neuen Freund. Bengt hatte ein paar Ermittler aus Bergen mit der Suche beauftragt. Die Rollski waren weg, was bedeuten könnte, dass er nach seinem Training in Sjusete noch nicht ausgelastet gewesen war und noch eine Extratour angehängt hatte. Andererseits hätte er in dem Fall sein Handy und das Pulsarmband mitgenommen. Ein Datentechniker aus Bergen hatte in seiner GPS-Zeitachse gesehen, dass Lars direkt von Sjusete nach Hause gefahren war. Ansonsten gab es keinerlei Hinweise auf einen Kontakt welcher Art auch immer mit einem potenziellen Liebhaber. Sie hatten nicht den kleinsten Anhaltspunkt. Das Fehlen jeglicher Bilder, Nachrichten und Verabredungen kam Susanne äußerst suspekt und auffällig vor. Die meisten Einträge hatten mit seiner Arbeit zu tun. Susanne war überzeugt davon, dass Lars einen Mann kennengelernt hatte und frisch verliebt war. Außerdem hatte Bengt eine Männerstimme aus dem Schlafzimmer gehört. Aber wer war dieser Freund, und warum hatte er sich nicht gemeldet? Es stand bereits in der Zeitung und wurde in allen Nachrichtensendungen gebracht, dass in Hardanger ein Polizeibeamter vermisst wurde. Flotve hatte die Aufforderung mitgeschickt, dass alle, die Lars gesehen haben könnten, sich umgehend bei der Polizei melden sollten. Der Freund hätte sie längst kontaktieren oder wenigstens versuchen müssen, Lars zu erreichen, aber auf dessen Handy waren nur Anrufe von seinen Kollegen und den Eltern.

Auf dem Flur kam ihm Lerke entgegen. Sie war auf dem Weg zur Dusche. Bengt rümpfte die Nase bei dem Geruch nach Tod, nachdem sie den ganzen Tag mit Henrik Viks Leiche zu tun gehabt hatte. Trotzdem ging er auf sie zu, um sie in den Arm zu nehmen. Nicht zuletzt, weil er selbst eine Umarmung brauchte.

»Nicht jetzt, Bengt. Ich hab noch nicht geduscht.« Sie zog sich einen Schritt von ihm zurück. »Esst schon mal. Ich habe keinen Appetit.«

Er starrte noch kurz auf die geschlossene Badezimmertür und ging dann in die Küche. In letzter Zeit kam es immer häufiger vor, dass sie ihn auf diese Weise abservierte. Ihre Laune kippte von einer Sekunde auf die andere, scheinbar ohne Grund. Bedrückte sie irgendwas, worüber sie nicht mit ihm reden wollte?

Thomas kam mit dem iPad in der Hand in die Küche, als Bengt den Topf mit den Pellkartoffeln auf den Tisch stellte und die feuerfeste Form mit gebackenem Hähnchenfilet und Gemüse aus dem Ofen nahm.

»Und, was habt ihr heute in der Schule gelernt?« Er schielte zu seinem Jungen, der sich das iPad auf den Schoß gelegt hatte. »Beim Essen wird das Ding aber weggelegt«, schob er hinterher.

»Ich hab's doch weggelegt«, nuschelte Thomas.

Bengt hatte keine Lust zu streiten.

»Jetzt essen wir.« Er setzte sich Thomas gegenüber an den Tisch. Sie aßen schweigend. Zwischendurch spürte Bengt Thomas' Blick auf sich, als läge ihm irgendwas auf der Seele.

»Hat deine Mutter die Kartoffeln vorm Kochen geschält?« Thomas stach seine Gabel in eine Kartoffel und versuchte, das Messer geschickt anzusetzen.

»Als meine Mutter gestorben ist, wusste ich noch nicht mal, was Kartoffeln sind. Und jetzt stell dich nicht so an. Kartoffelschälen gehört zum Erwachsenwerden dazu. Aber scheiß drauf, das Gesündeste ist sowieso die Schale. Da sind haufenweise Vitamine drin.«

»Hast du sie vermisst?«

»Ja, als ich noch klein war, bestimmt.«

»Weißt du mit Sicherheit, dass sie tot ist?«

Ja!, hätte Bengt am liebsten gerufen. Stattdessen antwortete er gar nicht. Die Wahrheit war, dass er sich immer unsicherer wurde, je länger er darüber nachdachte, was Torill erzählt hatte. Selbst wenn der Kontakt zu den Viks abgebrochen war, hätte sein Vater ihnen doch erzählt, dass seine Mutter gestorben war? Und noch ein zweiter Gedanke meldete sich. Gab es möglicherweise eine Verbindung zwischen Mortens Verschwinden und dem seiner Mutter? Beide hatten keine Spuren hinterlassen.

Sie war in keinem Register, das Bengt überprüft hatte, als verstorben eingetragen worden. Er hatte nur die Aussage seines Vaters. Es gab kein Grab, keinen Totenschein … nichts.

»Papa?« Bengt wurde von Thomas' vorwurfsvoller Stimme aus seinen Gedanken gerissen. »Krieg ich eine Antwort oder nicht?«

»Iss weiter.«

Thomas schob das Hähnchen an den Tellerrand und musterte es so skeptisch, als wären es Maden.

»Und wie war es gestern in Bergen? Mit William? Hattet ihr Spaß?«

Thomas legte den Unterarm auf das Fensterbrett und schaute demonstrativ nach draußen. Bengt wartete.

»Wir waren bei IKEA«, erwiderte er schließlich. »Wie viel Spaß macht das?«

William war unentbehrlich. Seit Thomas als Elfjähriger zum ersten Mal bei Bengt aufgetaucht war, hatte William einen gehörigen Teil der Verantwortung für den Jungen übernommen. Bengt hatte damals nicht die Kraft und auch nicht die leiseste Ahnung gehabt, wie er mit der neuen Situation als Vater eines elfjährigen Jungen umgehen sollte, den er noch nie zuvor getroffen hatte. Es hatte ihn völlig kalt erwischt, als Thomas sich bei ihm gemeldet hatte. Eigentlich hatte er die Möglichkeit, jemals Kontakt zu dem Kind zu bekommen, das er mit Katrine während des Studiums gezeugt hatte, längst abgeschrieben. Ohne William und Lerke wäre das Ganze sicher schiefgegangen. Aber so hatte es sich Schritt für Schritt in eine positive Richtung entwickelt, und nach ein paar Jahren hatte Thomas sich entschieden, zu seinem Vater zu ziehen.

Thomas schob sich einen Bissen in den Mund und kaute.

»William sagt, erwachsen werden ist teuer.«

Er hörte sich wie eine Kopie von William an, und Bengt legte sein Pokerface auf.

»Zuerst brauche ich eine gute Ausbildung.« Thomas schob ein Stück Kartoffel in den Mund, teilweise geschält. »Aber, du? Ich würde lieber über Oma reden.«

Thomas sah zu Bengt, der seinem Blick auswich.

»Okay. Weißt du was? Dir ist offenbar alles egal, selbst deine Mutter. Und es ist dir scheißegal, dass ich vielleicht eine Oma brauche.«

Den Jungen schien plötzlich etwas gepackt zu haben. Er sprang von seinem Platz auf, warf das Besteck weg und stürmte aus der Küche.

Bengt ließ ihm ein bisschen Zeit, sich zu beruhigen, ehe er mit einer Tasse Kaffee und einer Cola zu ihm ging. Thomas saß mit dem Rücken an der Wand auf der Bank vor dem Haus und starrte vor sich hin. Er verzog keine Miene, als Bengt sich zu ihm setzte.

»Wenn du die Cola nimmst, erzähl ich dir das wenige, was ich von deiner Großmutter weiß. Es ist nicht viel, und ich habe nicht viel Zeit, weil ich noch mal zur Arbeit muss.«

Thomas nahm die Cola und sah Bengt erwartungsvoll an.

Die Nachmittagssonne stand tief und entlarvte die ungeputzten Fenster. Dafür leuchtete die Bucht goldgelb. Bengt trank einen Schluck Kaffee.

»Ich erinnere mich kaum an meine Mutter. Und ich habe bis jetzt tatsächlich auch noch kein Foto von ihr gesehen. Trotzdem hatte ich immer ein Bild von ihr in meinem Kopf. Da sieht sie anderes aus als auf den Fotos. Hübscher. Als ich ein Kind war, hingen keine Bilder von ihr in der Wohnung. Es gab keine Fotoalben.«

»Hast du nie nachgefragt?« Thomas' Augen glänzten, als ginge ihm das Ganze richtig nah.

Bengt dachte nach.

»Doch, am Anfang hab ich das wohl, aber …« Er schaute über den Rasen, glaubte für einen Augenblick, sich an sie zusammen mit ihm im Garten zu erinnern, bevor sie sich wieder auflöste. »Ich habe gelernt, manche Dinge besser ruhen zu lassen. Mein Vater hat wenig erzählt. Ich glaube, es fiel ihm schwer, über sie zu sprechen. Und vermutlich war ihm nicht klar, dass Kinder jemanden brauchen, um über ihre Gefühle zu sprechen.« Bengt legte Thomas eine Hand aufs Knie. »Mein Vater … hat seine Gefühle vielleicht in seinen Bildern verarbeitet?«

Er zog Thomas in seine Armbeuge. So saßen sie eine Weile da und schauten nach Kvamsøy. Schließlich nahm Bengt seinen Mut zusammen und fragte direkt.

»Bedrückt dich irgendwas? Du kommst mir so gereizt vor. Liegt es daran, dass ich so viel arbeite?«

»Aber du bist doch Polizist. Die müssen viel arbeiten.« Thomas grinste. »Und nein, mich bedrückt nichts. Aber stell dir doch mal vor, dass Oma vielleicht noch lebt. Und vielleicht vermisst sie dich ja, wie ich dich vermisst habe.«

Bengt dachte an die Knochenreste aus Vavollen und Mortens Jeansjacke, an das Gesicht seiner Mutter und blinzelte die Bilder weg.

»Ich war auch mal neugierig, so wie du, und vielleicht wurde da der Grundstein für meine Entscheidung gelegt, Polizist zu werden. Wahrscheinlich dachte ich, dass ich mehr über sie herausfinden könnte, wenn ich nur Zugang zu den ›Geheimarchiven‹ hätte.« Er malte lächelnd die Anführungszeichen in die Luft.

»Du darfst nicht aufgeben. Irgendwo muss sie doch sein.«

»Irgendwo wird sie sein, ja«, wiederholte Bengt. »Mein Vater hat gesagt, dass sie uns verlassen hat und später gestorben ist. Das hätte er doch nicht gesagt, wenn es nicht stimmt.«

Thomas stand auf, drehte sich zu seinem Vater und hielt seinen Blick fest.

»Mama hat auch viel von dir erzählt, was nicht stimmt. Hätte ich dich nicht kennengelernt, würde ich es immer noch glauben.«

Bengt sah auf den Boden und versuchte, an sich abperlen zu lassen, dass Katrine negativ über ihn gesprochen hatte, als Thomas noch klein war. Auch wenn das nicht neu war.

»Hello!«

William kam vom Nachbargrundstück über den Rasen geschlendert. »Habt ihr nicht was vergessen?«, fragte er laut, blieb aber abrupt stehen, nachdem er näher gekommen war.

»Was ist los? Ist wer gestorben?«

»Ja, offensichtlich«, nuschelte Thomas, drehte ihnen den Rücken zu und ging mit tief in den Hosentaschen begrabenen Händen runter zum Steg.

»Oh, verdammt«, sagte Bengt. »Das habe ich vollkommen vergessen. Thomas!«, rief er dann. »Wir sollten William doch heute mit den restlichen Umzugskisten helfen. Tut mir leid, William, hier geht's grad drunter und drüber.« Er schaute Thomas hinterher, der sich das Tau geschnappt hatte und schon ins Boot gesprungen war. Bengt wollte loslaufen.

»Lass ihm seinen Freiraum.« William stellte sich neben Bengt. »Der Junge hat im Moment einen Haufen zu verarbeiten.«

»Was denn zum Beispiel?« Bengt sah William aus zusammengekniffenen Augen an. »Irgendwas, das ich wissen sollte?«

»Nein, gib ihm einfach ein bisschen Zeit. Das mit deiner Mutter beschäftigt ihn offensichtlich sehr.«

»Ach, hör schon auf. Setzt du ihm da irgendwelche Grillen in den Kopf?« Bengt schaute dem Boot hinterher, es wirkte wie ein Tintenklecks auf dem Wasser. Der Motor scheuchte ein paar Enten auf, die flach über der Oberfläche davonflogen. Thomas fuhr ihnen hinterher.

»Verdammt, er hat keine Schwimmweste!«

»Lass ihn«, sagte Lerke von der Tür zum Wintergarten aus.

Sie hatte sich geschminkt und trug ein helles Sommerkleid, das ein Stück über den Knien endete. Mit ihrem langen, noch feuchten Haar war sie so schön, dass es fast wehtat. Ihre schlechte Laune schien mit dem Duschwasser im Abfluss verschwunden zu sein.

Das Boot bog mit Kurs auf Norheimsund um die Landzunge, und Thomas war weg. Bengt wunderte sich über sein jäh aufsteigendes Bedürfnis, irgendetwas zu zerreißen oder zu zerschlagen. Er hatte in letzter Zeit viel zu wenig Schlaf bekommen, aber solch heftige Gefühlswallungen hatte er eigentlich nie, jedenfalls nicht, seit er erwachsen war.

»Wir haben im Augenblick ein sehr viel größeres Problem als einen Neuntklässler ohne Schwimmweste«, sagte Lerke. »Flotve hat angerufen. Sie brauchen mehr Leute. Außerdem sind Lars' Eltern gekommen. Du musst mit ihnen sprechen. Mach dir um uns keinen Kopf. Ich helfe William.«

Als Bengt kurz darauf in Richtung Norheimsund fuhr, verfestigte sich ein Verdacht in seinem Kopf. Je länger er darüber nachdachte, desto überzeugter war er davon, dass Lars' Verschwinden irgendetwas mit dem Fall Morten Vik zu tun hatte. Lars kannte das homophile Milieu. Vielleicht hatte er auf eigene Faust versucht, etwas aus den Leuten herauszukriegen. Torleif hatte ihnen gesagt, dass sie vorsichtig sein sollten. Aber Lars war sicher ziemlich unbesorgt gewesen. Warum sollte er auch Angst haben? Er war schließlich einer von ihnen.

Als Bengt an der Kreuzung nach Norheimsund abbog, klingelte sein Telefon. Es waren die Ermittler aus Bergen. Sie hatten nicht lange gebraucht, Lars' Freund aufzuspüren.

Er war ein sogenannter *late bloomer,* teilten ihm die Ermittler mit. Als er gehört hatte, dass Lars vermisst wurde, hatte er Panik bekommen, dass alle von seiner Homosexualität erfahren könnten, wenn er sich bei der Polizei meldete. Er war gerade dabei, die Beziehung mit einer Frau aufzulösen, weshalb er sich nicht getraut hatte, sich zu erkennen zu geben. Der Mann war Vater eines kleinen Kindes.

Das ungute Gefühl, dass die Sache wirklich ernst war, wurde stärker, je näher Bengt dem Wohnkomplex Hardanger Brygge kam.

HARDANGER BRYGGE

DIENSTAG, 8. MAI 2018

Das Licht in der Garage ging automatisch an, als Bengt und Susanne eintraten. Bengt war oben in Lars' Wohnung gewesen und hatte das Bund mit den Schlüsseln für das Haus und Lars' Auto aus dem Bad geholt. Der Hausmeister hatte ihm mitgeteilt, dass der Wohnungsschlüssel auch für alle gemeinschaftlich genutzten Räume im Haus passte sowie für das Vorhängeschloss von Lars' privatem Keller. Das Auto stand auf seinem Platz wie der endgültige Beweis, dass etwas ganz und gar nicht stimmte. Bengt schloss es auf, schaute in den Kofferraum, fuhr mit der Hand über den Boden und unter die Sitze, während er Susanne hinter sich in der Garage kramen hörte. Der Wagen war so sauber wie nach einer gründlichen Reinigung, aber das war nicht ungewöhnlich. Lars hegte und pflegte es wie einen Goldbarren.

Seit er den Bericht des Datenexperten gelesen hatte, rumorte ein Gedanke in Bengts Kopf.

»Hat Lars in letzter Zeit irgendwie Probleme gehabt?«, fragte er Susanne, die auf ihn zukam

»Nein, Lars ging es gut.«

»Wem gehören eigentlich die anderen Autos? Bis jetzt sind ja nur die Familie Tornes und Lars hier eingezogen.«

»Vielleicht sind die von Bewohnern aus den anderen Wohnblöcken nebenan. Ich glaube, das ist eine Gemeinschaftsgarage für mehrere Gebäude. Da hinten steht zum Beispiel Esters Auto.« Sie zeigte auf den Kleinwagen der Sekretärin, die mit ihrer Freundin Åsa im Nachbarhaus wohnte. Die beiden alleinstehenden Frauen hatten beschlossen, gemeinsam eine Wohnung zu kaufen, um im Alter nicht zu vereinsamen.

Das Garagentor gab auf einmal ein Seufzen und Scheppern von sich, dann öffnete es sich langsam, und das Auto des Ehepaares Tornes rollte herein. Bengt und Susanne ließen sie vorbei und warteten, bis die beiden ausgestiegen waren, bevor sie sie fragten, ob sie Lars irgendwann gesehen hatten.

»Seit Sie bei uns waren nicht mehr«, antwortete Odd Tornes knapp, offenbar war er nach ihrem Besuch noch immer missgelaunt. »Das habe ich gestern auch dem Polizisten erzählt, der angerufen hat.« Er öffnete den Kofferraum und nahm einen Koffer heraus.

»Sie waren verreist?«

»Im Hotel Ullesvang«, sagte Gerd. »Langes Wochenende.« Das Lächeln reichte nicht bis in ihre Augen. »Dann haben Sie ihn noch nicht gefunden?«

»Nein. Aber sollte Ihnen etwas einfallen, oder sollten Sie etwas hören, melden Sie sich doch bitte bei uns«, sagte Bengt und folgte ihnen zu der Tür, die zum Fahrstuhl führte.

Odd legte Gerd eine Hand auf den Rücken, als wollte er sie vor dem bösen Polizisten beschützen. Bengt schaute zu der Tür, die auf den Gehweg und zum Kai vor dem Wohnblock führte.

»Wo führen die anderen Türen hin?«, fragte er.

Odd Tornes drehte sich um.

»Zu den anderen Wohnblocks und den privaten Abstellräumen.«

Bengt ging von Tür zu Tür, rüttelte an den Klinken und sah, dass sich die Türen zu den benachbarten Wohnblocks über einen Schalter an der Wand öffnen ließen. Die zu den

Abstellräumen waren verschlossen. Bengt zog Lars' Schlüsselbund aus der Tasche.

»Wo finde ich Lars' Abstellraum?«

»Gleich dahinter«, sagte Odd und zeigte auf eine der Türen. »Unserer liegt ganz hinten und ist etwas größer als die anderen. Lars' Verschlag ist direkt hinter der Tür.«

Bengt steckte den Schlüssel ins Schloss, drehte ihn herum und schob die Tür auf.

»Seine Rollski stehen hier«, rief er Susanne zu und spürte seinen Adrenalinpegel steigen. »Mit einem Stapel Kegel.« Bengt trat in den Gang und ließ die Tür hinter sich ins Schloss fallen. Er studierte den automatischen Schließmechanismus und rüttelte dann an der verschlossenen Metallgittertür zu dem aufgeräumten Verschlag, in dem nur ein paar Kartons mit neu aussehenden Gartenmöbeln standen. Die Rollski und die Kegel waren von außen an das Gitter gelehnt worden. Das Rauschen der Lüftungsanlage war das einzige Geräusch. Rechts von der Tür hing eine Reihe dieser modernen Stromzähler, über die in letzter Zeit so hitzig in den Medien diskutiert wurde. Es gab tatsächlich Leute, die sich durch die Zähler überwacht fühlten und glaubten, ihnen würden auf diese Weise höhere Stromrechnungen untergejubelt. Ihm kam eine Idee.

Er suchte nach Lars' Zähler und machte ein Foto. Als Susanne klopfte, ließ er sie herein und arretierte gleichzeitig den Türschließer, sodass die Tür offen blieb.

»Was machst du?«

»Vielleicht kann uns der Stromanbieter ja sagen, ob Lars nach dem Training geduscht hat? Oder ob er Sonntagabend den Herd oder die Waschmaschine benutzt hat? Ich weiß es nicht. Aber einen Versuch ist es auf alle Fälle wert.«

Bengt machte ein paar Schritte in den schmalen Gang hinein, der zu den anderen Kellerabteilen führte. Er ging zurück zu Susanne, löschte das Licht, drückte erneut den Türschließer und ging zurück in die Garage. Wenige Sekunden später fiel die Tür ins Schloss.

»Jetzt wissen wir wenigstens, dass er nach dem Training noch mal hier war«, sagte Susanne, als sie raus ins Freie traten. »Vermutlich ist er in die Wohnung gegangen und hat Schlüssel und Handy abgelegt, als etwas Unvorhergesehenes passiert ist. Ich sage Flotve Bescheid, dass wir die Skier gefunden haben und ein Unfall ausgeschlossen werden kann.«

»Das ist nicht sicher. Ich geh mal davon aus, dass er mehrere Paar hat. Im Moment möchte ich noch nichts ausschließen.« Bengt sah sich um und entdeckte einen Fahrradständer.

»Sein Rad ist hier«, sagte Susanne, die seinem Blick gefolgt war.

Ein Jogger grüßte ernst, als er auf die Promenade kam. Bengt blinzelte in das grelle Licht. Eine Fahrradfahrerin fuhr in die entgegengesetzte Richtung. Er schaute über den Fjord zu den Stränden auf der anderen Seite. Susanne stellte sich neben ihn.

»Du glaubst doch nicht etwa, dass er sich etwas angetan haben könnte?«

»Nein«, sagte Bengt entschieden und ging zurück zur Garage.

Susanne schien nachzudenken, bevor sie hinter ihm herlief.

»Verdammt, das Gewehr. Lars ist Biathlet. Hast du irgendwo in der Wohnung ein Gewehr gesehen?«

»Ist mir nicht aufgefallen, nein.«

Bengt setzte sich in Bewegung und rannte die Treppe hoch. Susanne folgte ihm. Gemeinsam suchten sie jeden Winkel der Wohnung ab, jeden Schrank und jedes Fach. In der Schlafzimmergarderobe mit der Schiebetür war ein Waffenschrank montiert, der nur mit einem Zahlencode zu öffnen war. Ob die Waffe darin war oder nicht, konnten sie nicht sagen. Bengts Hirnzellen arbeiteten auf Hochtouren.

»Wir müssen jemanden herbestellen, um den Schrank zu öffnen.«

Er fischte sein Handy aus der Tasche, wurde aber von einem Klopfen an der Wohnungstür unterbrochen. Odd Tornes stand auf dem Flur.

»Während unserer Abwesenheit wurde in unsere Wohnung eingebrochen.«

Aus dem verbissenen, beleidigten Gesichtsausdruck war ein einziges großes Fragezeichen geworden.

»Wie das?«

Bengt ging nach draußen auf den Flur und folgte Tornes in die nächste Etage. Susanne begleitete sie. Schon aus dem Flur waren die offenen Schränke und Schubladen zu sehen, deren Inhalt über den ganzen Boden verstreut war.

»Vermissen Sie etwas?«

»Schwer zu sagen«, sagte Odd Tornes. »Gerd meint, dass ein paar Fotoalben fehlen, aber dazu kann ich nichts sagen.« Er zog die Schultern hoch, als wäre das Ganze ein Witz.

»Sie standen ganz unten im Regal«, rief Gerd Tornes aus dem Wohnzimmer.

Bengt und Susanne gingen zu ihr. Elises iPad lag auf dem Wohnzimmertisch. Der Fernseher hing an der Wand.

»Alte Fotos«, sagte Odd. »Wen interessiert denn so was?« Er sah seine Frau fragend an. »Ich habe keine Ahnung, wie sie reingekommen sind. Die Haustür war abgeschlossen. Die müssen einen Schlüssel gehabt haben. Die Verandatür war nicht abgeschlossen, aber um auf den Balkon zu kommen, bräuchte man schon einen Helikopter. Elises Zimmer ist völlig auf den Kopf gestellt worden.«

Odd zog die Cordsamthose über den Bauchnabel und schnallte den Gürtel enger. Seine Frau stand mit hängenden Armen mitten im Wohnzimmer.

»Darf ich mich umsehen?«

Bengt wartete die Antwort nicht ab und machte die Tür zu Elises Schlafzimmer auf. Auf dem Boden lagen Kleider, die Schmuckschatulle war ausgekippt.

»Wo ist Elise?«

»In Bergen.« Gerd stand auf der Türschwelle.

»Haben Sie schon mit ihr telefoniert und gehört, ob sie im Haus war?«

»Natürlich.« Gerd kam näher. »Das war das Erste, was ich gemacht habe. Sie wusste von nichts.«

»Haben Sie Ersatzschlüssel?«

Gerd ging zu einem Schlüsselkasten an der Flurwand und drehte sich zu Bengt um.

»Seltsam. Hast du den Extraschlüssel eingepackt, Odd?« Sie wartete die Antwort nicht ab. »Vor einer Woche hing er noch da. Das weiß ich genau, weil ich meinen verlegt hatte und diesen benutzt habe.«

»Und ist Ihr eigener Schlüssel wieder aufgetaucht?«

Gerd schob die Hand in die Tasche und zog einen Schlüssel mit einem gelben Smiley-Anhänger heraus.

Bengt wechselte einen Blick mit Susanne und ging zur Wohnungstür.

»Susanne wird sich mit Ihnen zusammensetzen und eine Liste aller Besucher erstellen, die nach Ihrem Einzug hier waren. Handwerker, Umzugsunternehmen, Freunde ... egal, wer. Danach sehen wir weiter.« In der Tür drehte er sich noch einmal um. »Hatten Sie ein Umzugsunternehmen engagiert?«

»Nein, wir hatten Hilfe von Freunden.« Odd schüttelte

den Kopf. »Umzugsunternehmen ziehen einem nur das Geld aus der Tasche.«

Bengt fuhr mit dem Fahrstuhl in die Garage zu seinem Dienstwagen, den er neben Lars' Auto geparkt hatte. Er stand eine Weile reglos da und lauschte, hatte das Gefühl, leise Rufe und ein Klopfen zu hören, musste dann aber enttäuscht feststellen, dass das von ein paar spielenden Kindern auf dem Parkplatz draußen kam.

Er ging nach draußen auf die Uferpromenade und rief den Polizeichef an, um ihm die neuesten Entwicklungen im Fall mitzuteilen. Er hatte die starke Befürchtung, dass Lars den Einbrecher auf frischer Tat ertappt hatte.

Es wurde still in der Leitung.

»Du meinst, es könnte da einen Zusammenhang geben? Mit den Funden auf Tornes' altem Grundstück?«

»Ganz ehrlich sehe ich da noch keine konkrete Verbindung. Aber Henrik Vik ist ein alter Freund von Tornes. Das können natürlich alles Zufälle sein, aber Viks Selbstmord und jetzt der Einbruch in dem Haus, in dem Lars wohnt, das ist schon merkwürdig. Ich weiß nicht ... Möglicherweise haben wir mit der alten Geschichte Staub aufgewirbelt, und Lars ist auf etwas gestoßen.«

»Du brauchst mehr Leute«, sagte der Polizeichef nach kurzer Bedenkzeit.

Was du nicht sagst, dachte Bengt.

Er wählte Odd Tornes' Nummer.

»Was war in den alten Alben?«

»Wie ich schon sagte, alter Kram vermutlich. Da müssen Sie Gerd fragen.«

Bengt wartete, bis Odd ihr das Telefon überreicht hatte.

»Alte Fotografien«, sagte sie. »Aus den Siebzigern und Achtzigern, glaube ich. Als die Kinder noch klein waren.

Nichts Besonderes. Strandausflüge, Urlaube ... Wir haben damals nicht viele Fotos gemacht. Ehrlich gesagt bin ich mir gar nicht ganz sicher, welche Alben im Regal standen und welche in irgendwelchen Kartons verstaut sind.«

Das hängt alles miteinander zusammen, dachte Bengt und stand von der Bank auf. Gerds Worte arbeiteten in seinem Hinterkopf weiter. Oder war es etwas, das Odd gesagt hatte? Er konnte beim besten Willen nicht sagen, was genau es war.

1983

Morten starrte an die Decke und versuchte, sich zu erinnern, wie er am Abend zuvor nach Hause gekommen war. Er erinnerte sich an die beißende Kälte, die zwei Lichter, die auf ihn zugekommen waren, und die starken Arme, die ihn hochgezogen hatten. Er musste das Bewusstsein verloren haben. Jetzt lag er nackt in seinem Bett, die Kleider hingen über dem Schreibtischstuhl. Er tastete mit den Fingern das Gesicht ab und erwartete, Blut und Platzwunden zu spüren, stattdessen strichen sie über weichen Verbandmull.

Er versuchte, sich langsam aufzurichten, aber ein stechender Schmerz schoss durch seinen linken Arm. Erst jetzt bemerkte er die Schlinge um seinen Hals. Vorsichtig schob er den Arm wieder hinein und drückte sich mit der rechten Hand hoch, sodass er den Körper drehen und die Beine aus dem Bett schwingen konnte. Beine und Bauch sahen aus wie eine Farbpalette. Wieder fasste er sich vorsichtig ins Gesicht, während ihm kurze Erinnerungsfetzen durch den Kopf flimmerten. Als er im Bad in den Spiegel sah, begannen seine Beine zu zittern. Die Details des Albtraums im Ingebrigt-Vik-Park trafen ihn wie neue Schläge und Tritte.

Auf dem Waschbecken stand eine Dose Paracetamol und erinnerte ihn daran, dass noch in der Nacht ein Arzt bei ihm gewesen war. Er spülte eine Tablette mit Wasser hinunter. Das eine Auge sah aus wie eine geschlossene Miesmuschel, das andere war unversehrt, aber rot, wo es weiß sein sollte.

Die linke Gesichtshälfte war blau geschwollen. Er löste die Mullbinde an einer Ecke und sah, dass er mit ein paar Stichen genäht worden war. Auch seine Lippe war an mehreren Stellen aufgeplatzt.

Die Beine gaben unter ihm nach, er rutschte mit dem Rücken an der Wand auf den Boden und blieb zitternd sitzen. Dann kamen die Tränen. Von oben hörte er Geräusche und erinnerte sich daran, dass sein Vater da gewesen war, als er nach Hause gekommen war. Sein entsetzter Blick, als er die Tür geöffnet hatte.

Morten wischte die Tränen weg und rappelte sich wieder hoch. In seinem Zimmer zog er sich mit langsamen Bewegungen an.

Sein Vater saß oben im Wohnzimmer.

»Wie geht es dir?«

Die mitfühlende Stimme und die Sorge in seinem Blick taten ihm gut.

»Ein bisschen Schmerzen«, sagte er knapp.

»Ich habe den Arzt geholt. Hast du die Schmerzmittel genommen?«

Morten nickte.

»Ich erinnere mich kaum an was.«

Er blickte zu Boden, bevor er sich setzte.

»Na, kein Wunder. Sie haben dich ordentlich zusammengeschlagen.«

»Mama?«

»Sie kommt heute Abend nach Hause.«

Ein Zucken huschte über das Gesicht seines Vaters, als er das sagte. Dann stand er auf und ging vor Morten in die Hocke, legte ihm den Zeigefinger unters Kinn und hob sein Gesicht an. Die Gedanken kreisten wie eine Roulettekugel durch Mortens Kopf, während er darauf wartete, dass sein

Vater eine Erklärung forderte. Aber was sollte er sagen? Dass seine besten Freunde ihn zusammengeschlagen hatten, weil er schwul war?

»Wer hat dir das angetan?« Der Vater setzte sich auf die Armlehne des Sessels und legte Morten die Hand auf den Rücken. »Du hättest tot sein können, weißt du? Karsten hat dich mitten in der Nacht auf der Straße im Zentrum gefunden. Er hätte dich fast mit der Räumschaufel erwischt. Ich war völlig außer mir.« Die Augen seines Vaters waren blank, aber er weinte nicht. Morten hatte ihn nie zuvor so gesehen. »Du hast mir einen Wahnsinnsschrecken eingejagt.«

»Ich wurde zusammengeschlagen«, sagte Morten und fragte sich, wie er auf der Straße gelandet war. Hatten sie ihn dorthin geschleppt, nachdem er die Besinnung verloren hatte? Nach und nach ging ihm auf, was wirklich geschehen war. Seine vermeintlich besten Freunde hatten ihn dort abgelegt, damit er entweder erfror oder überfahren wurde.

»Das ist mir schon klar, aber von wem?«

»Ist das wichtig?«

Morten rang darum, seine Stimme unter Kontrolle zu halten. Er könnte jetzt tot sein.

Sein Vater sah nachdenklich aus.

»Karsten meinte, wir sollten das der Polizei melden. Ich habe ihn gebeten, abzuwarten, damit du das entscheiden kannst. Schließlich bist du erwachsen. Ich wollte erst hören, was du dazu sagst.«

In der Stimme seines Vaters schwang Ablehnung mit, als wollte er verhindern, dass irgendjemand angezeigt wurde. Sein Vater wusste mehr, als er sagen wollte, dachte Morten. Henrik Vik war kein einfühlsamer, rücksichtsvoller Mensch.

Er handelte und akzeptierte die Konsequenzen. Um Bagatellen wie diese kümmerte er sich in der Regel nicht.

»Warst du dabei, als der Arzt …?«

Der Vater nickte ernst.

»Warum? Eben hast du doch noch gesagt, ich wäre erwachsen.«

Die Worte kamen heftiger, als er es vorgehabt hatte.

»Weil ich Angst um dich hatte, weil ich fürchtete, dass du das nicht überlebst. Du bist mein Sohn«, fügte er hinzu und stand auf. »Mein Sohn«, wiederholte er seufzend. Es klang wie eine Beschwörung.

Der Vater trat an das große Wohnzimmerfenster. Es war im Laufe der Nacht wärmer geworden, jetzt regnete es. Auf der Straße war der Schnee geschmolzen, nur die Rasenflächen waren noch weiß. Wenn man sie betreten würde, würde man bis zu den Knien im Wasser stehen.

Dann begann Morten, seinem Vater zu erzählen, was im Park geschehen war. Ohne zu sagen, wer ihn angegriffen hatte.

»Sie halten mich für schwul«, sagte er schließlich und streckte die Arme nach dem Rücken seines Vaters aus … einer Wand. Er weinte vor Erschöpfung. Seine Wunden brannten, und sein Arm pochte. Sein Vater rührte sich nicht, er drehte sich nicht um, würdigte ihn keines Blickes.

»Und, bist du das?«, fragte er schließlich.

»Was macht das für einen Unterschied?«, fragte Morten trotzig und stand auf.

»Einen ganz wesentlichen. Gerüchte kann man entkräften, aber …«

Der Vater redete auf einmal mit seiner Politikerstimme, bereit, das Parteiprogramm vorzustellen.

»Ich bin schwul, wenn es das ist, was du wissen willst.«

Der Vater trat einen Schritt zur Seite, als wäre er für einen Moment aus dem Gleichgewicht geraten. Seine Arme sackten kraftlos herunter, ehe er etwas Unverständliches vor sich hin murmelte.

»Was hast du gesagt?«, fragte Morten.

»Ich habe gesagt, dass …« Er drehte sich um und musterte ihn von Kopf bis Fuß: »Das ist krank. Ich hoffe, du weißt das?«

Morten sah seinen Vater gegen seine unterdrückten Gefühle ankämpfen. Ein kalter Wind ging durch den Raum.

»Ist das etwa mein Fehler? Glaubst du etwa, ich hab mir das so ausgesucht? Dass ich schwul sein will?«

»Eine Schwuchtel!«, spuckte sein Vater aus. »Ein Arschficker!« Er hielt einen zitternden Zeigefinger in die Höhe. Die Worte, die schon die anderen am Abend zuvor verwendet hatten, klangen aus dem Mund seines Vaters noch brutaler und bedrohlicher. »Du kannst so schwul sein, wie du willst, daran kann ich nichts ändern, aber das darf auf keinen Fall im Dorf publik werden. Du musst denen, die dich verprügelt haben, klarmachen, dass sie sich irren.« Er holte tief Luft und hielt sich die Brust. »Und dann vergessen wir das Ganze. Mama würde das nicht verkraften, und das weißt du.«

Ein unerschütterlicher Trotz, eine unglaubliche Willenskraft wuchs in Morten heran. Er ballte die rechte Faust, öffnete sie wieder, ballte sie, als wollte er überprüfen, ob die Finger ihm gehorchten. Dann machte er ein paar Schritte auf seinen Vater zu. Ab diesem Moment war er nicht mehr zu stoppen. Es war zu spät. Jahre der Wut auf sich selbst, auf den, der er war, durchsäuerten seine Zellen und nährten einen Zorn, wie er ihn nicht in seinen schlimmsten Albträumen gespürt hatte. Die Träume, die ihn immer wieder aus dem Schlaf rissen, bis er das Adrenalin abgebaut hatte. Aber das hier war kein Traum. Dieses Mal richtete seine Wut sich gegen seinen Vater. Er legte all seine Kraft in den ersten Schlag auf sein Kinn und verdrängte die Schmerzen in seinem linken Arm, der wieder aus der Schlinge gerutscht war.

Henrik taumelte nach hinten, schlug mit dem Kopf auf dem Rand des Sessels auf, was Morten kaum wahrnahm. Ihm reichte das alles noch nicht. Er schrie seinen Vater an, wieder aufzustehen. Er versuchte, ihn am Hemdkragen zu packen, verlor aber die Balance. Sein Vater richtete sich auf. Morten kam ebenfalls auf die Füße und schlug erneut zu. Einmal, zweimal. Irgendetwas knackte. Blut spritzte. Sein Vater trat nach ihm, traf ihn aber nicht richtig.

»Komm schon, lass es an mir aus«, schrie sein Vater. Kalt und hart. Er lockte ihn zu sich, winkte mit beiden Armen wie ein Boxer im Ring, während ihm Blut aus Nase und Mund lief. »Zeig, dass du ein Mann bist, verdammt! Zeig, dass du ein Mann bist!«, wiederholte er.

Morten zögerte für den Bruchteil einer Sekunde. Eine Stimme in seinem Kopf riet ihm, aufzuhören, während tausend andere Stimmen das Gegenteil forderten. Der Vater umklammerte die Armlehne des Sessels und stemmte sich hoch. Morten wischte sich hektisch eine Träne weg, während er sich selbst hilflos auf der Straße liegen sah, verlassen von denen, die er für seine Freunde gehalten hatte, denen er vertraut hatte und die er schon sein ganzes Leben kannte.

Der Vater zeigte mahnend auf ihn – wie ein Prediger.

»Wenn du mit dem Schlagen fertig bist, kannst du deine Sachen packen und gehen. Ich will dich nie wieder hier im Dorf sehen. Für mich bist du gestorben.«

Da sah Morten rot. Er streckte seinen gesunden Arm vor, ging auf seinen Vater los und mobilisierte die letzten Kräfte. Sein Vater stolperte nach hinten und schlug mit dem Kopf auf die Schieferverkleidung des Kamins. Er sackte zu Boden und blieb reglos liegen.

Zitternd lief Morten aus dem Wohnzimmer. Tränen rannen über seine Wangen. Er war sich sicher, seinen Vater getötet zu haben. Die blutigen Knöchel seiner rechten Hand sprachen eine deutliche Sprache. Angst legte sich wie eine Klaue um sein Herz, und die Schmerzen in seinem linken Arm waren kaum noch auszuhalten.

Er wäre jetzt tot, wenn es nach seinen Freunden gegangen wäre. Sie wollten ihn töten. Hielten das für die beste Lösung. Es war ihnen aber nicht gelungen. Vermutlich hatten sie jetzt Angst und würden versuchen, ihm für immer das Maul zu stopfen, bevor er zur Polizei gehen konnte. Aber sein Vater hatte recht. Die Polizei konnte Leuten wie ihm nicht helfen.

Auf dem Fahrersitz des Volvos überfiel ihn die Panik. Ich habe meinen eigenen Vater getötet. Für einen Moment erwog er, noch einmal umzukehren und den Rettungswagen zu rufen, doch dann legte er den Gang ein und fuhr los. Er konnte nur noch daran denken, endlich wegzukommen.

Im Zentrum zögerte er. Er musste tanken, aber so, wie er aussah, durfte er niemandem begegnen. Stattdessen fuhr er zu der Telefonzelle hinter dem Supermarkt und rief Frode an, aber Frode wollte ihn nicht treffen und für ihn tanken. Das sollte er gefälligst selbst hinkriegen. Aber er schlug vor, sich anschließend im Bootshaus zu treffen.

Der Winter war in diesem Jahr früh gekommen, aber die Natur bäumte sich gegen sich selbst auf und wusch die Hänge wieder grün. Morten warf noch einmal einen Blick auf die Benzinnadel. Weiter als bis Kvandal würde er nicht kommen. Fluchend fuhr er zur Tankstelle. Er blieb im Auto sitzen und tat so, als wäre alles normal, als der alte Kjosåsen zu den Tanksäulen schlurfte. Dann bemerkte er Åsmund Børve, der hinter ihm aufgetaucht war. Rapungen war der Letzte, den Morten jetzt treffen wollte, aber dieser schob sich entschieden am Tankwart vorbei, bevor der die Zapfsäulen erreicht hatte, sagte etwas zu ihm, das Morten nicht verstand, und scheuchte Kjosåsen zurück in die Tankstelle. Morten wusste nicht, was er davon halten sollte. Rapungen zeigte eine Tatkraft, wie er sie noch nie bei ihm gesehen hatte, als er den Zapfhahn nahm und Mortens Wagen betankte. Woher wusste er, dass Morten Hilfe brauchte? Er konnte aus seinem Fenster unmöglich erkannt haben, dass er zusammengeschlagen worden war. Rapungen musste von irgendjemandem gehört haben, was am Vorabend geschehen war, und ausgerechnet er kam ihm zu Hilfe, damit er sich vor Kjosåsen nicht erklären musste.

Die Scheibenwischer zuckten hektisch hin und her, während der Tank sich füllte. Sie machten nicht viele Worte. Morten sagte, dass er wegmüsse. Rapungen nickte ernst. Als Morten dann kurz darauf in Richtung der Bootshäuser in Lundanes losfuhr, sah er im Rückspiegel, wie Rapungen die Hand hob und ihm nachblickte.

ØYSTESE, ZENTRUM

MITTWOCH, 9. MAI 2018

Das weiße Haus von Sonja Hellestveit lag dicht an der Hauptstraße zwischen der Esso-Tankstelle und dem Hotel Hardangerfjord. Susanne ging an der wild wuchernden Hecke entlang und dachte an Bengts Empfehlung, Sonja möglichst frei reden zu lassen. Ihr Gespräch mit Sonja war nach Henriks Selbstmord und Lars' Verschwinden wie alles andere erst einmal aufgeschoben worden.

»Ich bin hier!«, rief Sonja und steckte ihren Kopf durch ein ovales, schmiedeeisernes Tor in der Hecke. Susanne sah sich beeindruckt um. »Ich habe das so übernommen«, sagte Sonja. »Bin frisch geschieden, wie es so schön heißt. Entschuldigen Sie bitte die Unordnung. Ich richte mich gerade erst ein.«

Das rustikale, mit antiken Möbeln eingerichtete Glashaus stand auf einer kleinen Anhöhe. Sonja Hellestveit plapperte drauflos und erzählte, was ihr am Haus gefiel und was nicht. Ein alter, teilweise morscher Apfelbaum verströmte seinen Blütenduft. Dank der Wärme blühte er in diesem Jahr früh.

»Sind Sie nervös?« Susanne musterte sie.

»Nein. Rede ich zu viel?« Sie bat Susanne, Platz zu nehmen. »Ich habe mich noch nicht daran gewöhnt, allein zu wohnen. Bedienen Sie sich«, sagte sie, setzte sich auf die Stuhlkante und knetete die Hände. Susanne nahm ihr iPad heraus und startete die Aufnahme, ehe sie ein Stück Kuchen nahm.

»Ich vermute, dass Sie mehr über mich und Morten wissen wollen. Und was da mit Frode passiert ist, während wir zusammen waren?«

Susanne legte den Teelöffel auf den Teller.

»Frode?«

»Frode Rosenquist. Der … er ging in unsere Klasse. Wir haben ihn nur das Pflegekind genannt.« Sonja schüttelte sich. »Er war immer unten in Lundanes, in einem der alten Bootshäuser. Das steht heute noch. Ein abseits stehender Schuppen, unweit vom Strand. Frode ist aber schon vor vielen Jahren weggezogen.« Ihr Blick richtete sich nach innen, als sähe sie ihn vor sich. »Sie sahen sich irgendwie ähnlich, Morten und Frode. Die Ähnlichkeit war aber nur äußerlich«, fügte sie hinzu. »Morten war in jeder Hinsicht schön, während Frode der reinste Teufel war.«

»Er hat in einem alten Bootshaus gewohnt?«

Sonja lachte.

»Nein, gewohnt hat er da nicht. Er war da nur immer. Frode hatte ein Zimmer in Nøring. Ganz oben. Das Jugendamt hatte da damals Wohnungen. Sind Sie von hier?«

»Nein, aus Nå, am Sørfjord.«

Susanne nahm ein Stück Kuchen, ehe sie auf dem iPad das Klassenfoto heraussuchte, das Bengt vom Rektor des Gymnasiums zugeschickt bekommen hatte. Sie hielt es Sonja hin und bat sie, ihr Frode zu zeigen.

»Da ist Frode nicht mit drauf«, sagte sie nach einem kurzen Blick. »Ich habe dasselbe Foto. Er war nur selten in der Schule.« Sie seufzte. »Eigentlich konnte er einem leidtun, aber damals dachten wir so nicht. Weiß Gott, wie viel Geld ich ihm in all diesen Jahren gegeben habe, nur weil ich Angst vor ihm hatte.«

Susanne trank einen Schluck Tee. In Sonjas Blick hatte sich etwas Hartes geschlichen. »Er hat mir erzählt, dass Morten schwul ist. Natürlich, um mir eins auszuwischen. Wir waren fünf Freunde, und ich war das einzige Mädchen in der Clique. Das hatte aber nichts damit zu tun, dass ich mit Morten zusammen war, wir waren schon immer befreundet, seit der Grundschule. Frode war eher eine Art Anhängsel. Er gehörte nicht richtig dazu.«

»Was ist passiert?«

»Alles, was passieren kann. Morten hat sich mehr und mehr zurückgezogen. Schon lange bevor Frode mir erzählt hat, dass er schwul ist. Als ich das erfuhr, habe ich die anderen informiert. Ich weiß noch, dass ich damals ziemlich hysterisch war. Die Jungs haben mir versprochen, sich darum zu kümmern. Sie sahen darin so etwas wie einen Verrat. Sie haben Morten noch am selben Abend im Ingebrigt-Vik-Park zusammengeschlagen. Als ob das etwas geändert hätte«, fügte sie leise hinzu. »Und ich ließ sie gewähren. Ich war blind vor Wut und habe ihm alles nur erdenklich Schlechte gewünscht. Danach habe ich ihn nicht mehr gesehen.«

Susanne vergewisserte sich, dass das iPad auch aufnahm.

»Haben Sie dabei zugesehen?«

Sonja trank einen Schluck Tee.

»Ja«, antwortete sie und starrte auf ihre Nägel.

»Dann stimmt die Geschichte von Karsten Storhei also?«

»Storhei?« Sonja hob den Kopf. »Der Alte? Was hat denn der damit zu tun?«

Susanne gab ihr die Kurzversion. Sonjas Hände zuckten nach oben.

»Auf der Straße? Er hat Morten auf der Straße gefunden? Aber …? Das kann nicht stimmen. Er lag im Park, als ich zusammen mit Kjetil gegangen bin.« Sonja starrte wieder auf ihre Hände. »Ich habe ihm nichts getan, aber … ich habe das alles ja ausgelöst. Habe mit Frode geflirtet und ihm gesagt, dass er Morten mitteilen soll, dass Torleif mit den beiden reden will.«

»Torleif? Sie meinen Torleif Tysse? War er an der Sache beteiligt?«

»Ach was, das war eine glatte Lüge. Wir wussten, dass Frode gehörigen Respekt vor Torleif hatte. Wir haben darauf gesetzt, dass Morten zu diesem Treffen kommen, Frode aber wegbleiben würde.«

»Und Frode? War er an der Misshandlung beteiligt?«

»Nein, wie erwartet ist er gar nicht erst aufgetaucht.« Sonja aß ein Stückchen Kuchen, legte die Gabel aber gleich wieder weg und schlug ein Bein über das andere. »Kjetil hat als Erster aufgehört. Ich wollte ihn dazu bringen, die anderen zu beruhigen, aber er hat mich einfach weggezogen. Hat wohl Panik bekommen. Vielleicht war ihm auch klar, dass wir zu weit gegangen sind. Kennen Sie Kjetil?«

»Nur über die Arbeit«, sagte Susanne.

Sonja nickte vielsagend.

»Und wie ging es weiter, als Sie davon ausgegangen sind, Morten wäre weggefahren?«

»Zuerst war ich erleichtert. Dass er uns nicht angezeigt hat. Ich weiß nicht, wie lange das ging, aber irgendwann bekam ich Liebeskummer. Das war phasenweise ziemlich heftig.« Sie machte eine Pause und schenkte Susanne Tee nach. »Dann kamen die ersten Schlagzeilen in den Zeitungen. Das war damals ja *das* Thema. Ich hatte eine Wahnsinnsangst. Wegen Aids und so. Ich hatte auch schon vorher darüber gelesen, aber da wusste ich ja noch nicht, dass er … ich glaube, ich habe bis weit in die Neunziger in Skihocke gepinkelt, wenn ich auf ein öffentliches Klo musste.«

Susanne lächelte.

»Und was dachten Sie, als Sie von dem Fund in Vavollen gehört haben?«

»Es ist kein Tag vergangen, an dem ich nicht an Morten gedacht habe, aber dass er da liegen soll … das ist … einfach nur schrecklich.« Sie begann zu weinen. »Es kam wie ein Schock«, schluchzte sie. »Dass sie ihn getötet haben.«

»Karsten hat ihn doch gefunden«, tröstete Susanne sie.

»Das wusste ich da ja noch nicht.«

»Und Sie haben nie daran gedacht, zur Polizei zu gehen?«

Sonja richtete sich auf und wischte sich die Tränen mit dem Handrücken weg.

»Sie meinen, ich hätte damals zur Polizei gehen und sagen sollen, dass ich gesehen habe, wie der Sohn von Henrik Vik zusammengeschlagen wurde, ohne eingegriffen zu haben? Das hätte einiges an Aufsehen erregt.« Sie trank einen Schluck Tee. »Ich war damals siebzehn«, fügte sie hinzu, als wären das mildernde Umstände.

»Abgesehen von dem Liebeskummer, erinnern Sie sich an irgendetwas anderes aus dieser Zeit? Wo Sie waren? Was Sie gemacht haben?«

»An den nächsten Tag erinnere ich mich noch gut. Ich wollte mit Frode reden. Aber er war nicht in Nøring, weshalb ich zum Bootshaus fuhr.« Sonja machte eine Pause, als wollte sie sichergehen, dass ihre Erinnerung sie nicht trog. »Es regnete. Die Straße war schneefrei, die Hänge wieder grün. Alles war nass. Ich weiß noch, dass ich frierend durch Schneematsch lief. Vor dem Bootshaus habe ich sie dann gehört.«

»Wen?«

»Morten und Frode, glaubte ich damals, aber jetzt bin ich mir da nicht mehr so sicher. Aber ich habe mindestens zwei Stimmen gehört.«

»Und was haben Sie gehört?« Susanne lehnte sich zurück und verschränkte die Arme vor der Brust.

»Sie haben gestritten. Wenn ich jetzt darüber nachdenke, bin ich mir eigentlich ziemlich sicher, dass mehr als zwei Leute im Bootshaus waren. Ich erinnere mich nur an Bruchstücke. Verstehen Sie? Jedes Mal, wenn ich die anderen darauf angesprochen habe, haben sie behauptet, dass ich mich irre.« Sonja fuhr sich mit den Händen durch die langen, blonden Haare und sammelte sie auf dem Rücken. »Aber kann das wirklich sein? Kann man sich so irren?«

»Natürlich ist das nach mehr als dreißig Jahren möglich. Erinnerungen verblassen irgendwann. Wenn wir uns an alles erinnern würden, was wir erlebt haben, würden wir verrückt werden.«

Susanne warf einen Blick auf die Uhr und schaltete ihr iPad aus. Sie musste wieder ins Büro. Bengt wartete auf den Bericht über ihr Gespräch, um die Verhöre der anderen Freunde von Morten vorbereiten zu können.

SKIPADALEN

MITTWOCH, 9. MAI 2018

Thomas ließ das Fahrrad vor der Garage auf den Boden fallen, zwängte sich den Rucksack von der Schulter und rannte über den Rasen zu Williams Haus. Außer Atem stürmte er hinein, ohne anzuklopfen.

»William!?«

Er streifte sich die Schuhe ab. Das Wohnzimmer war leer, ebenso die Küche. Thomas lief die Kellertreppe hinunter. William kniete auf dem Boden und schraubte weiße IKEA-Bretter zusammen.

»Hi! Gut, dass du kommst, Thomas. Du musst mir helfen.« Thomas kniete sich neben ihn und hielt die Bretter so, wie William es ihm sagte, während er zu Atem zu kommen versuchte. »Ich hab dich gestern gar nicht mehr gesehen. Hast du eine lange Bootstour gemacht?«

»Vergiss die Bootstour, unwichtig. Ich platze gleich.«

»Bist du mit der Antwort zufrieden?« William schraubte weiter, ohne ihn anzusehen.

»Ich hab mich noch nicht getraut, die Mail zu öffnen. Hab nach der Schule nur gesehen, dass sie gekommen ist. Kann ich mal an deinen PC?«

Als Thomas ihn am Ärmel zerrte, warf William den Schraubenzieher auf den Haufen Schrauben und Holzdübel.

»Warum liest du die Mail nicht am Handy?«

»Zu kleines Display.«

Thomas war total gespannt, hatte aber auch ordentlich

Muffensausen vor der Antwort. Was sollte er tun, wenn seine Großmutter tatsächlich tot war? Oder wenn er sie fand und sie nicht mit ihm reden wollte.

»Klar kannst du an meinen PC. Ich hab übrigens eine Überraschung für dich. Mach doch mal die Tür auf.«

Thomas öffnete die Tür zum angrenzenden Raum und blieb sprachlos stehen. Die beiden Wand an Wand liegenden Räume waren zu einem großen zusammengelegt worden und hellgrau gestrichen. Vor der einen Wand hatte William ein Bett aufgebaut. Unter den schmalen Fenstern, die zum Garten und Wald rausgingen, stand eine Sitzgruppe mit Sofa und Sessel. Die absolute Krönung war aber der Schreibtisch mit dem PC und dem riesigen Bildschirm. An der gegenüberliegenden Wand, im perfekten Winkel vom Bett, hing ein riesiger Fernseher, der an eine nagelneue X-Box angeschlossen war. Dazu hatte William drei identische, mit schwarzgrauem Leder bezogene Recaro-Gamingstühle mit hohen Rückenlehnen besorgt. Über jeder Armlehne hing eine rote Fleecedecke.

»Ich dachte mir, dass du zwischendurch vielleicht auch mal Kumpels einladen magst.« William zog lächelnd eine Schiebetür auf, hinter der zwei weitere Betten standen. »Und dann können du und ich und der Bulle von nebenan uns auch mal zum Männerabend treffen, das täte ihm sicher gut.«

»Danke!«, war alles, was Thomas herausbrachte. Er griff nach Williams Hand. Versuchte, seine Tränen unter Kontrolle zu halten. Aber das war zu viel auf einmal. Erst die Suchaktion nach seiner Oma, um seinem Vater eine Freude zu machen. Und dann William, der immer so nett zu ihm war, und …

William wuschelte ihm durchs Haar, als wüsste er genau, was Thomas durch den Kopf ging.

»Dann leg mal los!«

Thomas grinste, zog den Stuhl an den neuen Schreibtisch und fuhr den Computer hoch. Er loggte sich in seinen E-Mail-Account ein und scrollte schon Sekunden später durch die Mail von MyHeritage, während sein Blick hektisch zwischen den Bildern auf dem Monitor hin und her huschte.

»Hallo, jetzt mal ganz langsam, ein alter Mann ist kein D-Zug.« William zog sich einen der Gamingstühle heran und setzte sich neben Thomas. »Eins nach dem anderen, okay?«

»Okay! Ich bin nur so aufgeregt.«

Thomas holte tief Luft und wartete ungeduldig, dass William den Text las.

»Klick die an!« William zeigte auf eine Karte. »Die zeigt, wo auf der Welt du Verwandte hast.«

Die Karte hatte farblich unterschiedlich schraffierte Felder. Norwegen war fast ganz rosa, die anderen Länder hatten andere Farben: Schweden, Dänemark, Finnland, Großbritannien und Estland.

»Wollen wir uns den Stammbaum ansehen?«

Thomas wartete die Antwort nicht ab, sondern klickte mit dem Mauspfeil auf den Link.

Eine Reihe bekannter Namen und Bilder von Verwandten öffneten sich, Cousinen und Cousins aus dem Østland, Tanten, Onkel und Großeltern, alle aus der Familie seiner Mutter.

In einem Feld stand ein Name, den Thomas noch nie gesehen hatte. Für einen Augenblick war es ganz still. Thomas spürte seinen Pulsschlag im ganzen Körper und schluckte mehrmals.

»Okay, das ist doch schon mal was«, sagte William schließlich. »In Oslo wohnt also eine Frau, die eng mit dir verwandt ist. Aber der Name stimmt nicht.«

»Kannst du sie anrufen? Du hast gesagt, du machst das, wenn wir was finden.« Thomas sah William flehend an, sein

Herz drohte seinen Brustkorb zu sprengen. »Ich bin einverstanden, wenn sie sich mit mir treffen will.«

William zauste Thomas wieder durchs Haar.

»Das deichseln wir schon. Wolltest du am Wochenende nicht deine Mama in Bærum besuchen?« Williams Versuch, den østländischen Akzent zu imitieren, war grottenschlecht, Thomas fand es aber trotzdem lustig.

Plötzlich sah William ihn ernst an.

»Aber was, wenn sie es nicht ist? Oder sie nichts von dir wissen will?«

»In dem Fall sagen wir Papa keinen Mucks«, antwortete Thomas sehr viel gefasster, als er sich fühlte.

POLIZEIWACHE KVAM

MITTWOCH, 9. MAI 2018

Ester Pedersen saß in ihrem Kabuff, eine Schachtel Kleenex in Griffnähe, und warf Bengt einen vorwurfsvollen Blick zu, als er mit einem Kaffeebecher vorbeilief, als wäre er schuld an Lars' Verschwinden.

Er schloss die Bürotür hinter sich und setzte sich an den Schreibtisch. Vor ihm lag eine standardisierte Cross-Check-Tabelle, die er nach Informationsbedarf, Ermittlungsschritten, Prioritätsgrad und verschiedenen Hypothesen aufgeteilt hatte. Im Augenblick gab es wenig einzutragen. Frustriert legte er den Kopf in die Hände, er hatte die letzte Nacht kaum geschlafen. Alle seine Gedanken kreisten um Lars. Außerdem kamen die Ermittlungen viel zu zäh voran.

Er nahm einen Apfel aus der Schale und stellte sich ans Fenster. Sie mussten erst vor Kurzem geputzt worden sein, so unbegreiflich klar und schön, wie die Landschaft vor ihm lag. Aber wenn er in seiner Polizeikarriere etwas gelernt hatte, dann, dass Licht auch Schatten warf.

Er sah Susannes Mini auf den Parkplatz biegen. Kurz darauf riss sie die Tür zu seinem Büro auf, warf einen dünnen Strickpulli auf den Besucherstuhl und trat ein.

»Herrgott, ich kann mich kaum noch rühren. Ich bin mit Kuchen gemästet … viel Kuchen. Sonja war ausgesprochen gastfreundlich und sehr gesprächig.«

Das Funkeln in Susannes müden, roten Augen ließ Bengt auf Ergebnisse hoffen, die sie endlich weiterbringen würden.

Sonja hatte Susanne erzählt, wie und wo die Freunde Morten überfallen hatten. Bengt machte sich Notizen, und schon bald zeichnete sich ein Bild auf dem Blatt vor ihm ab, das er in die für den Nachmittag angesetzten Vernehmungen von Jørn, Ernst und Kjetil mitnehmen konnte.

Susanne erzählte Bengt, wie die vier Morten in den Park gelockt hatten und welche Rolle Frode Rosenquist dabei gespielt hatte.

Bengt stutzte bei dem ihm unbekannten Namen und trommelte mit dem Kugelschreiber auf die Tischplatte, während er seine Notizen überflog.

»Dann hatte Morten Vik also einen Freund, den wir bisher nicht auf dem Schirm hatten? Mit dem er sogar ein Verhältnis hatte?«

»So sieht es aus.« Susanne richtete sich auf dem Stuhl auf. »Nach Sonjas Schilderung ein ziemlich maßloser, unangenehmer Typ.«

»War er aus dem Ort?« Bengts Klackern mit dem Stift wurde ungeduldiger.

»Ich glaube schon. Jedenfalls ist er mit den anderen zur Schule gegangen. Aber er hatte immer wieder mit dem Jugendamt zu tun und war zeitweise wohl bei Pflegeltern. Jedenfalls haben sie ihm den Namen ›Pflegekind‹ verpasst, der auch später auf der weiterführenden Schule an ihm hängen geblieben ist. Da hat er in einem Wohnheim für schwer erziehbare Jugendliche in Nøring gewohnt.«

»Und?« Bengt lehnte sich im Stuhl zurück und überlegte, ob dort heute noch Jugendliche untergebracht waren.

»Frode ist ungefähr zeitgleich mit Mortens Verschwinden aus dem Ort weggezogen. Es ist nicht ganz klar, wann genau. Sonja war anfangs davon ausgegangen, dass sie zusammen abgehauen wären, aber inzwischen ist sie sich da nicht mehr so sicher. Ich hatte das Gefühl, dass sie ein bisschen Panik hat, in die Sache reingezogen zu werden. Sie schiebt den Hauptteil der Schuld auf die anderen, obwohl streng genommen *sie* das Ganze angeleiert hat.«

»Und was fällt dir zu Frode Rosenquist ein?«

»Vielleicht auch umgebracht?«, schlug sie vor.

Bengt schaute nachdenklich nickend aus dem Fenster. Morten, seine Mutter und jetzt dieser Frode. Alle homosexuell, alle aus dem Ort verschwunden.

»Könnte er Morten umgebracht und den Volvo anschließend nach Voss gefahren haben?«

»Möglich, aber er war erst siebzehn. Hatte noch keinen Führerschein. Nicht, dass Mörder sich unbedingt um so was scheren.« Susanne schnappte sich einen Bleistift von Bengts Schreibtisch. Bei dem Gedanken, dass sie den Stift jetzt wahrscheinlich gleich zwischen die Zähne schieben und zernagen würde, verlor er kurz den Faden. Erleichtert sah er, dass sie ihn nur zwischen den Fingern kreisen ließ:

»Das wäre sicher kein Hindernis gewesen. Zu der Zeit gab es hier bei uns höchstens alle halbe Jahre mal eine Kontrolle. Aber gut gemacht, Susanne. Allmählich zeichnet sich ein Bild ab.« Er schaute auf seinen Zettel. »Morten wird zusammengeschlagen und zu seinem Vater gefahren. Die beiden streiten sich. Morten haut ab. Unterwegs trifft er jemanden, der ihn dazu bringt, seine Pläne zu ändern. Der Betreffende bringt ihn dann um und fährt den Volvo später nach Voss.« Er neigte den Kopf zur Seite. »Mit oder ohne gültigen Führerschein.«

Er tippte mit dem Stift auf Frodes Namen auf dem Blatt und stand auf.

»Ich verwette mein Taschengeld auf Frode. Laut Sonja war er maßlos und hatte ein skandalträchtiges Verhältnis zu Morten. Und als Morten gehen wollte … Na, wenn das kein

Motiv ist. Setz Sonja auf alle Fälle mit auf die Liste. Sie muss gehörig sauer gewesen sein.«

»Aber wenn Frode Mortens Mörder war, wo hat er ihn dann umgebracht? Und wo ist der Rest der Leiche? Wir brauchen einen Tatort.«

Bengt nahm die Uniformjacke vom Garderobenständer neben der Tür.

»Das ist der nächste Punkt auf unserer Liste. Jetzt müssen wir aber erst mal Rosenquists biologische Eltern finden.« Er zog die Jacke an. »Check das Finanzamt, Gesundheitsbehörden und Sozialämter, das Übliche. Irgendwo muss was zu finden sein. Und wenn nicht, haben wir einen weiteren Vermisstenfall. Und möglicherweise eine weitere Leiche, die irgendwo vergraben ist. Und weißt du was? Mit Åsa Kleiven vom Jugendamt reden wir auch mal.«

Er sah, wie sich Susannes Gesicht zu einer skeptischen Grimasse verzog. Åsa Kleiven, Leiterin des Jugendamtes in Kvam, war Ester Pedersens beste Freundin und Mitbewohnerin. Susanne hatte die Wohnung der beiden das Spionagehauptquartier getauft. Sie konnte es nicht beweisen, verdächtigte Ester und Åsa aber, interne Informationen von ihren jeweiligen Arbeitsstellen auszutauschen. Im Grunde stimmte Bengt ihr zu, sprach das aber nie laut aus, obwohl die beiden im Ort schon längst den Spitznamen Øystese-Telegramm-Zentrale hatten.

»Versuch mal herauszufinden, bei welcher Pflegefamilie oder in welchem Heim Rosenquist eventuell gewohnt hat.« Er dachte kurz nach. »Und überprüf auch das Strafregister. Forsche in Norwegen und über Interpol nach ihm. Ich informiere Flotve, damit er uns die Presse vom Hals hält.«

Endlich hatten sie etwas Handfestes. Der Link zwischen Mortens Neigung und den gleichaltrigen Jugendlichen war viel wahrscheinlicher, als dass das Dorforiginal Åsmund Børve oder Mortens Vater etwas mit dem Mord zu tun hatten.

Bengt schnappte sich die Schlüssel des Dienstwagens.

»Ich muss kurz nach Hause, hab versprochen, mit Thomas mittagzuessen. Ich bin aber rechtzeitig zu den Verhören zurück.« Er legte Susanne eine Hand auf die Schulter. »Ich weiß, dass das viel verlangt ist, besonders jetzt, wo Lars vermisst wird, aber ich bräuchte nachher deinen Beistand. Es wäre gut, jemand an der Seitenlinie zu haben, der Sonjas Version kennt. Danach entlasse ich dich in deinen wohlverdienten Feierabend. In Ordnung?«

»Fahr zu Thomas. Ich arbeite weiter, bis du wiederkommst. Hoffe, dass ich dann noch mehr habe.«

Im Auto musste er ein paarmal schwer schlucken, ehe er Flotve anrufen und ihn über das informieren konnte, was Sonja gesagt hatte.

»Habt ihr was zu Lars herausgefunden?«

»Wir suchen jeden Millimeter Straßenrand von Sjusete nach Øystese ab«, antwortete Flotve. »Wir sind auch mit Booten auf dem Fjord unterwegs, durchkämmen alle Gräben an der Bundesstraße. Suchtrupps durchforsten die Gegend.«

Bengt legte auf und sah zu den roten Gummibooten vom Roten Kreuz, die vor der Küste hin und her fuhren. Ein Rettungshelikopter flog tief in Richtung Norheimsund. Bengt schlug mit der Hand auf das Lenkrad.

Immer wieder dieser verteufelt tiefe Fjord. Im Hardangerfjord, der an der tiefsten Stelle 850 Meter maß, war es unmöglich, Ertrunkene zu finden. Auch glaubte Bengt nicht daran, dass Lars selbstmordgefährdet war, auch wenn sie die Möglichkeit nicht ausschließen konnten. Sie hatten seinen Waffenschrank gecheckt, die zwei Biathlongewehre waren an ihrem Platz. Lars' Verschwinden musste etwas mit dem

Fall zu tun haben. Dass die Tornes in den entscheidenden Jahren in Vavollen gelebt hatten, schien hingegen irrelevant zu sein. Dort war Morten nicht umgebracht worden. Trotzdem hatte Bengt das Gefühl, dass es dort irgendwo einen Zusammenhang geben musste.

Er bog in seine Einfahrt in Skipadalen ab, fuhr rückwärts in die Garage und versuchte, an etwas anderes zu denken.

SKIPADALEN

MITTWOCH, 9. MAI 2018

Bengt fand Thomas auf Williams Veranda. Es roch wunderbar nach Grillfleisch. Sie trugen beide einen rot-blauen Overall mit Esso-Logo, bereit, die Spätschicht anzutreten. Bengt ließ sich schwer auf den Gartenstuhl fallen.

»Hier, das gibt extra Energie«, sagte William und reichte ihm einen Burger mit feurigen Jalapeños als Topping. »Kommt ihr mit den Ermittlungen voran?«

»Nein und ja. Sieht aus, als würde sich endlich was tun.« Bengt legte den Burger auf einen Pappteller. »Aber wir können uns alle schlecht auf die Arbeit konzentrieren, solange Lars noch vermisst wird. Wir haben zu wenig Leute, und am liebsten würde ich mich vierteilen. Heute Abend habe ich drei Verhöre, mal sehen, wie es danach weitergeht.«

Sie aßen schweigend.

»Übernimmst du den Abwasch?«

William schlug Thomas kumpelhaft auf die Schulter.

»Klaro.« Der Junge sprang auf und verschwand in die Küche.

»Mich treibt um, wo wir die Reste der Leiche finden«, sagte Bengt, sobald Thomas außer Hörweite war. »Irgendwo müssen sie ja sein. Ohne einen Tatort gehen die Ermittlungen nur zäh voran.«

Aus der Küche war ein Klirren zu hören. William nahm den Rost vom Grill und lehnte ihn an die Verandawand, ehe er Kaffee aus einer Thermoskanne aus gebürstetem Stahl eingoss und Bengt einen Becher reichte.

»Ruf doch mal den Bauern an, dem das Land bei Lundanes gehört.«

»Warum?«

»Erinnerst du dich nicht?« William gluckste. »Wir haben damals doch tagelang im Straßengraben gelegen und uns die gelben Moxy-Dumper angeschaut, die im Pendelverkehr nach Vavollen gefahren sind. So riesige Muldenkipper hatten wir vorher noch nie gesehen. Für die damaligen Verhältnisse waren das die reinsten UFOs.«

»Du fandest die vielleicht toll. Ich kann mich nicht daran erinnern, mich jemals für Lastwagen interessiert zu haben«, murmelte Bengt, während sein Gehirn auf Hochtouren lief »Weißt du noch, wo genau sie die Erde geholt haben?«

»Nee, nicht wirklich. Das sieht da ja heute völlig anders aus. Aber vermutlich irgendwo unten auf der Wiese am Strand. Mein Vater hat sich damals scheckig gelacht, weil der Bauer in Vavollen sie alle über den Tisch gezogen hat.« William breitet die Arme aus. »Lundanes ist ein einziges Lehmloch. Da wächst nicht viel.«

»Okay, unten am Strand, meinst du? Steht da nicht irgendwo ein alter Bootsschuppen?«

»Stimmt, ich hab aber keine Ahnung, ob der noch in Gebrauch ist. Ich weiß nur, dass ich damals mehr Zeit aufs Beobachten dieser Moxy-Dumper verwendet habe als für die Balz. Ich hab das Seufzen der Hydraulik noch heute in den Ohren.« William bewegte die Arme wie in einem Slow-Motion-Film, um zu illustrieren, was er meinte. »Das war mal was anderes als Kjosåsens alte Volvo-Maschine. Echt Wahnsinn.«

Bengt stand auf und stellte sich ans Geländer. Sein Blick wanderte über die Halbinsel Richtung Øystese, während er sich die Landschaft um Lundanes ins Gedächtnis rief, bevor sich dort die Industrie angesiedelt hatte.

»Wir haben da unten gebadet, das weiß ich noch. Es hat irre Spaß gemacht, in dem Lehm rumzuwaten. Mist! Warum hab ich nicht eher daran gedacht?«

Willam stellte sich neben ihn.

»Weil es hier fast überall Lehm gibt«, antwortete er trocken, stemmte die Ellbogen auf das Geländer und beugte sich vor. Bengt tat es ihm nach. Unter ihnen lag ein zugewuchertes Steinbeet, das mal hübsch mit Sommerblumen bepflanzt gewesen war. William hatte mit dem Haus einen Haufen Arbeit gekauft, aber Bengt kannte ihn. Es würde sicher bald alles gerichtet sein.

»Du kennst nicht zufällig den Namen des Bauern, dem das Land gehört?«

William fischte sein Handy aus der Brusttasche des Overalls.

»Er tankt Diesel für seinen Traktor wie alle anderen. Schauen wir doch mal.«

Bengt wartete, während William sich durch seine Telefonliste scrollte. Wenig später hatte er einen Namen und eine Telefonnummer. Ungeduldig tippte Bengt sie ein.

Thomas kam wieder zu ihnen auf die Veranda. In Williams Nähe war sein Sohn wirklich wie die Morgensonne über dem Folgefonna. Wenn er selbst doch auch einen solchen Draht zu Thomas hätte. Die beiden flüsterten und lachten und schauten zu ihm rüber.

Eine raue Männerstimme meldete sich. Bengt brachte seine Frage vor, und der Bauer bestätigte, dass die Erde damals im Bereich des alten Bootshauses abgegraben worden war. Dann sagte er noch, dass er selten Erde von dort lieferte, weil der Boden zu lehmig sei. Er lachte nervös.

»Aber es war ja nur für den Garten. Mit einer ordentlichen Schicht Mutterboden drüber geht das schon.«

»An wen haben Sie die Erde verkauft?«

»Na ja, genau genommen war das kein Verkauf.« Der Bauer räusperte sich. »Eher ein Tauschhandel … oder ein Freundschaftsdienst, wenn Sie so wollen. Odd Tornes war damals wie heute ein echter Geizkragen. Manche Dinge ändern sich nie.«

POLIZEIWACHE KVAM

ZUR SELBEN ZEIT, MITTWOCH, 9. MAI 2018

Susannes Blick wanderte zu der Kuckucksuhr an der Wand. Die Angst schnürte ihr wie ein strammes Band den Brustkorb zusammen. Malvin Flotve hatte sich noch immer nicht gemeldet, und von Lars fehlte weiterhin jede Spur.

Sie schaute auf den Bildschirm und biss sich auf die Unterlippe, bis sie Blut schmeckte. Dann griff sie sich einen gelben Bleistift, schob ihn zwischen die Kiefer und begann zu kauen, während sie die Notizen, die sie sich im Laufe des Tages gemacht hatte, noch einmal überflog.

Frode Rosenquist war Anfang des Jahres 1984 in der Polizeidienststelle Kvam vermisst gemeldet worden. Genauer gesagt am 17. Februar. Er wohnte in einem Wohnheim in Nøring. Nachdem er sich vier Monate lang nicht gemeldet hatte, fingen die für ihn verantwortlichen Behörden an, sich Sorgen zu machen. In der Zwischenzeit hatten die Leute Weihnachten und Neujahr gefeiert. Wo war er da gewesen? Hatte sich auch nur einer Gedanken darüber gemacht, ob Frode jemanden hatte, mit dem er feiern konnte? Gab es niemanden, der zwischendurch mal nach ihm schaute? Ein bedrückender Gedanke.

Sie rief das Kriminalamt in Oslo an und brachte in Erfahrung, dass der Fall dort noch als alter, ungelöster Vermisstenfall geführt wurde. Frode war das letzte Mal am 26. Oktober 1983 gesehen worden, als er ein Busticket von Øystese nach Voss gelöst hatte. Von Voss war er dann mit der Bergensbahn nach Oslo gefahren. Sie legte den Bleistift weg.

Er stand in keinem Strafregister. Dafür hatte sie ihn sowohl im Gesundheitsregister der frühen Achtzigerjahre als auch in den damaligen Dateien des Einwohnermeldeamts gefunden. Beide Male zuletzt wohnhaft in Nøring. Was war mit ihm passiert? War er abgehauen, weil er Angst hatte oder weil er ein Mörder war?

Sie lehnte sich zurück und folgte den vorbeifahrenden Autos mit dem Blick.

Wie immer rechnete Susanne damit, dass die Katastrophe in ihrer direkten Nähe stattfinden würde, weshalb sie noch keine Pläne für das Wochenende hatte. Stattdessen hatte sie sich hinter einem Schutzwall verschanzt, sich in Arbeit vergraben und sich innerlich auf Lars' Beerdigung eingestellt. Sie hatte sich seinen Holzsarg in der Kirche vorgestellt, geschmückt mit Heidekraut in verschiedenen Farben, keine Rosen oder weißen Nelken. Nelken waren für alte Menschen, die ihr Leben gelebt hatten. Sie bereitete sich auf die Begegnung mit Lars' Eltern in der Kirche vor, spürte förmlich den festen Händedruck des Vaters und die Tränen der Mutter. Wie sollte sie selbst es meistern, ihre Tränen zu unterdrücken, wenn sie schließlich die Nachricht bekamen, dass seine Leiche gefunden worden war? Was sollte sie auf die Schleife des Trauerkranzes schreiben? Würden Bengt, Lerke und Thomas ihren eigenen haben? Wollte Torleif mit auf ihren? Er kannte Lars ziemlich gut. Ob Lars' Freund auch da sein würde?

Susanne rieb sich die Augen. Der Fall Morten Vik war alt, trotzdem wurde sie den Gedanken nicht los, dass Lars auf irgendetwas gestoßen war, das mit dem Fall zu tun hatte. Ganz bewusst hatte sie Bengt verschwiegen, dass Sonja auch Torleif erwähnt hatte. Etwas in ihr stemmte sich dagegen. Vielleicht würden Ernst und Jørn ja im Verhör von ihm reden. Außerdem hatten sie ihn angeblich nur als Vorwand genutzt.

Susanne hatte gehofft, um Åsa Kleiven herumzukommen, aber jetzt ließ sich der Anruf nicht länger aufschieben. »Ich glaube, es ist eine ganze Weile vergangen, ehe uns aufgefallen ist, dass Frode weg war«, berichtete Åsa am Telefon. »Na ja, also nicht mir, sondern demjenigen, der damals verantwortlich für ihn war. Er hatte ein paarmal im Wohnheim angerufen, aber Frode war wohl nur selten zu Hause.«

Susanne dachte nach.

»Von Nøring und seinem Zimmer im Wohnheim wissen wir. Aber hat Frode auch mal bei einer Pflegefamilie gewohnt?«

Nachdem sie aufgelegt hatte, starrte sie auf die Notiz, ehe sie sich ihre Jacke schnappte und loslief. Kurz darauf fuhr sie vom Parkplatz vor der Polizeiwache und checkte die Uhrzeit auf der Armatur. Die Autos kamen ihr in einem gleichmäßigen Strom entgegen. Sie rief Bengt über die Freisprechanlage an. Sie sah eine Reihe Rote-Kreuz-Westen einen Hang hinaufgehen, die Helfer suchten im Radius der Polizeiwache nach Lars. Am Hang vor ihr hatte jemand gelbe Osterglocken in Form einer strahlenden Sonne gepflanzt. Ihre Halsschlagader pochte aus Angst, was Lars passiert sein könnte, und sie machte sich Vorwürfe, nicht eher herausgefunden zu haben, wer Frodes Pflegeeltern waren.

»Geh schon ran, Bengt, verdammt noch mal«, murmelte sie, wurde dann aber zur Mailbox weitergeleitet.

HARDANGER BRYGGE

MITTWOCHABEND, 9. MAI 2018

Susanne lief am Aufzug vorbei zur Treppe. In der zweiten Etage blieb sie stehen, klopfte an die Tür von Lars' Wohnung und ging hinein.

»Hallo?«, rief sie. Ihr Herz klopfte wie wild.

»Ja, hallo?« Eine Frau vom Roten Kreuz kam ihr entgegen.

»Lars?« Susanne wünschte sich von ganzem Herzen, dass er wieder da war und kaputt und müde auf dem Sofa lag. Vielleicht mit einem verstauchten Knöchel und Bengt neben sich. »Gibt es irgendwelche Neuigkeiten?«

»Nein. Er ist von niemandem gesehen worden. Ich bin nur für den Fall da, dass er hier auftaucht.«

Susanne sah zu dem kleinen Tisch im Flur, auf den Bengt Lars' Schlüssel gelegt hatte, nachdem sie den Keller durchsucht hatten. Sie waren der Beweis, dass etwas Schreckliches passiert sein musste. Susanne blieb stehen und lauschte, als würde Lars sich, wenn sie nur lange genug still war, irgendwie bemerkbar machen und sich das Ganze als schlechter Scherz entpuppen.

Der frisch verlegte Linoleumboden im Hausflur roch noch immer. Die Wände waren eierschalenfarben. Neben die Aufzugtür hatte jemand mit einer Schablone eine große Zwei gemalt. Lars hatte sich so auf das Neue, Saubere gefreut. Susanne schluckte, ihr kamen die Tränen. Sie war müde und verzweifelt, und die Tatsache, dass ihnen wichtige Informationen vorenthalten worden waren, machte sie wütend.

»Ist alles in Ordnung?«, fragte die Frau vom Roten Kreuz, die auch auf den Flur getreten war.

»Ja, danke!«

Susanne riss sich zusammen und wich ihrem Blick aus, als sie mit entschlossenen Schritten über die Treppe nach oben zu der Penthousewohnung ging.

Elise, die Tochter von Odd und Gerd Tornes, öffnete ihr die Tür. Sie wirkte unglaublich bieder und schüchtern. Susanne nickte kurz und widersetzte sich dem Drang, ihr über die Wange zu streicheln. Stattdessen ging sie an ihr vorbei in den Flur.

Unzählige Gedanken schossen ihr auf dem Weg ins Wohnzimmer durch den Kopf, wo die Eheleute in ihren Sesseln saßen. Odd hatte die Füße auf einen Schemel gelegt, sein Kopf steckte hinter einer Ausgabe der *Bergens Tidende*. Er trug grau melierte Wollsocken. Gerd war in ihr Strickzeug vertieft. Erst als Susanne sich räusperte, wurden sie auf sie aufmerksam.

Sie kam gleich zur Sache.

»Gibt es einen konkreten Grund dafür, dass Sie uns nichts von Ihrem Pflegesohn gesagt haben?«

Odd und Gerd tauschten Blicke, als hätten sie die Sache bereits diskutiert und erwartet, darauf angesprochen zu werden. Odds Hände wanderten zu seinem Kopf und fielen dann schlaff in seinen Schoß, während Gerd das Strickzeug weglegte.

»Es hat niemand gefragt«, sagte Gerd und warf Elise, die noch in der Tür des Wohnzimmers stand, einen Blick zu. »Das ist lange her, aber ich habe Ihnen ja schon bei Ihrem letzten Besuch gesagt, dass die fehlenden Fotos aufgenommen wurden, als die Kinder noch klein waren. Kinder, also mehr als eins. Aber was hat es überhaupt mit dem Fall zu tun, dass wir vor ewigen Zeiten einen Pflegesohn hatten?«

Susanne drehte sich zu Elise um. Der Blick der Frau wirkte mit einem Mal neugieriger, als wäre sie aufgewacht.

»Frode wohnte nicht lange bei uns«, sagte Odd. »Eigentlich war das von Anfang an ein Fehler. Wir hatten gedacht, ihn auf den rechten Weg bringen zu können … aber er war … entschuldigen Sie, wenn ich das so sage, aber Frode war verrückt.« Odd tippte sich mit dem Zeigefinger an die Schläfe.

»Verstehe«, sagte Susanne. »Wie lange war er bei Ihnen?«

Gerd stand abrupt auf und ging in die Küchenecke.

»Kaffee?«, fragte sie, als hätte sie die Frage nicht gehört.

»Nein, danke, ich habe keine Zeit. Lars wird vermisst, und ich arbeite seit Tagen ohne Pause.«

Susanne biss sich auf die Lippe. Es ärgerte sie, dass ihr immer wieder private Informationen rausrutschten, die für andere vollkommen uninteressant sein mussten.

»Natürlich. Die Sache mit Lars verfolgen auch wir mit Sorge. Wären wir noch jünger, würden wir helfen, das können Sie uns glauben. Aber Odd ist nicht mehr gut zu Fuß.«

Mit einem Mal schien die Kaffeekanne in Gerds Händen zu schwer zu werden. Ihre Arme sackten nach unten in Richtung Arbeitsplatte, und sie blieb stehen und starrte vor sich hin. Als sie weiterredete, zitterte ihre Stimme vor unterdrückten Gefühlen.

»Wir haben es versucht. Haben wirklich versucht, die Zeit mit dem Jungen komplett zu verdrängen, aber es geht nicht. Wir haben aus ganzem Herzen gehofft, dass Frode nichts mit der Sache zu tun hat, aber als wir hörten, wen Sie da gefunden haben … dass es Morten ist …« Sie breitete die Arme aus und warf einen hastigen Blick in Richtung Tür. »Natürlich haben wir uns da Gedanken gemacht.«

Elise stand da und hörte aufmerksam zu. Sie trug eine Trekkinghose von Bergans und einen dicken Pullover. Ihre

Wangen waren rot. Hatte sie sich an der Suche nach Lars beteiligt?

»Wir haben uns gefragt, ob er Morten getötet haben könnte«, fuhr Gerd fort. »Sie hatten seinerzeit ja viel Kontakt. Niemand hat mit uns darüber geredet, und wir haben auch keine Fragen gestellt, aber es kursierten ja jede Menge Gerüchte. Besonders hinterher.«

»Außerdem …«, ergriff Odd das Wort, »ist Frode lange vor Mortens Verschwinden bei uns ausgezogen. Wir haben da nicht gleich einen Zusammenhang gesehen. Mit uns hat das jedenfalls nichts zu tun. Das Jugendamt hatte da schon längst wieder die Verantwortung für Frode. Vielleicht sollten Sie mal mit denen Kontakt aufnehmen. Wir hatten danach nie wieder etwas mit Frode zu tun.«

»Können Sie ihn mir etwas konkreter beschreiben? Wie war er so? Es macht den Eindruck, als hätten einige Leute richtiggehend Angst vor ihm gehabt.«

»Es begann mit kleinen Sachen, er war damals vielleicht vier. Nachdem er für eine Weile wieder bei seiner Mutter gewesen war, wurde es schlimmer. Als er zu uns zurückkam, war er etwa sechs.« Sie machte eine Pause, als müsste sie über ihre Worte nachdenken. »Er war ernsthaft geschädigt, wie das Jugendamt es damals genannt hat.«

»In welcher Weise?«

»Tja, als er etwa zehn Jahre alt war, verschwanden Messer aus der Küche. Ich fand sie schließlich in seinem Zimmer unter der Matratze, als ich das Bett neu bezogen habe. Als ich ihn zur Rede gestellt habe, was er damit wollte, hat er nur gesagt, die seien zur Verteidigung.« Gerd blickte Hilfe suchend zu ihrem Mann. »Um sich gegen uns zu verteidigen … gegen Elise.«

»Es gab eine Zeit, in der wir nachts sein Schlafzimmer abschließen mussten«, sagte Odd. »Manchmal rastete er ohne jede Vorwarnung gefährlich aus. Es kam sogar vor, dass wir von der Schule angerufen wurden, weil sie ihm ein Messer abgenommen hatten.«

Susanne setzte sich auf die Armlehne des Sofas. Sah ungläubig von einem zum anderen.

»Und von alldem haben Sie uns nichts gesagt? Da hätte bei Ihnen doch eine Alarmglocke klingeln müssen, finden Sie nicht auch? Können Sie sich vorstellen, wie das auf mich wirken muss?«

»Wir haben es einfach nicht übers Herz gebracht.« Gerds Stimme überschlug sich, aber dann streckte sie stolz den Hals. »Wir wollten das damals nicht wahrhaben. Er war ja noch ein Kind. Wir verstanden das nicht, aber die Ärzte, oder die, die Ahnung von so etwas haben, meinten, dass solche mentalen Verletzungen durchaus entstehen können, bevor ein Kind zu sprechen beginnt. Frode ist mehrmals zurück zu seiner Mutter gekommen. Danach war es immer schlimmer als vorher. Bevor wir ihn aufgenommen haben, haben wir ihn mehrmals im Heim besucht. Zuerst wohnte er nur phasenweise bei uns, bis er dann permanent hier war. Ein Jahr nachdem wir ihn bei uns aufgenommen hatten, wurde ich dann mit Elise schwanger. Wir mochten Frode, schließlich wussten wir, aus was für schwierigen Verhältnissen er kam, und glaubten fest daran, etwas für ihn tun zu können.«

Susanne ballte die Hände zu Fäusten, während sie zuhörte. Erinnerungen aus ihrer eigenen Kindheit kamen hoch. Auch sie hatte mit einem Messer unter dem Kissen geschlafen, als sie klein war, um sich gegen einen Mann zu verteidigen, der sich an ihr vergriff. Sie verdrängte die Gedanken.

»Frode war ein hübsches Kind. Auch als Jugendlicher war das noch so«, fuhr Gerd fort und sah verträumt ins Nichts.

Dann wurde sie wieder ernst. »Aber das machte ihn nur noch gefährlicher, weil er diese Schönheit zu nutzen wusste.«

Susanne sah zu Elise, die noch immer reglos am selben Fleck stand.

»Mein Gott, der hätte einen Salatkopf rumgekriegt.« Gerd schüttelte bei der Erinnerung den Kopf. »Ich weiß noch, dass das Jugendamt ein Gespräch mit ihm geführt hat, wie mit allen vernachlässigten Kindern. Um ihn ganz von seiner Mutter zu trennen.« Gerd holte tief Luft. »Ich war nicht bei dem Gespräch dabei, aber es muss ziemlich heftig gewesen sein. Auf jeden Fall hat es dazu geführt, dass der Kontakt ein für alle Mal abgebrochen ist. Frodes erste Lebensjahre waren geprägt von Drogen und Vernachlässigung. Aber die genauen Details hat das Jugendamt uns nie genannt.« Sie fuhr sich mit dem Handrücken über die Stirn. »Der arme Frode. Es ist nicht seine Schuld, dass er so geworden ist, aber ...« Sie strich sich eine Strähne aus der Stirn. »Wir konnten ihn nicht behalten. Nicht einmal, nachdem er ausgezogen war, kamen wir zur Ruhe. Sie können sich das sicher vorstellen. Er war schon als Kind schlimm, aber als fast erwachsener Jugendlicher ...«

Gerd spülte die Kaffeekanne unter dem Wasserhahn aus und leerte sie.

Susanne sah wieder zu Elise, die den Blick auf den Boden richtete, bevor sie in ihr Zimmer ging. *Nicht behalten,* als redete sie über einen Hund.

»Ich verstehe, dass das für Sie schwierig war«, sagte sie, ging zu Gerd und legte ihr die Hand auf den Rücken. »Haben Sie irgendein Andenken an Frode?«

»Nein, ich glaube nicht.« Odd stand langsam aus seinem Sessel auf. Sein Blick war ausdruckslos. »Das meiste haben wir wohl weggeworfen?« Er sah zu Gerd. »Aber sind da nicht noch die Kartons vom Jugendamt, nachdem sie sein Zimmer in Nøring geräumt hatten? Ich meine mich daran zu erinnern, sie in den Keller geräumt zu haben.«

»Ich weiß, welche Kartons du meinst, aber …« Gerds Gesicht wurde traurig. »Das sind doch nur Kindersachen. Zeug, das ich ihm ganz am Anfang gestrickt habe.«

Odd lief unruhig im Wohnzimmer auf und ab.

»Waren da nicht auch ein paar Fotoalben drin? Wir haben die Sachen schon ewig lange nicht mehr durchgeschaut. Ich gehe gleich mal runter und überprüfe das.«

Er blieb stehen und drehte sich zu Susanne um.

Sie wollte ihm folgen, aber Odd hob die Hand.

»Nein, ich gehe allein. Es ist so unordentlich da unten.«

»Sie wissen doch sicher, wie es ist, wenn man gerade erst umgezogen ist«, warf Gerd ein. »Man denkt immer, dass man endlich aufräumen muss, und dann landet doch alles nur im Keller … Trinken Sie in der Zwischenzeit einen Kaffee.«

»Danke.« Susanne nahm die Tasse entgegen, die Gerd ihr reichte. Koffein war ihr jetzt grad recht, auch wenn sie nur selten Kaffee trank. Sie warf einen Blick auf die Uhr und realisierte, dass die Verhöre ohne sie stattfinden mussten. Sie schickte Bengt eine SMS, dass es bei ihr länger dauern würde und Frode tatsächlich bei den Tornes als Pflegesohn gelebt hatte.

Sie trank ihren Kaffee in kleinen Schlucken. Vom Fenster aus sah sie die flackernden Stirn- und Taschenlampen der Menschen, die noch immer nach Lars suchten. Weiter draußen auf dem Fjord fuhr ein rotes Gummiboot langsam auf und ab. Sie sah in Richtung Kaldestad, wo Lars die letzten Jahre in der Hütte seiner Tante gelebt hatte, bevor er sich die neue Wohnung gekauft hatte. Susanne erinnerte sich an warme Sommerabende, in denen sie unten am Anleger gegrillt und kaltes Bier getrunken hatten. Damals war auch immer Marian Holte dabei gewesen, Lars' Jugendfreundin. Er hatte sich so darauf gefreut, hier einzuziehen, hatte Susanne gebeten, gemeinsam mit ihm die Möbel auszusuchen, obwohl sie wirklich einen komplett unterschiedlichen Geschmack hatten. Vielleicht hatten sie vor, zusammenzuziehen, Lars und sein neuer Freund? Susanne trank den Kaffee aus und fragte sich, ob sie ihn jemals wiedersehen würde. In diesem Augenblick flog die Tür auf, und Odd hastete in die Wohnung.

»Wo ist mein Handy?« Er rannte zu ihr. »Rufen Sie die Rettung an! Er … er liegt da unten in unserem Keller!«

HARDANGER BRYGGE

MITTWOCH, 9. MAI

Susanne wählte die Nummer des Rettungsdienstes, während sie über die Treppe nach unten stürzte. Hinter ihr kamen Odd und Elise.

»Nehmen Sie den Rettungswagen in Empfang«, sagte Elise mit fester Stimme, als sie unten im Keller waren. »Ich gehe mit Papa.« Als Susanne sie überrascht ansah, begegnete sie einem entschlossenen Blick. »Ich bin Tierärztin«, sagte Elise, als würde das jetzt helfen.

Susanne rang nach Atem und versuchte fieberhaft, die Frau in der Leitstelle zu verstehen, sie bekam aber nur mit, dass sie nicht auflegen sollte. *Er ist tot. Lars ist ermordet worden.* Sie umklammerte ihr Handy und versuchte, Luft zu bekommen.

Ein Mann begegnete ihr, als sie zur Tiefgarageneinfahrt lief. Susanne erkannte in ihm ihren Arzt. Obwohl alles in ihr danach schrie, umzukehren und zu Lars zu laufen, gewann die Routine die Oberhand. Es war ihre Aufgabe, den Rettungswagen in Empfang zu nehmen, den Sanitätern den Weg zu zeigen und die Schaulustigen auf Abstand zu halten. Draußen wäre sie fast mit Bengt zusammengestoßen.

»Bist du informiert worden?«

»Gerade eben, ja«, sagte er. »Ich habe die Verhöre erst einmal vertagt. Bist du in Ordnung?«

Susanne nickte, zitterte aber am ganzen Körper. Das taube Gefühl in ihrem Kiefer deutete an, dass sie vor einem kräftigeren Panikanfall stand, aber das musste sie jetzt verdrängen.

»Atme in den Bauch«, sagte Bengt, bevor er nach unten in den Keller rannte. Susanne ging weiter in Richtung des großen Parkplatzes. Malvin Flotve kam ihr entgegen. Er hielt ein Funkgerät in der Hand.

»Im Keller«, sagte Susanne, »ihr müsst unten die Tür aufhalten, damit die Sanitäter reinkönnen.«

Dann waren Sirenen zu hören, die gleich darauf aber wieder verstummten.

»Sie haben die Sirenen ausgeschaltet«, sagte Susanne ins Telefon.

»Der Polizeichef steht mit ihnen in Kontakt«, antwortete die Frau von der Leitstelle.

Ihr Herz fühlte sich mit einem Mal so schwer an. Wer selbst schon einmal einen Einsatz gefahren war, wusste, was es bedeutete, wenn die Sirenen ausgeschaltet wurden. Der Rettungswagen schien auf dem Weg zum Wohnblock zu schleichen. Susanne ging den Sanitätern auf weichen Beinen entgegen. Drei volle Tage. Man kam nicht allzu lange ohne Wasser aus. In Gedanken sah sie Lars, wenn er vom Training kam und innerhalb einer Stunde zwei oder drei Flaschen Wasser trank.

Immer mehr Menschen aus den Suchtrupps näherten sich und standen in Grüppchen zusammen. Die Stille schmerzte sie. Etwas entfernt tauchten die ersten Schaulustigen auf. Ein Mann mittleren Alters stand etwas abseits und rauchte. Er verfolgte interessiert, was vor sich ging.

»Hierher!«, rief sie und winkte dem Fahrer des Rettungswagens zu. »Hier!«

Elise erschien in der Auffahrt. Sie ging ruhig auf den Rettungswagen zu und sagte etwas, das Susanne nicht hörte, ehe sie sich zurückzog und die Sanitäter bis zum Kellereingang winkte.

Susanne ging zu ihr.

»Ist er tot?« Sie schnappte nach Luft.

»Ich weiß es nicht. Ich habe nicht so viel gesehen, aber auf dem Boden war viel Blut.«

»Blut? Bleiben Sie hier stehen!«, sagte Susanne und rannte los. Die hinteren Türen des Rettungswagens standen offen. Die Trage war weg. Vor der Tür des Kellers standen die Trainingskegel und Lars' Rollskier, und mit einem Mal verließ sie ihr Mut. Es war zu still. Susanne wusste, wie sich hektische Betriebsamkeit anhörte. Füße auf Beton, das leise Stöhnen, wenn man einen Patienten anhob oder umdrehte, das Rascheln von Plastik. Sie war schon an unzähligen Tatorten gewesen und wusste, wie die Rettungssanitäter arbeiteten. Was hier fehlte, war das Geräusch der Hoffnung, das Ansprechen des Patienten. Sanitäter redeten immer mit ihren Patienten, selbst wenn diese bewusstlos waren. »Sie spüren jetzt einen kleinen Stich im Arm«, »Wir heben Sie jetzt auf die Trage«.

In diesem Keller war es aber ganz still. Malvin Flotve kam zu ihr, stellte sich dicht neben sie, legte ihr den Arm um die Schulter und forderte sie auf, ruhig zu atmen. Susanne lehnte sich an ihn.

»Es sind genug Menschen da drin. Lassen wir sie ihre Arbeit machen. Du und ich, wir können im Moment nichts tun. Ich bleibe hier bei dir.«

»Wir gehen dann wieder«, hörte sie einen der Sanitäter sagen.

Susanne riss sich zusammen, trat einen Schritt von Malvin weg und hielt sich am Metallgitter fest. Ihr Blick heftete sich an Bengt, der als Erster über den schmalen Gang vor den

Kellerabteilen auf sie zukam. Wie ein Pastor bei einer Beerdigung, dachte sie. Er hatte sein Polizistengesicht aufgesetzt, die ausdruckslose Miene, mit der sie ihn immer aufzogen. Es war gedacht, um andere zu beruhigen, bewirkte jetzt aber das Gegenteil. Er blieb neben ihnen stehen. Hinter ihm folgten die Sanitäter. Die Trage war leer.

HARDANGER BRYGGE

NACHT AUF DONNERSTAG, 10. MAI 2018

Lerke stand gemeinsam mit Jens Eikanger, ihrem festen Kollegen bei der Kriminaltechnik in Bergen, vor dem Keller. Elin, eine Kollegin des Polizeidistrikts Sør-Vest, die eine Stunde zuvor gekommen war, unterstützte sie. Lerke erinnerte sich nicht an ihren Nachnamen, aber das war auch nicht wichtig, sie würden nur ein paar Stunden zusammenarbeiten, bis der Bezirk Sør-Vest die Ermittlungen übernahm. Gab es Polizisten unter den Opfern, war es üblich, dass die Kriminaltechniker vor Ort den Tatort aufnahmen, auch wenn es sich um einen Kollegen handelte und eigentlich ein anderer Bezirk zuständig war. Von allen Arbeiten fielen ihr solche Einsätze am schwersten.

Normalerweise wären Lerke und Eikanger auch bei den weiteren Ermittlungsschritten involviert, über die Obduktion bis hin zum Abschluss des Falls, aber sie sollten sich weiter auf den Mord an Morten Vik konzentrieren, weshalb noch andere Ermittler aus Stavanger im Hotel eingecheckt hatten. Bengt hatte sie bereits instruiert, als sie auf der Suche nach Lars gewesen waren. Aber viel Information hatten sie nicht.

Es war Christi Himmelfahrt und der Beginn eines langen Wochenendes. Thomas war bei seiner Mutter in Bærum. Bengt machte sich Sorgen um Lerke, aber sie beruhigte ihn und meinte, das sei nun einmal ihre Arbeit. Sie würde es schon schaffen, genug Distanz aufzubauen. Aber als sie dann schließlich in der Tür von Tornes' Kellerabteil stand, spürte sie, dass es so einfach nicht sein würde.

Alle drei atmeten automatisch durch den Mund, trotzdem legte sich der Leichengestank wie ein Film auf die Schleimhäute und unterstrich, was der Rechtsmediziner bereits gesagt hatte. Lars lag seit Sonntagabend dort. Es war warm im Keller, und die Fliegen hatten bereits einen Weg zu ihm gefunden.

Lerke versuchte krampfhaft, sich zu konzentrieren. Der Kellerraum war im Gegensatz zu den anderen isoliert und mit OSB-Platten verkleidet worden. Bengt machte sich Vorwürfe, auf seiner Suche nach Lars nicht weiter in den Keller hineingegangen zu sein, was Lerke nachvollziehen konnte. Das Abteil lag am Ende eines dunklen Ganges und war mit einer richtigen Tür verschlossen, sodass der Geruch nicht auf den Flur gedrungen war.

Ein Schweißtropfen traf ihr Augenlid. Sie blinzelte ihn weg und sah ein, dass dieser Einsatz sie für immer verändern würde. Lars lag gut zwei Schritte von der Tür entfernt. An den Füßen trug er noch die neuen Joggingschuhe, die er ihr erst vor ein paar Wochen gezeigt hatte. Asic Gel – Nibus 20. Sie hatte sich die Marke und das Modell gemerkt, wollte sich eigentlich dieselben kaufen. Sie lagen in einer Blutlache. An der Schleifspur war zu erkennen, dass Lars durch die Tür hierhergezogen worden war.

Als sie seinem Blick begegnete, musste sie sich abwenden, um nicht die Kontrolle über sich selbst zu verlieren.

»Ich kann das machen«, sagte Eikanger, aber Lerke schüttelte verbissen den Kopf.

»Ich brauche nur etwas Zeit«, sagte sie und blieb eine Minute stehen. Sie konzentrierte sich auf die Arbeit, die erledigt werden musste. Sie wollte das für Lars machen. Wollte nicht, dass andere ihm so nahe kamen. Leute, die ihn nicht kannten. Der Tod war nicht schön, selbst ohne die Verletzungen, die ihm zugefügt worden waren. Sie nickte Elin und Eikanger kurz zu, um zu signalisieren, dass sie bereit war.

Es sah aus, als wäre ein Eimer roter Farbe auf dem Boden ausgekippt worden. An manchen Stellen hatte der Täter offensichtlich versucht, das Blut wegzuwischen, es dabei aber nur weiter verschmiert. Lars lag auf dem Rücken, beide Arme über den Kopf gestreckt. Blutige Rinnsale liefen kreuz und quer über sein Gesicht. Lerke hielt die Luft an, ging neben ihm in die Hocke. Nahm die Axt, die neben ihm lag. Klinge und Schaft waren blutverschmiert. Eine Axt mit schwarzrotem Schaft, wie Bengt und sie sie zum Zelten mitnahmen. Diese Axt schien ein älteres Modell zu sein.

Lerke sah sich um und lauschte dem Klicken von Elins Kamera. Auf einem Regalbrett weiter oben lag zwischen Kisten und Säcken ein blutiges, ansonsten weißes Frotteelaken. Sie gab Eikanger ein Zeichen, es aus dem Regal zu nehmen. Er hielt es hoch, und mittendrin war deutlich der Abdruck eines großen Schuhes zu erkennen, mit kräftigem Profil.

»Er hat sich die Schuhe damit abgewischt«, sagte Elin. »Ganz schön kaltblütig. Er hat keine Anstalten gemacht, seine Spuren zu verwischen. Ich weiß nicht, ist das Resignation?«

Eikanger ging auf den Kellerflur und achtete darauf, nur auf die ausgelegte Pappe zu treten. Draußen zeigte er auf einen schwachen Fußabdruck.

»Er könnte das Laken hierhin gelegt haben und dann draufgetreten sein. Dabei ist Blut durch den Stoff gedrungen. Vermutlich hat er dann eingesehen, dass er die Schuhe so nicht sauber kriegt.«

Elin warf einen Blick auf Lars' Leichnam.

»Genau. Er hat resigniert, als hätte er verstanden, dass er damit nicht davonkommt. Ich tippe auf eine Tat im Affekt. Vielleicht hat Lars ihn bei irgendwas überrascht. Dann …« Sie machte ein paar Fotos. »Ein Bekannter, vielleicht? Auf jeden Fall wusste er, wer er war. Aber was macht man, wenn man realisiert, dass man einen Polizisten getötet hat?« Als keiner der beiden antwortete, fuhr sie fort. »Man zieht seine Schuhe aus und macht sich aus dem Staub. Er ist auf Socken gelaufen. Deshalb finden wir da draußen keine Abdrücke.«

Lerke hob den Blick und war sich mit einem Mal sicher, dass Elin recht hatte.

»Das ist nicht sein erster Mord.« Lerke sah von Lars zu dem Laken und dem Schuhabdruck draußen. »So eiskalt handelt man nicht spontan. Schaut mal!« Sie streckte den Arm aus. »Lars wurde direkt hinter der Tür, vielleicht noch in der Türöffnung getötet. Dann hat der Täter ihn umgedreht und hier reingezogen. Seht ihr die Schleifspuren von seinen Schuhen?« Sie stellte sich mit dem Rücken zur Wand und dem Gesicht zur Tür. »Er hat hier gestanden und von vorne zugeschlagen. Einmal.« Lerke sah das Mitgefühl in Eikangers Blick, ließ sich aber nicht aus dem Konzept bringen. »Dann hat er die Axt noch einmal angehoben und wieder zugeschlagen. Das Blut ist bis hinten an die Wand gespritzt.«

Lerke kniete sich neben Lars. Behutsam, als wäre er ein Kind, das kurz vorm Einschlafen war, schob sie den Pony zur Seite. Die neue Frisur, auf die er so stolz gewesen war, war steif und zäh vom Blut. Zwei große Kerben im Schädel unterstrichen ihre Theorie.

Lerke wedelte eine Fliege weg, stand auf und reichte Eikanger die Axt. Er legte sie in einen Asservatenbeutel.

»Kein Wunder, dass die hier Wände eingezogen haben«, sagte Elin und schob sich an Lerke vorbei, um Fotos zu machen. »Was für ein unglaubliches Chaos. Sieht aus, als hätte jemand ein Antiquariat durchsucht.« Sie machte ein paar weitere Aufnahmen. Dann nahm sie den Beutel mit der Axt und studierte sie. »Glaubt ihr, dass die hier im Keller gelegen hat?«

Lerke hatte ihren Blick wieder auf Lars gerichtet.

»Sehr wahrscheinlich. Ich kann mir kaum vorstellen, dass jemand einen Mord mit einer Axt plant. Ein Messer hat man in der Tasche, eine Waffe wie eine Pistole vielleicht auch, aber sicher keine Axt. Außerdem ist sie alt. Die lag bestimmt hier.« Sie nickte in Richtung eines großen metallenen Werkzeugkoffers, der offen an der Wand stand.

»Hier sind viele Spuren von den Sanitätern«, sagte Eikanger draußen auf dem Flur. »Ich nehme Abdrücke von allem, was ich habe. Er zog den Mundschutz etwas hoch, um besser atmen zu können, schob ihn aber gleich wieder zurück. »Wir konzentrieren uns auf die nähere Umgebung der Leiche und auf das, was uns relevant erscheint, den Rest überlassen wir den Ermittlern.«

Lerke ging es wieder etwas besser, was oft so war, wenn sie eine geraume Zeit an einem Tatort verbrachte. Die Herausforderungen der Arbeit und das zu lösende Geheimnis überlagerten allmählich die Tatsache, dass vor ihnen ein toter Mensch lag. Und dass dieser Mensch Lars war.

»Wir sollten sehen, dass wir hier fertig werden, erst dann wissen wir, womit wir es zu tun haben«, sagte Lerke.

»An der Tür ist eine ganze Reihe von Fingerabdrücken«, sagte Elin.

Lerke stand auf und sah sich das genauer an.

»Auch am Vorhängeschloss?«

»Nein, nichts.« Elin machte ein paar Fotos vom Türrahmen, bevor sie das Schloss unter die Lupe nahm. »Der Täter muss einen Schlüssel gehabt haben. Einige Fingerabdrücke sind weggewischt, andere hat er vergessen. Und er hat sich die Zeit genommen, den Kellerraum hinter sich abzuschließen. Das ist derselbe Schlüssel wie zu den Wohnungen.

Lerke dachte nach. Versuchte sich vorzustellen, was geschehen sein konnte.

»Lars muss vergessen haben, die Rollski in den Keller zu stellen, als er nach Hause kam«, überlegte sie laut. »Er ist wieder runtergelaufen, um das zu tun, hat aber in der Eile seinen Schlüssel oben liegen lassen. Er lag ja noch im Bad. Wahrscheinlich stand die Tür zum Keller offen, als er nach unten kam, wie es der Fall ist, wenn jemand etwas reinträgt. Lars hat die Gelegenheit genutzt, die Kegel und die Rollski vor sein Kellerabteil zu stellen. Wir wissen es nicht, aber vielleicht hat er etwas gehört und ist hierhergegangen, um nachzusehen. Dabei hat er dann den Täter getroffen. Es deutet nichts darauf hin, dass es irgendein Vorspiel oder einen Kampf gab. Nachdem er Lars getötet hatte, hat der Täter das Kellerabteil abgeschlossen, das Licht ausgeschaltet und die Tür ins Schloss fallen lassen.«

»Wusste Lars, dass das Ehepaar Tornes verreist war?« Eikanger zog die Nase hoch, und der Mundschutz hob sich etwas. »War er deshalb neugierig, wer da im Keller rumkramt?«

»Möglich. Ich glaube aber nicht, dass Lars überhaupt die Gelegenheit hatte, eine Frage zu stellen«, sagte Lerke. »Der Täter stand parat. Hat auf ihn gewartet. Es gibt keinerlei Anzeichen eines Kampfes.«

»Das ist in diesem Chaos schwer zu sagen.« Elin warf einen Blick auf den Toten. »Die Schläge auf den Kopf. Der Rechtsmediziner meint, er wäre sofort tot gewesen.«

Lerke nickte, ebenso Eikanger, aber sie wussten, dass Lars ebenso gut noch einen Moment bei Bewusstsein gewesen sein und die Schmerzen gespürt haben konnte. Wie es genau war, würde erst die Obduktion ergeben. Lerke wollte es nicht wissen.

Am späten Vormittag traten die drei Kriminaltechniker ins Sonnenlicht. Sie warteten, bis der Bestatter mit Lars davonfuhr. Lerke blieb allein auf dem Parkplatz zurück. Sie rief Bengt an, der auf dem Weg zu einem Gespräch mit Åsa Kleiven im Hotel Sandven war.

»Wir sind dann hier fertig. Lars ist abgeholt worden.«

»Kann ich jetzt rein?«

»Das musst du die Ermittler aus Stavanger fragen, aber wir müssen nicht mehr hierher. Ich liefere Lars' Schlüssel im Hotel ab, bevor ich gehe. Ich sag denen Bescheid.«

Sie gähnte. »Ich gehe zu Fuß nach Hause. Brauche ein paar Kilometer frische Luft.«

Lerke legte auf und riss sich die Füßlinge, den Schutzanzug und die Haube herunter. Sie warf einen Blick nach oben in den zweiten Stock zu Lars' Wohnung. Das Sonnenlicht reflektierte auf dem gekippten Schlafzimmerfenster, trotzdem glaubte sie für einen Moment, ihn dort stehen zu sehen. Sie schloss die Augen und rief sich ein anderes Bild von ihm in Erinnerung. In einem hellen Sommerhemd, mit grünen Chinos und einem kalten Bier in der Hand, bei ihnen zu Hause im Garten. So wollte sie ihn in Erinnerung behalten. Lerke sammelte ihre Sachen zusammen und warf sie zwischen Hardanger Brygge und dem Hotel in einen Müllcontainer.

HOTELGARTEN, HOTEL SANDVEN, NORHEIMSUND

DONNERSTAG, 10. MAI 2018

Bengt winkte Lerke zu, als er sie von Hardanger Brygge auf die Hauptstraße kommen sah. Er wollte ihr entgegengehen und sie in den Arm nehmen, aber in dem Augenblick sah er Åsa Kleiven über den Rasen auf sich zusteuern. Sie trug einen schwarzen, bis übers Knie reichenden Mantel, das graue Haar war zu einem kurzen Pagenkopf geschnitten. Bengt trank einen Schluck Kaffee und schaltete die Aufnahmefunktion seines Handys ein, während er versuchte, sich innerlich umzustellen. Er hatte den ganzen Morgen am Telefon gehangen und gemeinsam mit dem Polizeipräsidenten und dem Vorsitzenden der Polizeigewerkschaft eine offizielle Gedenkfeier geplant. Sie sollte am frühen Samstagmorgen in der Kirche von Norheimsund stattfinden, mit Lars' Angehörigen und Freunden, den Kollegen aus Bergen und aus den umliegenden Bezirken. Das kommunale Krisenteam kümmerte sich um die Details.

Jetzt schob er jeden Gedanken an Lars so weit weg, wie es ging.

»Da haben ja wohl einige die Himmelfahrt gewählt, um von der Erde zu verduften«, sagte Åsa lachend und setzte sich, ehe sie die Hand vor den Mund schlug. »Oje! Das war nicht so gemeint, aber es sind so wenig Leute unterwegs. Vielleicht haben sie ja Angst?«

Sie hatte recht. Es war ungewöhnlich wenig los heute. Am Steg lagen ein paar Gummiboote vom Roten Kreuz vertäut, ein stilles Überbleibsel der Suchaktion. Ansonsten waren die Straßen menschenleer. Und es waren weder Bootsmotoren noch Verkehrslärm zu hören.

»Darf ich Sie zu was Gutem einladen, wenn ich Sie schon an Ihrem freien Tag störe?« Bengt forderte sie auf, sich von dem Eis und den Erdbeeren zu nehmen, die der Kellner gerade zu ihrem Platz direkt am Wasser gebracht hatte. »Sie mussten heute früh raus, nehme ich mal an.«

»Ja, aber Sie doch wohl auch, kann ich mir vorstellen. Außerdem bin ich so alt, dass ich morgens ohnehin nicht mehr lang schlafen kann. Und, wer denkt schon an Schlaf ...nach dem, was mit Lars passiert ist? Unser Wohnblock liegt ja gleich nebenan. Es muss schwer für Sie sein ...« Tränen traten ihr in die Augen. »Die arme Ester ist völlig fertig.« Åsa hielt inne. »Aber darüber müssen wir jetzt nicht sprechen.« Sie hob den Blick. »Ich habe in einem alten Archiv im Keller etwas gefunden.« Sie strich sich mit der Hand über den Mantelärmel, als wollte sie den Archivstaub abwischen, und legte einen weißen Umschlag mit dem Logo der Bezirksverwaltung Kvam vor Bengt auf den Tisch. »Frodes Akte und eine Videokassette mit einem Interview mit ihm, als er noch ein kleiner Junge war. Ich habe kein Videogerät mehr, um diese Kassette abzuspielen, darum kann ich nicht sagen, was Sie darauf erwartet.«

Bengt bedankte sich und legte die Videokassette in seine Aktenmappe. Åsa knöpfte den Mantel auf und zog dann zwei dicht beschriebene Blätter aus ihrer Tasche.

»Was diese Aufnahme angeht.« Sie warf einen vielsagenden Blick auf seine Aktenmappe. »Das waren damals noch andere Zeiten. Wir hatten noch keine Kinderhäuser, wo die Erwachsenen im Gespräch mit Kindern geschult werden. Ich war jung, sozusagen noch in der Ausbildung. Was Frode angeht, erinnere ich mich an ihn, als würde er quicklebendig hier vor mir stehen.«

Åsa nahm ihre Tasche vom Boden und drückte sie an den Bauch. Sie sah nervös aus.

»Ist es in Ordnung, wenn ich das Gespräch aufnehme?«, fragte Bengt.

»Ja, wird schon in Ordnung sein. Darf ich fragen, wieso Sie an ihm interessiert sind? Hat das was mit Morten Vik zu tun?«

Bengt sah ihr an, dass sie die Antwort bereits kannte.

»Dürfen Sie, aber ich kann Ihnen vorläufig noch keine Antwort geben.«

Sie zog die Schultern hoch. Bengt lehnte sich zurück. Er wartete ab, während er sich fragte, wie viel sie wusste und woher sie die Informationen hatte. Durch die offene Verandatür des Hotels war Tellerklirren zu hören. Bengt hob die Hand zum Gruß, als er zwei Kollegen aus Stavanger im Gespräch mit Torleif Tysse und einem anderen Mann sah.

»Manche Kinder vergisst man nie.« Åsa zögerte etwas. »Ist es okay, wenn ich rauche?«

»Gottes freie Natur.« Bengt machte eine Geste mit der Hand, ungeduldig, weiterzumachen. Er war nicht zum Kaffeetrinken hier, die Aufgaben standen Schlange, die Trauer um Lars schnürte ihm in regelmäßigen Abständen das Herz zusammen, und ihn plagte das schlechte Gewissen, weil er nicht schneller geschaltet oder mehr getan hatte. Und weil er nicht weiter in den Keller gegangen war und Tornes' Abstellraum überprüft hatte.

Åsa fischte eine Zigarette aus einem Lederetui und zündete sie an.

»Frode …« Sie seufzte. »Es gibt Kinder, die erleben in ihren ersten Lebensjahren so viel Belastendes, dass sie jegliche

Fähigkeit verlieren, irgendetwas zu fühlen. Ich vermute mal, dass Ihnen schon einige von denen als Erwachsene begegnet sind?«

»In den meisten Gefängnissen«, sagte Bengt und richtete sich auf.

»Ja, oder?« Åsa kniff die Lippen zusammen. »Sie tragen ein erdrückendes Päckchen mit sich herum. Werden ignoriert, missverstanden, verleugnet, missbraucht ... ich weiß nicht, was sonst noch alles. Frode war ein Spielball im System, wenn man es so sagen will. Die ersten Jahre ist er permanent zwischen der Familie Tornes und seiner Mutter hin und her gependelt. Um dem Ganzen einen Riegel vorzuschieben, haben wir dann das Gespräch mit ihm geführt.«

Bengt nahm die Schüsseln mit dem Eis und den Erdbeeren und bediente sich.

»Als die Tornes ein eigenes Kind bekommen haben, haben wir überlegt, eine andere Pflegefamilie für Frode zu suchen. Das ist immer Abwägungssache. Jüngere Geschwister sind nicht optimal. Aber Frode hatte schon genügend Instabilität erlebt. Und sie haben sich überzeugen lassen, ihn ganz zu sich zu nehmen. Das lief aber nicht so gut, wie Sie in der Akte nachlesen können.«

Bengt rutschte auf die Stuhlkante und überprüfte, ob sein Handy noch immer aufnahm.

»Frodes Mutter ist vor vielen Jahren gestorben«, fuhr Åsa fort. »Das war ein weiterer harter Schlag für ihn.« Bengt nickte und schob sich einen Löffel Eis in den Mund. »Viel mehr ist da nicht zu sagen.« Sie nahm einen Zug von der Zigarette. »Das alles ist furchtbar traurig. Wie sein ganzes Leben. Er war eigentlich überwiegend allein. Schrecklich einsam, was er niemandem zeigen konnte. Ihm fehlten die passenden Instrumente, sich mitzuteilen.«

Überwiegend allein, bis er mit Morten zusammenkam, dachte Bengt. Und der hat damit gedroht, wegzugehen.

»Und die Mutter?«

»Alleinerziehend. Vater unbekannt, steht in unseren Unterlagen. Die erste Anzeige kam von einem besorgten Nachbarn. Das Formular liegt in der Akte. Da steht aber nur etwas von wiederholten Festen, Alkohol und sexuellen Handlungen in Anwesenheit des Sohnes. Die Windel war randvoll, um es mal so zu sagen.« Sie atmete tief ein und stieß die Luft langsam wieder aus. »Man härtet in dem Job wirklich ab. Aber Frode war mit der Zeit eine Belastung, mit der sich die wenigsten Mitarbeiter unseres Sozialapparates herumschlagen wollten. Mit fünfzehn, sechzehn Jahren ist er in das Wohnheim gezogen. Irgendwann hat uns jemand von der Post angerufen, weil sein Briefkasten komplett voll war. Erst dadurch haben wir mitbekommen, dass er weg war. Nennen sie es Schlampigkeit oder Dienstversäumnis, aber ... ich glaube, es hat sich niemand weiter darum gekümmert, zu dem Zeitpunkt war er bereits volljährig.«

Åsa aß einen Löffel Eis, das in der Sonne zu schmelzen begann. Bengt zog fragend die Augenbrauen hoch.

»Und die Schule?«

»Die hat sich auch nicht gemeldet. Die saßen im selben Boot. Waren wohl auch erleichtert.«

Bengt schenkte Kaffee nach.

»Wir unterlagen der Schweigepflicht und konnten der Schule nichts über ihn sagen.«

Bengt schob das Handy näher zu ihr rüber. Åsa drückte die Tasche auf ihrem Schoß fester an sich.

»Unsere Ermittlungen haben ergeben, dass Frode mit dem Bus nach Voss gefahren ist.«

Åsa zuckte mit den Schultern.

»Das ist Ihre Angelegenheit. Solche Dinge werden nicht in unseren Unterlagen vermerkt.« Sie fummelte an dem Taschenverschluss herum. »Glauben Sie, dass er Morten umgebracht hat?«

»Im Moment glauben wir noch gar nichts«, sagte Bengt. »Wir haben das bei unseren Untersuchungen aber im Blick. Jetzt müssen wir ihn erst mal finden. Aus den Akten des Kriminalamts geht hervor, dass er noch immer vermisst wird.«

Eine braun gesprenkelte Stockente paddelte unten auf dem Wasser vorbei, gefolgt von drei Küken. Sie mussten frisch geschlüpft sein.

»Ganz am Anfang standen wir noch in Kontakt mit dem Jugendamt in Oslo. Sie haben eine Weile nach ihm gesucht, aber …« Åsa schaute zu den Enten. »Sie wissen ja, wie das ist, wenn einem keiner im Nacken sitzt und die verschwundene Person von niemandem vermisst wird. Haben Sie in Betracht gezogen, dass er an Aids gestorben sein könnte?«

»Wer war der Sachbearbeiter in Oslo?« Bengt entschied sich, ihre Frage unbeantwortet zu lassen.

Åsa zog die Schultern hoch.

»Darüber habe ich keine Angaben gefunden.«

»Kannten Sie Morten Vik?«

»Nein, den Jungen nicht, aber seine Eltern kenne ich natürlich. Wir haben einen gemeinsamen Bekanntenkreis.«

Seine Brust schnürte sich zusammen. Gemeinsamer Bekanntenkreis? Torill, Åsa, Gerd, Henrik, Odd, der alte Polizeichef … seine Mutter? Und vermutlich auch Ester. Frust und Wut rangen in ihm miteinander. Er riss sich zusammen, wollte Åsa seine Gefühle nicht zeigen. Es kam ihm so vor, als wäre das damals ein einziger großer Freundeskreis gewesen, in dem alle seine Mutter gekannt hatten. Aber warum sprach dann keiner über sie? Was war damals passiert? Bengt atmete ganz langsam ein, während er seine Notizen überflog, um den Faden wieder aufzunehmen.

»Wie sieht es mit Nachsorge aus? Gab es so etwas in Frodes Fall?«

»Ein schönes Wort, nicht wahr? Die meisten lehnen das ab. Haben die Schnauze ordentlich voll von uns, wenn sie achtzehn werden. Außerdem ist Frode ja vorher verschwunden.« Åsa erhob sich. »Also. Das ist es, was ich Ihnen sagen kann. Ich will nichts verherrlichen. Es ist, wie es ist. Aber jetzt muss ich zurück zu Ester. Sie braucht mich. Gott sei Dank haben wir einander. Es ist gut, zu zweit zu sein, wenn so etwas Grauenvolles bei uns geschieht. Bei der Vorstellung, dass sich in einem unserer Kellerräume ein Mörder verstecken könnte.«

HARDANGER BRYGGE

DONNERSTAG, 10. MAI 2018

Bengt löste das Polizeisiegel von der Kellertür und ging hinein. Die Ermittler hatten ihm gnädigst die Schlüssel ausgehändigt, nachdem er ihnen erklärt hatte, dass er überprüfen müsse, ob in Tornes' Abstellraum noch irgendetwas von Frode Rosenquist zu finden war. Bengt war überzeugt davon, dass es einen Zusammenhang gab, hatte aber nichts Konkretes, an dem er ansetzen konnte. Der Mörder hatte im Kellerabteil der Tornes nach irgendetwas gesucht. Fotos? Etwas, das ihn als Mörder von Morten Vik entlarven könnte? Je länger Bengt darüber nachdachte, desto überzeugter war er.

Aus der Wohnung der Familie Tornes waren Fotoalben entwendet worden, vielleicht hatte der Mörder dort aber nicht gefunden, was er suchte? Hatte Lars ihn zufällig überrascht, oder war er bewusst in den Keller gelockt worden? Bengt tendierte zu Ersterem.

Er hatte Plastikhüllen über die Schuhe gezogen und sah zu seiner Erleichterung, dass die Techniker Matten ausgelegt hatten. Er begann Kartons und Säcke aus dem Kellerraum zu holen, alles musste durchgesehen werden. Er arbeitete effektiv und verdrängte dabei alle Bilder von Lars. Der Leichengeruch hing zwar noch immer in der Luft, wurde aber mit jedem Karton, den er raustrug, von dem Staub und Muff der alten Sachen überlagert.

Schweiß lief ihm über den Rücken, als er einen Sack nach dem anderen untersuchte. Alte Spiele und Kleider aus den Achtzigern. Ein rosa BALL-Pulli und andere Kleider von Elise. Kartons mit Büchern und Zeitschriften, die er aus seiner eigenen Jugend kannte: die *Hardy Boys, Detektivin Nancy Drew, Die Bobbsey-Zwillinge* sowie Kartons mit allen möglichen Comicserien: *Donald Duck, Silberpfeil* und *Fantomet.* Er blätterte ein Heft durch und vergaß für einen Augenblick, warum er eigentlich hier war. Der große Mann in dem violetten Kondomanzug war heute längst nicht mehr so cool wie damals und erinnerte eher an die Neoprenanzugtruppe vom Norseman Xtreme, dem Triathlon, an dem er im letzten Jahr teilgenommen hatte.

Am Ende blieben noch drei ungeöffnete Kartons, die sich an der hinteren Wand neben einem alten Sekretär stapelten. Anders als die anderen Kartons waren diese sorgfältig mit Klebeband zugeklebt. Bengt trug sie raus auf den Gang. Sie waren mit Frodes Namen markiert und trugen das Logo des Jugendamtes Kvam.

Warum hatten sie ihm verschwiegen, dass sie mehrere Jahre einen Pflegesohn gehabt hatten und noch heute Kartons mit Sachen von ihm aufbewahrten? Er ging zurück in den Abstellraum und sucht in einem großen Werkzeugkasten nach einem Tapetenmesser, mit dem er die Klebestreifen aufschneiden konnte.

Im ersten Karton lagen ganz oben ein paar alte Hefte.

Froed, stand in Kinderschrift auf dem einen. *Lesne.*

Bengt legte das Heft beiseite und schüttelte eine gelbe, zerkratzte und zerbeulte Butterbrotdose aus Metall. Sie war mit einem Bild von einer Ente in einem Holzschuhboot dekoriert und beinhaltete einen Stapel Fußballkarten. Die Fußballspieler waren älter als die, deren Karten Bengt selbst gesammelt hatte, er erkannte sie aber trotzdem. Ian Callaghan, Norman Hunter und Kevin Keegan. Er legte sie vorsichtig zurück in die Box wie einen Schatz aus seiner eigenen Kindheit.

Dann griff er nach einem rechteckigen Minikoffer aus schwarzem Kunstleder. »Privat!«, stand mit Schreibmaschine geschrieben auf einem vergilbten Zettel. Darin lagen beschriftete Kassetten mit Namen wie David Bowie – Jahn Teigen – Bee Gees – Donny Osmond sowie eine unbeschriftete Kassette. Bengt dachte daran, wie viele Stunden er selbst vor dem Radio verbracht und Musik aufgenommen hatte.

Als er einen orangefarbenen Gegenstand aus dem Karton nahm, konnte er sich das Grinsen nicht verkneifen. Diese Art Vorläufer der VR-Brille hatte er auch mal gehabt. Er hielt sie vor die Augen und drückte den Knopf, der den Auslöser darstellen sollte und der die eingeschobene Scheibe mit den Negativen weiterdrehte. Die Magie der bunten Motive war immer enttäuschend kurz gewesen. So auch diesmal.

Bengt machte weiter. Es hatte was Therapeutisches, in den alten Sachen zu graben, und für einen Moment ließ er sich in eine erholsam sorglose Zeit entführen. Er glaubte nicht wirklich daran, dass die alten Sachen ihre Ermittlungen voranbringen würden, hoffte aber, irgendeinen Hinweis auf Lars' Mörder zu finden.

Er stählte sich innerlich und zwang sich dann, die blutverschmierte Innenseite der Tür anzuschauen, bis alle Eindrücke vom Leichenfund verdaut waren. Es gab keinen anderen Weg. Da musste er durch. Es war genau wie nach einem schweren Unfall, wenn man sich so schnell wie möglich wieder hinters Lenkrad setzen sollte.

Er nahm eine Schachtel mit Murmeln aus dem Karton. Darin lag eine Schnur mit einem Metallring in der Mitte und jeweils einer großen Kugel an den Schnurenden. Er schob den Ring über den Mittelfinger und ließ die Kugeln fallen. Klick-klack ... das Geräusch hallte von den Betonwänden wider. Lars hätte es bestimmt gefallen, Bengt so zu sehen. Er fuhr sich mit der Zunge über den linken Eckzahn und ertastete die winzige Kerbe, die er sich zugezogen hatte, als sich eine Kugel gelöst hatte und gegen seinen Zahn geknallt war. Er legte das Spiel zurück in die Schachtel und richtete sich auf.

Die beiden anderen Kartons waren schnell durchgesehen. In dem einen waren Babydecken und Kleider. Eine Mütze mit weißen Sternen fiel auf den Boden. Er legte sie zurück in den Karton. In dem anderen lagen Alben. Er trug den Karton mit den Kleidern, der ihn nicht weiter interessierte, zurück in den Raum, doch als er ihn abstellte, kamen ihm Lerkes Worte in den Sinn, dass man immer mehr mitnehmen sollte als unbedingt notwendig. Also nahm er alle drei Kartons mit.

Bengt ließ noch einmal den Blick durch den Raum schweifen, ehe er das Licht ausschaltete. Für die Kollegen des Bezirks Sør-Vest war noch genug da.

ØYSTESE, LUNDANES

FREITAG, 11. MAI 2018

Die sind ja echt flott«, sagte Eikanger zu Lerke und nickte dem Mann in dem Bagger zu. Der gesamte Bereich um das alte Bootshaus in Lundanes sollte umgegraben werden. Eikanger stand mit den Händen in den Hosentaschen da und wippte auf den Fußballen, während der Minibagger mit Präzision Schicht um Schicht abkratzte.

Lerke ging näher ran, um dafür zu sorgen, dass der Mann in dem neongelben Overall nicht zu tief grub. Er grüßte kurz, ehe er sich wieder auf seine Arbeit konzentrierte. Als er fertig war, hinterließ er ein schnurgerades, schwarzes Rechteck, das sich wie ein Dominostein von dem grüngelben Teppich aus Gras und Löwenzahn abhob.

Sie arbeiteten schweigend. Lerke war ungewohnt gut aufgelegt. Sie hatte vom Zubettgehen bis zum Weckerklingeln um sieben Uhr traumlos geschlafen. Das Wetter war, wie man es vom Frühjahr erwartete. Von den sommerlichen Temperaturen am Vortag war heute nicht mehr viel zu spüren, der Himmel war bedeckt, und die Temperaturen betrugen sicher nicht mehr als siebzehn Grad. Trotzdem rann ihr schon nach kurzer Zeit der Schweiß über den Rücken. Sie arbeitete routiniert. Was sie tun mussten, war zeitaufwendig und eine Qual für Knie und Rücken. Nach einer Stunde hatten sie erst wenige Meter geschafft. An ihren Schuhen klebte nasser Lehm.

»Was denkst du?«, fragte Eikanger und sah sich um, während er sein schmerzendes Kreuz massierte.

Lerke wischte sich den Schweiß von der Stirn und schaute zu den großen Industriegebäuden.

»Ich denke, dass die Polizei ruhig ihre eigenen Leute für diese Drecksarbeit hätte einteilen können. Das geht echt auf die Knochen.« Sie wischte sich den Dreck von den Händen. Ihre Nägel waren schwarz, die Fingerkuppen taten weh.

»Sie haben ihre Leute eingeteilt«, sagte Eikanger trocken. »Uns.« Er stemmte die Hände auf die Hüften und schüttelte sich. »Immerhin ein gutes Training.« Er rieb sich mit der Hand über den Bauch. »Der Anfang für den diesjährigen Sommerbody ist gemacht.«

Lerke lächelte pflichtschuldig über Eikangers Versuch, komisch zu sein. Sie sah sich um. Studierte die Reste dessen, was einmal ein Wäldchen gewesen war, und versuchte sich vorzustellen, wie es damals, als Morten verschwunden war, ausgesehen hatte.

»Habt ihr was gefunden?«

Bengt kam in Trainingsklamotten und Joggingschuhen auf sie zu. Der Schweißfilm auf seiner Stirn verriet, dass er vermutlich von zu Hause aus gelaufen war. Das war seine Art, sich abzureagieren. Ihre eigentlich auch, aber momentan wusste sie nicht, wo sie die Zeit dafür hernehmen sollte.

Lerke streckte sich und sah zu, wie er durch den Matsch watete und in die Hocke ging, als hätte er alle Zeit der Welt. Ein kalter Wind wehte vom Fjord herauf und schob sich zwischen dem Hosenbund und der schwarzen Jacke mit dem Aufdruck »Kriminaltechniker« unter die Kleider. Gestern, als sie in dem Keller gearbeitet hatten, hatte sie sich danach gesehnt, zu Bengt nach Hause zu kommen. Auch wenn sie nicht über Lars sprechen wollten, hätten sie sich gegenseitig trösten können. Stattdessen hatte er sich, als er endlich gekommen war, sofort auf Frode Rosenquists Akte gestürzt und wie ein Wasserfall geredet, sobald er etwas Interessantes entdeckt hatte, aus dem möglicherweise ein Motiv für Tornes abzuleiten war. Er hatte die Vernehmungen von Mortens Freunden verschoben, weil er erst noch mehr Details sammeln wollte, mit denen er sie grillen konnte. Er redete über den Morten-Vik-Fall, wobei sie den Verdacht hatte, dass er dabei mindestens ebenso sehr den Mord an Lars im Visier hatte. Sie kommentierte das nicht. Sie verstand ihn gut. Hätte in dem Moment nur selbst ein bisschen mehr seiner Zeit gebraucht.

Er sah sich rastlos um, bis sein Blick bei ihr angekommen war. Wenn sie die sterblichen Überreste von Morten fanden, hatte er einen Vorsprung bei den Verhören, aber zaubern konnten sie leider nicht. Es war immer dasselbe. Die Taktiker waren ungeduldig, wünschten sich die schnelle Lösung, während die Techniker nur so schnell arbeiten konnten, wie die Bedingungen es zuließen.

»Er liegt hier irgendwo, garantiert. Das hängt alles miteinander zusammen, oder nicht?« Bengt ließ ihren Blick los und stapfte durch den Lehm zum Bootshaus. »Wir müssen das hier als Tatort betrachten.«

Lerke sah Eikanger an und verdrehte die Augen.

»Was glaubst du denn, was wir hier machen? Gib uns die Zeit, die wir brauchen, und sei so gut, nicht alles zu zertrampeln.«

»Das gesamte Bootshaus muss durchsucht werden.« Bengt hörte nicht zu, bückte sich und öffnete, ohne Handschuhe anzuziehen, die Riegel an der Tür. Die Angeln ächzten. Der Gestank von altem Tang schlug ihm entgegen, als er über die morsche Schwelle am Eingang trat. »Interessant, wie Holzgebäude zusammensinken.« Er sah sich um wie ein Bauarbeiter bei der Inspektion. »Nach allem, was wir wissen, könnte die

Mordwaffe hier irgendwo liegen.« Er bückte sich und hob einen alten Schuh auf, den er aber gleich wieder fallen ließ. »Überprüft das, ihr beiden. Mir kommt da grad eine Idee«, sagte er eifrig, ohne das weiter zu vertiefen, fischte sein Handy aus der Tasche und ging ins Freie.

»Ich hab mich erkundigt«, sagte er, als er kurz darauf wieder zurückkam. »Der Bereich hier ist ja verhältnismäßig begrenzt. Ich habe beschlossen, es mit Spürhunden zu versuchen.«

»Spürhunde? Für eine dreißig Jahre alte Leiche?« Lerke drehte sich zu Eikanger um, der mindestens so skeptisch dreinschaute wie sie. »Und es dauert, bis die Leichenhunde akquiriert sind.« Sie stellte sich in den Türrahmen des Bootshauses. »Außerdem wären wir dir sehr dankbar, wenn du hier jetzt nicht mehr herumspazierst, falls du recht hast und das hier wirklich ein Tatort ist.«

»Ich habe beim Norwegischen Verband für Leichenspürhunde angerufen«, sagte Bengt. »Ein paar Bauern hier in der Gegend haben solche Hunde, meistens Border Collies. Mit denen suchen sie verirrte Schafe im Fjell. Sie meinten, dass die bestimmt auch alte Menschenkadaver und Knochenreste aufspüren können. Ich habe einen von ihnen erreicht. Der Bauer ist in einer Viertelstunde hier. Wir könnten das Bootshaus als Ausgangspunkt nehmen und das Gelände hangaufwärts absuchen.« Er zeigte zu den Bäumen und sah sie an, als erwartete er Applaus. Als der ausblieb, setzte er sich in Bewegung. »Ich jogge nach Hause und dusche, dann könnt ihr hier in Ruhe arbeiten. Nehmt die beiden schon mal in Empfang. Ich bin so schnell wie möglich wieder da«, rief er.

»Verdammter Besserwisser«, murmelte Lerke und sah hinter ihm her. Stinksauer, dass er nicht ein einziges Mal gefragt hatte, ob mit ihr alles in Ordnung war.

»Hängt der Haussegen schief?« Eikanger stupste sie an. »Ich hatte das Gefühl, dass es kühler wurde, als er aufgetaucht ist.«

Sie tat, als hätte sie den Kommentar nicht gehört. Vom Fjord kamen neue kalte Windstöße, als sie sich auf den glatten Felsen stellte, um sich einen Überblick zu verschaffen. Eikanger kam mit einem Spaten angelaufen, den er in die Erde stieß.

Irgendwas war heute anders als sonst. Der Humor fehlte. Eikangers schräge Arbeitslieder fehlten. Er, der immer rumalberte, wenn sie kein Publikum hatten, und ihr beigebracht hatte, wie wichtig Galgenhumor war. All das fiel aber schwer, nachdem gerade ein enger Kollege ermordet worden war.

Zehn Minuten später hörten sie einen Traktor, der von der Handvoll Häuser links von ihrem Standort über die Weide gerumpelt kam. Sie lächelte, als sie den schwarz-weißen Border Collie brav und ordentlich hinten in dem Anhängerkasten sitzen saß. Gleich darauf kam er auf sie zugestürmt und stellte sich vor ihr auf die Hinterbeine, die Vorderpfoten an ihrem Bauch. Lerke kraulte ihn hinterm Ohr.

»Wie heißt er?«, fragte sie den Hundebesitzer, der gleich darauf bei ihnen ankam. Er trug einen ausgewaschenen blauen Overall. In seinem Mundwinkel hing eine halb gerauchte Kippe.

»Peik.« Der Bauer war ernst, nahm eine Schachtel Streichhölzer heraus, strich ein Zündholz an und hielt es hoch. »Zur Bestimmung der Windrichtung«, erklärte er, ehe er noch ein Streichholz anriss. »Die offene Landschaft macht die Suche schwieriger. Im Wald, wo wir meistens unterwegs sind, ist es einfacher, da ist es nicht so windig.« Er sah Lerke von der Seite an, wie um zu schauen, ob alles mit ihr in Ordnung war. Dann legte er den Hund an die Suchleine. »Das mit Lars ist wirklich traurig«, sagte er in einem Ton, der zeigte, dass er ihn kannte. »Mein Beileid.«

Lerke drehte sich weg und schaute über den Fjord, während sie den beiden Männern zuhörte, die sich leise unterhielten. Kurz darauf legte der Hund los. Minutenlang schien er nicht nennenswert auf irgendetwas zu reagieren, aber dann änderte sich plötzlich sein Verhalten. Sein Herrchen nahm ihn kürzer an die Leine, und der Hund wedelte mit dem Schwanz, ehe er weiter den Hang hochlief. Herrchen und Hund verschwanden unter einem überhängenden Ast am Waldrand. Der Bauer gab Peik ein Leckerli, als er vor einem großen Stein Platz machte.

»Hier könnte was sein«, rief der Bauer Lerke und Eikanger zu, die ihm mit Spaten und Stange folgten. Peik bekam ein weiteres Leckerli. Der Bauer setzte sich auf einen entwurzelten Baumstumpf und schaute schweigend zu, während sie an der Stelle zu graben begannen, an der der Hund markiert hatte. »Unter dem Stein, vielleicht?«, kam es nach einer Weile trocken von dem Baumstumpf. »Vielleicht liegt da was?«

»Einen Versuch ist es wert.«

Eikanger bat den Hundebesitzer, sich etwas zurückzuziehen, damit sie Platz hatten.

Sie arbeiteten konzentriert. Der Stein hatte etwa die Größe eines Findlings. Lerke ging auf die Rückseite und entfernte mit ein paar Spatenstichen ausreichend Torf, Gras und Wildblumen, damit Eikanger die Stange unter den Stein schieben und ihn vorsichtig, zentimeterweise hochhebeln konnte. Aber der Stein war wie festgewachsen.

»Wir bräuchten Ihre Hilfe«, sagte Lerke zu dem Bauern.

Der Hund winselte unruhig, als sein Herrchen aufstand und ihn an einen Baum band. Er lief zu seinem Traktor und kam gleich darauf mit einer soliden Mistforke und einer zusätzlichen Stange zurück. Der Bauer und Eikanger arbeiteten mit vereinten Kräften mit Spaten, Forke und Stange, während Lerke ihrerseits dafür sorgte, dass der Stein nicht bei jedem Verschnaufen zurückkippte.

Am Ende gelang es ihnen, den Stein zur Seite zu rollen. Darunter war purer Lehm. Das Fehlen von Würmern, Asseln und anderem Kriechtier war beunruhigend. Der Bauer holte seinen Hund, der seine Schnauze in den Boden bohrte, ehe er sich wieder hinsetzte und ein weiteres Leckerli bekam.

»Jetzt müssen wir ganz behutsam vorgehen.«

Eikanger schabte den Lehm vorsichtig mit dem Spaten weg, Lerke kniete sich auf die Erde und begann, mit bloßen Händen zu graben, aber der Lehm war zu klebrig, sie brauchten andere Ausrüstung.

Lerke zauberte einen kleinen, spitzen Klappspaten aus dem Rucksack und trug Schaufel für Schaufel die Erde ab, bis etwas Weißes durchschimmerte. Sie schaute auf und wechselte einen Blick mit Eikanger. Das war definitiv Knochen. Sie konnten hinterher nicht mehr sagen, wie lange sie gestochert und gegraben hatten, bis sie irgendwann einen Menschenschädel freigelegt hatten. Drei schwarze Löcher starrten ihnen entgegen, getrennt von weiteren Skelettteilen, die vorläufig nur schemenhaft zu sehen waren. Das, was sie für ein T-Shirt hielten, hatte sich fast aufgelöst, dafür war die Hose noch halbwegs intakt.

Bengt war in der Zwischenzeit zu ihnen gestoßen, jetzt in Uniform, hielt sich aber wie üblich im Hintergrund, wenn es um die Begutachtung von Leichen und Knochenresten ging. Er nutzte die Zeit, um den Bereich weiträumig abzusperren.

Lerke streckte sich und winkte ihn zu sich. Eikanger wischte mit der Hand die Erde vom Schädel.

»Wir haben Glück«, sagte er ohne den sonst üblichen Enthusiasmus bei solchen Gelegenheiten. »Der hat sich in der Erde gut gehalten. Bei einer anderen Bodenbeschaffenheit wäre vermutlich der größte Teil verrottet.«

Eikanger nahm behutsam den Schädel und hielt ihn hoch.

»Ist er intakt?«

»Nicht ganz«, sagte Lerke. »Sieh hier!«

Sie hielt Bengt den Schädel hin und ließ ihren Finger über einen deutlichen Riss am Hinterkopf gleiten, während sie Eikangers Atem direkt an ihrem Ohr hörte.

»Du hattest recht, Bengt«, sagte sie und bedachte ihn mit dem ersten Lächeln des Tages. »Es hängt alles zusammen.« Sie studierte noch einmal den Spalt am Hinterkopf. »Ich rufe Palle an.«

Gleich darauf hatte sie ihn am Telefon.

»Sind die Zähne intakt?«, wollte er wissen.

»Vollzählig, soweit ich es sehen kann.«

»Gut! Dann rechne ich damit, dass wir ihn haben.«

1983

Morten parkte den Volvo unter dem alten Baum in Lundanes. Sein Hirn war auf Flucht eingestellt, und eigentlich war es Wahnsinn, jetzt noch bei Frode vorbeizufahren. Der leblose Körper seines Vaters auf dem Wohnzimmerboden hatte sich in seine Netzhaut eingebrannt. Die Worte, die er ihm an den Kopf geworfen hatte, lagen in jedem Pulsschlag. Die Trauer machte ihn schier wahnsinnig. Er war nichts wert … was auch immer er war … und er hatte die Liebe eines Vaters nicht verdient.

Er warf die Autotür zu und hinkte durch den Wald runter zum Strand und zum Bootshaus. Die Schmerzen in seinem Arm und an seinen Rippen versuchte er zu ignorieren. Vielleicht hatte sein Vater ja recht? Wäre es nicht wirklich besser, er wäre tot? Und war das vielleicht der Grund, weshalb er jetzt nicht in seinem Auto saß und über die Hochebene fuhr, sondern Frode eine letzte Chance geben wollte, um … ja, um was zu tun? Er wusste es nicht. Eigentlich wusste er nur, dass er Frode nicht traute. Er hatte ihm nicht geglaubt, als er ihm am Telefon versichert hatte, nichts mit dem Überfall im Park zu tun zu haben. Morten wollte das von ihm persönlich hören, von Angesicht zu Angesicht. Aber er hatte Angst. Größere Angst als jemals zuvor.

Am liebsten hätte er irgendetwas zerschlagen, an die Wand geschmissen. Er starrte auf seine weißen Joggingschuhe und zog die Jeansjacke enger um sich. Versicherte sich, dass sein

Portemonnaie und der Schülerausweis in der Brusttasche steckten. Das Geld, dass er durch die Ferienjobs gespart hatte, reichte hoffentlich eine Weile. Es lag zusammen mit seinem Pass im Handschuhfach. Idealerweise würde er das Land verlassen haben, bevor entdeckt wurde, dass er seinen Vater getötet hatte.

Als er durch die lichten Bäume den Strand und das Bootshaus sah, kam ihm ganz unerwartet die wohlige Erinnerung an einen der schönsten Abende, den sie zusammen gehabt hatten. Bevor Frode sich verändert hatte und ihm selbst aufgegangen war, wie er wirklich war. Sie hatten sich nicht angefasst, nur einen Kaffee gekocht und den Apfelkuchen geteilt, den Mortens Mutter für sie gebacken hatte. Frode hatte von seiner Kindheit erzählt; dass seine Mutter die Einzige war, die ihn wirklich mochte, und er sonst niemanden hatte – nur Morten. Morten hatte sich damals vorgenommen, sein Leben lang auf Frode aufzupassen und für ihn da zu sein. Wie naiv er gewesen war.

Er ging weiter. Es hatte eine ganze Weile gedauert, bis er verstanden hatte, dass Frode nur ein begnadeter Schauspieler und gar nicht dazu in der Lage war, Liebe oder Empathie zu empfinden. Vielleicht früher einmal für seine Mutter, aber irgendwann war etwas in ihm kaputtgegangen.

Wärme stieg von dem Waldboden auf und bildete einen grünlichen Dunstschleier unter den feuchten Baumkronen. Morten verlangsamte seine Schritte, als er vor sich den Strand mit den glatt geschliffenen Felsen sah. Zu bleiben war unmöglich geworden. Fortzugehen machte ihm furchtbare Angst. Er ging die letzten Meter zum Bootshaus, öffnete die Tür und steckte den Kopf hinein.

Frode saß auf einem Stuhl an der Wand.

Morten schlug die Jacke enger um sich, als Frode aufstand und auf ihn zukam, seine Arme fest um ihn legte und ihm über den Rücken streichelte. Für einen Moment gab Morten nach und legte seinen Kopf auf Frodes Schulter, strich mit dem gesunden Arm über Frodes Rücken. Da war plötzlich von den Steinen hinter dem Boot ein Laut zu hören, und zwei Schatten tauchten auf. Er erstarrte. Jørn und Ernst. Ein Zucken durchfuhr ihn, er wich nach hinten zur Tür zurück und sah Frode ungläubig an. Er war direkt in die Falle gegangen.

ØYSTESE, LAUPSA

FREITAG, 11. MAI 2018

Torleif Tysses Haus lag etwas oberhalb des Laupsastrandes direkt an der Straße. Er empfing Susanne in einer kurzen Jeans und einem eng anliegenden lila T-Shirt. Susanne war verunsichert, sie wusste nicht mehr, ob sie Torleif trauen konnte oder nicht.

Er bemerkte ihr verändertes Verhalten sofort, da sie ihn nicht wie sonst umarmte.

»Du Arme!«

»Danke!«, erwiderte sie trocken und knöpfte ihre Strickjacke zu, aber die Kälte kam von innen.

Sie setzte sich auf die vordere Stuhlkante an den Gartentisch unter dem alten Apfelbaum. Torleif hatte Räucherlachs, Hackbällchen, Kartoffelsalat und Roastbeef aufgetischt. Der intensive Duft der weiß-rosa Apfelblüten mischte sich mit dem Geruch des Essens und bereitete ihr Übelkeit. Immer wieder sah sie Lars vor ihrem inneren Auge vor sich. Sie richtete sich auf, musste sich zusammenreißen, ihre Gefühle verdrängen.

»Wer auch immer Morten getötet hat, ich werde ihn finden! Und das Gleiche gilt für Lars! Und du sagst mir jetzt, nach wem ich suchen muss! Ich bin mir verflucht sicher, dass du mehr weißt, als du bis jetzt eingestanden hast.«

Torleif setzte sich, er war blass geworden. »Ich habe schon mit den Kommissaren gesprochen, die im Hotel abgestiegen sind«, sagte er, »und ihnen meine Hilfe angeboten.«

»Und was hast du ihnen erzählt?«

Torleif schüttelte den Kopf wie ein Kind, das keine Ahnung hatte.

»Susanne, hör mal: Morten war schwul, und er ist tot. Lars war schwul, und er ist auch tot. Ich bin schwul ... verstehst du? Wer mit mir Kontakt hat, ist im Moment vielleicht nicht so ganz auf der sicheren Seite.«

Susanne warf ihm einen trotzigen Blick zu.

»Und genau deshalb ist es wichtig, dass du redest! Fang mit Morten an. Erzähl mir von ihm.«

Torleif seufzte resigniert und breitete die Arme aus.

»Ich habe dir gesagt, was ich weiß. Mehr gibt es da nicht.« Er schmierte sich eine Scheibe Brot, ehe er den Blick hob. »Aber ich habe einen Vorschlag. Ruf Andreas Winde im Queer-Archiv in Bergen an.«

Susanne sah ihn an, als hätte er nicht alle Tassen im Schrank. »Die haben ihre Büros in der Universitätsbibliothek«, fuhr er fort, als hätte er ihre Reaktion nicht mitbekommen. »Die sammeln da queere Lebensgeschichten. Wer damals schwul war und aus einem der umliegenden Dörfer kam, war regelmäßiger Gast in diversen Kneipen in Bergen. Ein Blick ins Archiv hilft dir sicher zu verstehen, was sich in der Zeit vor Mortens Verschwinden in der Szene getan hat.«

Susanne wedelte eine Fliege weg, die sich auf den Lachs gesetzt hatte.

»Das Archiv kenne ich. Aber glaubst du wirklich, dass der Täter dort ein Interview gegeben hat?« Sie nippte an ihrem Saft.

Torleif nahm den Deckel von der Butter.

»Vermutlich nicht, andererseits sind die Interviews ja anonym, da riskiert man also wenig. Aber wenn jemand Einblick bekommen kann, dann doch wohl dein Chef mit einer richterlichen Verfügung.«

»Kanntest du einen Frode Rosenquist?«

Torleif wurde rot, und seine Augen verengten sich zu schmalen Schlitzen. Susanne konnte nicht einschätzen, ob es Nervosität oder Verlegenheit war, seine Reaktion war auf jeden Fall überraschend stark. Ihr Puls stieg.

Torleif beobachtete stumm, wie eine Hummel in einer Apfelblüte neben Susanne verschwand. Dann stand er ruhig auf und legte seine Hand um den Zweig mit der Hummel.

»Frode war eine Kuckuckshummel. Weißt du, was das ist?« Er wartete ihre Antwort nicht ab. »Die sammeln keinen Pollen oder Nektar für die Gemeinschaft, wie diese Hummel da, sondern nehmen alles, was sie bekommen, für sich.« Er zeigte auf das Hinterteil des Insekts.

Susanne hielt die Luft an. Sie hasste alle stechenden Insekten.

»Kuckuckshummeln sind kräftiger als andere Hummeln. Stachel, Kiefer und die fast schwarzen Flügel sind extra stark entwickelt.«

Torleif ließ den Zweig los. Die Hummel flog auf, schwirrte surrend über der Blüte und verschwand dann erneut darin. Torleif setzte sich und nahm ein Stück Melone.

»Die Kuckuckshummel tötet die Königin eines Stammes und übernimmt das Nest. Etwa so hat Frode das auch gemacht.«

»Dann könnte er Morten getötet haben? Willst du das damit sagen?«

Susanne starrte auf ihre Hände.

Torleif nahm eine Scheibe Serranoschinken und wickelte sie um das Melonenstückchen, während er tief Luft holte, als müsste er erst überlegen, was er sagen sollte.

»Zuerst tat Frode mir leid. Der Arme musste von klein auf allein zurechtkommen, und damit meine ich nicht, dass ihm Essen oder ein Dach über dem Kopf fehlten. Er musste alles selbst herausfinden. War … ganz auf sich gestellt. Musste sich quasi selbst sozialisieren, du weißt sicher, was ich meine … du bist ja auch …«

Susanne sah weg.

»Es reicht, danke. Es geht hier nicht um mich.«

»So habe ich das nicht gemeint, aber … ich bin kein Psychologe, ich versuche nur zu verstehen. Frode muss wirklich eine schreckliche Kindheit gehabt haben. Kannst du dir das vorstellen?«

»Kanntest du seine Mutter?« Sie nahm sich eine Scheibe Roastbeef.

»Nein, aber ich erinnere mich dunkel an sie. Sie war erst sechzehn, als sie Mutter wurde.« Torleif zuckte mit den Achseln. »Als er … als Frode weg war, fiel uns allen das Atmen hier ein bisschen leichter, aber … ich glaube, dass noch heute einige unter uns den Atem anhalten, wenn sein Name fällt. Nicht nur ich.« Torleif wischte sich mit der Serviette den Schweiß von der Stirn. »Frode war in vielerlei Hinsicht verquer, trotzdem hat er solche wie mich gehasst. Es gibt Männer, die gerne mit anderen Männern Sex haben, sich selbst aber nicht als schwul ansehen. Vielleicht wissen sie ja selbst nicht, was sie sind … aber Frode … der war wirklich nicht ganz sauber.«

»Aber er war mit Morten zusammen?«

Torleif sah sie lange an.

»Zusammen … eine gute Frage. Ich habe Morten gewarnt. Habe versucht, ihm klarzumachen, wie Frode wirklich ist, und ihm ein paar anständige Leute vorgestellt … anständige Schwule, wenn du weißt, was ich meine.«

Torleif machte eine Pause und beobachtete einen Spatz. Der Vogel hüpfte um den Tisch herum und suchte nach Krümeln.

»Das steckt irgendwie in uns drin. Wir beschützen einander.«

Susanne rutschte auf ihrem Stuhl herum. Genau das war es. Sie hatte noch immer das Gefühl, dass Torleif etwas Wichtiges zurückhielt, um jemanden zu schützen. Aber wen? Sich selbst? Irgendwie sah sie Torleif an diesem Tag mit anderen Augen.

»Wusstest du schon die ganze Zeit, dass Morten ermordet wurde?«

Susanne rüstete sich, aber Torleif blieb ruhig. Er wirkte eher betroffen, dass sie ihm eine solche Frage stellte.

»Nein, ich habe immer geglaubt, dass er abgehauen ist. Ich bin aber sicher, dass jemand es weiß. Jemand, der etwas zu verbergen hat. Es sind nicht alle so tough wie ich und die alte Ågot aus Kvam. Bist du satt?«

»Wer bitte ist Ågot?«

Susanne stand auf und half ihm, den Tisch abzuräumen.

»Sie hat Ende des neunzehnten Jahrhunderts gelebt. Ich rede in meinen Vorträgen gerne über sie. Sie wurde in die Irrenanstalt eingeliefert, weil sie mit anderen Frauen schlief. Damals wurde das als unheilbares Leiden betrachtet. Trotzdem haben sie es mit kalten Bädern und allerlei anderem Mist versucht. Ågot ist mein großes Vorbild. Aber nicht nur in alten Zeiten haben sie so was gemacht. Mein Facebook-Account quillt über von Ideen, wie man mich ›heilen‹ könnte.«

»Du glaubst doch nicht …«

Sie sah wieder Lars vor sich. Ein Schatten huschte über Torleifs Gesicht, als hätte er dasselbe wie sie gesehen.

»Ich glaube das nicht, ich weiß es. Deshalb will ich mit der Sache auch möglichst nichts zu tun haben.«

»Aber …«

»Susanne. Ich habe keine Ahnung, was hier abgeht, aber denk doch mal nach. Ihr habt gerade eine Leiche in Vavollen ausgegraben, und jetzt grabt ihr unten in Lundanes. Du kannst doch wohl rechnen, oder? Frode war immer in Lundanes. Was, wenn er oder irgendein anderer da noch mehr Leichen verscharrt hat? Die Menschen vertrauen mir, aber nur, solange ich mich bedeckt halte und nicht zu viel für euch tue.« Er hob die Hand, damit sie ihn nicht unterbrach. »Ich habe bereits ein paar Anrufe erhalten.«

»Bedrohen sie dich?«

Er schüttelte den Kopf.

»Nicht so. Sie ... flehen mich an.«

»Du glaubst also, dass Frode Morten getötet hat. Was ist mit Lars? Wer hat ihn getötet?«

Torleif seufzte.

»Ich habe keine Ahnung. Und glaub mir, ich würde es dir sagen, wenn ich es wüsste.«

Torleif dachte lange nach, ehe er aufstand, ein paar Schritte auf den Rasen machte und sich dann noch einmal zu ihr umdrehte:

»Wir fordern, ernst genommen zu werden, Susanne ... aber sieh mich an. Ich bin natürlich nicht mit all diesem ... Brimborium auf die Welt gekommen. Ich hätte es wie Lars machen können. Hätte keine große Nummer daraus zu machen brauchen.«

Susanne schwieg. Sie hörte ihm zu. War es gewohnt, dass es ein bisschen dauern konnte, wenn Torleif erst einmal warmgelaufen war.

»Lars hat es nicht forciert, als Schwuler akzeptiert zu werden. Er hat das nicht so wichtig genommen. Er ist nicht zur Polizei gegangen, um sein wahres Ich zu kaschieren, sondern um seinen Jungentraum zu leben. Er war Polizist, Jäger, hat

Sport getrieben und geliebt, wen er lieben wollte. Er hat all diese männlichen Sachen gemacht, weil sie ihm entsprochen haben, weil er ein Mann war.«

Torleif ging wieder an den Tisch, wischte die Krümel zusammen und warf sie ins Blumenbeet.

Susanne sackte auf ihrem Stuhl zusammen. Torleif hatte alles gesagt und verschwand in Richtung Küche. Es machte sie traurig, dass sie sich nie die Zeit genommen hatte, Lars richtig kennenzulernen. Und dass sie auch Torleif nicht richtig kannte.

Sie streckte sich nach einer Packung Klarsichtfolie aus und begann langsam, die Essensreste einzupacken. Ihre Arme waren kraftlos, ihr Bauch ein einziger Knoten, die Gedanken das reinste Chaos. Sie stand auf und sah auf die Uhr. Es war an der Zeit, die Arbeiten, die sie begonnen hatten, abzuschließen und die Nachforschungen über Lars' Tod denen zu überlassen, die dafür die Verantwortung hatten. Lars hätte sich gewünscht, dass sie alles nach Vorschrift machten.

»Sei vorsichtig, Susanne«, sagte Torleif, als er sie kurz darauf zu ihrem Wagen begleitete. »Es gibt in Europa nach wie vor mehr braune Aufmärsche als bunte Pride-Paraden.« Er ballte die Fäuste, öffnete und schloss sie ein paarmal, als bereitete er sich auf einen Kampf vor. »Nenn mich gerne einen Feigling oder akzeptiere meinen Überlebensinstinkt, aber halte mich da bitte raus. Ich kann vor großen Versammlungen über all das Unrecht reden, aber das hier ist mir viel zu nah. Tut mir leid.« Er legte die Hand auf das Autodach. »Ich habe Angst, Susanne. Zum ersten Mal seit sehr langer Zeit.«

»Glaubst du denn, dass Frode wieder auftauchen könnte?«

Torleif drehte sich in Richtung Fjord. Er schien nachzudenken.

»Lass uns den Teufel nicht an die Wand malen. Warum sollte er wieder auftauchen?« Er drehte sich zu ihr und legte den Kopf schräg. »Kommst du Sonntag mal vorbei? Es soll schönes Wetter geben, wir könnten unten am Strand Kaffee trinken und vielleicht baden gehen?«

Susanne nahm Torleifs ausgestreckte Hand. Sie nickte, obwohl sie sich im Moment wirklich am liebsten hinter verschlossenen Türen unter ihrer Decke verkrochen und nichts gemacht hätte. Als würde er ihre Gedanken lesen und ihre Angst spüren, räusperte er sich und fügte hinzu: »Ich glaube, ich kann garantieren, dass Frode nie wieder hierher zurückkehrt.«

HAUKELAND-KRANKENHAUS, RECHTSMEDIZIN

FREITAG, 11. MAI 2018

Lerke und Eikanger folgten dem Protokoll und forderten beim Bezirkszahnarzt die Röntgenbilder von Morten Viks Zähnen an. Sie nutzten die Wartezeit, um in der Dienststelle zu duschen und sich ein paar Eier zu braten, bevor sie nach Bergen fuhren.

»Wäre Morten bereits 1983 vermisst gemeldet worden, hätten wir die nötigen Informationen vermutlich bereits«, sagte Eikanger, als sie ins Zentrum von Bergen fuhren. Er schaltete herunter, beschleunigte und überholte einen deutschen Touristenbus.

»Über die ID-Gruppe des Kriminalamts, meinst du?«

Lerke nahm ein Päckchen Kaugummi aus dem Tassenhalter auf dem Armaturenbrett und schob sich einen Streifen in den Mund. Trotz der ausgiebigen Dusche steckte ihr die Kälte nach den Stunden in Lundanes noch in den Knochen.

»Ja, seit 1975 werden dort alle Informationen über registrierte Personen gesammelt.«

Eine Weile fuhren sie in Gedanken versunken weiter.

»Ich habe heute mal Druck gemacht wegen der DNA«, sagte Lerke. »Die Universität hat die Ergebnisse ans Kriminalamt geschickt, wie ich es verlangt hatte. Deshalb habe ich mich da auch gleich gemeldet. Es scheint irgendwelche Schwierigkeiten zu geben.«

»Es ist doch immer dasselbe«, seufzte Eikanger. »Ich tippe mal, dass sie dir nicht gesagt habe, was das für Probleme sind?«

Er wartete die Antwort nicht ab. »Wie geht es Bengt und Susanne? Hast du heute mit ihnen über Lars gesprochen?«

Lerke schüttelte den Kopf.

»Ich traue mich nicht zu fragen«, sagte sie schließlich. »Ich weiß aber, dass Bengt mit Elise Tornes geredet hat, um mehr über Frode Rosenquist zu erfahren. Sie hatte aber wohl auch nichts Neues zu sagen. Wenn ich diesen Job einigermaßen ordentlich machen soll, darf ich nicht daran denken, wie es ihnen geht. Das ist natürlich Scheiße! Bleibt nur zu hoffen, dass jetzt Bewegung in den Fall kommt und wir mehr wissen, wenn wir die Röntgenbilder haben. Die Rechtsmedizin braucht die DNA dann vermutlich gar nicht mehr. Wer weiß? Vielleicht können wir damit alles lösen.«

Lerke drehte sich zu dem Pappkarton mit dem Schädel um, der auf der Rückbank stand. Den Rest des Toten gruben die Kollegen in Lundanes noch aus. Es war eine mühsame Arbeit, alles zu bergen, aber aus Rücksicht auf die Angehörigen musste wirklich alles eingesammelt werden, auch wenn sie dafür eine Pinzette nutzen mussten. Sie fuhren den Haukelandsbakken hoch und hielten vor der Pathologie. Lerke nahm den Karton mit dem Schädel und stieg aus, während Eikanger den Wagen parkte. Im Flur traf sie den Rechtsodontologen.

»Da sind Sie ja«, sagte er. Schweißtropfen glänzten auf seiner Stirn. An jeder Hand hielt er ein Kind. »Wir warten auf den Aufzug. Ich muss die beiden erst wegbringen, bin aber gleich wieder da.«

Palle Rolfsen kam durch die Tür auf Lerke zu. Er hatte sich einen grauen Bart wachsen lassen. Normalerweise erinnerte er sie an einen Tristanpinguin, aber mit dem Bart fiel ihr kein irdisches Wesen mehr ein, das ihm ähnelte. Eigentlich erheiterte sie das immer, aber Palles ernster Blick, und wie er ihr seinen Arm um die Schultern legte, sagten ihr, dass ihre Befürchtungen zutrafen.

»Sie sind gerade mit Lars beschäftigt. Ich denke, du solltest das wissen. Bist du in Ordnung?«

Lerke schluckte und nickte. Es wurden häufig mehrere Obduktionen gleichzeitig durchgeführt. Außergewöhnlich war allerdings, dass einer der Toten ein Kollege, ein Freund war …

Der Gedanke, dass Bengt allein in seinem Büro in Norheimsund hockte und an einem alten Fall arbeitete, während Lars hier lag, schmerzte sie. Aber die Trauer musste warten.

Mit gesenktem Kopf folgte sie Palle und nickte Elin von der Kriminaltechnik in Stavanger kurz zu, die mit zwei Kommissaren aus dem Bezirk Sør-Vest neben Lars' Leiche stand. Lerke wandte den Blick ab. Palle führte sie zum hinteren Obduktionstisch, und sie nahm den Schädel aus dem Karton und legte ihn auf den Edelstahl.

Der Rechtsmediziner fuhr mit dem Finger über die Kerbe im Schädel. Eikanger sprach kurz mit Elin, ehe er zu ihnen kam. Sie wechselten einen Blick, ehe sie sich auf den Schädel konzentrierten und auf Palles Expertise warteten.

»Der Schlag war so kräftig, dass das Opfer kaum etwas gespürt haben dürfte, um es mal so zu sagen. Hast du eigentlich einen Parkplatz gefunden?«, fragte er Eikanger im gleichen Atemzug, als säßen sie zusammen in der Kantine.

»Wie man's nimmt. Hab den Wagen zwischen zwei Rettungswagen gequetscht und einen Zettel mit *Polizei* hinter die Windschutzscheibe gelegt. Ich hoffe, das reicht.«

Palle kratzte sich den Bart und sah zu dem Tisch, auf dem Lars lag, ehe er sich wieder auf den Schädel konzentrierte. Ein weiteres Mal fuhr er mit dem Finger über die Kerbe. »Das ist natürlich alles unter Vorbehalt. Der Schädel hat ja lange dort gelegen.« Er hob den Blick. »Bei Grabungsarbeiten in unmittelbarer Umgebung könnte das auch post mortem geschehen sein. Die Bauern haben heutzutage ja alle möglichen Gerätschaften.«

»Der Tote war unter einem dicken Stein begraben.«

Lerke wollte noch mehr über den Fundort der Leiche sagen, als Palle sich den Schädel schnappte und ohne ein Wort im angrenzenden Raum verschwand, der als Pausenraum, Küche und Labor diente. Die beiden anderen standen etwas ratlos da, folgten ihm dann aber. Erst als die Tür hinter ihnen ins Schloss fiel und das Geräusch der Säge kaum noch zu hören war, verstand sie Palles plötzliche Eile. Sie warf ihm einen dankbaren Blick zu.

»Wir überprüfen die Röntgenbilder hier«, sagte Palle und zeigte auf eine Leuchttafel.

Lerke versuchte zu verdrängen, was nebenan vor sich ging.

Sie setzten sich und nahmen die Kaffeebecher entgegen, die Palle ihnen reichte. Lerke trank einen Schluck, schnitt eine Grimasse und sah sich um. »Was hast du da denn untergemischt?«

Palle entblößte einen Eckzahn inmitten der grauen Bartpracht.

»So, so«, sagte er, »der Tote war also an einer Stelle vergraben, in deren Nähe es größere Erdbewegungen gegeben hat? Da haben wir ja echt Glück, dass kein Sauerstoff in den Lehm gekommen ist. Lehm ist ein Riesenproblem auf unseren Friedhöfen, uns kommt das aber sehr entgegen, nicht wahr?«

Er trat einen Schritt zurück, als studierte er ein schönes Ölgemälde. Mit einem Mal flog die Tür auf.

»Entschuldigt die Verspätung«, sagte der Rechtsodontologe, kam herein und warf seine Jacke über einen Stuhl. »Heute ist mein Tag, die beiden Kinder in den Kindergarten zu bringen, daran würde nicht einmal ein Terroranschlag etwas ändern.« Er sprach mit breitem Bergener Dialekt und lächelte nicht minder breit. »Haben Sie die Aufnahmen?«

Lerke reichte ihm den Umschlag, während sie ein weiteres Mal versuchte, die Geräusche, die aus dem Obduktionssaal kamen, auszuklammern. Der Zahnarzt schaltete routiniert das Licht ein und klemmte die Aufnahmen unter die Metallklammern der Leuchttafel. Dann nahm er den Schädel und verglich die Zähne mit denen auf dem Bild. Nach einer Weile drehte er sich um.

»Das ist nicht dieselbe Person.«

Die Worte trafen Lerke wie Nadelstiche. Sie hielt den Atem an und begegnete Eikangers Blick, der nicht minder schockiert wirkte.

Der Rechtsodontologe räusperte sich.

»Normalerweise mache ich Röntgenaufnahmen vom Kiefer, wenn ich mir nicht ganz sicher bin. Aber wenn Sie die Aufnahmen mit diesen Zähnen hier vergleichen, sehen Sie sofort, dass es kaum Übereinstimmungen gibt.«

Er fuhr mit dem Zeigefinger über die Zähne im Kiefer des Schädels.

Lerkes Herz schlug so heftig, dass sie es bis in den Kopf spürte. Es war nicht Morten, den sie gefunden hatten.

»Die Zähne eines Menschen verraten viel darüber, wie lange er gelebt hat«, fuhr der Odontologe unbeeindruckt fort, als hätte er die Reaktion der anderen nicht bemerkt. »Gehen wir davon aus, dass der Schädel aus den Achtzigern ist, können wir das ungefähre Alter der Person angeben.« Er zeigte mit einer Pinzette auf die Zähne. »Wir berücksichtigen dabei die Abnutzung, fehlende Zähne, Verfärbungen und Zahnstein«, dozierte er weiter. »Hier sind alle Zähne intakt.« Er leuchtete mit einer kleinen Taschenlampe in den Mund. »Sieht man genau hin, erkennt man auch, dass die Zähne eine andere Form haben als auf dem Röntgenbild. Sie sind größer und gleichmäßiger.«

Der Odontologe sah von einem zum anderen, als wollte er sich vergewissern, dass sie ihm auch zuhörten. Der Kühlschrank in der Küchenecke gab einen Seufzer von sich, der Lerke zusammenzucken ließ.

»Ich würde sagen, dass es sich bei dieser Person mit hoher Wahrscheinlichkeit um einen jungen Erwachsenen handelt. Jemand, der in den Sechzigern und Siebzigern aufgewachsen ist. Dafür sprechen die Amalgamfüllungen.« Der Zahnarzt betrachtete erneut den Schädel. Lerke konnte kaum ruhig stehen, als sie auf die Aufnahmen von Mortens Zähnen schaute.

Der Puls pochte in ihren Ohren, als sie an Bengts Gespräch mit Mortens Eltern dachte. An die schreckliche Nachricht, die er überbracht hatte und an den Selbstmord des Vaters. Die am Boden zerstörte Mutter. Die Postkarten, das Tagebuch ... der Schock ... und jetzt das. Ungläubig starrte sie die anderen an. Wie konnten sie sich derart geirrt haben? Und wen, um alles in der Welt, hatten sie da vor sich?

Der Odontologe legte die Pinzette weg.

»Mann oder Frau?«, fragte Eikanger.

»Ich bin mir nicht ganz sicher«, sagte der Odontologe. »Normalerweise erkennt man das am Kiefer, aber hier ist das nicht so einfach. Ich bin mir aber ziemlich sicher, dass der Bezirkszahnarzt in Kvam auch Aufnahmen von diesen Zähnen hat, wenn der Betreffende aus der Gegend stammte. In dem Mund ist so viel Amalgam, dass die Person oft beim Zahnarzt gewesen sein muss.« Er sah von einem zum anderen. »Aber Sie können ja kaum in dem berühmten Heuhaufen aus Röntgenbildern suchen, weshalb sich die Frage stellt ...« Er machte eine Kunstpause. »Ob es noch andere Vermisste aus dieser Zeit gibt?«

POLIZEIWACHE KVAM

SAMSTAG, 12. MAI 2018

Bengt starrte an die Bürowand. In der Rezeption brannte eine Kerze neben einem Foto von Lars in Uniform. Sie hatten das Bild aus der Andacht in der Kirche mitgebracht. Bengt hatte sich direkt den Verhören von Mortens früheren Freunden gewidmet, nachdem er den Polizeipräsidenten, den Direktor und den Vorsitzenden von der Polizeigewerkschaft verabschiedet hatte. Er war froh, dass alle, die eng mit Lars zusammengearbeitet hatten, einem Gespräch mit dem Psychologen aus dem Krisenteam zugestimmt hatten. Er selber musste das etwas aufschieben. Auf dem Tisch vor ihm lag eine halb gegessene Brotscheibe, mehr hatte er zwischendurch nicht runtergebracht.

Malvin Flotve war als Einziger nicht bei der Andacht gewesen. Er hatte sich in Lars' Büro eingerichtet und war anschließend nach Bergen gefahren, um zu schlafen. Übers Wochenende wollte er wieder in Kvam sein. Bengt wurde von Susannes Räuspern aus den Gedanken gerissen, sie stand auf der Türschwelle.

»Setz dich, Susanne.« Bengt zeigte auf den Stuhl auf der anderen Schreibtischseite. »Ich will kurz mit dir sprechen. Lerke dürfte auch gleich da sein.« Seufzend setzte er sich auf seinen Bürostuhl und sah Susanne besorgt an. »Geht es dir einigermaßen?«

»So gut es eben geht«, presste sie zwischen zusammengebissenen Zähnen hervor.

»Wir haben uns verschätzt, aber Selbstvorwürfe und Entschuldigungen helfen uns auch nicht weiter. Es ist, wie es ist, und das geht auf meine verdammte Kappe.« Bengt schluckte. »Die Analyseergebnisse der sterblichen Überreste von Vavollen liegen vor, zusammen mit den Röntgenaufnahmen des Zahnarztes. Wir haben einen Menschen gefunden, einen kompletten Menschen«, korrigierte er sich. »Und der Ermordete ist nicht Morten Vik wie angenommen, sondern Frode Rosenquist.«

Susanne nickte. Bengt hatte das Gefühl, ihren Puls zu spüren.

»Ich weiß, was du denkst ... was wir alle denken«, sagte Bengt und sah sie ernst an. »Wer auch immer damals Frode umgebracht hat, könnte auch Lars getötet haben. Darüber wollte ich kurz mit dir reden, bevor Lerke kommt. Der Mord an Lars darf unsere Ermittlungen nicht beeinträchtigen. Das ist nicht unsere Baustelle. Wir werden rechtzeitig erfahren, wenn es einen Zusammenhang gibt. Wir müssen denen vertrauen, die an dem Fall arbeiten.«

»Aber es könnte doch sein ...«, setzte Susanne an.

»Nein, kein ›es könnte sein‹. Nicht, bevor wir nicht sicher wissen, dass es eine Verbindung gibt«, fiel Bengt ihr ins Wort. »Wir glauben und vermuten nichts. Wir untersuchen und wissen, und wir dürfen uns jetzt nicht von unseren Gefühlen lenken lassen. Die Mannschaft aus Sør-Vest kümmert sich um ihren Kram, wir um unseren.«

Susanne stieß einen lauten Seufzer aus, fast ein Schluchzen. Bengt ließ ihr etwas Zeit, ehe er weiterredete.

»Keinem von uns kann ein Vorwurf gemacht werden wegen Lars' Tod. Dir nicht, und mir auch nicht.« Susanne schlug mit den Fersen ihrer Marschstiefel wie zum Protest gegen die Querleiste ihres Stuhls. Bengt wartete geduldig, bis sie den Kopf hob und zustimmend nickte.

»Wenn das ein Trost ist: Sie haben mir zugesagt, mich zu informieren, sobald sie etwas Neues haben.« Er lächelte Susanne aufmunternd an. »Das Gute ist, dass ich ein bisschen was geschafft habe.« Bengts Finger huschten über die Tastatur, und er drehte den PC-Schirm eben zu Susanne, als Lerke in der Tür auftauchte. Er winkte sie herein. Lerke stellte sich mit dem Rücken zu ihnen ans Fenster. Sie wirkte verschlossen und verbiestert, als wäre sie lieber weit weg.

»Ich habe gestern mit Elise Tornes gesprochen«, sagte Bengt. »Sie hatte nichts zu dem hinzuzufügen, was wir schon wussten. Wir machen also weiter mit den Verhören von Jørn, Ernst und Kjetil, in dieser Reihenfolge. Ich habe eben den Bericht für Indicia fertiggestellt. Und …« Er wechselte das Bild auf dem Monitor. »Eine Sache ist interessant. Seht euch das an!«

Lerke kam zu ihnen und stellte sich hinter Susannes Stuhl. Mit Indicia verband die Polizei eine Art Hassliebe. Einige der älteren Ermittler schworen auf die alten Methoden, aber Bengt konnte den neuen technischen Hilfsmitteln durchaus etwas abgewinnen. Das Programm fasste Informationen zusammen und suchte nach Referenzen, für die man sonst Tage oder Wochen brauchte. Es konnte sich dabei um Fahrzeuge handeln, die zum gleichen Zeitpunkt beobachtet worden waren, öffentliche Überwachungskameras oder Parallelen bei Verhören. Besonders Letzteres könnte zu diesem Zeitpunkt nützlich für sie sein.

»Es gibt auffallend viele Gemeinsamkeiten zwischen Jørns und Ernsts Aussagen. Seht ihr das?« Bengt lehnte sich in seinem Stuhl zurück und wartete, bis Lerke und Susanne gelesen hatten. »Am Tag nach dem Überfall im Park trafen sie Morten und Frode im Bootshaus in Lundanes. So weit stimmen die Aussagen überein.«

»Dann gestehen sie den Überfall?« Susanne richtete sich auf ihrem Stuhl auf.

»Ja, sie scheinen erfahren zu haben, dass wir davon wissen. Wahrscheinlich von Sonja.«

»Und was haben sie dazu gesagt, dass wir Frode und nicht Morten gefunden haben? Hast du ihnen das gleich erzählt?«

»Ich habe damit gewartet, bis sie ihre Aussage gemacht hatten. Sie behaupten, Frode hätte sie an dem Tag ins Bootshaus beordert und von ihnen verlangt, sich für den Überfall bei Morten zu entschuldigen. Vorläufig leugnen sie noch, irgendetwas mit dem Mord zu tun zu haben.« Bengt schnappte sich einen Kugelschreiber. »Und sie behaupten, das Bootshaus vor Morten und Frode verlassen zu haben.«

»Kann es denn sein, dass Morten Frode umgebracht hat?«, fragte Susanne.

Bengt ließ die Frage in der Luft hängen. Er hatte unmittelbar den gleichen Gedanken gehabt.

»Die Möglichkeit besteht. Und sie ist auch nicht ganz unwahrscheinlich.« Er wartete kurz, bevor er weitersprach. »Wir müssen jedenfalls weitersuchen, um herauszufinden, wohin Morten damals verschwunden ist. Ob es noch mehr Orte gibt, an denen man nach ihm suchen sollte.« Bengt seufzte. »Wir müssen dabei aber breiter denken.« Er wandte sich wieder dem Bildschirm zu. »Was mich stutzig macht, ist, dass Jørn und Ernst Sonja und Kjetil nie etwas über das Treffen im Bootshaus gesagt haben.« Susanne nickte nachdenklich. »Wäre das nicht naheliegend gewesen, nachdem sie Morten gemeinsam überfallen hatten?«

Susanne beugte sich näher zum Bildschirm vor.

»Ja, möglich. Die Jacke und der Schülerausweis. Haben sie dazu was gesagt?«

»Ja, sie erinnern sich beide daran, dass Morten im Bootshaus die Jacke ausgezogen und über einen Stuhl gehängt hat. An dem Tag, als er verschwunden ist.«

»Das ist doch nicht dein Ernst?« Susanne sah ihn ungläubig an. »Wer erinnert sich denn noch nach über dreißig Jahren daran, ob jemand eine Jacke ausgezogen hat? Sie haben das irgendwo gelesen, wie alle anderen. Torill Vik hat geplaudert, die Journalisten haben was darüber geschrieben ...«

»Ja, vielleicht. Kjetil hat dagegen eine ganz eigene Version vom Überfall im Park. Er meint, das würde zu sehr aufgebauscht. Er nannte es einen Dummejungenstreich. Seine Theorie ist, dass Morten von jemand anderem auf die Straße geschleppt worden ist und dass Karsten ihn doch mit der Schaufel des Räumfahrzeugs erwischt hat.« Bengt schüttelte resigniert den Kopf. »Typische Rechtsverdreherversion.«

Susanne schnaubte.

»Wir können ihm daraus keinen Strick drehen. Stellt euch mal die Schlagzeilen vor: Verteidiger verprügelt Schwulen. Da nützt es auch nichts, dass das schon eine Generation zurückliegt. Seine Klienten werden so panisch das Weite suchen, als würde er mit einer Schrotflinte auf sie zielen.«

Lerke, die bis jetzt nur zugehört hatte, ergriff das Wort.

»Ich kann mir nur sehr schwer vorstellen, dass zwei siebzehnjährige Jungs, die gerade ihren Freund halb totgeschlagen haben, schon am nächsten Tag bereit sind, sich bei ihm zu entschuldigen. Wenn Frode so war, wie er uns gegenüber dargestellt wird, dann hätte ich ganz sicher einen großen Bogen um das Bootshaus gemacht, besonders wenn er wütend war.« Sie drehte die Haare zusammen und steckte sie mit einem Bleistift hinten am Kopf fest. »Da müssen starke Gefühle im Spiel gewesen sein. Die Verletzung des Schädels zeugt von wahnsinniger Wut. Palle sagt, die Verletzung stamme von einer Hacke oder einem anderen spitzen Gegenstand. Aber das ist nach so langer Zeit schwer zu sagen. Im Bootshaus haben wir nichts gefunden, was als Tatwaffe infrage kommen könnte. Der Besitzer sagt, das Bootshaus wäre nicht mehr benutzt worden, seit Frode weg war. Und dann ist uns noch aufgefallen, dass der Platz direkt hinter dem Bootshaus, an dem er begraben wurde, sehr bewusst und mit Sorgfalt ausgewählt wurde.«

»Und was sagt uns das?«, fragte Bengt. »Dass der Mörder seine Tat bereut hat?«

Lerke nickte nachdenklich.

»Der Stein ist kein Zufall. Das war ein hartes Stück Arbeit, den ranzuschaffen. Steine wie diesen gibt es da sonst nicht. Könnte es sein, dass Frode dem Täter etwas Besonderes bedeutet hat?«

»Ein ungeweihtes Grab?« Bengt versuchte, sich die Szene vorzustellen. Ein Streit, der ausgeartet ist. »Morten«, sagte er laut.

»Möglich. Aber kennen wir das genaue Datum?«, fragte Susanne. »Wir wissen, wann Karsten Storhei die Anzeige gemacht hat. Aber wissen wir genau, wann die Freunde Morten im Park überfallen haben?«

»Ich habe im Meteorologischen Institut nachgehakt.« Bengt öffnete seine E-Mails. »Die haben überall Messstationen. Von der Mutter wissen wir, dass Morten im Oktober verschwunden ist. Schnee im Oktober ist nicht gewöhnlich, aber just in dem Jahr gab es starken Schneefall am 24. und 25. Oktober, danach war es bis kurz vor Weihnachten wieder schneefrei. Meine Theorie ist, dass Morten am Fünfundzwanzigsten zusammengeschlagen wurde und am folgenden Tag abgehauen ist. Im Bootshaus war selten jemand anderes als Frode und Morten. Vielleicht hat Morten Frode umgebracht, bevor er gefahren ist, hat ihm seine Jacke angezogen und den Schülerausweis in die Innentasche gesteckt.«

»Um seinen eigenen Tod vorzutäuschen?« Lerke sah ihn skeptisch an.

»Möglich. Oder Frode hat sich einfach seine Jacke geliehen.« Susannes blonde Haare standen hoch, nachdem sie mit den Fingern hindurchgefahren war. Bengt fielen die dunklen Ringe unter ihren Augen auf.

Er atmete tief ein und schaute auf die Uhr. Es würde ein langer Arbeitssamstag werden.

»Bis jetzt haben wir nur Theorien. Morten ist nach wie vor eine Schlüsselfigur. Wir müssen herausfinden, wohin er verschwunden ist.« Bengt sah Lerke und Susanne an. »Was Frodes Verschwinden betrifft, sieht es so aus, als ob das Busticket, das er angeblich gekauft hat, am selben Tag ausgestellt wurde, an dem Morten unserer Meinung nach weggefahren ist. Also am 26. Oktober 1983. Wir müssen den Busfahrer fragen, der Frode gesehen hat. Das könntest du übernehmen, Susanne. Nimm Fotos von Morten und Frode mit. Ich habe den Verdacht, dass er die beiden verwechselt hat und in Wirklichkeit Morten mit dem Bus gefahren ist. Die beiden sahen sich ziemlich ähnlich.« Bengt klopfte mit dem Kugelschreiber auf die Tischplatte. »Und die Tatwaffe? Was meint ihr? Müssen wir außerhalb von Lundanes danach suchen?«, fragte er.

»Eventuelle DNA wird wohl weggewaschen sein«, sagte Lerke. »Aber vielleicht rüttelt die Suche bei dem einen oder anderen eine Erinnerung wach. Vielleicht hat jemand das Bedürfnis zu reden?«

»Hallo!«, platzte Susanne heraus. »Und was ist mit Tornes? Haben wir den vergessen? Er hätte ein Motiv, wenn auch ein schwaches, den lästigen Pflegesohn loszuwerden, der einfach keine Ruhe gegeben hat. Außerdem kann ich mir gut vorstellen, dass er uns nicht alles erzählt. Die Person, die

Lars auf dem Gewissen hat, hat da unten im Keller möglicherweise weitere Fotos gesucht, die ihn verraten könnten.«

Bengt kämmte sich mit den Fingern durchs Haar.

»Die finden wir hoffentlich in den Kartons. Ich habe Flotve damit beauftragt, er nimmt sie sich am Wochenende vor.« Bengt legte eine Hand auf die Mappe, die Åsa Kleiven ihm gegeben hatte. »Ich habe die Akte vom Jugendamt über Frode gelesen. Darin stehen Dinge, die Tornes' Motiv untermauern könnten. Sie hatten ziemliche Kämpfe mit dem Jungen. Und auch wenn Elise sich nicht erinnern kann oder will, steht dort schwarz auf weiß, dass Frode sie gequält hat. Es sind keine Details aufgeführt, und es steht da auch nichts über sein Verhältnis zu der Familie, nachdem er ins Wohnheim umgezogen ist. Es könnte aber durchaus etwas geben, das uns verschwiegen wurde. Behalten wir ihn noch eine Weile auf dem Plan.«

»Laut Torleif war Frode eine Kuckuckshummel, was immer er damit sagen will. Und es war allgemein bekannt, dass er oft im Bootshaus war«, sagte Susanne.

Bengt zog eine Augenbraue hoch. Er wusste sehr wohl, was eine Kuckuckshummel war, und nahm sich vor, das weiterzuverfolgen.

»Ich habe auch mit Torleif gesprochen«, sagte er. »Am Telefon, wohlgemerkt.«

Zu Bengts Verwunderung sah Susanne nicht empört aus, sondern erstaunt. »Gut. Ich bin mir nämlich ziemlich sicher, dass er mir etwas verschweigt, und das macht mich rasend. Besonders jetzt, wo Lars tot ist. Ich würde es am liebsten aus ihm herausschütteln.«

Bengt sah sie an.

»Ich habe ihm noch einmal klargemacht, dass er ein wichtiger Zeuge aus der Zeit ist. Und ich habe ihn gebeten, eine Liste mit allen Namen zusammenzustellen, die in den Achtzigern im homosexuellen Milieu unterwegs waren. Und sie vielleicht zu überreden, sich bei uns zu melden.«

»Ich kann gut verstehen, dass er zögert. Zu mir hat er gesagt, dass er Angst hat.« Susanne sah zu Bengt, als würde sie Torleifs Befürchtung teilen.

»Klar«, sagte Bengt. »Das ist ja nicht weiter verwunderlich. Jemand, der nicht davor zurückschreckt, einen Polizisten zu ermorden, hat nichts zu verlieren. Torleif könnte eine Bedrohung für den Mörder sein. Und er ist schwul. Auch das müssen wir bedenken.«

Er sagte nichts mehr. Ließ den anderen Zeit, sich zu sammeln. Die Gedanken an Lars und die Trauer brodelten die ganze Zeit unter der Oberfläche.

»Glaubst du, dass es darum geht? Dass der Täter aus Hass auf Schwule die Tat begangen hat und jetzt, nach so langer Zeit, wieder damit anfängt?«

Susanne schien nicht ganz überzeugt zu sein.

Bengt hatte diesen Gedanken in den letzten Tagen hin und her gewälzt. Es ließ sich nicht einfach unter den Teppich kehren, dass alle Homosexuellen des Ortes entweder verschwanden oder als Leichen wiederauftauchten. Morten war spurlos verschwunden. Frode und Lars waren tot. Und möglicherweise gab es noch weitere Vermisste, seine Mutter, zum Beispiel.

»Hast du noch mehr aus Torleif herausbekommen?«, fragte Susanne und lehnte sich im Stuhl zurück.

»Ja, ein wenig. Frode Rosenquist hat damals Åsmund Børve erpresst. Torleif wollte zuerst nicht damit raus. Vielleicht eine Bagatelle? Da du es mit keiner Silbe erwähnt hast?«

Susanne wurde sichtbar blasser.

»Torleif hat mir von der Erpressung erzählt, als ich ihn im Supermarkt getroffen habe, er hat aber nicht gesagt, wer es war. Ich wollte … Außerdem hatte das nichts mit Morten zu tun. Ich habe es in dem Augenblick nicht für wichtig erachtet ...« Sie senkte den Blick.

»Wie auch immer. Jetzt ist es wichtig. Das hat mittlerweile auch Torleif verstanden, wenn er auch Paragraf zweihundertdreißig zitiert hat, dass er nicht verpflichtet werden kann, mir Informationen zu geben, womit er natürlich recht hat. Aber als er erfahren hat, dass Frode das Opfer ist, wurde er etwas zugänglicher, als fiele ihm das Atmen und Reden mit einem Mal leichter.« Bengt schnalzte mit der Zunge. »Mir ist in diesem Moment klar geworden, dass er offensichtlich ernsthaft geglaubt hat, dass Frode wieder zurück ist.«

Susanne sah ihn an, als würde sie das Gesagte nicht ganz zusammenbringen.

»Ich bin morgen bei Torleif eingeladen, Sonntagsbesuch.« Susanne rutschte auf dem Stuhl hin und her, als wäre ihr nicht ganz wohl dabei, den Freund jetzt zu besuchen. »Vielleicht ist er dann ja bereit, etwas mehr zu erzählen.«

Lerke, die aus dem Fenster geschaut hatte, drehte sich um.

»Erpressung ist doch ein ziemlich starkes Mordmotiv, oder? Wenn es stimmt, was Torleif euch erzählt hat, solltet ihr dann nicht schnellstmöglich diesen Rapungen verhören?«

Bengt stieß sich an ihrem belehrenden Ton und atmete tief ein, um seine Gereiztheit zu zügeln. Dabei verstand er sie eigentlich. Sie fand bestimmt, er hätte schon lange mit Børve reden sollen, aber so einfach war das Ganze nicht, schließlich konnten sie ihn nicht einfach vorladen, nur weil er schwul war. Mit der Erpressung hatte sich die Sachlage allerdings geändert, damit hatte Børve ein Motiv, Frode aus dem Weg zu räumen.

»Damit hätten wir noch eine Hypothese. Und du hast völlig recht.« Er machte eine Pause, um es sacken zu lassen. »Das steht natürlich längst auf meiner Liste.« Ohne sie eines Blickes zu würdigen, drehte er sich zu Susanne. »Du schaust mal bei Børve vorbei. Krieg raus, was er weiß. Dann machen wir da weiter. Ich habe mich mal bei den Arbeitern und dem Hausmeister umgehört, die an dem Bau in Hardanger Brygge beteiligt waren, von denen hat aber keiner mehr einen Schlüssel. Und …« Er heftete den Blick auf Lerkes Rücken. »Flotve nimmt sich, wie gesagt, die Kisten aus dem Keller vor. Ich habe selbst einen Blick hineingeworfen. Hauptsächlich alte Spiele und Kleider. Was ist eigentlich mit dem Tagebuch, das Mortens Mutter uns gegeben hat, Susanne? Hast du schon mal reingeguckt? Hast du was gefunden?«

Susanne schüttelte den Kopf.

»Ich glaube, das ist kein Tagebuch im eigentlichen Sinne. Eher eine erdichtete Liebesgeschichte. Zwischen zwei Männern. Liest sich ein bisschen wie das, was ich selber als Teenager geschrieben habe. Frode passt nicht in die Geschichte. Ich schätze, das war Mortens Versuch, sein Leben zu meistern, sich aus dem Wahnsinn rauszuschreiben, wenn man so will.« Sie schlug den Blick nieder, den Bruchteil einer Sekunde zu spät. Bengt sah die Tränen. »Eine Alternative zu Selbstverletzungen«, fügte sie hinzu.

Die Gefühle lagen bei ihr ebenso blank wie bei ihnen allen. Ja, vielleicht noch etwas mehr. Bengt befürchtete, dass es ihr zu viel werden könnte, gleichzeitig war er beeindruckt, wie sehr sie sich zusammenriss. Vor einem Jahr hätte sie das noch nicht geschafft.

»Ich hab den Tipp aufgegriffen, den du von Torleif gekriegt hast, und bin heute noch mit Winde im Queer-Archiv in Bergen verabredet«, sagte Bengt. »Mal schauen, was dabei rauskommt.«

Bengt hoffte im Stillen, dass Lerke protestieren würde, dass er nicht fahren, sondern sich ein bisschen ausruhen sollte. Nach der Gedenkstunde am Morgen hatte er Verhöre geführt, Berichte geschrieben, sich mit Lerke und Susanne besprochen, und jetzt wollte er auch noch nach Bergen fahren. Aber Lerke drehte ihm nur den Rücken zu und schaute aus dem Fenster. Es goss in Strömen, sollte im Laufe des Nachmittags aber etwas aufklaren. Es bleibt zu hoffen, dachte er. Dass auch nach diesem Regen die Sonne kommt.

Er wartete, bis er Blickkontakt mit Lerke hatte.

»Hast du nicht gesagt, dass du heute was für die Konfirmation backen wolltest?« Die Worte waren kaum über seine Lippen gekommen, als er seinen Fehler einsah.

»Nein!«, antwortete sie scharf und sah ihn gereizt an. »Ich glaube kaum, dass ich heute Zeit finde, etwas für die Konfirmation zu backen. Da wirst du dich wohl selbst drum kümmern müssen. Ich habe hier nämlich auch einen Job zu erledigen.«

Lerke und Susanne tauschten Blicke. Bengt fühlt sich wie in dem neunspurigen Kreisverkehr in Mailand, in den er hineingeraten war, ohne zu wissen, wie er jemals wieder herauskommen sollte, während alle anderen Fahrer sich auszukennen schienen.

»Dann legen wir mal los«, sagte er und stand auf, blieb aber neben Lerke stehen. Er wollte warten, bis Susanne weg war, um sie fest in den Arm zu nehmen und sich für seine Direktheit zu entschuldigen. Er hatte gedacht, sie hätte sich aufs Backen gefreut, und hatte ihr eigentlich nur zeigen wollen, wie schön er es fand, dass sie ihm bei den Vorbereitungen für Thomas' Konfirmation half.

»Ich fahre dann mal nach Bergen, damit wir später vielleicht noch ein bisschen was von unserem Samstagabend zusammen haben«, sagte er, als Susanne gegangen war.

Enttäuscht stellte er fest, dass Lerke nicht bereit war, ihm entgegenzukommen. Er wartete noch einen Augenblick, dann legte er eine Hand auf ihre Schulter, bevor er sein Büro vor ihr verließ.

1983

Morten schrak aus dem Schlaf hoch und sah sich hastig um. Der Zug fuhr gerade in den Bahnhof Haugastøl ein. Draußen vor den Fenstern legte sich der Schnee zwischen Heide und Moos und übte für den Winter. Gleich darauf waren die Flocken aber wieder geschmolzen. Er ließ seinen Blick über das Bahnhofsareal schweifen und hielt nach uniformierten Beamten Ausschau. Ein Mann stand unter dem Dachvorsprung und las Zeitung. Er schien sich nicht für ihn zu interessieren.

Leicht geneigte Hänge umrahmten den See hinter dem Bahnhofsgebäude. Die Schneeflocken lösten sich auf der gekräuselten Wasseroberfläche auf, um den kalten Winter und die damit verbundene Dunkelheit noch ein bisschen aufzuschieben.

Der Mann faltete die Zeitung zusammen, klemmte sie unter den Arm und ging in den Bahnhof. Morten atmete aus und drehte den Kopf in die andere Richtung, wo eine alte Frau saß und strickte. Sie warf immer wieder einen Blick zu ihm rüber, als wollte sie ihn fragen, woher seine Verletzungen stammten, wer er war, woher er kam und wohin er wollte … die üblichen alltäglichen Fragen, die er aber nicht beantworten konnte. Hinter ihr ragten schwarze Bergwände in die Höhe. Sie wirkten wie Nekrosen in der noch grünen Landschaft.

An die Strecke nach Voss erinnerte er sich kaum. Das Adrenalin hatte jeden klaren Gedanken verhindert, ihn aber immer weitergetrieben. Als er mit gesenktem Kopf in den Zug gestiegen war, hatte er die Mutter eines Klassenkameraden erkannt und sogleich Panik bekommen. Die erste halbe Stunde hatte er deshalb auf der Toilette verbracht. Er wusste, dass es nur eine Frage der Zeit war, bis nach ihm gefahndet würde. Oslo war nicht weit genug weg.

Der Zug ratterte rhythmisch durch die rasch vorbeigleitende Landschaft. Telefonmasten, Bäume, eins, zwei, drei, vier. Er verzählte sich, noch ehe er bei zehn war, und begann von vorn. Er musste sich konzentrieren, einen Plan schmieden, musste weg, bevor jemand die Polizei rief. Er war jetzt nicht bloß ein Schwuler. Er war ein Mörder.

Als er die Augen wieder öffnete, verschwand der Zug gerade in einem schwarzen Tunnel. So schwarz wie meine Zukunft, dachte er und nahm eine Broschüre aus der Lasche an der Rücklehne vor ihm. »Interrail 83« stand darauf. Ihm stiegen Tränen in die Augen. Es fühlte sich an, als wären Jahren vergangen, seit er mit den anderen bei Sonja im Keller gesessen und die gemeinsame Interrailtour geplant hatte, die sie unternehmen wollten, wenn sie mit der Schule fertig waren.

Das Gelände wurde flacher, kahle Felder und hohe Kiefern tauchten neben dem Zug auf. Vorsichtig hielt er nach Polizeifahrzeugen Ausschau. Die Straße lief parallel zu den Schienen, tauchte auf und verschwand wieder.

Dann kam die Durchsage: »In Kürze erreichen wir Oslo-Hauptbahnhof.«

Ruhelos stand er auf.

»Du hast noch viel Zeit«, sagte die Frau mit fürsorglichem Blick.

Für einen Moment hätte er seinen Kopf am liebsten in ihrem Schoß vergraben, ihr alles erzählt und sein Schicksal in ihre tröstenden Hände gelegt. Aber er sagte nichts. Es war Stunden her, dass er zuletzt den Mund geöffnet hatte. Er wusste nicht, ob seine Stimme trug. Die Frau beobachtete jede seiner Bewegungen. Eine aufmerksame Zeugin. Er nahm die Tasche aus dem Gepäckfach und verließ mit schnellen Schritten den Waggon. Auf dem Gleis folgte er dem Strom der Menschen in Richtung Bahnhofsgebäude. In der Halle blieb er stehen. Er wusste nicht weiter und versuchte, sich an den Namen von Orten in Oslo zu erinnern, wo solche wie er willkommen waren. Namen wie Metropol und London Pub geisterten durch seinen Kopf. Zwei schwarz gekleidete Polizisten kamen auf ihn zu. Er tauchte in der Menschenmenge unter, ging durch die Tür nach draußen, überquerte den Vorplatz und folgte der Karl-Johan-Straße nach oben.

UNIVERSITÄT BERGEN

SAMSTAG, 12. MAI 2018

Es regnet nicht immer in Bergen, dachte Bengt, als er zwei Stufen auf einmal nehmend über die Treppe von der Vestre Torggate zur Nygardshøyden nach oben ging. Gleich hinter der Johanneskirche lag die alte Sydneshaugen-Schule, die mittlerweile ein Teil der Universität war. Der gelbe Ziegelbau hob sich wie ein Lichtblick von der ansonsten grauen Fassade der Universität ab. Bengt überquerte den Sydnesplassen und erkannte Andreas Winde von den Bildern auf der Webseite des Queer-Archivs wieder, als er ihm entgegenkam. Er war schlank, etwa eins achtzig groß und trug eine Jeans und ein schwarzes T-Shirt unter einem dunkelblauen Blazer. Die hellblonden Haare waren modern geschnitten. Er sah ein bisschen wie Lars aus, kam Bengt in den Sinn, aber Winde war älter, vermutlich etwa so alt wie er selbst. Sein Händedruck war fest und das Lächeln offen und entgegenkommend.

»Mein Beileid«, begann er. »Schrecklich traurig, was Ihrem Kollegen zugestoßen ist.« Bengt nickte kurz, um zu signalisieren, dass er nicht weiter darüber sprechen wollte. »Ich hoffe, ich kann Ihnen helfen, wenn Sie schon extra zu uns gekommen sind. Sie haben im Moment ja bestimmt genug zu tun.« Winde öffnete Bengt die Tür. »Tut mir leid, dass ich Ihnen die Dateien nicht einfach schicken kann, aber vieles davon ist vertraulich.«

Bengt nickte. »Ich habe die notwendigen Papiere bei mir.« Er reichte Winde die richterliche Verfügung und folgte ihm in

Richtung Bibliothek, wo er das Dokument auf den Tisch legte, ohne es sich genauer anzusehen.

»Das hier ist so etwas wie mein zweites Zuhause«, sagte er und zeigte auf ein Büro auf der rechten Seite. Es roch schwach nach altem Holz und Feuchtigkeit. »Ich teile es mir mit einer Konservatorin.« Er ließ die Tür offen stehen und wies Bengt mit einer Handbewegung an, ihm zu folgen. Bengt war ungeduldig. Er wollte das Gespräch schnell hinter sich bringen. Seine Schultern waren angespannt, er hatte Hunger und beständig das Gefühl, dass ihm die Zeit durch die Finger rann. Irgendwie fühlte es sich an, als hätten sich der Stress und das schlechte Gewissen in seiner Brust festgebissen. Es ärgerte ihn, dass er Lerke wütend im Büro stehen gelassen hatte und Susanne auf eigene Faust herumlaufen ließ. Die Regeln waren klar. Sie sollten immer zu zweit sein. Was sie nur selten waren.

»Ich habe ein paar Interviews herausgesucht, die interessant für Sie sein könnten.« Winde schaltete das Licht ein. »Es waren leider nicht so viele, wie ich gedacht hatte, aber ein paar aus der Region Hardanger sind dabei. Eines steht unter besonderem Schutzstatus. Es ist nicht leicht, Leute aus kleinen Dörfern zum Reden zu bringen. Das für Sie vermutlich interessanteste Interview ist mit jemandem aus Øystese.« Winde ging kopfschüttelnd zur Tür. »Ein netter, aber ziemlich schräger Typ, wenn Sie mich fragen.«

Bengt platzierte seinen langen Körper auf dem Stuhl vor dem Bildschirm und begann, die Interviews durchzugehen, die Winde ihm herausgesucht hatte. Die ersten beiden waren mit Aktivisten, die über die Arbeit sprachen, die sie in all den Jahren für die Schwulenbewegung geleistet hatten. Nichts davon war für seine Ermittlungen relevant. Das dritte Interview weckte dann aber sein Interesse. Allein die Tatsache, dass Åsmund Børve in ein Interview eingewilligt hatte, überraschte ihn. Aufmerksam hörte er zu.

Rapungen saß auf einem Sofa und redete entspannt mit Winde. Nie zuvor hatte Bengt ihn mit gebügeltem Hemd und sorgsam gekämmten Haaren gesehen. Bengt roch förmlich das Rasierwasser.

Er richtete sich auf seinem Stuhl auf und spürte ein dumpfes Ziehen im Bauch, als der Bauer von den Kindern erzählte, die ihn quälten, und von den Menschen, die hinter seinem Rücken über ihn sprachen. *»Das Gesetz wurde geändert, aber …«* Børve machte eine Pause und holte tief Luft. *»Für mich blieb alles gleich.«*

Bengt warf einen Blick auf das Datum in der Ecke des Bildschirms. Das Interview war vor einem Jahr aufgezeichnet worden. Einen Großteil des Dorfklatsches kannte er, doch dann schärfte er seine Sinne. Børve erzählte von einem Jungen. Erst dachte Bengt, es sei die Rede von einem Zehn- oder Zwölfjährigen, doch dann wurde ihm klar, dass der Junge älter sein musste. Er hörte zu, machte sich Notizen und richtete seinen Blick zwischendurch immer wieder auf den Bildschirm, wobei ihm zunehmend klarer wurde, dass das Interview bestätigte, was Torleif Tysse ihnen erzählt hatte. Frode Rosenquist hatte Børve erpresst.

Er nannte zwar keine Namen, es gab aber keinen Zweifel, über wen Børve redete. Bengt war äußerst unbehaglich zumute, und er fühlte das Adrenalin durch seinen Körper fluten, als Børve sagte, dass er nicht einmal mehr einen Küchenstuhl besessen habe, als dieser Junge mit ihm fertig war. Und dass er mehrmals erwogen habe, Schluss mit allem zu machen und sich das Leben zu nehmen.

»Aber inzwischen ist der Fall verjährt, und der Teufel ist tot.«

Bengt erstarrte, spulte mehrmals zurück und hörte sich die Passage wieder und wieder an, wobei er Børves Gesichtsausdruck studierte. Er wusste also schon vor mehr als einem Jahr, dass Frode tot war, dachte Bengt. Nicht fortgegangen oder weggezogen, sondern tot. Und dass der Fall verjährt war. Bengt hörte mit klopfendem Herzen weiter zu und beobachtete Børves Körpersprache.

»Die Menschen behaupten, sie hätten keine Vorurteile.« Børve knetete die Hände im Schoß. *»Aber die haben sie, und wie. All dieser Schwachsinn über Gleichstellung, dass wir heiraten dürfen, Kinder bekommen, adoptieren. Das ist doch alles Blödsinn. Menschen wie ich verschwinden aus den Dörfern wie die Schafsköttel nach einem Regen.«*

Bengt nickte Børve zu, als wollte er ihm Mut machen, obwohl die Ausdrucksweise ihn amüsierte. Der Mann gab sich nicht anders, bloß weil er jetzt in der Stadt war. Und er sprach dabei im breitesten Hardangerdialekt.

»Ich habe viel darüber nachgedacht«, sagte er, als Winde ihn fragte, ob er auch ans Weggehen gedacht habe. *»Aber dann begannen die Gerüchte zu kursieren. Es gab damals ja nur uns beide, Mama und mich. Und wir steckten so schon tief genug in der Scheiße.«* Børve rang nach Atem und hielt sich die Brust. Für einen Moment fürchtete Bengt, er könne umfallen. *»Ich wurde auf einem scheiß Dachboden geboren, obwohl es nur einen Steinwurf entfernt einen Kreißsaal gab.«* Bengt hielt die Luft an, als könne er ihm so helfen. Was er hörte, setzte ihm zu, tat ihm weh. *»Aber für einen verdammten Bastard wie mich war der in den Fünfzigern noch verschlossen. Auf einem Dachboden«*, wiederholte er, während ihm bei den letzten Worten wirklich die Luft wegblieb.

Es entstand eine lange Pause, ehe Winde den Faden wieder aufnahm.

»Sie sagen, der Junge ist tot? Können Sie …«

Winde klang etwas unsicher, als wüsste er nicht, auf was das Gespräch hinauslaufen würde. Bengt machte ihm keine Vorwürfe. Es war wirklich heftig.

»Ich wurde hintergangen und an einen dieser Orte gelockt, wo wir unsere Identität für einen Moment an der Tür ablegen können.« Den letzten Satz sagte Børve im Bergener Dialekt, als wollte er denjenigen nachmachen, der ihn eingeladen hatte. *»Das war natürlich dieser Junge.«* Winde räusperte sich, als wollte er etwas sagen, aber Åsmund kam ihm zuvor. *»Ich wusste, wer er war. Er hatte bei mir gearbeitet. Ich dachte aber nicht, dass er alt genug war, um an einen solchen Ort zu gehen. An diesem Abend …«*

Mit einem Mal änderte sich die Perspektive. Der Film war beschnitten worden. Bengt stutzte darüber, dass Frode nicht alt genug gewesen sein sollte, doch dann kam ihm in den Sinn, dass Morten ein Jahr älter war als die anderen in der Klasse, weil er später eingeschult worden war. Deshalb war er auch der Einzige der Freunde gewesen, der damals schon einen Führerschein hatte. Früher war es leichter, sich falsch auszuweisen, das hatten sie alle gemacht. Er erinnerte sich gut daran, dass William und er sich mithilfe des Kopierers in der Tankstelle und des Laminierers in der Druckerei selbst einen Ausweis gebastelt hatten. Er hörte weiter zu, aber das Interview plätscherte nach der geschnittenen Stelle nur noch so vor sich hin. Åsmunds Augen waren rot. Er hatte komplett die Kraft verloren. Bengt starrte noch eine ganze Weile, nachdem das Interview vorüber war, gedankenverloren auf den Bildschirm. Zwei Worte wiederholten sich wieder und wieder in seinem Kopf: verjährt und tot.

Pflichtbewusst sah er sich auch noch die anderen Interviews an, die Winde herausgesucht hatte. Die Namen sagten ihm nichts. Es waren zwei Frauen und ein Mann, die etwas weiter fjordauswärts wohnten. Ihre Geschichten waren traurig, für die Ermittlungen aber ohne Relevanz. Er rief Susanne an, die ihm bestätigte, auf dem Weg zu Børve zu sein. Er unterrichtete sie über das Interview und bat sie, besonders vorsichtig zu sein. Still schloss er die Tür hinter sich und ging zu Winde, wohl wissend, dass er Susanne nicht allein losziehen lassen sollte.

»Ich glaube, ich habe, was ich brauche.« Er lehnte sich an die Tür.

»Gut!« Winde stand auf.

Bengt steckte sein Handy in die Innentasche seiner Jacke und sah ein leichtes Zucken in Windes Mundwinkel.

»Sie wussten, dass Åsmund Børve für uns interessant sein würde, nicht wahr?«

Winde legte ein paar Papiere auf einen Stapel, als wollte er Zeit gewinnen.

»Der Film ist beschnitten worden«, fuhr Bengt fort.

Winde richtete sich auf und nahm die Jacke, die über dem Stuhl hing.

»Manchmal redigieren wir die Interviews. Besonders wenn sich herausstellt, dass gewisse Passagen für die Gesprächspartner zu hart werden, oder wenn jemand noch andere Namen nennt. Man darf über sich selbst reden, aber niemanden ausliefern. Datenschutz und das alles.«

»Wie in dem Abschnitt, als er über den Mord gesprochen hat?« Bengt wartete die Antwort nicht ab, bemerkte aber, dass Winde sich wegdrehte. »Sie haben nicht in Erwägung gezogen, damit zur Polizei zu gehen?«

»Nein, ich habe wie Sie reagiert, als er das gesagt hat, und genau aus dem Grund habe ich die Aufnahme auch angehalten. Aber ich hatte ihn missverstanden. Es ging nicht darum, dass er jemanden getötet hatte. Sie müssen berücksichtigen, dass damals bereits Gerüchte kursierten, dass Menschen an einer mystischen Krankheit starben, die vor allem homosexuelle Männer traf. Børve meinte, der Junge sei an Aids gestorben … aber nicht damals. Wenn ich ihn richtig verstanden habe, hat er das erst später erfahren. Kurz vor dem Interview.«

»Erinnern Sie sich an den Namen des Jungen? Haben Sie noch die Originalversion?«

»Nein zu beidem.«

Bengt war sich sicher, dass Winde log. Kein Archiv warf Originalmaterial weg. Irgendjemand hatte Børve also glauben lassen, Frode sei an Aids gestorben. Aber warum? Wer könnte ein Interesse daran haben?

Bengt dachte nach.

»Sagt Ihnen der Name Morten Vik etwas? Wir suchen ihn in Verbindung mit dem Fall, finden aber keine Spuren von ihm. Er war homosexuell. Wohnte in Øystese bis in die frühen Achtziger. Seither hat ihn niemand mehr gesehen.«

»Vik?« Winde starrte auf seine Hände. Dann schüttelte er den Kopf. »Nein, ich glaube nicht. Ich kann mich aber mal umhören. Ich kenne jemanden beim Verband für sexuelle Vielfalt. Die haben da eine ziemlich gute Übersicht.«

Winde schaltete das Licht in seinem Büro und in der Bibliothek aus, ehe er Bengt die Tür aufhielt. Gemeinsam gingen sie über den Sydnesplassen in Richtung Torgallmenningen. Bengt lehnte eine Einladung zum Essen ab und entschuldigte sich mit der Unterbesetzung der Dienststelle.

Auf dem Rückweg fuhr er noch im Einkaufszentrum vorbei und kaufte sich ein weißes T-Shirt, blaue Jeans, einen dunkelblauen Blazer und weiße Sneakers. Lerke beklagte sich schon lange, dass er nicht mehr auf sein Äußeres achtete und wie ein alter, lebensunlustiger Mann aussah. Sie hatte damit nicht ganz unrecht. Früher, als er noch regelmäßig trainiert hatte, war es ihm wichtig gewesen, wie er aussah. Jetzt gab es nur noch zwei Standardoutfits: Uniform oder Jogginghose. Vielleicht mal eine Shorts, wenn das Wetter gut war.

Auf dem Weg durch Kvamskogen realisierte er, dass es nicht nur die Ermittlung war, die ihn stresste und ihm das Gefühl gab, keine Zeit zu haben. Es war auch die Beziehung zu Lerke. Sie redeten beständig aneinander vorbei. Der Gedanke machte ihn traurig, ließ ihn aber auch darüber nachdenken, was er selbst von der Beziehung erwartete. Wen würde es härter treffen, wenn sie ihn verließ? Ihn selbst oder Thomas? Er wusste es nicht. Vielleicht wäre es wirklich das Beste, wenn er allein lebte. Sie hielt ihn für einen hoffnungslosen Fall. Sie sagte das zwar nie direkt, er empfand es aber deutlich.

ØYSTESE

SAMSTAG, 12. MAI 2018

Susanne Hauso fuhr über den alten Hardangerfjordveien von Øystese in Richtung Norheimsund.

Ihr Blick fiel auf die verstreut am Hang liegenden Höfe. Blühende Apfelbäume zogen sich in schnurgeraden Linien den Hügel hinunter, wie die Musikanten einer Kapelle, bereit für den bevorstehenden Nationalfeiertag. Aber so schön sie waren, gewann doch der blühende Löwenzahn ihre Aufmerksamkeit. Er bildete einen wogenden, gelben Teppich, der bis nach unten zum Fjord reichte. Dieses Unkraut überdauert wirklich alles, dachte sie, egal, was passiert.

Ihr Blick ging in Richtung Lundanes. Es hatte eine Weile gedauert, sämtliche sterblichen Überreste zu bergen und den ganzen Bereich abzusuchen. Susanne blinkte und bog in eine Birkenallee ab. Die Obstbäume hier waren alt und vermoost und wuchsen wild durcheinander. Sie wünschte sich in ihre Kindheit zurück, bevor all das Schreckliche geschehen und die Welt aus dem Gleichgewicht geraten war.

Die Haustür des Busfahrers, der Frode auf dem Weg nach Voss gesehen hatte, stand offen. Als sie aus dem Wagen stieg, war das Lachen von Kindern und das verspielte Bellen eines Hundes zu hören. Zwei kleine Jungen rannten aus dem Haus, ohne sich die Zeit zu nehmen, ihre Schuhe anzuziehen. Als sie den Polizeiwagen sahen, rissen sie die Augen auf. Die beiden waren mit ihren roten Haaren, den Sommersprossen, den

Jeans, den hellblauen Pullovern und den dunkelblauen Wollsocken nicht auseinanderzuhalten.

Auf der Türschwelle tauchte ein Mann auf, in dem sie den Busfahrer des Dorfes erkannte. Seine Haare waren heller geworden und gingen in einen kräftigen roten Bart über. Er hielt einen Labrador an der Leine.

»Der Hund ist nicht gefährlicher als die beiden da«, sagte er lächelnd, als Susanne sich näherte und den Hund hinter den Ohren kraulte.

»Lassen Sie ihn ruhig laufen. Ich habe keine Angst vor Hunden«, sagte Susanne lachend, reichte ihm die Hand und stellte sich vor. »Und vor Kindern auch nicht«, fügte sie hinzu. »Sind das Ihre?«

»Jan Grasdal«, sagte er und bedankte sich für das Kompliment. »Aber nein, das sind meine Enkel.« Er ließ den Hund laufen und musterte sie mit dunkelbraunen Augen; eine Seltenheit in Kombination mit roten Haaren. »Ist schon wieder was passiert?«

»Nein, nein«, beruhigte Susanne ihn. »Ich hätte nur ein paar Fragen, wenn Ihnen das recht ist.« Der Busfahrer nickte und bat sie ins Haus.

In der Küche stand eine Frau. Es roch nach frisch gebackenen Waffeln. Die grauen, schulterlangen Haare rahmten ein fast faltenfreies Gesicht ein.

»Sie sind Susanne, nicht wahr? Die Frau, die ganz allein oben in Myrane wohnt? Wir sprechen in unserem Club über Sie. Sie müssen ganz schön mutig sein.« Sie lachte. »Ich habe das schon zu Jan gesagt, als Sie auf den Hof gefahren sind. Ich habe sofort gesehen, dass Sie das sind. Ich bin Ruth«, fuhr sie fort und wischte sich die Hände an der Schürze ab, ehe sie Susanne die Hand gab. »Kommen Sie dienstlich?« Sie musterte Susannes Uniform.

»Ja. Es wird nicht lange dauern. Wir befragen Zeugen im Zusammenhang mit einem Mordfall in den Achtzigern, der damals noch als Vermisstenfall galt. Dabei ist Ihr Name aufgetaucht«, sagte sie zu Jan Grasdal.

»Aber setzen Sie sich doch.« Ruth sah sie entsetzt an und schob ihr einen Stuhl hin. »Natürlich hilft Jan Ihnen. Ein Mordfall?«

Susanne nahm Platz und dachte, dass der Busfahrer wirklich wie ein Busfahrer aussah. Sie schätzte ihn auf Mitte sechzig, aber das war schwer zu sagen. Er war kräftig, ohne dick zu sein, und sein Bart bedeckte den größten Teil seines Gesichts.

»Danke. Es geht um Frode Rosenquist. Sie erinnern sich vielleicht an den Fall, da wir Ihre Zeugenaussage aus dem Februar 1984 haben, wo Sie ihn im Bus nach Voss gesehen haben. Klingelt da etwas bei Ihnen?«

»Ja, ich erinnere mich an den Fall.« Die Antwort kam ohne Zögern. »Du erinnerst dich doch auch daran, Ruth. Das war direkt nach unserer Hochzeit. Ich hatte gerade den Busführerschein und war noch ganz neu im Job. Wir haben für die damaligen Verhältnisse ziemlich spät geheiratet. Ich war da schon über dreißig.«

Ruth nickte, aber das Lächeln war von ihrem Gesicht verschwunden. »Und jetzt haben Sie auch noch einen Kollegen verloren«, sagte sie, als wäre ihr das gerade wieder in den Sinn gekommen.

Susanne nickte und senkte den Blick. Dann schluckte sie und holte tief Luft. »Wir müssen trotzdem weiterarbeiten.«

Ruth nickte verständnisvoll.

»Können Sie mir noch einmal sagen, an was Sie sich erinnern?« Susanne hatte sich wieder an Grasdal gewandt, nahm ihr iPad heraus und startete die Aufnahme.

»So viele Jahre danach kann ich nicht mehr mit Sicherheit garantieren, dass ich mich an irgendetwas erinnere«, sagte er etwas mürrisch, als verstünde er nicht, warum man jetzt wieder in diesen alten Sachen stocherte. »Aber der Junge ist auf jeden Fall in den Bus nach Voss gestiegen. Daran erinnere ich mich. Er ist vor dem Supermarkt eingestiegen, also am Dorfplatz, Sie wissen schon.« Er kratzte sich nachdenklich den Bart. »Wenn ich mich richtig erinnere, ist er in Voss am Bahnhof ausgestiegen und hat dann einen Zug genommen. Das müsste aber doch alles in meiner damaligen Aussage stehen.« Er sah zu seinen beiden Enkeln, die vor dem Küchenfenster auf einen Baum kletterten. »So in etwa habe ich das in Erinnerung.«

»Kannten Sie Rosenquist?«

»Nein, aber jeder im Dorf wusste, wer er war. Ein uneheliches Kind, das haben wir damals jedenfalls gesagt. Sein Vater war wohl einer der Herumtreiber, die hier in den Siebzigern waren.«

Susanne tat so, als hätte sie den letzten Kommentar nicht gehört.

»Und Sie sind sich sicher, dass es Frode war?«

»Ja. Die Polizei hat mir ein Foto von ihm gezeigt. Dunkle Haare, fast wie ein Zigeuner, aber das war er nicht. Er war ein Vagabund.« Er wechselte einen Blick mit seiner Frau. »Aber warum ist das auf einmal wieder interessant?« Grasdal sah von seiner Frau zu Susanne. Dann schien er zu verstehen, warum Susanne gekommen war. »O verdammt! Ist er es, den Sie in Vavollen gefunden haben? Oder … es ist mir nicht entgangen, dass Sie auch in Lundanes gegraben haben. Gibt es noch weitere Tote?«

»Es ist Frode Rosenquist, ja. Das wurde uns inzwischen bestätigt.«

Der Busfahrer kratzte sich am Bart.

»Das bedeutet also, dass Sie doch nicht Morten Vik gefunden haben«, konstatierte er.

»Mein Gott!« Ruth schüttelte entgeistert den Kopf, als ihr der Zusammenhang klar wurde. »Die arme Torill. Vielleicht hätte Henrik sich nicht ...« Sie schlug sich die Hand vor den Mund.

Susanne schob ein Bild von Morten Vik über den Tisch zu Grasdal.

»Das ist Morten. Sind Sie sich sicher, dass Sie nicht doch ihn im Bus gesehen haben?«

Grasdal rieb sich mit dem Zeigefinger über die Nasenwurzel und steckte sich ein ganzes Waffelherz in den Mund. Draußen vor dem Fenster hing einer der Zwillinge wie ein Turner von dem untersten Ast eines Apfelbaums herab. Die Beine berührten fast den Boden. Susanne legte ein Foto von Frode neben das von Morten. Grasdal studierte beide und hob den Blick.

»Das ist Morten, und das ist Frode«, sagte Susanne und tippte auf die Bilder.

Grasdal nickte ärgerlich.

»Ich habe verstanden.« Er trank einen Schluck Kaffee. »Sie sehen sich ähnlich. Aber ...« Sein Blick ging zu seiner Frau. »Ich kannte Morten. Ich hätte ihn wiedererkannt, wenn er es gewesen wäre. Und er hätte doch mit mir geredet? Er kannte mich schließlich.«

»Wissen Sie noch, was er damals trug, oder sind Ihnen noch andere Dinge aufgefallen?«, fragte Susanne und dachte, dass Morten deutliche Spuren von der Prügelei im Gesicht gehabt haben müsste.

»Jetzt noch?«, Grasdal lachte trocken. »Sie glauben doch wohl nicht, dass ich mich nach so vielen Jahren noch an Details erinnere? Das müsste doch alles in Ihren Unterlagen stehen? Wissen Sie eigentlich, wie viele Fahrgäste ich im Laufe meines Berufslebens transportiert habe? Woran ich mich noch erinnere, ist aber das Wetter. Es war Spätherbst, aber schon sehr winterlich, sodass ich am Morgen die Winterräder montieren musste. Am Wochenende hatte es stark geschneit. Ich denke, das war ein Montag.«

»Mittwoch, der 26. Oktober 1983«, sagte Susanne. »Das stand jedenfalls in Ihrer Zeugenaussage.«

Grasdal nickte nachdenklich.

»Wenn Sie das sagen, wird es wohl stimmen. Der Schnee kam auf jeden Fall ziemlich überraschend. Anschließend hat der Regen aber alles wieder weggespült.« Er schien nachzudenken. »Der Bus war verspätet. Die Leute haben geschimpft, ich weiß noch, dass ich ziemlich gestresst war.« Er hielt inne und zählte an den Fingern etwas ab. Gleich darauf kam die Antwort. »Aber das ist fünfunddreißig Jahre her. Ich war wahnsinnig stolz auf meinen Busführerschein …« Er strahlte wie ein kleiner Junge. »Uniform und alles, was dazugehört.« Er hielt inne, als keine der beiden anderen sein Lächeln erwiderte. Dann legte er das Gesicht in Falten und sah sich die Fotos noch einmal an. »Wenn es dieser Rosenquist ist, den ihr gefunden habt, dann kann ich ihn ja nicht gesehen haben. Sind Sie sich sicher, dass er genau an dem Tag getötet wurde? Vielleicht ist er zurückgekommen, nachdem er in Voss gewesen war? Mit einem anderen Bus. Das wäre doch möglich.« Er sah Hilfe suchend zu Ruth.

»Wir kannten Morten, als er kleiner war, Jan.« Ruth nahm das Foto und sah es sich genauer an. »Auf diesem Bild ist er erwachsen, da hätte er sich doch niemals zu dir nach vorne gesetzt, um mit dir zu reden. Es kann gut sein, dass du dich geirrt hast.«

Grasdal trank einen Schluck Kaffee und starrte vor sich hin. »Vermutlich ist es so«, fuhr Ruth fort. »Wenn Susanne nicht seinen Namen genannt hätte, hätte ich ihn auf jeden Fall nicht wiedererkannt.« Sie legte den Kopf auf die Seite und studierte das Foto noch einmal. »Sie sehen sich wirklich ähnlich.«

»Wir waren doch oft mit Torill und Henrik zusammen.« Grasdal sah verständnislos zu seiner Frau, als könnte er nicht glauben, dass man sich so leicht irrte. »Das waren wir immer«, murmelte er weiter, als suchte er nach einer Erklärung.

»Auf den Dorffesten, ja«, sagte Ruth. »Aber nicht bei ihnen zu Hause. Nur als die Kinder noch kleiner waren, und da sahen die noch ganz anders aus.«

»Tja, vielleicht hast du recht. Ruths Erinnerung ist sicher besser als meine«, sagte er an Susanne gerichtet. Wieder ging sein Blick aus dem Fenster. Die Augen folgten den Kindern. Er seufzte. »Ich bin ein Mann. Ich sehe solche Details nicht. Aber wenn dem so ist, könnte damals wer auch immer in meinem Bus gesessen haben.«

Als Susanne vom Hof fuhr, dachte sie, dass Grasdal durchaus recht haben konnte. Es konnte wirklich irgendjemand gewesen sein, der da im Bus gesessen hatte. Morten hatte, wenn er denn weggefahren war, sicher seinen Wagen genommen und irgendwo in Voss geparkt. Später war das Auto dort gefunden und auf den Schrottplatz gebracht worden. Dass er seine Reise ohne den Wagen fortgesetzt und stattdessen den Zug genommen hatte, konnte darauf hindeuten, dass er auf der Flucht war und Angst hatte, dass nach dem Wagen gefahndet wurde.

1983

Morten stand nach seinem Dauerlauf über die Karl-Johan-Straße atemlos vor dem London Pub. Sein Gehirn arbeitete auf Hochtouren, als würde der Kopf vorauseilen, während der Körper noch zu Hause war. Er hatte viel über das Lokal gehört, als er mit Frode im Frimerket in Bergen gewesen war. Eigentlich sollte er zusehen, so schnell wie möglich Land zu gewinnen. Aber sein Hirn war wie in Baumwolle gepackt, die Nervenbahnen kurzgeschlossen, und er fror. Er musste sich ausruhen, Kraft schöpfen, einen Plan schmieden. Und eigentlich müsste er zu einem Arzt, aber daran war im Moment nicht zu denken.

Enttäuscht las er die Mitteilung auf dem Schild an der Tür: »Geschlossen!« Seine Finger waren wie Eiszapfen. Er schlug die Handflächen aneinander und sah sich verzweifelt um, als ihm eine Frau auffiel, die ein Stück entfernt die Straße überquerte. Morten starrte sie an wie ein seltenes Tier, von dem er zwar gehört, das er aber nie mit eigenen Augen gesehen hatte. Er wollte sich gerade abwenden, als sie ihn entdeckte.

»Suchst du was?«, rief sie und kam auf ihn zu.

Er zog die Mütze tiefer über die Ohren und hob den Blick. Die Punkerin war ungefähr in seinem Alter und schien unter ihrer ganzen Aufmachung richtig hübsch zu sein. Zu der harten, schwarzen Schminke um die Augen und dem Regenbogen-Lidschatten kamen die bunten Haare, die sie zu einem beeindruckenden Hahnenkamm auf dem Kopf gestylt hatte.

Die Ohren waren vom Ohrläppchen über den gesamten Rand von Steckern und Ringen perforiert, und in der Nase hing ein überdimensionaler Silberring in Form eines Hufeisens. Schwarzer Lippenstift. Genau wie der Nagellack, den er bemerkte, als sie den Schlüssel ins Schloss der Eingangstür steckte, ihn herumdrehte und die Tür öffnete.

»Ich jobbe hier«, sagte sie beiläufig und wandte sich ihm zu.

»Ist das ein Pub?«, fragte er, als ob er nicht längst alles über diesen Ort wusste.

»Ja«, antwortete die Frau ohne jeden Sarkasmus oder Ironie. »Das steht jedenfalls über der Tür. P-U-B«, buchstabierte sie und winkte ihn hinter sich her. Morten konnte sich nicht entscheiden, ob er sie sympathisch fand oder nicht. »Du brauchst einen Kaffee«, stellte sie fest und schaltete das Licht ein. »Und du heißt?«

»Morten«, antwortete er und bereute es im gleichen Augenblick.

»Christine mit Ch. Ganz schön affig. Ich komm aus Bærum«, fügte sie hinzu, ohne dass er den Zusammenhang genau verstand.

Sie verschwand hinter dem Tresen und öffnete eine Schranktür. Trotz ihres Aussehens fühlte er sich hier drinnen gleich etwas sicherer. Jemand wie sie musste doch auf seiner Seite sein. Etwas entspannter setzte er sich auf einen Barhocker und sah sich in dem Lokal um. Sitzgruppen in rotem Kunstleder, ein Billardtisch, Wände wie in einer Grotte und ein Bartresen.

»Ich muss bald weiter.« Er trommelte mit den Fingern auf den Tresen und schaute immer wieder zum Eingang, weil er fürchtete, dass jederzeit die Polizei kam.

»Entspann dich. Hier bist du sicher.«

»Klar.« Er legte eine Hand aufs Knie, um das Zittern zu unterdrücken.

Danach schwiegen sie beide, bis Christine mit Ch eine Tasse Kaffee vor ihn hinstellte. Sie stützte die Ellbogen auf den Tresen und legte das Kinn auf die Hände. Morton deutete mit einem Nicken auf ihren Haarkamm.

»Wie kriegst du das hin, dass es so steht?«

»Und wer hat dich so geschminkt?«, gab sie die Frage zurück und strich über den Bluterguss über seinem Auge. »Wovor läufst du weg? Vor dir selbst?«

Morten wandte den Blick ab.

»In gewisser Weise«, sagte er.

Sie lächelte ihn an, als hätte er ihr mit diesen drei Worten seine ganze Geschichte erzählt.

»Bist du heute nach Oslo gekommen?« Er nickte. »Und du hast noch keine Unterkunft?« Wieder nickte er und dachte an das, was er zu Hause zurückgelassen hatte. Bei dem Gedanken wurde das Zittern seiner Beine stärker. Ihm entfuhr ein unkontrollierter Schluchzer, ehe er sich zusammenriss. Christine reichte ihm eine Serviette. Die Wärme im Pub und in ihren Augen reichte, um ihn aus der Balance zu bringen. Er weinte tonlos.

»Und wie geht's jetzt weiter?«, fragte sie nach einer Weile. Der schwarze Kajal, mit dem ihre Augen umrandet waren, ließ sie bedrohlich wirken … finster. »Du bist verflucht hübsch, weißt du das? Trotz der brutalen Veilchen. Bis du schwul?«

Er versteifte sich.

»Warum fragst du das?«

»Weil du draußen vor der Tür warst, als ich kam.« Sie räumte Halblitergläser aus einer grauen Plastikkiste in die Spülmaschine. »Wenn ich nicht auf Mädel stehen würde,

würde ich ein Exklusivrecht auf dich anmelden.« Sie sah nicht von ihrer Arbeit auf, aber als sie das sagte, atmete er erleichtert aus. »Entspann dich einfach. Hier kommt keiner von denen her, die du nicht sehen willst. Die Leute haben Angst, sich bei solchen wie uns anzustecken, weißt du.« Sie lachte. »Manche Menschen glauben wirklich, dass man homosexuell wird, wenn man uns zu nahe kommt.« Sie neigte den Kopf zur Seite und betrachtete ihn ausgiebig, ehe sie sich mit den Händen vom Tresen abstieß. »Ich muss mal kurz telefonieren. Setz dich da drüben aufs Sofa und ruh dich aus.« Er folgte ihr mit dem Blick, als sie nach dem Hörer des Wandtelefons griff und eine Nummer wählte. »Ich organisiere Hilfe für dich.«

Morten rutschte von dem Barhocker, nahm den Kaffeebecher mit und setzte sich auf eins der Ledersofas. Ließ sich schwer gegen die Rückenlehne fallen und schloss die Augen. Gleich darauf stand er wieder auf. Woher wollte er wissen, ob er ihr trauen konnte?

»Ich muss gehen.«

»Red keinen Stuss! Jetzt warte kurz. Wir haben ein Haus für Leute wie dich, Leute, die Hilfe brauchen. Bis du was anderes gefunden hast.«

Morten sackte wieder auf das Sofa und sah ein, dass er gar keine andere Möglichkeit hatte, als ihr zu vertrauen. Er schloss die Augen. Musste ausruhen ... nur ein paar Minuten. Er schlief sofort ein und wachte erst vom Läuten der Türglocke auf. Er rieb sich die Augen, richtete sich schlaftrunken auf und starrte zwei Männern ins Gesicht, die sich über ihn beugten. Sein Herz schlug bis zum Hals. Eine Hand legte sich auf seine Schulter.

ØYSTESE

SAMSTAG, 12. MAI 2018

Der Hof von Åsmund Børve versank in grauem Dunst. Bengt hatte sie gebeten, vorsichtig zu sein. Es gefiel ihm nicht, dass eine Kollegin allein unterwegs war. Aber wie gefährlich konnte das sein? Børve war 1943 geboren, war heute also fünfundsiebzig Jahre alt und lebte allein. 1983 war er vierzig gewesen.

Susannes Puls schnellte in die Höhe, als ihr Blick über das Grundstück schweifte. Sie wusste zwar, dass es hier oben nicht zum Besten stand, dass es aber so schlimm war, hätte sie sich nicht in ihren wildesten Fantasien ausgemalt. Die Äcker waren nach jahrelanger Vernachlässigung vollkommen zugewuchert. In einer Senke neben einer verfallenen Scheune standen die Überreste eines alten Rasenmähers. Susanne legte die Hand auf die Waffenbox zwischen den Sitzen, schloss sie auf und starrte lange auf die Pistole, während ihr Puls noch weiter anstieg. Das Haus machte einen verlassenen Eindruck, nirgendwo brannte Licht. Vor ein paar Jahren hatte sie ihre Dienstwaffe einmal unerlaubt mit nach Hause genommen, um sich vor einem Mann zu schützen. Dieses Mal ließ sie sie im Auto, schloss die Box wieder ab und ging zum Haus. Sie zog die Uniformjacke über den Kopf, um sich gegen den Regen zu schützen, und verdrängte das wachsende Unbehagen.

Die Fassade des Haupthauses war dreckig grau, die Farbe blätterte ab, mehrere Verschalungsbretter waren locker. Die

Haustür schien nach dem Einbau nie wieder eine Beize- oder Ölbehandlung erlebt zu haben. Die angrenzende Scheune hatte ursprünglich mal zwei Etagen gehabt. Die Öffnung in der Wand zeigte noch, wo einmal die Heurampe gewesen war. Jetzt war das Dach eingesackt, und im Gras lag eine Pyramide rostroter Dachziegel. Durch ein klaffendes Loch auf der Rückseite sah sie die Kofferraumklappe eines alten, verrosteten Ford Taunus. Das Holz war gesplittert und hing wie spitze Zapfen vom Dachgiebel. Wer sich in diese Scheune traute, musste schon gehörig lebensmüde sein.

Die Treppe vor der Haustür bestand aus zwei riesigen, moosbewachsenen Steinplatten, die sich überlappten. Susanne lauschte dem Regen, der schwer auf das braune Gras fiel. Es war kein Vogelgezwitscher zu hören, keine Stimmen.

Sie warf einen Blick über die Schulter, ehe sie mit der Faust kräftig an die Tür klopfte. Das hohle Geräusch erschreckte sie. Sie schlug die Arme um sich, sowohl gegen die Kälte als auch gegen eine aufsteigende Angst. Sie wussten noch immer nicht, wer der Mörder war oder wo er sich versteckte. Auch Børve kam als Täter infrage, deshalb war sie ja hier. Schon seit Tagen schnürte ihr das Gefühl, dass derjenige, der Frode und möglicherweise auch Lars umgebracht hatte, jeden ihrer Schritte ganz genau verfolgte und ihnen immer einen Schritt voraus war, die Luft ab. Wusste er auch, dass sie in diesem Moment hier stand?

Susanne richtete sich auf, als sie drinnen schwere, schlurfende Schritte hörte. Die Klinke bewegte sich nach unten, die Tür wurde einen Spaltbreit geöffnet.

»Ja?«, fragte eine Männerstimme aus der Dunkelheit.

»Sind Sie Åsmund Børve?«

»Ja. Was wollen Sie?« Der Ton war abweisend, die Stimme so rostig wie der Rasenmäher.

»Susanne Hausto von der Polizei. Darf ich reinkommen?«

»Warum?«

»Weil ich Ihnen ein paar Fragen in Verbindung mit einer Mordermittlung stellen möchte.«

Die Tür ging auf. Børve hatte ihr bereits den Rücken zugedreht, bevor sie auch nur einen Fuß über die Schwelle setzen konnte. Er trug einen grauweißen Wollpullover, der so steif und unförmig aussah, als wäre er in viel zu heißem Wasser gewaschen worden. Die Holzwände in dem Vorraum waren braungelb, und an zwei kräftigen, rostigen Nägeln hingen eine rote Öljacke und eine schwarze Fleecejacke. Vor der Wand stand ein Paar grüner Arbeitsstiefel, offenbar von einem Mann mit ungewöhnlich großen Füßen. Es roch nach alten, ungewaschenen Stallklamotten. In der Ecke des Flures lehnte eine ältere Schrotflinte. Susanne blieb vor ihr stehen.

»Ich komm grad von der Jagd, wenn Sie's wissen wollen.« Er klang trotzig.

Susanne beließ es dabei. Sie war nicht hier, um seine Waffenlizenz oder seinen Jagdschein zu überprüfen. Trotzdem wanderten ihre Gedanken unwillkürlich zurück ins Auto zu ihrer Waffenbox. Sie warf einen letzten Blick auf die Schrotflinte. Der Flur mündete direkt in die Küche, die Tapete mit den weißen und orangen Blüten auf dunkelbraunem Hintergrund musste noch aus den Siebzigern stammen. Børve setzte sich an einen Tisch mit Kunststoffplatte, ohne sie anzusehen. Das Haar war fettig und ungekämmt. Die Haut fahlgrau, fast durchsichtig, mit großen Leberflecken an der Stirn.

»Setzen Sie sich.« Er sah an ihr vorbei. »Ich habe nichts anzubieten, außer Sie mögen kalten Kaffee.«

»Alles gut.« Bengt hatte am Telefon gesagt, dass Børve bei dem Interview wacher gewirkt habe, als er ihn jemals erlebt hatte. Jetzt wirkte er wie ein Wrack.

Susanne zuckte zusammen, als ein spitzer Schrei sich in ihre Gehörgänge bohrte. Sie zog den Fuß zurück.

»Maneki Neko.« Børve sah sie immer noch nicht an. »Er mag es genauso wenig wie ich, wenn auf ihm herumgetrampelt wird.«

Susanne schaute unter den Tisch.

»Ein ungewöhnlicher Name für eine Katze.«

Eigentlich mochte sie Katzen, aber bei diesem Exemplar war sie sich nicht ganz sicher. Der weiße, verfilzte Pelz sah aus, als wäre er mit einer rostigen Schafschere geschnitten worden. Die Augen waren so rot wie die Augen ihres Besitzers grau.

»Ist er taub?«

»Nein, warum sollte er das sein?«

»Sind das nicht alle weißen Kater?«, fragte sie und tätschelte das Tier. Dabei lief es ihr kalt den Rücken runter.

»Er kommt, wenn ich ihn rufe.«

Sie fischte das Handy aus der Brusttasche ihrer Uniformjacke.

»Ich habe, wie gesagt, ein paar Fragen. Ist es in Ordnung, wenn ich das Gespräch aufnehme?«

Børve zog die Schultern hoch, griff nach seiner leeren Kaffeetasse und legte die groben Finger darum. Der Kater drückte sich mit Kraft gegen ihre Beine, als wollte er sie aus dem Haus schieben. Sie drückte die Aufnahmetaste.

»Kannten Sie einen Jugendlichen namens Frode Rosenquist?«

»Frode?« Der alte Bauer sah weniger überrascht als verwundert aus, dachte sie, während er nachzudenken schien. »Nein, den kannte ich nicht.«

»Wie Sie sicher mitbekommen haben, haben wir in Vavollen die sterblichen Überreste eines Menschen gefunden. Frode ist dort aufgewachsen, und inzwischen steht fest, dass es seine Leiche ist, die wir gefunden haben. Haben Sie davon gehört?«

»Ich rede nicht mit den Leuten. Aber ich lese Zeitung. Im Netz«, sagte er mit einem Funkeln in den Augen, das sie als Stolz interpretierte, das digitale Zeitalter nicht verschlafen zu haben. »Ich hab gesehen, dass ihr was gefunden habt, aber wenn ich mich recht erinnere, stand da kein Name. Und hat Frode nicht in Nøring gewohnt?«

»Sie kannten ihn nicht, wissen aber, dass er in Nøring gelebt hat?«

Sie beugte sich vor und kontrollierte, dass die Aufnahme auch funktionierte.

»Ich dachte, ich würde ihn kennen.« Børve musterte sie aus zusammengekniffenen, misstrauischen Augen. »Warum sind Sie hier?« Er räusperte sich und schluckte. Dann stellte er die Tasse mit einem leisen Knall ab. »Ja, verdammt. Ich kannte ihn. Eine Zeit lang. Er hat im Sommer bei uns gearbeitet und … Sind Sie deshalb hier? Wegen der alten Sache?« Susanne wartete, sie ließ ihm Zeit. »Was schnüffelt ihr immer hier rum. Kaum gibt es einen toten Schwulen, stehen die Bullen auf der Matte. Und was kommt als Nächstes? Habt ihr wieder mal nur mich auf dem Kieker? Ist doch klar, dass es Rapungen ist, hä?« Er breitete die Arme aus. »Hört das denn nie auf.«

Susanne schob das Handy parallel zu ihrem Notizblock, der unberührt auf dem Tisch lag.

»Wir haben ein Interview mit Ihnen gesehen, im Queer-Archiv. Da erzählen Sie von einem Jungen, der Ihr Leben ruiniert hat. Haben Sie damit Frode gemeint? War er es, von dem Sie schon vor einem Jahr gesagt haben, dass er tot ist?«

Børve ließ sich gegen die Stuhllehne kippen. Zuerst kreidebleich, dann knallrot vor Wut. Susanne hielt die Luft an, als er sie zum ersten Mal direkt ansah. Die Pupillen in der grauen Iris waren groß. Dann sprang er von dem Stuhl auf und drohte ihr mit dem Zeigefinger, während er sich mit der anderen Hand auf dem Tisch abstützte.

»Verschwinden Sie aus meinem Haus!«

Susanne stand auf, griff ihr Handy und den Block und bewegte sich in Richtung Ausgang.

»Ganz ruhig«, sagte sie mit gedämpfter Stimme, völlig überrumpelt von seinem plötzlichen Wutausbruch. »Bleiben Sie ganz ruhig!« Sie schaute über die Schulter zur Schrotflinte, als sie den Notizblock in die Innentasche steckte.

»Raus!«, schrie er. Susanne blieb wie ein Puffer zwischen ihm und der Waffe stehen. Hielt seinen Blick fest, während sie abzuschätzen versuchte, welche Chancen sie gegen ihn hatte.

»Verschwinden Sie, hab ich gesagt.« Seine jetzt gedämpftere Stimme klang nicht weniger bedrohlich. Die Knöchel der geballten Fäuste waren weiß. »Dieser Dreckskerl. Das Interview sollte niemand sehen, das ist privat. Er hat es versprochen.«

Sie sah, wie er mit mehreren Gefühlen gleichzeitig kämpfte, und blieb auf der Hut.

»Ich verstehe Ihre Wut.« Susanne bemühte sich, ihrer Stimme nicht anhören zu lassen, wie gestresst sie war. »Aber wir ermitteln in einem Mordfall. Da kommt es vor, dass wir Einsicht in Sachen bekommen, die eigentlich der Schweigepflicht unterliegen. Niemand hat gegen das Gesetz verstoßen, und Ihre Geheimnisse bleiben bei uns.« Sie wartete, versuchte seine Reaktion einzuschätzen, ehe sie weitersprach. »Aber natürlich interessiert es uns, wenn wir hören, dass Sie erpresst worden sind. Wir wissen, dass es Rosenquist war. Von Torleif Tysse«, rutschte es ihr heraus. Die Wirkung war aus seinem Staunen abzulesen, aber Susanne beachtete die Signale nicht, hatte Blut geleckt. »Wie erklären Sie sich, dass Frodes sterbliche Überreste all die Jahre in Lundanes gelegen haben?«

»Lundanes? Was zum Teufel reden Sie denn da? Grad haben Sie doch noch von Vavollen gesprochen?«

Børve machte einen Schritt auf sie zu.

»Sie wissen, dass Sie sich strafbar machen, wenn Sie einen Polizisten bedrohen.« Das Adrenalin verschlug ihr fast den Atem, und ihre Hand zuckte zu dem leeren Waffenholster am Gürtel. »Tut mir leid, dass meine Frage Sie so aufwühlt. Ja, wir haben Teile von Frode in Vavollen gefunden, den Rest in Lundanes, wo er wahrscheinlich auch umgebracht wurde.«

Børves Gesichtsausdruck sagte ihr, dass sie eine Grenze überschritten hatte.

Susanne stand wie festgefroren in der Tür. Die Katze ergriff die Gelegenheit, unter dem Tisch hervorzukommen und sich durch eine angelehnte Tür davonzustehlen.

»Ich habe Sie gefragt, ob Sie Frode Rosenquist kannten und woher Sie wussten, dass er tot ist. Diese Frage kann doch nicht so schwer zu beantworten sein?«

Børves Kiefer arbeiteten auf Hochtouren, und er schluckte mehrmals. Dann schlang er die Arme um den Oberkörper, als würde er frieren, und gab ihr zu verstehen, dass sie sich wieder setzen sollte.

»Ich kannte ihn nicht«, kam es nach einer Weile. »Nicht so. Er war ein Teufel. Setzen Sie sich!«, sagte er wie zu einem Hund, als sie keine Anstalten machte, sich von der Tür wegzubewegen. Seine Stimme klang resigniert. Er öffnete die Schranktür über dem Spülbecken, nahm eine Tafel Schokolade heraus und legte sie wie ein Friedensangebot auf den Tisch zwischen ihnen.

Susanne setzte sich auf die vordere Stuhlkante und behielt Børve im Auge, während sie hoffte, dass sich ihr Puls beruhigen würde. Verdammt, was mache ich hier eigentlich?, dachte sie und schaute raus in den Nebel, der jetzt bis an das Haus herangeschlichen war. Kein Schwein würde sie hier schreien hören. Und seine Augen. Diesen Blick hatte sie schon einmal bei einem Mann gesehen. Vor einem Angriff.

Der Regen lief in breiten Rinnsalen über die Scheibe. Der Gardinenkasten war grauweiß. Der Kater kam zurück und begann sonor zu schnurren. Børve hob ihn auf den Schoß und kraulte ihm den Pelz. Seine Fingernägel mit den schwarzen Schmutzrändern waren teilweise abgekaut. Ein Gefühl von Ohnmacht und Einsamkeit überfiel Susanne.

»Können Sie noch mehr erzählen?«

Jetzt war Børve an der Reihe, in den Nebel hinauszuschauen. Seine kräftigen Unterarme mit den großen Pranken lagen auf der Tischplatte. Man sah ihm den Arbeiter und Jäger an.

»Das Interview. Sie haben es ja selbst gehört.«

»Der Polizeichef, nicht ich.«

»Der Polizeichef«, spuckte er verächtlich aus. »Frode hat mein Leben zerstört.« Børve faltete die Hände und ließ die Daumen langsam umeinanderkreisen. »Wo war der Polizeichef denn damals? Ich war in den Siebzigern, als das Gesetz geändert wurde, noch jung. Damit sollten auch solche wie ich einen gewissen Wert haben. Naiv wie ich war, habe ich geglaubt, die Leute würden es verstehen. Irgendwann habe ich mich dann getraut, einen dieser Clubs in Bergen zu besuchen. Ich hab verflucht lang gezögert, aber irgendwann hab ich mich breitschlagen lassen. Das war in den Achtzigern. Dachte, es wäre einen Versuch wert. Aber das war es nicht. Dort habe ich Frode getroffen. Ich kannte ihn von seinen Sommerjobs bei uns. Er hatte eine schwere Kindheit gehabt und tat mir leid. Wir kamen ins Gespräch.« Susanne nickte. »Und dann … hat er mich dem Dorf zum Fraß vorgeworfen. Danach wollte nicht mal mehr meine Mutter mit mir zu tun haben.«

»Ich dachte, Ihre Mutter hätte hier bis zu ihrem Tod gelebt?«

Susanne sah sich in der Küche um. Ihr waren ein paar Details aufgefallen, als sie gekommen war. Die Kaffeedose, die farblich zu der Tapete passte. Die selbst gehäkelten, mittlerweile grau gewordenen Topflappen über dem Herd. Die Küche einer Frau.

»Mama!«, spie er aus und fuchtelte mit der Hand herum, als wollte er die Erinnerung an sie verscheuchen. »Was sollte sie denn tun? Wo hätte sie hingehen sollen? Sie traute sich ja nicht mal mehr in den Laden.«

»Und dann ist Frode gestorben? Woran? Wer hat Ihnen erzählt, dass er tot ist?«

Børve sah sie misstrauisch an, als befürchte er, dass sie ihn in eine Falle locken wollte.

»Das weiß ich nicht mehr. Das ist lange her.«

»Und Morten Vik?«

»Was ist mit dem? Was zum Teufel hat Morten mit dem Ganzen zu tun?«

»Wir suchen ihn. Die beiden waren befreundet. Wissen Sie etwas darüber?«

Børve stemmte sich mühsam hoch und verschwand im angrenzenden Wohnzimmer. Er kam mit einem kleinen Foto in einem weißen Rahmen zurück.

»Morten war öfter mit seinem Vater bei uns, als er klein war. Später hat er im Sommer hier gearbeitet. Es waren mehrere Jugendliche. Frode, Morten … aber auch andere Jungs und Mädchen. Der Hof war damals gut in Schuss.« Er schaute aus dem Fenster, verträumt, als sähe er vor sich, wie es früher einmal gewesen war. »Wir brauchten Erdbeerpflücker, Leute aus dem Ort. Die Mädchen waren die Besten. Und fünfzig Öre pro Korb war ein guter Lohn.« Er versuchte sich an einem Lächeln. Im Unterkiefer hatte er mehrere Zahnlücken. »Morten hat am liebsten mit den Mädchen Erdbeeren gepflückt. Ein feiner Kerl.« Børve strich mit dem Daumen über die Bildkante. »Nachdem der alte Vik die Gerüchte über mich gehört hatte, wollte er nicht mehr, dass sein Junge bei mir jobbt. Aber Morten kam trotzdem. Bis ...« Børve hielt inne und gab ihr das Foto. »Bis Frode ihn dazu brachte, nicht mehr zu kommen.«

Auf dem Foto stand Morten Vik mit zwei grünen Erdbeerkörben in den Händen vor einem Heureiter.

»Wie alt war er da«, fragte Susanne.

»Zehn, zwölf Jahre, vielleicht.« Børve nahm ihr das Bild aus der Hand, als würde er befürchten, dass sie es beschlagnahmte.

Es schien früh im Sommer aufgenommen worden zu sein. Juni, schätzte sie, da die Erdbeeren reif waren. Morten war braun gebrannt und trug kurze, blaue Shorts und ein rotes T-Shirt mit weißem Kragen.

»Wer hat das Bild aufgenommen?«

»Ich. Wer sonst? Ich schieße gerne Fotos. Schon immer.« Er legte das Foto mit der Bildseite nach unten auf den Tisch. »Als ich gehört habe, dass ihr Morten gefunden habt, war mir klar, dass ihr euch irrt.« Børve knickte einen Riegel von der Schokolade ab, sie war an den Rändern bereits weiß.

»Sie wissen eine ganze Menge, Åsmund.« Susanne wartete kurz, ehe sie fortfuhr. »Reden Sie vielleicht doch mehr mit den Leuten, als sie zugeben? Vorhin haben Sie gesagt, es hätte kein Name in der Zeitung gestanden, aber die Gerüchte sind trotzdem bis zu Ihnen durchgedrungen.« Sie vollführte eine beschwichtigende Geste, dass sie nicht weiter auf die kleine Lüge eingehen würde. »Was hat Sie so sicher gemacht, dass wir nicht Morten gefunden haben?«

»Ich habe ihn an dem Tag getroffen, als er gegangen ist. Er hat getankt. Ich hab ihm geholfen. Er war ... Irgendwer hatte ihn verprügelt. Ich hab ihn gebeten, nie mehr in dieses verdammte Rattennest zurückzukommen, aber ... er ist nicht direkt abgehauen, wissen Sie. Er musste unbedingt noch einen Abstecher nach Lundanes machen. Ich glaubte damals, er wollte Frode mitnehmen. Im Nachhinein habe ich oft gedacht, dass ich an diesem Tag mit ihm zusammen hätte weggehen sollen. Aber ich war schon immer ein Feigling.« Er tat, als hätte er eine Pistole in der Hand, die er auf sein Kinn richtete. Dann lachte er trocken. »Als ob er mich mitgenommen hätte. Keiner wollte mich. Meine Mutter lag mir in den Ohren, dass ich mit der Schrotflinte in den Wald gehen sollte.« Seine Stimme brach. Er sah sie an. Stützte den Ellbogen wieder auf den Tisch. Ballte die Hände zu Fäusten.

»Frode spukt als Geist hier herum, selbst nachdem ich erfahren habe, dass er tot ist.«

Susanne schaltete das Aufnahmegerät aus und schob das Handy in die Innentasche. Sie überreichte ihm ihre Visitenkarte und erhob sich.

»Sollte Ihnen noch einfallen, wer Ihnen von Rosenquists Tod erzählt hat, rufen Sie mich bitte an.« Sie dachte kurz nach. »Wenn nicht, müssen wir Sie zu einem offizielleren Verhör vorladen.«

Er nahm die Visitenkarte, ohne sie anzusehen.

»Daran werde ich mich nicht erinnern.«

Er blieb stehen, als sie zur Tür ging.

ØYSTESE, LAUPSA

SONNTAG, 13. MAI 2018

Hallo?«, rief Susanne und drückte Torleifs nur angelehnte Haustür mit dem Fuß auf. Ein Schauer lief ihr über den Rücken, als sie an das Gespräch mit Børve am Tag zuvor dachte. »Bist du hier?« Sie blieb im Windfang stehen und drehte sich zum Garten. Es war mucksmäuschenstill, vom Summen der Bienen einmal abgesehen. Auf dem Gartentisch standen eine Kaffeekanne und eine Tasse sowie eine halb volle Weinflasche und zwei benutzte Gläser. »Torleif?«

Als sie keine Antwort bekam, ging sie weiter. Das Wohnzimmerfenster ging in Richtung Straße. Der Regen vom Vortag war abgezogen, und es war wieder Sommer. Auf dem Küchentisch lagen ein Schneidebrett mit Brotkrümeln und ein Messer. Daneben lagen Torleifs Autoschlüssel und ein anderer Schlüsselbund. Vermutlich war er unten am Strand beim Schwimmen.

Susanne zog ihren Pullover aus und setzte sich aufs Sofa. Darunter trug sie ein weißes T-Shirt. Sie krempelte ihre Jeans hoch und zog Schuhe und Socken aus. Dann kochte sie Kaffee, holte die Kanne von draußen, spülte sie aus und füllte sie neu. Sie nahm zwei Tassen aus dem Schrank.

Draußen genoss sie den Blick über den Hardangerfjord zu den dahinter liegenden Bergen. Sie atmete tief durch und sah in den Himmel, bevor sie über den asphaltierten Weg runter ans Wasser ging, vorbei an dem Zaun, der sich um das Areal mit den Ferienhütten zog. Sie erwartete, Torleif in einem Liegestuhl bei den alten Fischerhäuschen zu sehen, aber der Strand war leer.

Eine Brücke aus Aluminium verband den Schwimmsteg mit der Mole. Am Steg lagen die Boote vertäut, die zu den Hütten gehörten. Ein Boot fehlte. Susanne sah es weit draußen auf dem Fjord in Richtung Bergstø. Vielleicht war Torleif zum Fischen rausgefahren. Unter normalen Umständen wäre sie gerne mit dabei gewesen, aber heute war ihr nicht danach, in einem kleinen Boot auf dem spiegelblanken Fjord zu fischen. Ihr Blick folgte ein paar Möwen, die schreiend über ihren Kopf flogen. Vermutlich konnten sie es kaum erwarten, dass Torleif ihnen ihr Sushi servierte.

Susanne setzte sich auf die Mauer, die den Strand begrenzte, und ließ ihren Blick schweifen. Der Gedanke daran, dass Lars das alles nie mehr sehen würde, erfüllte sie mit Wehmut. Sie schloss die Augen, drehte den Kopf in Richtung Sonne und planschte mit den Füßen in dem frischen Meerwasser. Nach einer Weile hörte sie, dass draußen auf dem Fjord ein Außenbordmotor gestartet wurde. Das weiße Boot fuhr in Richtung Strand. Sie wischte sich die Tränen weg, stand aber nicht auf.

Erst als das Boot anlegte, hob sie den Blick. Es war nicht Torleif, der auf den Schwimmsteg stieg, sondern eine Frau, die Susanne vom Sehen kannte. Sie arbeitete bei Norhand Industri, die ihre Büros unter der Polizeiwache hatten, und stammte irgendwo hier aus der Bucht. Susanne grüßte sie, als sie sich näherte.

»Was gefangen?« Sie nickte in Richtung des roten Plastikeimers in ihrer Hand.

»Nur ein paar kleine Dorsche und einen Seelachs.« Die Frau strich sich die braunen Haare aus dem Gesicht. Ihre Stirn glänzte von Schweiß, die Wangen waren rot von der Meerluft, und sie lächelte breit, ehe sie wieder ernst wurde.

»Es ist so schrecklich, was passiert ist. Wir waren total schockiert, als wir das mit Lars gehört haben. Und das hier bei uns.« Sie musterte Susanne. »Er war ein netter Kerl, ich habe oft mit ihm auf dem Flur geredet. Habt ihr schon irgendwas rausgefunden?«

»Ich habe heute frei und warte auf Torleif. Hast du ihn gesehen?«

Die Frau sah zu Torleifs Haus hoch.

»Nee, heute noch nicht.« Sie stemmte die Hände in die Hüften. »Aber sein Auto war da, als ich vorhin rausgefahren bin.«

»Das ist es noch. Vielleicht ist er ja joggen gegangen.«

Die Frau nahm den Eimer, den sie zuvor abgestellt hatte.

»Er hält sich in Form, ja.«

Susanne stand auf und nahm die Kaffeekanne und die zwei Tassen.

»Magst du mir Gesellschaft leisten, während ich warte? Ich habe mir oben schon mal einen Kaffee gekocht.«

»Ja, gerne! Aber komm doch mit hoch zur Außenküche, dann kann ich die Fische fertig machen, während wir Kaffee trinken. Torleif wird ja wohl dein Auto sehen und sich denken, wo du bist.«

Sie öffnete das Tor im Zaun zu den Hütten und ging zu einem offenen Nebengebäude. Es lag etwas abseits der Häuser und wurde durch eine kräftige Mauer aus Natursteinen von dem neu angelegten Weg neben der Straße abgeschirmt. Ein Apfelbaum wuchs aus einem Mauerspalt und bildete über dem dahinter fließenden Bach einen blühenden Bogen.

»Manchmal wird einem die Schönheit hier fast zu viel.« Susanne setzte sich an einen braun gestrichenen Picknicktisch.

»Ja, vor allem bei diesem Wetter. Seit meiner Kindheit wohne ich quasi an diesem Strand.«

Die Frau streifte die Schuhe ab und entblößte perfekt manikürte Nägel. Susanne zog ihre Füße ein, während sie beobachtete, wie die Frau die Fische in das Waschbecken kippte, den Eimer abstellte und das Wasser andrehte. Dann nahm sie ein langes, dünnes Filetiermesser und ein etwas größeres Messer aus einer Plastikschale unter dem Waschbecken.

Sie hielt eines der Messer hoch, an dessen Schaft geronnenes Blut klebte. »Es macht mich echt wütend, wenn die Leute die Sachen nicht sauber machen, nachdem sie sie benutzt haben.« Mit hektischen Bewegungen spülte sie die Blutreste unter fließendem Wasser ab, ehe sie das Messer an ihrer Hose abwischte. Über ihnen kreischten die Möwen. Sie warteten bereits auf die Abfälle.

Susanne sah ihr bei der Arbeit zu und fragte sich, ob Torleif ihr vielleicht aus dem Weg ging. Sie überprüfte auf ihrem Handy, ob er ihr vielleicht eine Nachricht geschickt hatte, aber da war nichts. Hatte er sich einfach verdrückt? Sie wischte den Gedanken ebenso rasch weg, wie er gekommen war. Dann wäre das Auto nicht da, außerdem hätte er das Haus abgeschlossen.

Sie richtete ihre Aufmerksamkeit wieder auf die Frau, die die schönen, fetten Filets neben dem Waschbecken in Folie gewickelt hatte. Sie trank einen Schluck Kaffee, legte die Fischabfälle in den Eimer und ließ Wasser darauf laufen.

»Es ist wichtig, dass man hinter sich aufräumt. In der Regel kippe ich die Fischabfälle in den Bach hier hinter der Wand, damit auch die Ratten was zum Fressen haben.« Sie lachte perlend, als sie Susannes Gesichtsausdruck sah. »Ach Unsinn, die Möwen warten doch schon.« Susanne sah der Frau nach, als sie um die Ecke verschwand.

Die Vögel folgten ihr, kreischend und ungeduldig.

Ja, ja, ihr kriegt gleich was, dachte sie, als sich plötzlich ein hoher, schriller Schrei in das Kreischen der Möwen mischte. Susanne lief es kalt den Rücken runter. Sie lief um die Ecke des Hauses und sah, wie die Frau gebückt dastand und sich in die Finger biss.

»Was ist los? Hast du dich geschnitten?«

»Nein, da … da.« Die Frau trat einen Schritt zur Seite und zeigte auf den schmalen Bach, der hinter der Hütte floss.

Erst verstand Susanne nicht, was sie da vor sich hatte. Ein Mann lag auf dem Bauch, den Kopf im Wasser. Die Arme waren nach vorn ausgestreckt, als hätte er versucht, sich abzufangen. Sie wich einen Schritt zurück. Sie erkannte das rosa T-Shirt, das wie die enge Laufhose voller Blut war.

»Das ist nicht sein Blut.« Die Frau war beinahe hysterisch. Sie sah an der Mauer entlang, ehe sie Susannes Arm nahm. »Ich habe den Eimer über ihm ausgekippt. Mein Gott!« Sie schlug sich die Hand vor den Mund. »Das wollte ich nicht.« Dann machte sie einen Schritt in Torleifs Richtung, kniete sich neben ihm hin und streckte den Arm zu ihm aus. »Ich habe dich nicht gesehen.«

Es vergingen ein paar Sekunden, bis Susanne reagierte und die Frau zur Seite schob, während ihr Herz in der Brust zu zerspringen drohte. Eines von Torleifs Beinen war seltsam angewinkelt. Sie schüttelte ihn und drehte ihn um. Das Knie zeigte senkrecht nach oben. Er war steif wie eine Schaufensterpuppe. Entsetzt ließ sie ihn los, stand auf und taumelte ein paar Schritte zurück.

»Geh zurück«, sagte sie mit erzwungener Ruhe zu der anderen Frau. Dann nahm sie ihr Handy und wählte die Nummer der Zentrale.

ØYSTESE, LAUPSASTRANDA

SONNTAG, 13. MAI 2018

Susanne fühlte sich wie eine mechanische Puppe. Ihr Herz hämmerte gegen die Rippen, ihr Mund war trocken, und ihr Hals schnürte sich zu. Wie in einem Wachtraum rannte sie hin und her, tat automatisch, was sie tun musste, ehe sie auf zitternden Beinen nach oben zu Torleifs Haus ging und sich auf die Treppe setzte. Sie hatte Gänsehaut, Atemnot, und sie fror, als hätte sie Fieber. Dann rief sie Bengt an. Er war sofort dran, die Zentrale hatte ihm bereits Bescheid gegeben. Über was sie redeten, wusste sie hinterher nicht mehr. Nur, dass Bengt in Bergen war, um Thomas vom Flughafen abzuholen, und dass er Malvin Flotve geschickt hatte.

Als sie auflegte, sah sie sich verwundert um. Dass sie den ganzen Bereich abgesperrt hatte, war nur noch eine vage Erinnerung.

»Bald kommen die anderen«, sagte sie eindringlich zu sich selbst.

Susanne weinte lautlos. Schloss die Augen. Ihr Körper zitterte. Irgendwann stand sie auf und taumelte wieder nach unten zu den Hütten. Verdammt, verdammt, verdammt! Sie holte tief Luft und atmete langsam aus. Ihre Brust schmerzte, als hätte sie Muskelkater. Torleif musste schon eine ganze Weile dort gelegen haben, die Totenstarre hatte bereits eingesetzt.

Die Möwen veranstalteten über ihm ein lautes Spektakel. Ihr wildes Gekreisch schnitt sich in Susannes Herz. Es war so unwürdig, aber daran konnte sie nichts ändern, denn sie hatte nichts, womit sie ihn abdecken konnte, bis Lerke kam und ihr weißes Zelt errichtete. Sie drehte sich um. Sie konnte dort unten nichts tun.

Die Hütten wirkten leer, aber sie musste sichergehen. Mit zitternden Fingern suchte sie die Telefonnummer des Besitzers heraus, rief ihn an und unterrichtete ihn kurz über das Geschehene. Er bestätigte ihr, dass keine der Hütten vermietet war, weil die meisten gerade renoviert wurden. Der Besitzer selbst war mit seiner Frau verreist und kam erst am Abend zurück.

Susanne warf einen kurzen Blick in Richtung des weißen Hauses, in dem die Eigentümer wohnten. Es lag ganz unten am Strand, etwas abseits der anderen Bebauung. Dann drehte sie sich zu Torleifs Haus um. Der Kofferraum ihres Autos stand offen, sie konnte sich aber nicht daran erinnern, ihn geöffnet zu haben. Auf dem Asphalt lag eine Menge Zeug, das sie offenbar herausgeworfen hatte, aber auch daran erinnerte sie sich nicht. Der Fundort war aber abgesperrt, sie hatte getan, was sie tun musste.

Sie hoffte, nicht zu viele Abdrücke dort unten hinterlassen zu haben, während sie zu ihrem Wagen ging. Mehrmals musste sie anhalten, um Luft zu schnappen. Es fühlte sich an, als hätte sie einen Zehnkilometerlauf hinter sich. Sie nahm die Überschuhe aus dem Kofferraum und streifte sie über. Dann zog sie Einmalhandschuhe und den weißen Overall an. Zwei Polizisten näherten sich in Lars' Einsatzfahrzeug, auf das er so stolz gewesen war. Jetzt war es bereits einem anderen Team zugeteilt worden. Sie dirigierte die Beamten in Richtung der Hütten, erklärte ihnen, wo Torleif lag und wo sie stehen sollten, bis Lerke kam. Immer wieder hatte sie Torleifs toten Körper vor Augen, der nur wenige Meter von ihnen entfernt im Bach lag.

Was zum Henker geht hier vor?

Sie dachte an Kjetil und Jørn, die sich vor dem Gemeindehaus gestritten hatten, und wie Jørn irgendwann gesagt hatte, dass ein toter Schwuler doch zu verschmerzen sei. Waren Torleif und Lars auf dieselbe Person gestoßen?

Als ihr Blick auf den Küchentisch fiel, hätte sie in einem ersten Impuls fast die Krümel weggewischt und das Messer weggeräumt. Torleif war immer so ordentlich, aber Susanne durfte das nicht für ihn tun. Alles musste bleiben, wie es war.

Sie starrte auf die Überschuhe an ihren Füßen. Der Boden war glänzend sauber, als wäre er gerade erst gewischt worden. Glänzend sauber. Sie wusste genau, dass sie jetzt nicht durchs Haus laufen sollte, schlich dann aber trotzdem, ohne etwas zu berühren, durch die Räume, um sich einen Überblick zu verschaffen. Es sah aus, als hätte Torleif kurz zuvor Besuch gehabt. Mit dem Ellbogen drückte sie die Schlafzimmertür auf. Das Bett war ungemacht. Sie dachte an den Mann, den er getroffen und der ihm die Ralph-Lauren-Handschuhe geschenkt hatte. Der wunderbare Mann, über den er nicht hatte sprechen wollen.

Zurück in der Küche bemerkte sie etwas Weißes unter dem Schneidebrett. Sie zögerte, zog es dann aber doch hervor. Es war ein Zettel. Susanne faltete ihn auseinander. Eine Liste mit Namen. Torleifs Handschrift. Einen Moment lang starrte sie darauf, dann steckte sie den Zettel in die Tasche, ging nach draußen und setzte sich in den Wagen, um auf Lerke zu warten.

Die meisten Namen gehörten zu gemeinsamen Freunden von Torleif und ihr. Einige wenige sagten ihr aber nichts. Die Gedanken schossen wie ein Pingpongball durch ihren Kopf, von Torleif zu Bengt, zu Lerke, zu Lars und zurück zu der Liste in ihrer Hand, während ihr Atem einfach nicht zur Ruhe kommen wollte.

Tote gehörten zu ihrem Job, aber doch nicht so. Der Tod an sich war nicht das Problem. Sie hatte am eigenen Leib erfahren, dass das Leben mindestens so grausam sein konnte wie das, was danach kam. Aber jetzt wurden Menschen, die ihr lieb und teuer waren, von Kriminaltechnikern begutachtet und von Rechtsmedizinern seziert. Nüchtern und gefühllos. Susanne stellte sich vor, wie Palle Torleifs Gehirn aus dem Schädel löste und in Scheiben schnitt, oder wie es klang, wenn er die Rippen aufsägte ... der Geruch. Sie verdrängte die Gedanken so gut es nur ging. Sie musste bei der Obduktion nicht anwesend sein. Es reichte, wenn sie sich auf die Ermittlung konzentrierte. Noch einmal überflog ihr Blick die Liste. Åsmund Børves Name stand an dritter Stelle, war aber wie die einiger anderer durchgestrichen. Als hätte Torleif sich umentschieden. Sie musste noch einmal mit Børve reden. Jørn Råen stand weiter unten, gemeinsam mit einigen Frauennamen, die sie nicht kannte.

Torleif hätte bald Geburtstag gehabt. War das eine Gästeliste? Wohl kaum, sonst hätte sicher auch ihr Name darauf gestanden. Sie schluckte. Begegnete ihrem Blick im Rückspiegel und redete sich selbst gut zu:

»Alles wird gut, du schaffst das!«

Sie zwang sich, klar zu denken und die Liste noch einmal zu lesen. Sie hatte die Verantwortung für die Ermittlungen, solange Bengt nicht da war.

Sie rief ihre Kontaktperson beim Kriminalamt an. Nach einem kurzen Gespräch einigten sie sich darauf, dass sie eine Kopie der Liste schickte. Im Kriminalamt würden sie die Namen mit dem DNA-Register abgleichen, vielleicht gab es Daten, die bei neueren Funden relevant waren. Des Weiteren wollten sie überprüfen, ob einer der Namen bei anderen Fällen auftauchte.

Susanne machte ein Foto der Liste und schickte es ab. Danach leitete sie sie auch an Bengt weiter und unterrichtete ihn über alles, was sie getan hatte. Sie erwähnte, dass sie noch einmal ein Gespräch mit Børve führen wollte. Schließlich lehnte sie den Kopf an die Kopfstütze und schloss die Augen.

In demselben Moment hupte Lerke. Der graue Wagen der Kriminaltechnik bog von der Hauptstraße ab und blieb vor der Absperrung stehen. Susanne lief nach unten, überquerte die Straße und hob das Absperrband an, damit sie weiterfahren konnte. Sie deutete in die Richtung, in der Torleif lag. Lerke stieg aus dem Wagen und fasste die langen Haare in einem Pferdeschwanz zusammen. Susanne beneidete ihre Kollegin um die Fähigkeit, egal, in welcher Situation, die Ruhe zu bewahren.

»Ist das Torleifs Wagen da oben?« Lerke riss die Verpackung des Einmaloveralls auf. Susanne nickte. »Du hast nichts angefasst oder darin herumgewühlt?«, fuhr sie fort, doch dann zeigte sich eine Falte über ihrer Nasenwurzel. »Alles in Ordnung mit dir?« Sie drehte die Haare zusammen und steckte sie unter die Kapuze des Overalls.

»Geht so. Es wäre mir aber das Liebste, wenn wir nicht darüber reden müssten.« Susanne versuchte zu lächeln. »Und du? Du siehst müde aus.«

»Es ist nichts. Nur das Übliche. Der Tod richtet sich nur selten nach meiner Arbeitszeit. Jedenfalls nicht hier unten am Fjord«, sagte sie trocken. »Eigentlich wollte ich den Tag zu Hause genießen. Bengt ist in Bergen und holt Thomas ab, aber das weißt du ja vermutlich?« Sie legte Susanne tröstend die Hand auf die Schulter, nahm sie aber gleich wieder weg. Susanne verstand. Mehr Fürsorge würde sie von Lerke nicht bekommen, bevor sie nicht ihre Arbeit erledigt hatte.

»Du kannst nach Hause fahren, sobald Eikanger da ist. Das muss echt hart für dich sein. Erst Lars und dann das hier. Fahr nach Hause, Susanne. Wir kommen hier klar. Gibt es jemanden, der heute Nacht bei dir sein kann?«

Mit schnellen Bewegungen zog Lerke die Überschuhe an, ehe sie sich wieder aufrichtete. Sie öffnete die Heckklappe des Technikerfahrzeugs und nahm ihre Ausrüstung heraus. Dann warf sie sie wieder zu. Eine Weile stand sie da, als müsste sie sich sammeln. »Tja, ich leg dann mal los.«

Ein Piepen signalisierte Susanne, dass sie eine SMS erhalten hatte. Sie war von Bengt, der ihr deutlich zu verstehen gab, dass sie mit ihrem Besuch bei Børve bis zum nächsten Tag warten solle. Er wollte unbedingt dabei sein, jetzt ging niemand mehr irgendwo alleine hin.

Als Eikanger kam, führte sie ihn zu Lerke, die bereits am Fundort arbeitete. Danach fuhr sie. Neben ihr auf dem Beifahrersitz lag Torleifs Liste. Den Blick steif nach vorne gerichtet, als führe sie durch dicken Nebel, lenkte sie den Wagen in Richtung Øystese. Die Sonne schien, und der Fjord lag spiegelblank da, als wäre nichts geschehen.

ØYSTESE, LAUPSASTRANDA

SONNTAG, 13. MAI 2018

Im Laufe des Tages stieg die Temperatur auf fast zwanzig Grad. Lerke musste eine Weile auf Eikanger warten, weil er anderweitig in Bergen beschäftigt war. Sie nutzte die Wartezeit, um den unmittelbaren Radius um die Fundstelle zu untersuchen und das Tatortzelt über Torleif aufzubauen. Das Befestigen war so dicht an der Mauer und halb im Bachlauf ziemlich kompliziert. Am Ende stand das Zelt mehr schlecht als recht da. Normalerweise hätten sie die Leiche als Erstes aus dem Wasser geholt, aber das wollte sie zusammen mit Eikanger machen.

Als der schließlich kam, schmierte sie sich Tigerbalsam an die Nasenflügel und band den Mundschutz um, ehe sie das Zelttuch zur Seite klappte. Im Innern war es mindestens zehn Grad wärmer als draußen. Da half auch kein Tigerbalsam. Der Gestank der Fischabfälle war erstickend. Eikanger folgte gleich hinter ihr.

»Er ist steif wie ein Stock.« Lerke stupste zur Demonstration leicht an den Körper. »Hier können wir wenig ausrichten. Laut Rechtsmediziner ist er im Laufe der Nacht gestorben.« Eine Haarsträhne kitzelte sie im Auge, aber sie widerstand dem Drang, sie wieder unter die Kapuze zu schieben.

»Er trägt Trainingsklamotten. Von daher könnte es also stimmen, dass er joggen war und gestürzt ist.« Eikanger ging näher ran. »Machte er seine Joggingrunde normalerweise nachmittags?«

Sie nickte und ging in die Hocke.

»Aber nicht nachts«, fügte sie trocken hinzu. »Dem Grad der Leichenstarre nach schätze ich, dass er elf, zwölf Stunden tot ist, dann wäre er am Abend gelaufen, möglicherweise spät.« Sie wandte sich dem Leichnam zu und zeigte auf ein paar große, dunkle Totenflecken auf den Oberschenkeln und am Oberkörper.

Eikanger stemmte die Hände in die Seiten und betrachtete den Toten. »Wenn das kein Unfall war, gibt es hier nur wenig, was darauf hinweist, dass an dieser Stelle ein Mord geschehen ist. Also muss er hierherverfrachtet worden sein, da bin ich mir ziemlich sicher.«

Lerke beugte sich vor, sie hatte etwas entdeckt.

»Hast du eine Pinzette?«, fragte sie.

Beim Warten nahm sie den Hals in Augenschein. Es gab weder Würgemale noch andere Spuren am Körper, die auf äußere Gewalteinwirkung schließen ließen. Sie nahm die Pinzette. Zwischen den oberen Schneidezähnen ragte etwas Blaues heraus. Vorsichtig schob sie die Oberlippe nach oben, um besser ranzukommen.

»O verdammt!«, platzte Eikanger heraus. »So einen perversen Gestank hab ich in meinem ganzen Leben noch nicht gerochen. Pfui Teufel!« Er riss das Zelttuch beiseite und stürmte ins Freie.

»Taschenlampe!«, rief Lerke hinter ihm her. »Und ein Röhrchen. Jetzt! Und führ dich nicht so auf, uns könnte jemand hören.« Sie wartete ungeduldig und versuchte, nicht durch die Nase zu atmen. Eikanger reichte ihr die Taschenlampe. Mit der Lampe in der einen und der Pinzette in der anderen Hand versuchte sie, zwischen die steifen Lippen zu gelangen. Irgendwann bekam sie das blaue Etwas zu fassen, löste es vorsichtig und schob es in das Röhrchen, das normalerweise für die Sicherung von DNA bestimmt war.

»Reste von Zahnseide?« Eikanger hielt den Behälter gegen das Licht. Die Faser war nur wenige Millimeter lang. »Zahnseide ist doch häufig blau, oder?«

Lerke leuchtete noch einmal mit der Taschenlampe in den Mund.

»Da ist noch mehr, hinten am Zäpfchen. Aber da komm ich nicht dran, solange er so steif ist.«

Eikanger kniete sich auf der anderen Seite neben die Leiche.

»Das müssen die sich dann bei der Obduktion ansehen. Elf, zwölf Stunden. Ich schätze, dass er beim Transport nach Bergen wieder weicher wird.«

Sie arbeiteten zügig weiter, um so schnell wie möglich dem Gestank der Leiche und der Fischabfälle zu entkommen. Lerke atmete erleichtert auf, als sie aus dem Zelt trat und den Mundschutz unters Kinn zog. Sie ließ den Blick über den Weg runter zu den Hütten schweifen.

»Bestell einen Krankenwagen. Ich will hier jetzt keinen Bestattungsunternehmer haben.«

Die Sonne senkte sich dem Horizont entgegen. Die Stunden waren davongeflogen, ohne dass sie es gemerkt hatte. Thomas und Bengt dürften inzwischen zu Hause angekommen sein, sie hatte Bengt aber deutlich zu verstehen gegeben, dass er sich von Laupsa fernhalten sollte, bis sie fertig waren. Zwei Studenten von der Polizeihochschule standen in den Startlöchern, um hinter ihnen aufzuräumen. Drei weitere Beamte von der Polizeiwache saßen mit offenen Türen in ihrem Dienstfahrzeug auf dem Parkplatz, die Gesichter in die Sonne gedreht.

»Der Polizeichef war heute aber mal großzügig mit der Mannschaft«, flüsterte Eikanger und stieß sie an.

»Haltet euch an diesen Bereich und latscht nicht überall rum.« Lerke musterte die Kollegen, ehe sie und Eikanger ihre

Ausrüstung zusammenräumten. »Kann sein, dass wir noch mal wiederkommen müssen.«

Zwei Stunden später hatten sie Torleifs Haus überprüft und nichts Auffälliges gefunden. Es sah wirklich so aus, als wäre Torleif zu einer Joggingrunde aufgebrochen und von der Mauer gestürzt. Er musste das Bewusstsein verloren und noch eine Weile dort gelegen haben, bevor er gestorben war. Letzteres war die wahrscheinlichere Variante, da sie keine Spuren eines Sturzes oder äußerer Gewalt gesehen hatten. Trotzdem versiegelten sie die Türen sicherheitshalber mit Polizeiband.

»Bleibt noch das Auto. Ich nehme mir das Innere vor, und du fängst hinten an.« Eikanger öffnete die Tür auf der Fahrerseite. »Hier ist es so aufgeräumt wie geleckt«, stellte er fest.

Lerke öffnete den Kofferraum.

»Und hier liegt die Ausrüstung für eine Zelttour, nur das Zelt fehlt.«

Lerke begann, ein Ding nach dem anderen herauszunehmen und in Beweisbeuteln zu versiegeln.

Auf dem Boden lag eine aufgerollte Fleecedecke, ein rosa Nackenhörnchen für längere Flüge, eine Wollsocke, eine Orientierungskarte und ein Paar verdreckter Geländeschuhe. Sie räumte alles aus. Als Letztes kontrollierte sie den Bereich unter dem Reserverad, bevor sie den Kofferraum mit einem Knall zuschlug.

»Es deutet alles auf einen Unfall hin.« Lerke begann, alle Sachen in den Technikerwagen zu packen. »Sicherheitshalber nehmen wir aber erst mal alles mit. Was ist mit dem Auto?« Sie legte den Zeigefinger an den Nasenflügel und überlegte. »Ich ruf William an. Er hat sicher nichts gegen einen Ausflug nach Bergen mit seinem Abschleppfahrzeug. Im Sommer kriegt der nicht viel Bewegung. Rufst du Bengt an und sagst ihm, dass wir hier fertig sind und wovon wir im Moment ausgehen?« Lerke ging zum Technikerwagen und zog ihren Schutzanzug aus, bevor Eikanger nachhaken konnte, wieso sie Bengt nicht selber anrufen wollte. »Ich schlafe zu Hause und fahre dann morgen früh nach Bergen. Ist das in Ordnung?«

BERGEN, GADES-INSTITUT

MONTAG, 14. MAI 2018

Lerke schob sich die Haare hinters Ohr. Sie war um fünf Uhr morgens nach Bergen gefahren, um der Obduktion beiwohnen zu können. Torleif Tysse lag auf dem Rücken. Palle hatte die Leiche schon am Vorabend geöffnet und wurde jetzt von einem Kollegen unterstützt.

»Hast du eine Vermutung, was die Todesursache angeht?«

Lerke trat einen Schritt näher an den Obduktionstisch heran und betrachtete die Totenflecken.

Palle kratzte sich über dem Ohr.

»Ein plötzliches Unwohlsein haben wir ausgeschlossen. Gehirn und Herz sind nicht geschädigt. Kein Infarkt und keine inneren Blutungen. Und obwohl er in einem Bach gefunden wurde, konnten wir Ertrinken ausschließen. Er hat nur eine kleine Verletzung am Kopf, aber die war definitiv nicht tödlich.«

»Eine Verletzung am Kopf? Die ist mir gar nicht aufgefallen.«

Palle strich die Haare auf Torleifs Stirn zur Seite und zeigte ihr eine kleine Stelle an der einen Schläfe, die für das bloße Auge fast nicht zu erkennen war.

»Post mortem?«

»Sieht so aus. Es ist kein Blut ausgetreten. Das kann er sich nicht selbst zugefügt haben.«

»Dann war es also kein Unfall?« Lerke sackte innerlich zusammen. Noch ein Mord. »Ist der Fundort auch der Tatort?«

»Davon gehe ich nicht aus. Es gab dort keine Kampfspuren, oder?« Lerke nickte.

»Auch an der Leiche ist kaum was zu sehen«, fuhr der Pathologe fort. »Abgesehen von ein paar kräftigen Abdrücken an beiden Oberarmen, als hätte ihn jemand gewaltsam festgehalten.« Palle zeigte auf die Flecken. »Das sagt uns aber noch nichts über die Todesursache. Das könnten auch die Folgen einer etwas wilderen Bettgymnastik sein. Solange wir nichts Konkretes finden, kann ich nichts Genaues sagen. Jedenfalls nicht mit Sicherheit. Aber hilf mir hier mal«, sagte er.

Lerke war nicht nach Lachen zumute. Palles Bemerkung über die Bettgymnastik irritierte sie nur. Gemeinsam drehten sie den Leichnam um. Auf dem Rücken waren frische Schrammen und offene Stellen.

»Unter dem T-Shirt haben wir Pflanzenreste gefunden.«

Lerke tastete mit den Fingern die Wunden ab. Sie waren nicht sonderlich tief.

»Wurde er vielleicht ein Stück über die Erde gezogen, das Shirt könnte dabei hochgerutscht sein?« Sie stellte sich vor, wie Torleif zu dem Bach getragen und gezerrt wurde.

»Dann müsste der Täter ziemlich stark sein. Dieser Mann hier ist kein Fliegengewicht.«

»Eine Sexualtat?«

»Nein, dafür gibt es keine Hinweise.« Palle kratzte sich an der Nase.

Sie drehten ihn wieder um. Der Pathologe hatte Torleifs Mund geschlossen. Er sah friedlich aus. Die Leichenstarre hatte sich gelöst, die Flecken waren aber markanter als am Vortag, und der beißende Geruch sagte ihr, dass der Verwesungsprozess bereits begonnen hatte.

»Eine Sache macht mich stutzig«, sagte Palle und leuchtete mit der Taschenlampe auf das eine Auge. »Siehst du das?«

Lerke beugte sich über das Gesicht.

»Petechien?« Sie richtete sich auf.

»Ja, wie wir sie bei Ersticken finden, nicht wahr? Vielleicht hat etwas den Luftweg blockiert, am Hals sind aber keine Würgemale zu sehen. Ich habe noch keine Ahnung, wie der Täter vorgegangen ist und was die Blockade verursacht haben könnte.«

Lerke dachte nach.

»Eine Tüte über dem Kopf?«

»Das habe ich überprüft«, sagte Palle. »An der Haut um den Mund herum sind keine Reste von Plastik, wie sie normalerweise zu finden sein müssten.«

»Zwischen den Zähnen steckte eine winzige blaue Faser. Wir haben auf Zahnseide getippt. Und es sah so aus, als hätte weiter hinten am Zäpfchen noch mehr davon gesteckt.«

»Zahnseide? Bist du sicher?«

»Nein. Wir haben es noch nicht untersucht.«

Palle Rolfsen ging zu einem Tisch und kam mit einem DNA-Röhrchen zurück.

»Habt ihr so was gefunden?«

Er reichte ihr den Behälter, und Lerke hielt ihn gegen das Licht.

»Ja, aber unsere Faser war viel kleiner.«

»Dieses Teil hier steckte tief in der Luftröhre«, sagte Palle. »Und wir haben noch eine Faser gefunden. Vielleicht hat er nach Luft geschnappt und die Dinger inhaliert.«

Lerke schob eine Haarsträhne unter die grüne Kapuze und wartete gespannt auf die Fortsetzung.

»Ich habe das analysiert«, sagte Palle zufrieden lächelnd. »Es ist ein dünner Wollfaden. Weißt du, ob Torleif gestrickt hat?«

Lerke war nicht in der Stimmung für Palles klischeeartige Kommentare. Sie hatte andere Bilder auf der Netzhaut. Und einen weiteren Mord auf dem Tisch, dabei hatte sie den an

Frode noch nicht einmal geklärt. Und auch von den Kollegen, die in Lars' Mord ermittelten, kam nichts Neues. Sie mochte kaum daran denken. Nachdem sie den Tatort untersucht hatte, an dem Lars gefunden worden war, hatte sie die weiteren Nachbesprechungen bewusst gemieden. Normalerweise besprach sie solche Dinge mit Eikanger, dieses Mal nicht. Es ging ihr zu nah.

Leichen sollten kalte, steife, fremde Menschen sein. Objekte, mit denen sie arbeitete. Auf Lars traf das nicht zu. Und auf Torleif Tysse auch nicht. Wie viel mehr an Arbeit konnte sie noch verkraften? Oder Bengt? Der Druck war so schon ungeheuer hoch. Sie brauchten einen Durchbruch, dringend.

»Denk noch mal nach.« Palle holte sie zurück in die Wirklichkeit. »Habt ihr am Fundort irgendetwas gefunden, irgendwas aus Wolle in dieser Farbe, einen Pullover?«

Lerke versuchte zu visualisieren, was sie zusammengesammelt und an das kriminaltechnische Labor weitergeleitet hatte.

»Nicht am Fundort ... oder im Wald«, dachte sie laut nach. »Auch im Haus nichts, nichts Blaues. Da waren ein paar Pullover, aber die kann man ja kaum am Stück schlucken.«

Sie sah Palle an, ohne eine Miene zu verziehen.

»Da sagst du was. Strickpullis im Hals sind eher unwahrscheinlich.« Palle grinste. »Ich stelle mir das grad vor.« Er wurde wieder ernst. »Denk an was in der unmittelbaren Umgebung, wo er gelegen hat.«

»Da war nichts.« Sie überlegte. »Wir haben zwei Weingläser mitgenommen, die im Garten standen, und zwei vom Nachtschränkchen im Schlafzimmer. Eine Kaffeetasse. Das haben wir alles zusammen eingereicht, um mögliche DNA zu sichern. Es lag auch nichts in unmittelbarer Nähe der Leiche.« Sie kratzte sich mit dem Handrücken an der Nasenspitze, als ihr plötzlich etwas einfiel. »Im Auto, verdammt. Vorne war nichts, aber im Kofferraum lag ziemlich viel Kram …« Lerke zählte auf, woran sie sich erinnerte. »Eine Decke … weder blau noch aus Wolle. Ein Nackenhörnchen und …« Sie griff nach Palles Unterarm. »Herrgott, wir haben eine Wollsocke gefunden! Im Kofferraum lag eine einzelne, blaue Wollsocke.«

Palle Rolfsen nickte ernst.

»Aber nicht neben der Leiche.« Er dachte nach. »Das muss nichts heißen. Ich schlage vor, dass wir die Socke auf DNA-Spuren untersuchen.«

Lerke trat an den Computer und rief das Protokoll über die Gegenstände auf, die sie am Fundort gefunden hatten.

»Alles, was wir im Auto gefunden haben, wird auf DNA untersucht.«

Palle warf einen Blick auf die Leiche.

»Das Interessante in diesem Fall ist nicht die Feststellung der Todesursache. Ich bin mir mehr oder weniger sicher, dass er erstickt ist, das zeigen die Petechien. Vielleicht finden wir aber auch noch ein Andenken an den Täter. Textilfasern sollte man nie unterschätzen. Epithelzellen fühlen sich an solchen Orten wohler als Läuse im Bart von König Sven Gabelbart.«

Lerke nahm an, dass der König, auf den Palle sich bezog, einer der unzähligen Wikinger war, für die der Rechtsmediziner sich in seiner Freizeit interessierte.

»Ich würde sagen, dass die meisten Dinge im Kofferraum Torleif gehörten«, sagte sie und rief sich den Anblick ins Gedächtnis. »Es passte alles irgendwie zusammen.«

»Passen oder nicht. Alles ist möglich.« Palle wedelte die Bedenken weg wie eine Fliege. »Check das noch mal alles durch.«

»Warte mal.« Lerke hielt ihm den Laptop so vor das Gesicht, dass er es lesen konnte. »Die Polizeistudenten haben den weiteren Umkreis abgesucht, nachdem wir gefahren sind. Unten am Strand stand eine Schubkarre. Die sollen sie uns noch bringen. Vielleicht wurde er damit transportiert. Möglicherweise finden wir daran auch noch Abdrücke.«

ØYSTESE

MONTAG, 14. MAI 2018

Børves verfallener Hof wirkte in der Dämmerung noch düsterer. Der Wald verschwamm im Nebel zu einer schmutzig grauen Masse. Es regnete wie aus Eimern. Susanne zog die Jacke fester um sich, aber auch das half nicht merkenswert. In ihrer Tasche steckte Torleifs Liste. Sie hatte die ganze Nacht kein Auge zugemacht, immer hatte sie daran denken müssen, dass Børve sie belogen hatte. War er zu Torleif rausgefahren, nachdem ihr herausgerutscht war, dass sie von ihm erfahren hatten, wie Frode Børve in den Ruin getrieben hatte?

Als dann die Nachricht von Bengt gekommen war, dass er morgens nach Bergen fahren wollte, um sich mit dem Polizeipräsidenten zu treffen, war es mit ihrer Geduld vorbei gewesen. War das jetzt wirklich so dringend? Hätte er nicht am Samstag mit dem Polizeipräsidenten sprechen können, als er im Queer-Archiv war? Oder als er Thomas in Bergen abgeholt hat? Außerdem gab es ja auch noch Telefone. Es kam ihr wirklich so vor, als hätte Bengt den Zusammenhang nicht kapiert. Glaubte er wirklich, dass Børve, wenn er Torleif umgebracht hatte, lammfromm warten würde, bis sie es für nötig erachteten, ihn vorzuladen? Sie schaute auf die Uhr. Es war kurz nach acht. Natürlich hätte sie den Besuch mit Bengt absprechen müssen, nur dass er niemals zugestimmt hätte.

Im Laufe der Nacht war sie immer mehr davon überzeugt gewesen, dass Torleifs Liste keine Gästeliste war, sondern eine Übersicht über die Leute, mit denen er sprechen wollte, genau wie er es Bengt zugesagt hatte. Ein paar Namen hatte er schon gestrichen. Die Schuldgefühle lagen ihr schwer wie ein Stein im Magen. Sie hätten Torleif nicht auf diese Weise in die Ermittlungen reinziehen dürfen. Er war eine Privatperson. Jetzt war es zu spät. Jetzt konnte sie nur noch Børve zur Verantwortung ziehen. Irgendwas stimmte mit diesem Mann nicht. Er mochte so alt sein, wie er wollte, und ein verdammt schweres Leben hinter sich haben, täuschen lassen durfte sie sich davon aber nicht.

Der Kater starrte sie durch das Küchenfenster an, als sie dreimal fest gegen die Tür klopfte. Niemand kam, um ihr aufzumachen. Sie sah sich um und dachte kurz an Bengt, wohl wissend, dass sie gerade gegen alle Regeln verstieß. Er hatte am Vortag vollkommen unmissverständlich klargemacht, dass von nun an niemand mehr allein irgendwohin ging. Aber darauf konnte sie im Moment keine Rücksicht nehmen.

Sie drückte die Klinke nach unten. Die Angeln quietschten, als sie die Tür aufschob und in den Windfang trat. Die Arbeitsstiefel standen an derselben Stelle wie zuvor, und auch der Regenmantel hing an dem Nagel. Nur die Schrotflinte war weg.

»Hallo!«, rief sie und ging weiter in die Küche. Der Kater saß auf dem Tisch und sah sie skeptisch mit roten Augen an, ehe er auf den Boden sprang und sich maunzend gegen Susannes Springerstiefel drückte.

»Maneki Neko«, flüsterte sie und strich ihm widerstrebend über den Rücken. Sie schaute in die Ecke, wo der Fressnapf stand. Er war randvoll, als hätte Børve der Katze das Futter für eine ganze Woche gegeben.

Ihre Schuhe hinterließen feuchte Abdrücke auf dem Boden, aber sie wollte sie in dieser Umgebung nicht ausziehen.

Außerdem waren überall Abdrücke von sehr viel größeren Sohlen, als wäre schon vor ihr jemand durch den Raum gelaufen.

Auf dem Küchentisch standen die beiden Kaffeetassen, aus denen sie am Tag zuvor getrunken hatten. Mit einem eingetrockneten braunen Ring am Boden. Sie legte eine Hand an die Kanne in der Kaffeemaschine. Kalt. Der Kater verschwand durch dieselbe Tür wie bei ihrem letzten Besuch.

Leise folgte sie dem Tier ins Wohnzimmer. Vor den Fenstern hingen vergilbte Tüllgardinen. Die Möbel waren mit alten Laken und Bettbezügen zugedeckt, als plante Børve zu verreisen. Es roch nach Schimmel und alten Büchern. Die Wanduhr war irgendwann um halb zwei stehen geblieben. Die Katze maunzte, streckte sich und rollte sich in einem Korb vor einem alten Schreibtisch aus dunkler Eiche zusammen. Die Fenster gingen zum Wald raus. Auf einem Tisch an der Wand stand ein Laptop, angeschlossen an eine externe Tastatur. Davor auf dem Boden stand eine Spiegelreflexkamera auf einem Stativ. Susanne ging näher ran, die ganze Zeit auf Geräusche lauschend.

Sie streifte ein Paar Einmalhandschuhe über und klappte den Laptop auf. Der Rechner begann zu summen und gab ein Piepsen von sich, das ihren Puls in die Höhe schnellen ließ. Sie war sich vollkommen im Klaren darüber, eine Grenze überschritten zu haben. Blau schimmerndes Licht strömte in den Raum. Ruhig legte sie die Hand auf die Maus und klickte. Der Computer war passwortgeschützt. Auf dem Schreibtisch stand das Foto von Morten mit den Erdbeerkörben zwischen anderen Fotos von Kindern, die auf dem Hof gearbeitet hatten.

Der Kater erhob sich und machte einen Buckel, eher er sich so fest an ihr Bein drückte, dass sie die Rippen durch die Uniformhose spürte. Dann miaute er laut und ausdauernd.

»Schhh!«, flüsterte sie und streichelte ihn, um ihn zu beruhigen, aber ohne Erfolg. Sie sah ihn an und tippte dann »Manekineko« in das weiße Feld. *Falsches Passwort,* leuchtete ihr entgegen. Der Puls pochte in ihrer Halsschlagader, als sie es mit einer anderen Schreibweise versuchte. *Maneki Neko. Falsches Passwort.* »Scheiße!«, fluchte sie und schrieb: *Maneki-Neko.* Wieder falsches Passwort. Planlos sah sie vor sich hin, dann hob sie die Tastatur hoch und warf einen Blick darunter. »Typisch«, murmelte sie.

Passwort: *KuGHyv78.*

Sofort wechselte der Bildschirm die Farbe. Auf dem Desktop erschien ein Bild des Katers, der weiter maunzte und sich an ihrem Bein rieb.

Das Hintergrundbild erschwerte ihr den Überblick über die vielen, mit Jahreszahlen gekennzeichneten Ordner. Sie reichten zurück bis in die Sechziger.

Sie klickte auf einen Ordner, der beim Öffnen viele Icons preisgab, allerdings so klein, dass sie die Motive nicht erkennen konnte. Sie öffnete eines der Fotoalben. Die meisten Bilder waren auf dem Hof gemacht worden. Die Scheune war frisch gestrichen. Viele Fotos zeigten Lämmer, auf der Wiese bei den Heureitern, auf dem Schoß eines Kindes oder auf dem Arm eines Erwachsenen. Auf anderen Fotos waren Pappkartons und grüne Plastikkörbe zu sehen, die voller Erdbeeren übereinandergestapelt auf die Auslieferung warteten.

Sie schloss den Ordner und öffnete den nächsten. Auch er enthielt Fotos. Susanne überflog die Bilder, ehe sie zum nächsten Ordner überging. Kurze Zeitabschnitte eines Hofes, der mit den Jahren immer weiter verfallen war, wie ein Film von einem bergab gehenden Leben. Frisch gestrichene Wohnhäuser, Ställe und Scheunen auf den ältesten Bildern. Der Garten aufgeräumt und gepflegt mit gelben Tagetes in den Beeten, einem neuen Traktor vor der Scheune und anderen Gerätschaften, die in der Sonne blinkten. Eine Frau mit Schürze und Arbeitsstiefeln. Die Mutter, dachte Susanne. Vor der Wand neben der Heurampe. Sie klickte weiter. Menschen und Tiere in harmonischer Symbiose im Laufe der Jahreszeiten.

Später löste sich diese Landidylle Stück für Stück auf. Die Tiere verschwanden, der Garten verwilderte, die Farbe auf Haus und Gerätschaften blätterte auf jedem Foto mehr ab und wurde von morschen Stellen und Rost abgelöst. Alles wurde schief und krumm, aber noch stützten die Grundmauern das Dach und die Wände.

Sie verharrte bei einem Dokument, das etwas versteckt zwischen anderen Ordnern mit nichtssagenden Namen war und statt einer Jahreszahl den Titel XXXX trug. Sie wollte den Ordner gerade anklicken, als sie die Haustür ins Schloss fallen hörte, gefolgt von schlurfenden Schritten auf dem Flur. Panisch hielt sie nach einem Versteck Ausschau, als ihr einfiel, dass ihr Wagen gut sichtbar weiter oben am Weg parkte. Børve wusste, dass sie hier war. Susanne riss sich die Einmalhandschuhe von den Händen und steckte sie in die Tasche, schlüpfte so leise wie möglich in die Küche und setzte sich auf einen der Stühle, als Åsmund Børve zur Tür hereinkam. Zu spät stellte sie fest, dass sie die Tür zum Wohnzimmer nicht geschlossen hatte. Der Bildschirm leuchtete noch immer blau.

Børve war klitschnass. Seine Jeans wischte über den Boden.

»Gehen Sie immer uneingeladen in Häuser anderer Leute?«

»Nein, ich habe geklopft, aber …«

»Aber kein Schwein hat aufgemacht«, antwortete er ironisch.

Sein Blick fiel auf die offene Tür zum Wohnzimmer. Susanne starrte ihn an und hielt die Luft an.

»Und Sie arbeiten bei diesem Sauwetter?«, versuchte sie verzweifelt, seine Aufmerksamkeit vom Wohnzimmer abzulenken.

Der Kater ging auf Børves Beine los. Maunzte und schnurrte. Børve öffnete den Küchenschrank und nahm eine Dose mit Ring zum Öffnen heraus. Das Maunzen wurde lauter. Der Kater strich um seine Beine herum. Børve zog eine Schublade auf und nahm ein Schnitzmesser heraus, das er in den Ring schob, um den Deckel leichter hochzubiegen.

»Was wollen Sie schon wieder?«

»Ich will mit Ihnen über Torleif Tysse reden. Hatten Sie Besuch von ihm?«

»Ich hab Torleif das letzte Mal im Hotel Sandven gesehen, am Nationalfeiertag vor einem Jahr. Da gehe ich immer dort essen.«

Børve trug die gleiche Strickjacke wie bei ihrem letzten Besuch. Das dreckige, graue T-Shirt darunter war am unteren Bündchen ausgefranst. Die Feuchtigkeit zog die Jeans über die Hüfte und entblößte den Gummizug seiner Unterhose. Susanne nahm Torleifs Liste aus der Tasche und legte sie auf den Tisch.

»Da steht Ihr Name. Diese Liste ist von Torleif.« Sie studierte Børves Gesichtsausdruck. »Wo waren Sie in der Nacht von vorgestern auf gestern? Oder am Samstagabend?«

»Was zum Teufel soll das heißen …« Er verstummte. »Wieso?«

»War Torleif hier bei Ihnen, oder waren Sie bei ihm?«

»Sind Sie taub? Der 17. Mai war nicht gestern, oder?« Susanne wartete. »Ich war allein zu Hause. Am Samstag waren Sie hier, und gestern war ich wieder allein.«

»Sind Sie sicher?«

»Die Leute rennen mir hier nicht gerade die Tür ein.«

Børve sah müde aus. Er ging zur Wohnzimmertür, streckte den Arm um den Türrahmen und schaltete das Licht ein. Mit dem Rücken zu ihr blieb er stehen. Der Bildschirm war dunkel. Aber der Boden war voller Fußabdrücke von ihren Schuhen. Er blieb stehen, als würde er nachdenken. Dann löschte er das Licht.

»Warten Sie kurz. Ich bin klitschnass. Muss mir was Trockenes anziehen. Wenn Sie ein bisschen Zeit haben, bin ich bereit, mit Ihnen zu reden.« Sie nickte. Seine Stimme klang resigniert, fast freundlich. Susanne wartete, bis er oben und das Knarren der Treppenstufen verstummt war. Dann lief sie hinter ihm her auf den Flur. Hatte er die Fußabdrücke gesehen? Den PC?

»Wir müssen es nicht jetzt machen«, rief sie in dem Versuch, den Fehler zu überspielen, dass sie ohne Erlaubnis in das Haus gegangen war. »Der Polizeichef möchte Sie zum Verhör vorladen. Ich bin hier, um Sie abzuholen«, log sie.

»Geht in Ordnung«, rief er von oben. »Wenn ich mich umgezogen habe.«

POLIZEIWACHE KVAM

MONTAG, 14. MAI 2018

Bengts Gedanken arbeiteten auf Hochtouren, als er nach dem Treffen mit dem Polizeipräsidenten in Bergen nach Hause fuhr. Die Besprechung war nicht so verlaufen, wie er es gehofft hatte. Sie mussten mit der Mannschaft auskommen, die sie hatten, wobei der Präsident sich lobend über die Gedenkstunde geäußert hatte, die sie für Lars arrangiert hatten. Das ist doch schon mal was, dachte Bengt mürrisch und versuchte, den Frust zu verdrängen. Es nützte nichts, sich über Dinge aufzuregen, die man nicht ändern konnte. Stattdessen gab er sich alle nur erdenkliche Mühe, sich auf die Ermittlungen und die Geschehnisse der letzten Tage zu konzentrieren. Aber seine Gedanken wurden wieder von der angespannten Stimmung zwischen Lerke und ihm abgelenkt. Es fühlte sich an, als bröckelte ihre Beziehung, ohne dass er sagen konnte, wann das begonnen hatte. Was hatte er nicht mitbekommen? Lerke war mit der aktuellen Situation nicht glücklich. Das war ihr deutlich anzumerken, sie sagte aber nicht, warum. Ihr Blick und die Art, wie sie ihn abwies, waren aber eindeutig. Bengt fand das ungerecht. Wie sollte er so herausfinden, was sie störte und was er ändern konnte? Sie hatte lediglich angedeutet, dass er zu wenig zu Hause sei und sich nicht an dem beteiligte, was getan werden müsse. Außerdem warf sie ihm vor, die gesamten Konfirmationsvorbereitungen ihr überlassen zu haben. Letzteres war blanker Unsinn. Schließlich hatte er mit dem Hotel alles geregelt. Dass sie das Haus auf Vordermann bringen wollte, obwohl sie nicht einmal zu Hause feierten, war ihr Problem. Sollte ein Gast vor oder nach der eigentlichen Feier auftauchen, würde er es wohl akzeptieren, wenn ein Kissen etwas schief auf dem Sofa lag oder irgendwo in der Ecke noch eine Staubmaus ihr Leben fristete. Er hatte es aufgegeben, mit ihr darüber zu diskutieren.

Dabei sollte Lerke das eigentlich besser verstehen als irgendwer sonst. Er hatte viel zu viel zu tun und kam kaum zum Luftholen. Und als wäre das nicht genug, bedrängte Thomas ihn auch noch mit seiner Mutter. Gestern auf dem Rückweg vom Flughafen war er kaum noch zu stoppen gewesen.

»Vielleicht lebt sie ja doch noch? Stell dir das doch mal vor. Ich bin mir sicher, dass es sie freuen würde, wenn du nach ihr suchst. Was würdest du sagen, wenn sie plötzlich hier auf der Matte steht – wie ich?«

Bengt hätte am liebsten nichts dazu gesagt. Die dunklen Gedanken nahmen immer mehr Raum ein, je länger er darüber nachdachte. Die Vorstellung, dass auch seine Mutter ein Opfer des Mörders geworden sein könnte, der Frode, Lars und Torleif auf dem Gewissen hatte, war beklemmend. Es war nicht auszuschließen, dass sie es mit einem Täter zu tun hatten, der dreißig Jahre lang unauffällig gelebt hatte, sich jetzt aber durch die Entdeckung von Frodes Leiche in die Ecke gedrängt fühlte. Wonach hatte er unten in Tornes' Kellerraum gesucht?

So absurd dieser Gedanke war, er musste ihn zu Ende denken. Fakt war, dass Morten spurlos verschwunden war, genau wie Bengts Mutter. Torleif war tot. Lars war tot, und es war nicht auszuschließen, dass noch andere Menschen in Gefahr schwebten.

Ester stand mit frisch gekochtem Kaffee in der Tür. Dankbar hängte er seine Jacke auf und nahm die Tasse mit beiden Händen entgegen. Er schaltete den PC ein.

»Wie geht es dir?«, fragte sie fürsorglich.

Erst jetzt bemerkte er, dass sie noch immer in der Tür stand.

»Das willst du nicht wissen. Ich muss jetzt aber wirklich weiterarbeiten.« Sein Ton war abweisend.

Erst als Ester die Tür hinter sich schloss, realisierte Bengt, wie schroff er reagiert hatte. Die ältere Frau hatte Lars wirklich gerne gehabt. Es war ein Wunder, dass sie überhaupt weiterarbeiten konnte, ja, dass sie alle das taten. Für ein paar Sekunden starrte er auf die geschlossene Tür, dann schüttelte er sein schlechtes Gewissen ab und loggte sich in Indicia ein. Las die Berichte der letzten Tage. Es war viel passiert. Noch einmal studierte er die Liste von Torleif, die Susanne hochgeladen hatte.

Er lehnte sich auf seinem Stuhl zurück und klickte mit dem Kugelschreiber, während er die einzelnen Namen durchging. Torleif kannte das Milieu besser als die Polizei. Sie hatten versucht, sein Handy zu finden, aber es war weg.

Bengt öffnete einen Bericht des Kriminalamts, der erst vor fünf Minuten hinzugefügt worden war, und er bekam eine Gänsehaut. Die Axt, mit dem Lars getötet worden war, war gründlich untersucht worden. Sie hatten auch Bilder hochgeladen. Ein schwarzes Lineal lag als Größenvergleich unter der Tatwaffe. Andere Fotos zeigten die Klinge und den Schaft der Axt, und auf jedem dieser Fotos war Lars' Blut zu erkennen.

Dann hielt er inne. Las einen Absatz mehrere Male und versuchte, tief in den Bauch zu atmen. Ungläubig legte er den Kopf in die Hände. Sie hatten die DNA von zwei Menschen an dem Beil gefunden. Die eine stammte von Lars. Die andere war einem alten Blutrest entnommen und stammte von Frode Rosenquist. Bengt legte den Kopf in den Nacken, starrte an die Decke und hörte in Gedanken Palle schlussfolgern, dass Frode mit einem scharfen Gegenstand getötet worden war – vielleicht einer Hacke. Warum waren sie nicht darauf gekommen, dass die Axt der gemeinsame Nenner sein könnte? Mit einem Mal ergab alles Sinn. Der Mörder hatte nach der alten Axt gesucht, sie gefunden … und war dann von Lars überrascht worden. Aber warum hatte er nach all den Jahren danach gesucht? Wer bewahrte überhaupt so lange eine Axt auf? Und warum lag sie in Tornes' Keller?

Bengt ging alle möglichen Erklärungen durch, ohne eine davon glaubhaft zu finden. Er fühlte sich wie ein alter, ausgewrungener Lappen. Etwas schnürte ihm die Luft ab. Er streckte den Rücken, stand auf und trat ans Fenster. *Reiß dich, verdammt noch mal, zusammen! Du hast hier die Verantwortung!*

Der See Movatnet lag friedlich da. Kühe grasten, die Berge wirkten dunkler, und das Wetter war schon wieder umgeschlagen. Es schüttete, aber an einem Tag wie diesem konnte er dem Himmel kaum einen Vorwurf machen. Es gab wirklich nicht einen Grund zur Freude. Er allein trug die Verantwortung. Er hatte Torleif in den Fall hineingezogen und nicht erkannt, wie groß die Gefahr war, in die er ihn dadurch gebracht hatte. Und er hatte Lars nicht gebeten, extra vorsichtig zu sein, weil er den Ernst der Lage komplett unterschätzt hatte.

Torleif hätte rund um die Uhr Personenschutz bekommen müssen, stattdessen hatte Bengt ihn um Hilfe gebeten, weil er so viel über so viele wusste. Aber galt das auch für Lars? Jetzt waren beide tot. Susanne hatte zwei gute Freunde verloren. Das würde sie ihm nie verzeihen.

Er ging zurück an seinen Schreibtisch, warf noch einen Blick auf die Fotos des Beils und griff zum Telefon. Tornes hätte genug Zeit gehabt, um vom Hotel Ullensvang zurück nach Norheimsund zu fahren, nach dem Beil zu suchen, Lars zu töten und alles wie einen Einbruch aussehen zu lassen. Als hätte irgendjemand im Keller nach alten Fotos gesucht. Das Motiv war nicht stark, aber der Mord konnte ja im Affekt geschehen sein. Vielleicht war es auch ein Unfall oder eine aus dem Ruder gelaufene Prügelei. Überdies war es gut möglich, dass Tornes ihnen nicht alles erzählt hatte. Dass Frode zu allem in der Lage gewesen war, stand wohl außer Frage. Sonst hätten die Pflegeeltern ihn kaum in seinem Zimmer eingeschlossen, als er das Messer unter seiner Matratze versteckt hatte. Hatte Frode sie bedroht, als er älter war? Und war Tornes mit dieser Angst nicht klargekommen?

Bengt ging zu Flotve, der in Lars' altem Büro saß.

»Kannst du alle Überwachungskameras vom Hotel Ullensvang bis nach Norheimsund überprüfen? Von dem Zeitpunkt an, als Tornes zu Hause losfährt, bis er wieder zurück ist?« Er zählte die unterschiedlichen Strecken auf, die er genommen haben könnte. »Auf der Fähre von Kinsarvik nach Kvandal gibt es eine Kamera. Über Odda und den Folgefonnatunnel nach Jondal. Vermutlich ist in beiden Tunneln eine Kamera und sicher auch auf der Fähre nach Tørrvikbygd. Dann auf der Hardangerbrücke, was die wahrscheinlichste Reiseroute wäre. Überprüf, ob Tornes' Wagen zu Zeiten unterwegs war, in denen er eigentlich im Hotel in Ullensvang hätte sein sollen.«

Flotve machte sich nickend ein paar Notizen.

»Du meinst, er könnte nach Hause gefahren sein, um seinen Nachbarn zu töten?« Er warf Bengt einen skeptischen Blick zu.

Bengt erzählte ihm, was er im Bericht gelesen hatte.

»Oh, verdammt!«, sagte Flotve nur, ehe er den Stuhl drehte und zum Telefon griff.

Bengt klopfte an Susannes Tür und öffnete sie, hörte aber nur das Ticken der alten Kuckucksuhr an der Wand. Der Schreibtisch war für ihre Verhältnisse aufgeräumt. Es deutete nichts darauf hin, dass sie überhaupt schon zur Arbeit gekommen war.

»Hast du eine Ahnung, wo Susanne ist?«, fragte er Ester.

»Sie ist noch nicht gekommen. Vielleicht weiß Flotve etwas?«

»Danke!«

Bengt ging zurück über den Flur. Vor Flotves Büro blieb er stehen und rieb sich das Gesicht. In ihm rumorte eine drückende, diffuse Übelkeit. Er trat ein, ohne anzuklopfen. Flotve telefonierte noch, gab ihm aber mit einem Nicken zu verstehen, dass er gleich fertig sein würde.

»Sie schicken die Aufnahmen.« Seine Hand umklammerte noch den Hörer. »Ich denke, ich kann das Material im Laufe des Tages durchsehen, auch wenn es umfangreich ist.«

Bengt nickte.

»Ich habe zwei Beamte zu Tornes geschickt. Bereite den Verhörraum vor und assistiere mir bitte. Mal sehen, ob wir noch mehr aus ihm herausbekommen.«

»Und die hier?«, fragte Flotve und zeigte auf die Kartons mit den Alben, die sie aus Tornes' Keller mitgenommen hatten.

»Susanne soll sich später darum kümmern. Weißt du eigentlich, wo sie ist?«

»Sie hat heute früh eine SMS geschickt, dass sie etwas später kommt. Sie hat nicht gesagt, warum. Ich bin davon ausgegangen, dass das mit dir abgesprochen ist.«

Bengt überlegte, ob sie ihn um ein paar freie Stunden gebeten hatte. Für einen Arzttermin? Nach allem, was in den letzten Tagen geschehen war, wäre das nicht erstaunlich. Er konnte sich aber nicht daran erinnern. Und eigentlich kümmerte Ester sich um so etwas. Er zuckte mit den Schultern und atmete aus.

»Noch eine andere Sache. Wusstest du von Lars' Homosexualität?«

Malvin Flotve sah ihn amüsiert an.

»Ja, das war doch wohl nie ein Geheimnis.«

»Nein, stimmt ... aber er hat nie darüber gesprochen. Das war für ihn irgendwie kein Thema.«

»Das ist es für niemanden von uns. Redest du über deine Veranlagung?«

Bengt ging nicht darauf ein.

»Susanne hat mir erzählt, dass Torleif jemanden kennengelernt hatte, dessen Identität er aber noch nicht preisgeben wollte. Könnte das eine Spur sein?«

Malvin schien kurz darüber nachzudenken.

»Tja, ausschließen sollten wir das nicht. Aber ...« Malvin stand auf und ging einen Schritt in Richtung Tür. »Glaubst du, dass wir es mit jemandem zu tun haben, der sich Schwule anlacht, um sie dann umzubringen? Wenn das wirklich so wäre, müsstest du das Kriminalamt um weitere Hilfe bitten. Die paar Leute, die wir haben, reichen dann nicht aus, denn dann hätten wir es ja mit einem Serienmörder zu tun. Und so was hatten wir hier ja noch nicht.«

BØRVE

ZUR SELBEN ZEIT, MONTAG, 14. MAI 2018

Susanne ging zurück in die Küche, wohl wissend, dass sie noch einmal an den PC musste. Einen Moment lang sah sie sich panisch um, während sie auf die Schritte im oberen Stockwerk lauschte. Sie hörte Wasser in alten Leitungen laufen.

Sie stand auf. An der Wand neben den Küchenschränken hing ein altes, weißes Waschbecken mit blauem Rand. Über dem Becken war ein rechteckiger Spiegel mit einem kleinen Bord darunter befestigt. Susanne fuhr mit der Hand über den Rand des Waschbeckens und warf einen Blick in den Spiegel, der in der Mitte gesprungen war. Trat sie zur Seite, verzerrte sich die eine Hälfte ihres Gesichts zu einer grotesken Grimasse. Die kurzen blonden Haare standen in die Höhe. Mit einem Mal hielt sie inne. Auf dem Bord lagen ein Paar schwarze Lederhandschuhe. Sie nahm sie in die Hand und roch daran. Echtes Leder und teures Parfüm. Sie suchte nach der Marke. Polo Ralph Lauren. Das waren die Handschuhe, die Torleif von einem wunderbaren Mann bekommen hatte, von dem er ihr noch hatte erzählen wollen. Er war also erst kürzlich hier gewesen.

Sie spitzte die Ohren. Børve kramte oben noch immer herum. Leise schloss sie die Küchentür zum Flur, damit sie ihn hörte, wenn er zurückkam. Automatisch glitt ihre Hand zum leeren Pistolenholster am Gürtel, ehe sie zum PC ging und die Maus bewegte.

Die Katze lag still in ihrem Korb, als sie sich ein neues Paar Einmalhandschuhe anzog, die Tastatur drehte und erneut das Passwort eintippte. Noch einmal suchte sie den Ordner heraus, den sie zuvor gefunden hatte.

Sie hob den Kopf, als sie ein Knarren auf der Treppe im Obergeschoss hörte. Die Katze streckte sich aus und gähnte. Aber das Geräusch kam nicht von der Treppe. Eine Schranktür knallte, dann hörte sie schlurfende Schritte. Das alte Haus lebte. Es erzählte ihr, was sie wissen musste und wo er war. Susanne klickte den Ordner an.

Mit einem Mal schnürten die Wände sie ein, und die Luft wurde dicker. Die Bilder zeigten Kinder. Lächelnd, lachend, spielend. Ausschließlich Jungs, und alle waren nackt. Kleine, glückliche Jungen, die vor der Kamera herumtanzten, ohne zu wissen, dass ihre Kinderkörper noch dreißig, vierzig, fünfzig Jahre später Speicherplatz auf dem PC eines alten Mannes einnehmen würden. Die meisten Fotos waren Sommerschnappschüsse vom Laupsastrand. Andere waren in Sandnesfjøro und am Strand unterhalb des Hotels in Norheimsund aufgenommen worden. Ein paar wenige waren auch von Lundanes.

Bei einigen der Bilder hielt Susanne die Luft an. Zwei Jungen. Zwölf oder dreizehn Jahre alt. Auf dem ersten drehten sie dem Fotografen den Rücken zu, nackt im kniehohen Gras neben einem Apfelbaum. Sie reckten die Arme in den blauen Himmel. Auf anderen umarmten sie sich im Gras, und auf wieder anderen streichelten sie sich. Sie erkannte beide sofort wieder. Im Hintergrund waren der Stall und die Auffahrt von Rapungen zu sehen.

Solche Bilder sollte kein alter Mann auf seinem PC haben. Frode Rosenquist war leicht zu erkennen, und Jørn Råens wilde rote Haare waren unverwechselbar. Der Mann hinter der Kamera konnte kaum jemand anderes sein als der erwachsene Åsmund Børve.

Gefangen von den verstörenden Fotos hörte sie die Laute aus der Küche nicht, nahm nicht wahr, wie die Katze aus ihrem Korb schlich und sich die Tür zum Wohnzimmer langsam öffnete. Es war schließlich die Stille, die Susanne dazu brachte, sich umzusehen. Børve stand reglos da, er trug ein weißes Hemd und eine saubere Hose. Seine nassen Haare waren nach hinten gekämmt. Er war ruhig. Brauchte nichts zu sagen. Das Bild von Frode und Jørn, das hinter ihr auf dem Bildschirm flimmerte, erzählte eine Geschichte, aus der niemand sich herausreden konnte. Susanne wusste, dass nichts, was sie sagen oder tun könnte, etwas an der Tatsache ändern würde, dass sie in den Lauf eines Gewehrs blickte.

POLIZEIWACHE KVAM

ZUR SELBEN ZEIT, MONTAG, 14. MAI 2018

Ich hab damals, als wir die Verantwortung für Frode abgegeben haben, schon zu Gerd gesagt, dass wir ihn sicher nicht das letzte Mal gesehen hätten.«

Odd Tornes warf Bengt einen vielsagenden Blick zu. Bengt war erschüttert über das, was Tornes erzählt hatte. Aus dem Mund des Pflegevaters klang das alles ganz anders als in Åsas fachlich neutralen Schilderungen. Im Laufe des langen Monologes veränderte sich der Mann von einem verbitterten Wadenbeißer, der nur widerstrebend zum Verhör gekommen war, in einen besorgten Vater, der händeringend nach Erklärungen suchte.

Er erzählte von einer Familie, die Frode unter ihre Fittiche genommen, seine Koffer voller Altlasten akzeptiert und versucht hatte, etwas zu verändern. Und von einem Jungen, der das Ruder übernommen hatte, ehe sie überhaupt eine Chance gehabt hatten, an ihn heranzukommen. Bengt hatte von diversen Kriminellen schon zahllose Geschichten wie diese gehört, Menschen, die noch als Erwachsene wie ein Löwenjunge für ihren Platz im Leben kämpften. Sie ließen niemanden an sich heran. Angriff oder Flucht war das Einzige, das sie kannten.

Odd fuhr sich mit der Hand über das Gesicht.

»Wir waren in konstanter Alarmbereitschaft.« Er schluckte. »Das war verflucht anstrengend. Sie sind ja selbst Vater«, sagte er und ließ seinen Blick auf Bengt ruhen. »Sie wollen das Beste für Ihren Jungen, nicht wahr? Verantwortung übernehmen, Grenzen setzen, ihm Benehmen beibringen, Empathie.« Odd schlug sich mit der Faust gegen die Brust. »Das war meine Verantwortung, und wir mochten Frode, zumindest am Anfang. Aber er hat es einem, verdammt noch mal, nicht leicht gemacht, ihn zu lieben. Wenn ich ehrlich sein soll, hatte ich am Ende Angst vor ihm.«

»Angst? Es war noch ein Kind.«

»Nicht so. Eher wegen der Dinge, die er sich ausdachte, um uns zu beschuldigen. Er war durchtrieben, bauernschlau und manipulativ. So hat er zum Beispiel damit gedroht, dem Jugendamt irgendwelche Lügen über uns zu erzählen, aber ...« Bengt ertappte sich dabei, dass er die Luft anhielt. Odd wischte sich mit dem Handrücken eine Träne aus dem Augenwinkel. »Wir wurden so klein, wie wir es noch nie zuvor gewesen waren. Und als Elise geboren wurde, wurde alles nur noch schlimmer. Wir mussten rund um die Uhr auf sie aufpassen.«

Bengt dachte an sein Gespräch mit Elise. Dass Frode ihr nie etwas getan hatte, entsprach möglicherweise nicht der Wahrheit.

Als Odd mit seinem Bericht am Ende war, musste Bengt sich erst einmal sammeln und nachdenken, wie er weitermachen sollte. Er schlug den Ordner auf, nahm den Bericht vom Kriminalamt heraus und überflog ihn. Dann zog er die zwei Bilder der Axt heraus, mit der Lars getötet worden war. Eins vom Blatt und eins vom Schaft. Er schob sie zu Odd rüber.

»Kennen Sie die?«

Odd sah sich die Fotos an und wandte sich ab, als wäre der Anblick des Blutes zu viel für ihn.

»Weiß nicht, aber ...« Er holte tief Luft. Bengt wartete, bis Tornes langsam den Kopf zurückdrehte und sich zwang, noch einmal genauer hinzuschauen. »Die sieht aus wie … ich schätze, dass das meine Axt ist. Wurde Staupe mit der ermordet?«

Bengt studierte jede Muskelbewegung in Tornes' Gesicht. Die Mundwinkel zuckten, als wollte er lächeln, doch dann öffnete er den Mund und gaffte Bengt an.

»Darum bin ich also hier? Ihr glaubt, ich hätte Lars mit der alten Axt umgebracht?« Er schaute zu der Spiegelscheibe, hinter der Malvin Flotve saß. »Das ist doch nicht Ihr Ernst, oder? Ich hab das Ding schon seit Jahren nicht mehr benutzt. Wusste nicht einmal, dass ich sie noch habe.« Er hielt inne. Dachte nach. »Außerdem war ich in Ullensvang.«

»Wir sagen nicht, dass Sie ihn ermordet haben, wir glauben aber, dass derjenige, der Lars getötet hat, nach Ihrer Axt gesucht hat. Haben Sie dafür eine Erklärung?«

Bengts Blick ruhte auf Odds Gesicht, als er das fragte.

»Was reden Sie denn da? Warum sollte denn jemand nach der alten Axt suchen? Außerdem habe ich doch gerade gesagt, dass ich noch nicht mal wusste …« Er machte eine Pause. »Ich muss sie verliehen haben.« Tornes starrte auf den Tisch.

»Haben Sie die Axt verliehen?«

»Ja klar, öfter.« Tornes' Gesicht war rot. »Wir … wir haben uns damals gegenseitig alles Mögliche ausgeliehen …«

»Wem, zum Beispiel?«, fragte Bengt. »Den Nachbarn?«

»Freunden und Bekannten. Mit den Nachbarn hatte ich nicht so viel zu schaffen. Beim Bauordnungsamt zu arbeiten, macht einem nicht immer Freunde.« Tornes warf einen raschen Blick auf die Fotos und sah Bengt fragend an. »Worauf wollen Sie eigentlich hinaus?«

Bengt blätterte durch seine Notizen, ehe er den Blick hob.

»Sie haben mir gerade von einem Jungen erzählt, der Sie zutiefst gekränkt hat. Einer, der Sie als Vater ins Abseits gestellt und Sie so klein gemacht hat, wie Sie sich noch nie zuvor gefühlt haben. Einer, der Ihnen gedroht hat, Lügen über Sie zu verbreiten. War es nicht so? Sie sagten, Sie wären in konstanter Alarmbereitschaft gewesen.« Bengt machte eine Kunstpause. »Als wir das letzte Mal bei Ihnen waren, haben Sie gesagt, Sie hätten nach Frodes Auszug nichts mehr mit ihm zu tun gehabt. Bleiben Sie bei dieser Aussage?«

Odd stemmte sich aus dem Stuhl hoch, ließ sich aber gleich wieder darauf fallen.

»Natürlich bleibe ich dabei. Was wollen Sie denn? Was hat das mit der Axt zu tun?«

Bengt sah die Fotos an.

»Das Kriminalamt hat Staupes DNA an der Axt gefunden, wie zu erwarten war. Aber in einem Riss am Schaft war auch noch altes Blut. Das Labor hat Frodes DNA gefunden. Also …« Bengt lehnte sich zurück. »Jemand hat befürchtet, dass wir genau das herausfinden könnten.« Er strengte sich an, seine Stimme ruhig zu halten und gleichzeitig auf Tornes' Reaktion zu achten. »Jemand, der Grund zu der Annahme hatte, dass Sie noch immer im Besitz dieser Axt sind.«

»Nach über dreißig Jahren?« Tornes lachte, als könne er nicht glauben, was er hörte.

»Jemand, der weiß, dass wir mit den heutigen Methoden auch noch DNA in altem Blut feststellen können. Also, wer kennt Sie so gut, dass er weiß, dass Sie diese alte Axt aufgehoben haben? Dass Sie nichts wegschmeißen, wenn Sie nicht müssen?«

Odd sah ihn erst verwirrt, dann verzweifelt an

»Niemand, schätze ich. Außer Gerd. Und eigentlich ist sie es, die sich von nichts trennen kann.« Er schüttelte resigniert den Kopf. »Brauche ich einen Anwalt?«, fragte er.

»Wir wollen uns in diesem Gespräch nur ein wenig mehr Klarheit verschaffen. Vorläufig wird Ihnen noch nichts zur Last gelegt.«

Odd zog skeptisch eine Augenbraue hoch.

»Vorläufig?« Er lachte trocken. »Ich denke, ich habe für das Blut eine viel simplere Erklärung als das, was Sie sich da zusammengedichtet haben. Blut war auf Frodes Kleidern so gewöhnlich wie Dreck. Und dreckig war er immer. Gerd war nur am Waschen.«

Odd sah aus, als wäre er wieder obenauf, seine Gesichtsfarbe hatte sich normalisiert. Er verschränkte die Arme vor der Brust.

Bengt wollte gerade sagen, dass die Blutmenge, die die Techniker vom Kriminalamt an der Axt gefunden hatten, nicht auf eine harmlose Verletzung hindeutete, aber Odd ließ ihn nicht zu Wort kommen. »Frode hat alle möglichen Sachen mit in das Bootshaus genommen, wahrscheinlich auch die Axt. Aber wenn es erlaubt ist, würde ich Ihnen, Bengt Alvsaker, gerne eine einzige simple Frage stellen.« Er schaute zu dem Spiegelfenster, dann drehte er sich wieder zu Bengt um. »Wer zum Teufel bringt seinen Pflegesohn mit der eigenen Axt um, um sie danach dreißig Jahre zu Hause aufzubewahren, wohl wissend, dass sie erst weggeworfen wird, wenn die Ehefrau sechs Fuß unter der Erde begraben liegt? Und soll ich ihn dann auch beim Bootshaus begraben und anschließend Erde für meinen eigenen Garten von dort bestellt haben?«

Er schlug mit der Faust auf den Tisch und sah Bengt in die Augen.

»Halten Sie mich für einen kompletten Idioten? So behandeln Sie mich jedenfalls gerade!« Seine Stimme bebte vor Zorn. Odd stand auf. »Wenn also nichts gegen mich vorliegt, würde ich dieses Gespräch gerne als beendet betrachten.«

Auch Bengt erhob sich. Mit zwei Schritten war er an der Tür und stellte sich davor.

»Wir sind noch nicht fertig. Sie können gerne einen Anwalt bestellen, auch wenn Sie den vorläufig noch nicht brauchen werden.«

Er nahm ein Blatt Papier und einen Bleistift und bat Odd, sich wieder zu setzen.

»Sie können bald gehen, aber vorher krempeln Sie bitte noch Ihr Gehirn um und schreiben mir die Namen all jener auf, die sich Ihre Axt geliehen haben könnten.«

Odd sank kreidebleich auf den Stuhl.

»Morten Vik.«

Bengts Hand lag auf der Klinke. Er drehte sich um.

»Was ist mit ihm?«

»Vermutlich hat er es getan. Er war damals beinahe jeden Tag mit Frode zusammen. Alle wussten, was zwischen den beiden lief, aber keiner sprach darüber.« Odd zog die Schultern hoch. »Nur so ein Tipp von mir.«

POLIZEIWACHE KVAM

KURZE ZEIT SPÄTER, MONTAG, 14. MAI 2018

Tornes argumentiert geschickt. Was er erzählt, schwächt das Motiv eher, als es zu bestätigen«, sagte Flotve, der mit Bengt die weitere Strategie besprach. »Und der Mord an Lars … Ich glaube nicht, dass er was damit zu tun hat. Zumindest nicht alleine.«

Bengt nickte nachdenklich.

»Und die Aufnahmen der Überwachungskameras?«

»Die wenigen, die ich bekommen habe, habe ich so weit durchgeschaut, wie die Zeit reichte. Bis jetzt habe ich Tornes' Wagen nur abfahren und wieder nach Hause kommen sehen, nichts dazwischen.«

Bengt fuhr sich mit den Fingern durchs Haar und schaute auf die Uhr.

»Wo zum Teufel steckt eigentlich Susanne?« Er stand auf und ging zur Tür. »Die müsste doch längst da sein.«

Flotve setzte sich an den Computer.

»Ich sehe mir die restlichen Aufnahmen an.«

Es klopfte. Beide Männer drehten sich gleichzeitig zur Tür, als Ester sie aufriss. Sie hatte hektische Flecken auf den Wangen und hielt das schnurlose Telefon in der Hand.

»Da ist Susanne dran«, schnaufte sie mit aufgerissenen Augen. »Sie schreit die ganze Zeit, ich verstehe nicht, was sie will.«

Bengt schnappte sich den Hörer.

»Susanne?«

»Bengt! Ich …« Susanne schnappte nach Luft.

»Wo bist du?«

»In der Scheune. Ich hab mich in der Scheune versteckt.«

»Susanne.« Seine Stimme war ruhig, während das Herz gegen den Brustkorb hämmerte. »Bleib ganz ruhig. In welcher Scheune bist du?«, fragte er, obwohl er die Antwort bereits kannte.

»Børves. Ich muss mich verstecken. Er hat Fotos auf seinem Computer. Ist ausgerastet, als er gemerkt hat, dass ich sie gesehen habe. Jetzt ist er hinter mir her. Er schleicht wie der totale Psycho mit seiner Schrotflinte über den Hof.«

»Was ist mit dem Kollegen? Wen hast du mitgenommen?« Bengt lief es heiß und kalt den Rücken runter, als Susanne ihm die Antwort schuldig blieb. »Du bist allein dort«, sagte er tonlos. »Bist du bewaffnet?«

»Nein, natürlich nicht.« Sie zog die Nase hoch.

Flotve stand auf und nahm die Uniformjacke vom Stuhlrücken. Bengt lief in die Garderobe, den Hörer nach wie vor in der Hand.

»Bleib, wo du bist! Versteck dich und mach jetzt keine Dummheiten. Ich alarmiere das SEK.« Er legte auf und wählte die Nummer der Spezialeinheit in Bergen, wohl wissend, dass sie es kaum rechtzeitig dorthin schaffen könnten.

Fünf Minuten später rasten sie mit Blaulicht und Sirenen Richtung Øystese.

»Wo ist sie jetzt schon wieder reingeraten.« Bengt warf Flotve einen Seitenblick zu, ehe er sich wieder auf die Straße konzentrierte. »Sie sollte doch auf mich warten. Verdammt noch mal. Sie ist allein dort. Ist es so schwierig, eine so simple Anweisung zu verstehen? Was denkt sie sich nur?«

Flotve klammerte sich an den Handgriff über der Beifahrertür, als der Wagen sich in eine 180-Grad-Kurve legte.

Bengt schaltete runter und bog auf den steilen, schmalen Weg ab, der zum Børve-Hof führte. Das Auto holperte durch die Schlaglöcher, trotzdem gab er noch mehr Gas, bis er kurz vor dem Hof hart bremste. Sie nahmen die Waffen aus der Waffenbox, sprangen aus dem Wagen und sahen sich in alle Richtungen um. An der baufälligen Scheune blieb sein Blick hängen, er hielt nach Susanne Ausschau, konnte sie aber nicht sehen.

»Wo ist sie?« Er wartete die Antwort nicht ab. »Hol unsere Westen. Gibst du mir Deckung?« Er wartete, bis Flotve die Weste übergezogen hatte, und schaute wieder zu der windschiefen Scheune. Susanne war nirgends zu sehen, und sie rufen konnte er nicht. Das Risiko wäre zu groß. Er ging ruhig auf Børves Wohnhaus zu, ohne sagen zu können, ob der Alte hinter irgendeinem Baum stand und mit der Schrotflinte auf sie zielte.

1983

Morten erinnerte sich kaum an die Zugfahrt, die meiste Zeit hatte er geschlafen. Vor dem Eingang zur Freistadt Christiania in Kopenhagen blieb er stehen. Die Pusher Street kannte er vom Hörensagen. Frode hatte ihn ein paarmal zu überreden versucht, mit ihm dorthin zu gehen.

In seiner Tasche steckte der Zettel, den die beiden Männer im London Pub ihm gegeben hatten. Er hatte ihn so oft in die Hand genommen, dass er feucht und knitterig geworden war. Mittlerweile kannte er die Adresse auswendig. Er ging zwischen den bunten Buden die Straße hinunter und fühlte sich wie in einem psychedelischen Film.

Die Häuser waren so kontrastreich und bunt wie die Menschen auf den Balkonen und die Graffitis an den Wänden. Selbst gezimmerte Rotunden mit Spitzdächern, angebaute alte Baracken oder Schuppen, die hauptsächlich aus alten Fenstern zusammengetischlert waren. Er fühlte sich wie ein Cowboy, der durch eine Westernstadt ritt.

In Christiania könne er untertauchen, hatten die beiden Männer, die ihn in Oslo zum Zug gebracht hatten, gesagt. Aber was genau hatten sie damit gemeint? Er blieb auf der schmalen Straße stehen und sah sich um. Er war am Ziel. Das Gatter des Hauses mit den Regenbogenfarben war rostig. Die Eingangstür grün und orange, die Wände mit gesprayten Vollmonden in unterschiedlichen Nuancen dekoriert. Rechts der Tür war ein blauer Fleck wie ein ferner Himmel.

Die Tür knarrte. Ein Mann mit langen grauen Haaren und Stirnband trat auf die Treppe und winkte ihn zu sich, ohne sich vorzustellen.

»Stell die Tasche hier rein.« Er erinnerte Morten an eine ältere Ausgabe von Silberpfeil. »Willkommen! Komm, ich zeig dir die Gegend.« Mit schweren Schritten folgte er dem Mann durch die Nachbarschaft.

Plötzlich grüßten die Leute von ihren kleinen Gärtchen aus, als wäre Silberpfeils Gesellschaft das Signal, dass Morten in Ordnung war. Am Kanalufer blieben sie vor einem Schuppen stehen, der im Gegensatz zu allen anderen Gebäuden schlicht weiß gestrichen war.

»Gehen wir am Kanal entlang.«

Der Mann sprach langsam in einer Mischung aus Dänisch und einer anderen Sprache, vielleicht Norwegisch oder Schwedisch. Morten nahm an, dass er schon eine ganze Weile hier lebte, denn er verschmolz mit seinen Wildlederboots und den bunten Fransen irgendwie mit der Umgebung.

Morten sah an sich selbst herunter und fühlte sich sichtbarer als je zuvor. Eine ältere Frau kam ihnen entgegen. Sie war klein und rund, mit grauen, schulterlangen Haaren. Die Ponyfransen waren mit einer lila Haarklammer festgesteckt. Intelligente Augen sahen ihn an, und er wurde von einer intensiven Sehnsucht nach seiner Mutter überrollt, ihrer warmen Küche und dem Duft nach grüner Seife.

Sie gingen nebeneinander über eine Brücke und dann weiter am Ufer entlang. Silberpfeil schwieg. Ein Schwarm Vögel trippelte am Ufer herum, Herbstlaub wirbelte mit der Strömung wie in einem Wasserkarussell, ehe es in einer Ausbuchtung zur Ruhe kam.

Am Kanalufer waren weniger Leute, trotzdem fühlte er tausend Augenpaare auf sich, die ihnen aus sicherem Abstand folgten. Er blieb stehen, als der alte Mann stehen blieb und seinen Blick auf die Farbexplosion der Häuser richtete.

»Also … Morten Vik«, sagte Silberpfeil schließlich. »Man könnte sagen, dass du gehörig Glück gehabt hast.« Er legte seine rauen Hände auf Mortens Schultern und schüttelte ihn freundlich, ehe er sich wieder zum Kanal umdrehte. »Bei uns gibt es keine Veranlagung, keine Religion, keinen Unterschied zwischen Weiß und Schwarz, alle hier sind relativ arm … aber es geht uns gut. Wir helfen einander aus der Klemme, gegen einen kleinen Obolus selbstverständlich.« Morten nickte und dachte an das Geld, das er den Männern gegeben hatte, als er aus Oslo aufgebrochen war. Er befürchtete, dass Silberpfeil noch mehr haben wollte.

»Wo kann ich wohnen?« Seine Beine zitterten vor Müdigkeit. Er sehnte sich danach, allein zu sein, zu schlafen, keine Angst mehr haben zu müssen und … nicht zu frieren.

Silberpfeil schob sein Stirnband zurecht und warf die langen Haare stolz zurück, sodass sie zwischen den Schulterblättern zu liegen kamen.

»Nicht so eilig.«

Das Kreischen einer Sirene scheuchte die Vögel auf. Sie flatterten vom Ufer auf und suchten in den schwarzen Baumkronen Schutz.

»Du willst verschwinden, habe ich das richtig verstanden?«

Morten vergrub die Hände in den Hosentaschen und nickte.

Silberpfeil sagte nichts, drehte sich einfach um und machte sich auf den Rückweg. Morten beeilte sich, ihm zu folgen. Er fragte sich, ob seine Tasche in dem Haus auch wirklich sicher war und was der Indianer mit verschwinden meinte.

»Siehst du das Haus bei dem Baum da drüben? Das rosa gestrichene mit den grünen Fensterrahmen.«

»Ja.«

Der Mann zog einen ledernen Tabakbeutel aus seiner Tunika, nahm eine Kippe heraus und zündete sie an. Morten machte einen Schritt nach hinten, als der Qualm seine Nasenflügel erreichte. »Es ist deins, wenn du darum bittest.«

»Um was soll ich bitten?«

Der Mann rückte das Stirnband wieder zurecht, das ihm etwas in die Stirn gerutscht war, nahm einen tiefen Zug, legte den Kopf in den Nacken und schaute in den Himmel. Dann lachte er laut los.

»Du musst um das Haus bitten. So funktioniert das hier. Wenn ein Haus leer steht, kannst du darum bitten. Dann kriegst du es. Bisher hat noch niemand sonst darum gebeten. Du hast Glück. In diesem Haus gab es ziemlich viel Durchzug, um es mal so zu sagen.« Wieder lachte er. »Aber zuerst einmal müssen wir schauen, ob du hierher passt.« Silberpfeil blieb abrupt stehen und stand ganz still da, als lauschte er dem Getrampel einer Büffelherde. Dann nahm er einen neuen Zug. »Das regeln wir im Laufe der nächsten Tage.« Er klopfte Morten auf den Rücken, warf die Kippe auf den Boden und trat sie aus.

BERGEN, KRIMINALTECHNIK

MONTAG, 14. MAI 2018

Lerke und Eikanger standen vor der Schubkarre, von der sie annahmen, dass Torleif damit transportiert worden war. Sie waren müde. Selbst Eikanger waren die dummen Kommentare mit der Zeit ausgegangen. Trotzdem arbeiteten sie konzentriert.

Lerke rief im Kriminalamt an und erkundigte sich, ob das Labor schon die Ergebnisse der Wollproben erhalten hatte.

»Die Fasern, die sie zwischen den Zähnen und im Hals des Opfers sichergestellt haben, sind identisch mit dem Garn der Socke aus dem Kofferraum. Des Weiteren haben wir unterschiedliche DNA an der Socke gefunden«, unterrichtete sie der Beamte. »Aus einem Speichelrest die DNA des Opfers, darüber hinaus Epithelzellen einer anderen Person. Zu dieser DNA gibt es aber noch kein Match.«

»Noch nicht?«, fragte Lerke leicht demotiviert.

»Wir untersuchen noch eine weitere Möglichkeit, aber die ist recht fragwürdig. Mehr möchte ich dazu jetzt noch nicht sagen, wir melden uns, sobald wir mehr haben.«

»Immer diese Heimlichtuerei«, sagte Lerke, nachdem sie das Gespräch beendet hatte. »Das ist echt zum Kotzen. Warum können die nicht einfach sagen, was sie tun?« Sie ging wieder zu Eikanger und dachte laut nach. »Torleif war groß und kräftig und hat regelmäßig trainiert. Er hätte kein Problem gehabt, sich gegen *einen* Angreifer zur Wehr zu setzen.«

»Vielleicht wurde er mit einer Waffe bedroht? Dann wäre es nicht schwer, ihn in den Kofferraum zu dirigieren und zu knebeln.«

Genau dieses Rätsel galt es nun zu lösen. Früher hatte Bengt seine Fälle immer mit ihr diskutiert. Stundenlang hatten sie abends dagesessen und das Pro und Kontra der unterschiedlichen Möglichkeiten abgewogen. Doch in der letzten Zeit war er sehr schweigsam gewesen. Egal, zu welchem Thema.

»Von einer Socke erstickt zu werden, muss der Horror sein«, sagte sie. »Wollfasern im Hals und in der Luftröhre.« Eikanger antwortete nicht. »Das muss unglaublich lang gedauert haben.« Er antwortete noch immer nicht, stand irgendwann aber auf und streckte den Rücken.

»Mir gefällt das nicht.« Er sah sie voller Ernst an. »Bist du sicher, dass du all das auch wirklich verkraftest?«

»Wie meinst du das?«

»Du bist zu nah dran. Und du verlierst den Fokus. Du machst eine schwere Zeit durch, Lerke. Lars war ein enger Kollege. Und jetzt spekulierst du darüber, wie es Torleif, einem Freund von dir, im Augenblick des Todes ergangen ist.«

»Tut mir leid. Ja, es ist einfach ein bisschen viel im Moment.«

Er holte tief Luft und sah sie an.

»Statt darüber nachzugrübeln, wie sehr er gelitten hat, statt dir darüber Sorgen zu machen, ob Bengts Sohn eine schöne Konfirmation bekommt. Statt …« Er holte noch einmal Luft. »Verdammt, finde einfach raus, wer das getan hat. Wir sind die einzige Stimme, die Torleif jetzt noch hat.«

Lerke hatte ihn schon das eine oder andere Mal wütend erlebt, aber nie wütend auf sie, nicht so. Sie starrte ihn entgeistert mit offenem Mund an. Ihre Wangen brannten.

Er drehte ihr den Rücken zu und arbeitete weiter. Es war sinnlos, jetzt darüber zu diskutieren. Außerdem hatte er recht. Sie stand zurzeit ziemlich neben sich. Aber auch daran konnte sie im Moment nichts ändern.

Sie und Bengt wohnten und arbeiteten zu eng aufeinander. Seit er verletzt worden war, fehlten ihnen das gemeinsame Training, die langen Fahrradtouren, die Bergwanderungen. Nur sie beide. Dann war auch noch Thomas eingezogen. Und was anfangs wie ein spannendes Projekt wirkte, das sie teilen konnten, war zur Pflicht geworden, zu einer Belastung. Lerke sehnte sich immer öfter nach ihrer Wohnung in Bergen. Nach der Ruhe, um ihre Wunden nach einem langen Arbeitstag zu lecken. Oder nach einem dunklen Pub, in dem sie mit Kollegen, die dasselbe wie sie gesehen hatten, abhängen konnte.

»Tut mir leid, Lerke, dass ich so direkt war«, sagte Eikanger nach einer Weile. Dann räusperte er sich. »Gibst du mir das Pulver?«

Lerke reichte es ihm ohne ein Wort und half ihm. Bald darauf leuchteten die Fingerabdrücke wie große, zerdrückte Läuse am Rand der Schubkarre, während die Handgriffe offensichtlich abgewischt worden waren. Eikanger stand auf und streckte den schmerzenden Rücken, »Die Socke im Kofferraum. Fingerabdrücke. Wer auch immer das war, hat im Affekt gehandelt. Oder ist ein Riesenidiot. Eins von beidem. Auf jeden Fall ganz schön amateurhaft geplant.«

ØYSTESE, BØRVE

ZUR SELBEN ZEIT, MONTAG, 14. MAI 2018

Der Nebel war dicht, keine Häuser, keine Hütten, Autos oder Menschen waren zu sehen. Nicht einmal ein Vogel zwitscherte. Nur das Prasseln des Regens war zu hören.

Ganz in Schwarz gekleidet schlichen Bengt und Flotve sich zum Haus von Åsmund Børve. Bengt ging voraus, Flotve war dicht hinter ihm. Alle Fenster des alten Hauses waren dunkel, nirgends brannte Licht.

»Wir trennen uns«, flüsterte Bengt, als sie die Ecke des Hauses links des Eingangs erreichten.

Es war viel zu still. Er signalisierte Flotve, auf die Rückseite des Hauses zu gehen, vielleicht gab es ja einen Hinterausgang. Der routinierte Polizist wirkte vollkommen ruhig. Bengts Puls hingegen hämmerte schnell genug für sie beide. Er trennte sich von Flotve und schlich durch Wasser und Matsch zur Haustür, die angelehnt war.

Er zückte die Waffe und ging hinein, drückte sich an der Wand entlang und schob ein paar grüne Gummistiefel zur Seite. Er atmete langsam und kontrolliert, während in seinem Körper ein Inferno aus Adrenalin brannte. Er stellte sich seitlich neben die Tür, schlüpfte um die Ecke in die Küche. Als er die roten Augen der weißen Katze sah, die wie eine leblose Porzellanfigur auf dem Tisch hockte, zuckte er zusammen.

Ein Spiegel lag zersplittert am Boden, und über einem Waschbecken hing ein halb gelöstes Brett. An der Wand und am Boden waren Blutspuren. Sein Herz schlug noch schneller. Er näherte sich einer weiteren angelehnten Tür und lauschte. Mit einem Mal tat es einen lauten Schlag, als wäre etwas zu Boden gegangen. Bengt streckte die Waffe vor sich aus, stieß die Tür mit dem Fuß auf und schrie: »Polizei! Keine Bewegung!«

Børve stand vor einem alten Schrank, die Flinte in der Hand. Der Lauf zeigte auf den Boden.

»Fallen lassen«, sagte Bengt ruhig, während er seine Waffe weiter im Anschlag hielt. Børve starrte ihn an. »Du kommst hier nicht mehr weg, Åsmund«, sagte er. »Wo ist Hauso?« Børves Blick flackerte. Seine Stirn war schweißnass. Er sah auf einen Punkt hinter Bengt, ehe er die Waffe auf den Boden legte.

Flotve kam ins Haus gelaufen, war sofort zur Stelle und schob das Gewehr mit dem Fuß weg, und während Bengt weiter auf Børve zielte, drehte Flotve den Alten um und legte ihm Handschellen an.

»Gesichert!«, rief Bengt, als er schnelle Schritte hörte. Erleichtert realisierte er, dass Susanne ins Zimmer kam. Sie sah irgendwie aus wie ein blutiger weißer Chihuahua.

Auf dem Boden lag ein kaputter Laptop. Schubladen und Schränke waren durchsucht worden. Ein Karton mit alten VHS-Kassetten stand auf dem Boden. Zwischen Bettzeug und alten Laken lag ein umgestürzter Stuhl.

»Ich habe nichts gemacht«, kam es von Åsmund Børve. Sein großer Körper bebte beim Weinen. »Ich will doch nur meine Ruhe.«

POLIZEIWACHE KVAM

MONTAG, 14. MAI 2018

Das Verhör von Børve musste warten. Sein Anwalt war bei einem Gerichtsverfahren in Bergen und konnte erst am nächsten Tag kommen. Bis dahin lautete die Order, dass niemand mit Børve sprechen durfte. Bengt stöhnte resigniert über diese weitere Verzögerung und rief Susanne an, um ihr Bescheid zu geben. Sie hatte es abgelehnt, nach Hause zu gehen, und war dazu verdonnert worden, in ihrem Büro die Kartons aus Tornes' Keller durchzugehen.

Bengt ging nach unten, begrüßte den Wachmann der Arrestzellen, die im Kellergeschoss lagen, und setzte sich auf einen Stuhl hinter der Empfangsschleuse.

»Hat er irgendwas gesagt?«

Der Mann warf einen Blick auf den PC.

»Ich bin gerade erst gekommen, aber …« Er las sich die Aufzeichnungen seines Kollegen durch. »Er hat einen Anruf von seinem Anwalt bekommen. Seit ich hier bin, hat er nicht ein Wort von sich gegeben, er wollte nur ein Glas Wasser.«

»Ich würde gerne ein paar Worte mit ihm wechseln«, sagte Bengt trotz der Anweisung des Anwalts und ging zu dem Tisch mit der Kaffeemaschine. Er nahm eine Tasse mit der Aufschrift *politiforum.no,* schenkte Kaffee ein und ging zur Zellentür. Der Wachmann öffnete sie ihm.

Åsmund Børve saß auf der Pritsche und hatte die Knie bis zum Kinn hochgezogen. Auf dem Boden vor ihm stand ein volles Glas Wasser.

Bengt setzte sich neben ihn. Aus dem Augenwinkel sah er, dass Åsmund ihn beobachtete.

»Verstehst du, warum du hier bist?«, fragte er nach einer Weile. Åsmund Børve war nach hinten gerutscht und lehnte mit dem Rücken an der Wand. An den Füßen trug er hellgraue Wollsocken. »Hast du in der letzten Zeit Besuch von Torleif Tysse bekommen?«

Der Bauer starrte auf die Tür.

»Er war Samstagnachmittag kurz bei mir.«

»Was wollte er?«

»Über Frode reden. Ich habe ihn weggeschickt.«

»Und, ist er gegangen?«

»Was weiß denn ich, ich hab ihn stehen lassen. Hinterher war er weg.«

»Du weißt, dass er ermordet wurde?«

Åsmund Børve war sichtlich unwohl. Er faltete die Hände, knetete sie. »Ich war das nicht.«

»Und danach. Was hast du dann gemacht?«

»Ferngesehen, und dann habe ich ein bisschen im Netz gesurft, hab Zeitung gelesen. Das Übliche. Und die Katze habe ich auch gefüttert.«

»Kann das jemand bestätigen?«

Børve sah ihn an, als hätte er gesagt, dass er ihm eine Million schenken wolle.

»Torleif … ist er mit seinem Auto gefahren?«

»Ja, klar.«

»Ich habe auch mit Torleif gesprochen«, sagte Bengt.

Børve rutschte an den Rand der Pritsche und stellte die Füße auf den Boden. Die Socke hatte am großen Zeh ein breites Loch.

»Vermutlich ist er deshalb zu dir gekommen, verstehst du. Ich habe ihn gebeten, Leute zu finden, die Frode kannten und vielleicht etwas wissen. Dich hat er explizit genannt. Hat gesagt, dass du mit Frode nach Hause gegangen bist, als er noch minderjährig war, und dass Frode dich anschließend erpresst hat. Das stimmt mit dem überein, was du im Interview gesagt hast, nicht wahr?«

Es blieb eine ganze Weile still, dann nickte Børve langsam. In seinem Blick lag Müdigkeit.

»Er hat mich erpresst. Hat mir alles genommen, was ich hatte.«

»Du hättest ihn anzeigen können.«

Wieder sah er Bengt ungläubig an.

»Ich ... wer hätte denn wohl einem Schwulen geglaubt? Schwul und pädophil war damals in den Köpfen der Leute beinahe dasselbe.«

»Wenn du nichts zu verbergen hast, warum hast du dann so hektisch aufgeräumt, als wir kamen? Die Kommissarin hat mir von den Bildern erzählt, die sie gefunden hat ... von Jungen ... darunter Frode.«

Børve antwortete nicht gleich. Er starrte auf seine Hände, drückte die Nagelhaut zurück.

»Das sind private Fotos. Die Tussi hat da einfach ohne Recht rumgeschnüffelt.« Bengt drehte die Tasse in den Händen und nickte. Børve fuhr fort: »Es ist doch wohl nicht verboten, Fotos zu speichern? Ich habe mir Zeit genommen, sie zu digitalisieren. Das ist ein Hobby von mir.«

Bengt fragte sich, ob Børve sich dümmer stellte, als er war. Glaubte er wirklich, dass es in Ordnung war, Fotos von nackten Jungen zu machen und auf seinem Computer zu speichern?

»Du weißt aber schon, dass es für unsere Techniker eine Kleinigkeit ist, diese Bilder wiederherzustellen, selbst wenn du versucht hast, deinen Laptop zu zerstören. Sie arbeiten im

Augenblick daran. Willst du mir etwas über diese Fotos sagen? Hast du sie mit anderen geteilt?«

Flotve steckte den Kopf in die Zelle, nickte Børve kurz zu und bat Bengt, nach draußen zu kommen.

»Verhörst du ihn gerade?«, fragte er und sah skeptisch zur Zellentür.

»Nur ein kleines Gespräch«, sagte Bengt. »Ich bin schon fertig.«

Gemeinsam gingen sie die Treppe hoch.

»Menschen, die nicht so leben dürfen, wie sie wollen, sind verdammt. Børve ist da keine Ausnahme. Sein PC ist voll von Fotos von kleinen Jungen. Aber darum soll sich Bergen kümmern«, sagte Bengt. »Die können die Fotos dann in ihre Sammlung aufnehmen«, fügte er sarkastisch hinzu und spürte, wie wütend der Gedanke ihn machte.

»Sind auch Fotos von Morten dabei?«

»Keine solchen, bis jetzt jedenfalls nicht. Aber da ist noch einiges zu sichten. Morten ist auf gerahmten Fotos im Wohnzimmer, was auch immer uns das sagen mag, insgesamt drei Fotos von der Heuernte im Sommer, als wäre Børve so was wie der Patenonkel von Morten. Bei dem Interview hat Børve angegeben, dass er Frode im Frimerket getroffen und mit zu sich nach Hause genommen hat. Die Fotos lassen aber vermuten, dass es schon viel früher zu Übergriffen gekommen ist. Frode konnte da ganz sicher noch kein Erwachsenenticket für den Bus nach Bergen lösen. Außerdem lässt sich wohl niemand dafür erpressen, mit jemandem geschlafen zu haben, der sexuell gesehen nicht mehr minderjährig ist. Nicht einmal, wenn der Junge das im Dorf herumerzählt hätte.«

Bengt verließ Flotve und rief den diensthabenden Staatsanwalt an, der ihm die Erlaubnis erteilte, Børve in Untersuchungshaft zu behalten, bis die DNA-Proben der Socke abgeschlossen waren und die IT-Abteilung die Fotos gesichtet hatte. Der Staatsanwalt gab ihnen eine Woche, meinte aber, es sei wohl das Beste, Leute aus Bergen vorbeizuschicken.

Bengt legte auf und trat ans Fenster. Der Verkehr rollte gleichmäßig in beide Richtungen. Ein Mann sprang zur Seite, um dem Spritzwasser auszuweichen. Ein weißes Auto, ein blaues, ein grüner Lastwagen – ein endloser Mahlstrom. Seufzend ging er zu Susanne, die in der Ecke ihres Büros auf einem Sessel saß und die Beine unter sich gezogen hatte. Ihr Kopf war nach hinten gelehnt, die Augen geschlossen. Sie sah komplett fertig aus. Als Bengt sich räusperte, öffnete sie ein Auge. Sie tat ihm leid, aber sie hatte seine Anweisungen nicht befolgt. Irgendwann würde er mit ihr darüber reden müssen.

Er informierte sie darüber, was der Staatsanwalt gesagt hatte, als sein Blick auf die Postkarten fiel, die Torill Vik ihnen gegeben hatte.

»Ich habe heute einen Anruf bekommen«, sagte Bengt. »Interpol hat etwas zu Morten Vik gefunden. Er soll am 3. November 1983 in Kopenhagen gestorben sein.«

»Aber …« Susanne stand auf und rieb sich die Augen. »Die letzte Postkarte ist im Dezember 2007 abgestempelt worden. Wer soll Torill denn dann diese Karten geschickt haben? Eigentlich kommt da doch nur der Mörder infrage, oder?«

POLIZEIWACHE KVAM

DIENSTAG, 15. MAI 2018

Die weiteren Verhöre mit Børve würden Zeit in Anspruch nehmen, inzwischen waren aber die Kollegen aus Bergen eingetroffen, um das Bildmaterial zu sichten. Susannes Schulter schmerzte. Ihr Kopf schrie nach Ruhe. Die Festnahme hatte ihr die letzte Kraft genommen, und sie dankte allen höheren Mächten, dass Bengt nicht weiter darauf eingegangen war, dass sie sich allein zu Børve begeben hatte. Natürlich war das Wahnsinn, schlimmer war aber, dass sie Bengt angelogen und ihm noch einmal bestätigt hatte, dass sie ihren Kopf nicht einschaltete, bevor sie handelte. Sie schleuderte die leeren Kartons, in denen Frode Rosenquists Besitztümer aufbewahrt gewesen waren, in eine Ecke, nahm einen Schluck Pepsi Max aus der Dose und schaute gereizt zu der Kuckucksuhr an der Wand. Die Zeit schlich dahin. Sie überlegte kurz, rüber zu Bengt zu gehen und sich das Verhör anzuhören. Aber Frodes Sachen waren auf dem Schreibtisch, dem Aktenschrank, dem Boden und auf dem Beistelltisch neben dem Sessel verteilt, und sie hatte ihm versprochen, alles gründlich durchzugehen.

Susanne trommelte mit den Fingern auf die Schreibtischplatte, den Blick auf die Fotoalben vor sich gerichtet, und begann zu blättern.

Die Fotos zeigten Frode als Kind, allein beim Spielen auf dem Boden oder im Garten in Vavollen auf einem grünen Plastiktraktor. Sie blätterte weiter bis zu einem Foto, auf dem er so zwischen zehn und zwölf Jahren war und auf der Schaukel saß, die heute noch im Garten hing. Er sah genauso aus wie auf Børves Fotos. So wehrlos, wie nur ein Kind es sein kann. Die Angst schnürte ihr den Hals zu, und ihre Kiefer verkrampften. Sie stand auf. Lief im Raum hin und her, um die Gedanken abzuschütteln, versuchte, an etwas anderes zu denken, trank einen Schluck Pepsi. Susanne wusste, dass es nur Gefühle waren. Gefühle sind nicht gefährlich, sagte ihr Psychologe ihr immer und immer wieder, aber das half wenig, wenn die Angst kam und sich alles so anfühlte, als würde das Herz stehen bleiben. *Was habe ich mir nur gedacht?* Kopflos hatte sie sich auf Børve gestürzt, ihm die Flinte aus der Hand gerissen, hatte mit ihm in der Küche gerungen, ehe sie sich losreißen konnte und sich in der Scheune versteckt hatte. Woher sie den Mut und die Kraft genommen hatte, war ihr bis jetzt schleierhaft.

Sie nahm sich noch einmal den Stapel Postkarten vor und versuchte, sich in Mortens Situation hineinzuversetzen. Hatte er sich am Ende vielleicht selbst umgebracht?

»Verdammter Mist, was für ein Chaos«, sagte sie kurz darauf am Telefon zu Lerke, die gerade mit Eikanger durch Børves Wohnung ging. »Habt ihr schon irgendwas gefunden?«

»Hauptsächlich Einsamkeit.«

Susanne hörte die Müdigkeit in ihrer Stimme.

»Wie meinst du das?«

»Na ja. Immer allein in diesem verfallenen Loch zu hocken, während die Zeit einem zwischen den Fingern zerrinnt. Kann man ihm da wirklich Vorwürfe machen?«

Susanne schaute raus in den prasselnden Regen.

»Sag das nicht. Unabhängig davon, was er sonst noch getan hat, hoffe ich wirklich, dass die ihn weichklopfen. Er ist ein verdammter Pädo. Das macht mich so wütend. Habt ihr irgendwas gefunden, das ihn mit den Morden in Verbindung bringt … das beweist …«

»Nicht hier im Haus. Das IT-Team hat aber wohl noch einiges auf dem PC gefunden. Mehr als das, was du gesehen hast.« Susanne hörte Lerke atmen. »Das ist so krank.«

Als Susanne auflegte, sah sie auf dem Parkplatz einen Mann in einem hellen Trenchcoat aus einem Taxi steigen. Er zog den Mantel über den Kopf und lief geduckt zum Eingang.

Da sie die einzige verfügbare Kollegin im Büro war, rieb sie sich die Müdigkeit aus den Augen und richtete sich auf. Sie fuhr sich mit den Fingern durchs Haar, zog die Wollsocken aus und stieg in ihre Boots. Das Büro sah aus wie das Zimmer eines Zehnjährigen. Sie raffte die herumliegenden Kleider zusammen und warf sie in einen der Kartons, schnappte sich eine Mütze und ein Paar Handschuhe und legte sie auf den Schreibtisch. Vielleicht war ja aber auch noch irgendein anderer Beamter im Haus, der den Besuch in Empfang nehmen konnte.

Außerdem war es gut möglich, dass der Mann gar nicht zu ihnen wollte, sondern einen anderen Termin irgendwo anders im Haus hatte. Ihre Gedanken wanderten zu der Frau, die bei Norhand Industri arbeitete. Wie sie den Fund von Torleifs Leiche wohl verarbeitet hatte? Ihr schlechtes Gewissen meldete sich, weil sie nicht Kontakt aufgenommen und danach gefragt hatte. Aber das war ihr jetzt einfach zu viel. Sie konnte sich nicht um alles kümmern.

Sie setzte sich an den Schreibtisch. Neben den Alben lagen vier Schreibhefte von Frode. Susanne blätterte das erste durch. Studierte die Buchstaben, die er ohne nennenswerten Erfolg zu formen versucht hatte. Am unteren Seitenrand hatte die Lehrerin eine Sonne gemalt – mit neutralem Mund. Sie dachte an ihre eigenen Schreibhefte aus der Grundschule. Ihre schnörkelige Schrift war immer mit einer breit grinsenden Sonne belohnt worden.

Dann öffnete sie das Englischheft. *Froed 7. Klase. Engilsh,* stand auf der Titelseite. Kein Fall für Smileys. Auf der ersten Seite waren vier beschriebene Zeilen mit zwei sich wiederholenden Worten. *Fakk ju.* Darunter hatte er Steinzeitmenschen gemalt, deren Keulen wie Penisse aussahen und Sperma verspritzten. Sie blätterte weiter. Die Worte wurden weniger, die Zeichnungen mehr … und heftiger. Nicht ungewöhnlich bei Kindern, die sexuellen Übergriffen ausgesetzt waren. Wieder musste sie an die Fotos auf Børves Computer denken, von Frode Rosenquist und Mortens Freund, Jørn Råen. Der Mann, der um eine Schwuchtel weniger auf der Welt nicht trauerte. Mit einem Mal wurde ihr einiges klar.

Die dachte an Frodes Kindheit. Die Familie, die sich um ihn kümmern sollte, das Jugendamt, die Schule … Alle, absolut alle hatten den Jungen enttäuscht. Niemand hatte ihn vermisst, als er starb. Von ihm geblieben war nur das Gerede im Dorf, eine Geschichte, die sich im Laufe der Jahre verfestigt hatte. Und die ganze Zeit über hatte Frode tot und begraben unter einem Findling am Strand gelegen.

Sie nahm einen weißen Umschlag mit der Beschriftung »Øystese Schule, Zeugnisse« und öffnete ihn. Erstaunt sah sie auf die Bewertungen. Frode hatte in allen Fächern gute Noten, außer in Norwegisch. Unter Mitarbeit und Verhalten stand ein ›mangelhaft‹.

Susanne warf den Umschlag zurück auf den Tisch. In Anbetracht der Tatsache, dass er mehr oder weniger als Analphabet angefangen hatte, musste er wirklich die Zähne zusammengebissen haben.

Als Nächstes nahm sie sich ein Fotoalbum vor. Es war in grünes Kunstleder gebunden, und die Fotos waren direkt auf die dicken Pappseiten geklebt worden.

Auf der ersten Seite gab es zwei scharfe Fotos, die anderen waren verwackelt. In den Siebzigern wurde noch der ganze Film entwickelt und bezahlt, egal, wie schlecht die Fotos waren. Ein dunkelhaariger Junge lächelte ihr entgegen, daneben ein Baby auf dem Arm einer Frau. »Mama und ich«, stand darunter, vermutlich von jemand anderem als Frode geschrieben. Die folgenden fünf Bilder waren unscharfe Varianten des ersten.

Ein paar Seiten weiter tauchte die Familie Tornes auf. Susanne erkannte das Haus in Vavollen. Es sah neu aus. Das letzte Foto zeigte die Familie vor einem großen Feuer. Wahrscheinlich der Johannisabend am Strand vor dem Hotel Hardangerfjord.

Der Strand war nicht weiß wie heute, sondern voller Steine und Blasentang. Das Feuer brannte dicht am Wasserrand. Die Familie Tornes saß mit einigen anderen Familien zusammen. Um sie herum standen Kühltaschen, eine Kiste Bier und ein paar freie Gartenstühle. Gerd spießte an einem weißen Campingtisch Grillwürste auf einen langen Spieß.

Frode war älter. Auch Elise war dabei. Sie saß auf dem Schoß ihres Vaters. Frode streckte seine Arme in Richtung eines großen Mannes mit rotem Haar aus, der die Hände wie zur Verteidigung über den Kopf gehoben hatte. Bengt musste sich diese Fotos noch einmal anschauen. Er war von hier und kannte den Mann vielleicht.

Aber etwas anderes weckte Susannes Interesse. Es lag auf einem größeren Stein in der Nähe des Feuers. Sie zog eine Schreibtischschublade auf und suchte nach dem Vergrößerungsglas. Die Flammen des Lagerfeuers reflektierten auf dem lackierten Schaft einer Axt. War das *die* Axt?

Ihr Magen knurrte, als der Duft von frischen Backwaren durch den Türspalt zog. Mittagszeit. Susanne stand auf.

»Kümmert sich schon jemand um Sie?«, fragte Susanne, als sie den Mann aus dem Taxi in der roten Sofaecke der Rezeption sitzen sah. Er musste schon eine ganze Weile dort warten. Esters Kabuff war verwaist. Der Mann stand auf.

»Ich will zu Bengt Alvsaker.«

»Der hat gerade zu tun.« Der Mann sprach Dänisch. »Kann ich Ihnen weiterhelfen?«

»Oscar Nielsen.« Er streckte die Hand aus. Der Name sagte ihr nichts. »Zweiter Vorsitzender beim FRI, dem Verband geschlechtlicher und sexueller Vielfalt.«

»Ah ja. Wir können in mein Büro gehen.«

Ester kam aus dem Personalraum und beschleunigte ihre Schritte, als sie die beiden sah. Susanne schob den Mann in ihr Büro, ehe Ester irgendetwas fragen konnte, und bat ihn, sich zu setzen. »Einen Augenblick«, sagte sie, ging in den Personalraum und holte einen Teller mit ein paar Gebäckstücken und zwei Becher Kaffee. Keine zehn Pferde würden sie davon abhalten, jetzt etwas zu essen. Und dieser Nielsen hatte sicher nichts gegen etwas Selbstgebackenes einzuwenden.

»Worum geht es?«, fragte Susanne und schloss die Tür.

POLIZEIWACHE KVAM

DIENSTAG, 15. MAI 2018

Oscar Nielsen war ein attraktiver, geschmackvoll gekleideter Mann in den Fünfzigern. Grau meliertes Haar, klare blaue Augen, strahlend weiße Zähne.

»Am Sonntag hat mich Andreas Winde aus dem Queer-Archiv angerufen«, sagte Nielsen und legte den hellen Trenchcoat über die Armlehne eines Stuhles.

»Ah, verstehe.« Sie reichte ihm einen Becher Kaffee. »Bedienen Sie sich. Das Gebäck ist nicht von mir, das Risiko hält sich also in Grenzen.«

Nielsen nahm sich ein Hefeteilchen.

»Zimtschnecken. Das ist lange her.« Nielsen biss hinein. »Andreas hat gesagt, Sie suchen nach Morten Vik.« Er nippte an seinem Kaffee und biss erneut herzhaft in die Hefeschnecke. »Und er hat Alvsaker wohl zugesagt, bei uns nachzufragen.«

»Das ist korrekt.«

Susanne neigte den Kopf und wartete. Der Mann schien zu überlegen, wie er beginnen sollte. Susanne nutzt die Gelegenheit, in ihre Schnecke zu beißen.

»Winde und ich stehen schon länger in Kontakt miteinander wegen des Pride-Festivals in Bergen.«

Susanne lächelte vielsagend.

»Hier am Fjord merken wir nicht viel von Pride, leider. Aber die Hoffnung stirbt zuletzt.« Sie nahm sich ein Blatt Papier, um sich Notizen machen zu können, und leckte sich ein paar Zuckerkrümel von der Lippe. »Sie haben Informationen über Morten Vik?«

Nielsen nickte bedächtig. Sie gab ihm Zeit.

»Wir Schwulen neigen zur Geheimniskrämerei. Ich denke, das haben Sie in den letzten Wochen gemerkt.« Die Bemerkung blieb unbeantwortet in der Luft hängen, während Susannes Pulsschlag in die Höhe schnellte. »Morten hatte natürlich auch welche.« Er stand auf und ging an den Schreibtisch, betrachtete die Sachen, die darauf verteilt lagen.

»Dann kannten Sie ihn?«

Susanne richtete sich auf. Die Schmierhefte und Alben auf dem Schreibtisch waren nicht für die Öffentlichkeit gedacht. Als Nielsen ihre Frage unbeantwortet ließ, lehnte sie sich auf ihrem Stuhl zurück und verschränkte die Arme vor der Brust.

»Ich will nicht unhöflich sein, aber zwei unserer Ermittler sitzen gerade im Verhör, ich halte hier allein die Stellung, und wir … Vielleicht könnten wir allmählich zur Sache kommen.«

Nielsen begnügte sich mit einem Nicken. Sein Schweigen wurde allmählich anstrengend, und als er nach dem Postkartenstapel griff, wollte Susanne ihn zuerst bremsen, etwas an seinem Blick hielt sie aber zurück.

»Die Identität eines Menschen entsteht aus den Rollen, die er spielt. Ist es nicht so?« Nielsen trat ans Fenster und stellte sich davor, so wie sie es selbst machte, wenn sie nachdachte. »Für Morten … für mich. Und vielleicht ja auch für Sie?«

»Wer tut das nicht irgendwann mal.« Susanne hatte das Gefühl, dass dieser Mann etwas über alle wusste, auch über sie. »Eine Rolle spielen, meine ich.«

Er drehte sich um.

Diese Augen, dachte sie. Irgendwas ist mit seinen Augen.

»Ich habe Andreas Winde zum ersten Mal in Japan getroffen. Das ist mittlerweile viele Jahre her. Wir haben uns über gemeinsame Freunde kennengelernt.«

Sie hatte das plötzliche Bedürfnis, den Raum zu verlassen. Fühlte sich merkwürdig befangen, als ahnte sie, was kommen würde. Nielsen redete weiter, als hätte er ihr Zögern nicht bemerkt.

»Ich zähle gerade an meinen Hemdknöpfen ab, ob ich wieder an die Westküste zurückkommen soll. Ob es das wert ist. Was meinen Sie?«

Susanne schüttelte den Kopf, aber nicht als Antwort auf die Frage, die er ihr gestellt hatte. Sie nahm die Mütze von ihrem Schreibtisch und knetete sie wie einen Stressball zwischen den Händen.

»Wollen Sie nicht lieber auf den Chef warten?«, sagte sie schließlich. »Er müsste jeden Moment hier sein. Sitzt gerade in einem Verhör.«

»Mit dem Falschen.«

Susanne ließ die Mütze fallen.

»Bitte? Was wissen Sie von …«

Nielsen setzte sich in den Sessel und legte lässig ein Bein über das andere. Den Stapel Postkarten hielt er noch immer in der Hand. Dann rieb er sich die Augen, als wäre er müde.

»Åsmund Børve ist der Falsche. Er hat niemanden getötet. Sieht man mal von ein paar Schweinen ab. Wenn überhaupt.«

Susanne war auf der Hut, wartete, während sich die Härchen an ihren Unterarmen aufstellten. Hatte FRI jemanden geschickt, um Børve zu verteidigen? Meinten sie, dass er Diskriminierung ausgesetzt sei? Das wäre nicht das erste Mal.

»Manches verändert sich nie, stimmt's?«, fuhr Nielsen fort.

Sie hätte ihm gern das Lächeln aus dem Gesicht gewischt und ihm gesagt, was sie auf Børves PC gefunden hatten, blieb aber reglos stehen, ohne etwas zu sagen. Da war etwas. Etwas, das sie nicht benennen konnte.

»Ich habe heute einen Kaffee in der Supermarkt-Cafeteria getrunken.« Nielsen wechselte das Bein. »Die Leute haben sich schon vor langer Zeit ihre Meinung gebildet. Er hat es getan. Wie immer war er es«, fügte er hinzu.

»Er ist nur zur Vernehmung hier, als Zeuge. Und eigentlich dürfte das kaum jemand mitbekommen haben. Wir …« Sie verstummte.

Nielsen hatte vom Café im Supermarkt gesprochen. Eigentlich verkehrten da nur Einheimische. Wie gut kannte er Øystese? Und was hatte er mit Børve zu tun? Die zwei waren so unterschiedlich, wie es nur ging.

»Kennen Sie Åsmund persönlich?«

»Ich kenne den Fall aus der Zeitung, habe die Nachrichten wochenlang verfolgt, und … Ich habe Åsmund mal gekannt, ja, aber erst von Andreas habe ich erfahren, dass ihr eigentlich nach Morten sucht.«

Ein dunkler Schatten zog über das Gesicht des Dänen. Und in Susannes Gedanken schlich sich ein wachsender Verdacht. War der Mann gekommen, um irgendein Geständnis abzulegen? O Scheiße!, dachte sie. Ich hab direkt davorgestanden, ohne es zu sehen. Die klaren blauen Augen. Das konnte doch nicht sein. Sie hatten doch gerade …

»Wer sind Sie eigentlich?«

»Wie gesagt, zweiter Vorsitzender des …«

»Raus mit der Sprache!« Susanne machte einen Schritt auf ihn zu.

Oscar Nielsen schien völlig unberührt. »Setzen Sie sich. Ich werde es Ihnen erzählen«, sagte er ruhig und beherrscht.

Susanne biss sich auf die Unterlippe, blieb aber stehen und betrachtete den Mann mit zusammengekniffenen Augen. Die hohen Wangenknochen, der Mund, das Haar und wieder die Augen, diese eisblauen Augen … Noch ehe Nielsen zu reden begann, rauschte der Puls in ihren Ohren. Mit einem Mal wusste sie ganz genau, wer der Mann war, der in ihrem Sessel saß.

»Oscar Nielsen war mir nicht ganz unähnlich, aber er hatte ein sehr viel härteres Leben als ich. Ich war einfach zum richtigen Zeitpunkt am richtigen Ort. Sie haben es damals Glück genannt.«

»Reden Sie weiter!« Susanne kniff die Lippen aufeinander und überlegte, ob sie an dieser Stelle abbrechen und erst mal Bengt und Flotve holen sollte. Sie blieb dann aber sitzen, sie wollte den Mann nicht aus dem Konzept bringen.

»Oscar ist ertrunken, die Leiche wurde nie gefunden, aber sein Pass war noch da. Ich habe seinen Platz eingenommen.«

Susannes Herzschlag setzte aus, als ihr klar wurde, dass sie zum ersten Mal in ihrem Leben einen Geist sah. Ganz ruhig griff sie nach ihrem Kaffeebecher und leerte ihn in einem Zug. Der Kaffee war kalt.

»Erzählen Sie mir gerade, dass Sie die Identität eines anderen Mannes angenommen haben?«

»Ich habe sie bekommen. In Christiania, der Freistadt. Dorthin hatte es mich verschlagen.«

Susanne nickte. Sie wusste, dass man mit den richtigen Kontakten und in den entsprechenden Kreisen seine Identität so leicht wechseln konnte wie ein Passwort auf Facebook. Erst vor wenigen Jahren hatte sie ihrem schlimmsten Albtraum Auge in Auge gegenübergestanden. Auch er hatte seinen Namen gewechselt. Bis dahin war die Geschichte also glaubhaft. Sie wartete auf die Fortsetzung, doch als ihre Geduld zu sehr auf die Probe gestellt wurde, ergriff sie selbst das Wort.

»Habe ich das richtig verstanden, Sie sind Morten Vik?« Susanne brach der kalte Schweiß aus. Diese Augen. Sie hätte es eher sehen müssen. »Ihre Mutter, sie …«

Nielsen hob abwehrend die Hand.

»Ich habe heute Nacht bei ihr geschlafen. Wir haben fast die ganze Nacht geredet. Es gibt viel nachzuholen, um es mal so zu sagen.« Ein Schatten fiel über sein Gesicht, als er auf die Postkarten schaute. »Mama hat mir erzählt, dass Sie die hier mitgenommen haben.« Nielsens Ton war anklagend. Er wechselte die Sitzposition. »Fair enough! Tote schreiben nur selten Postkarten, aber es sollte ja auch nur meine Mutter glauben, dass die von mir sind. Ich hatte ein sehr enges Verhältnis zu ihr, und da hat mich ein Artikel sehr getröstet, dass Mütter spüren und wissen, ob ihr Kind tot ist oder lebt. Wie ein Instinkt.«

Susanne kommentierte Nielsens paranormale Theorien nicht.

»Mama hat nie gezweifelt. Sie hatte sich damit abgefunden, dass ich wohl nie mehr nach Hause zurückkommen würde, bis Sie ihr erzählt haben, ich sei tot. Aber jetzt …« Nielsen neigte den Kopf zur Seite und beobachtete Susanne. »Wie, glauben Sie, ist es ihr in diesen Tagen ergangen? Zuerst wird Sie über meine sterblichen Überreste informiert, eine Jeansjacke und ein paar Knochenreste. Und nachdem ihr Mann sich das Leben genommen hat, erfährt sie, dass es doch nicht ich war, den ihr gefunden habt.« Er reichte ihr die Postkarten. »Da hatte ich keine andere Wahl mehr, als nach Hause zurückzukehren.«

Susanne hatte das Gefühl, ihm eine Antwort schuldig zu sein.

»Ich gehe davon aus, dass Sie wissen, dass Sie des Mordes an Frode verdächtigt werden?«

»Das habe ich verstanden, ja«, sagte Nielsen. »Aber glauben Sie, ich wäre hierhergekommen, wenn ich wirklich der Mörder wäre?«

Oscar Nielsen hob die Mütze vom Boden auf, die Susanne eben noch zwischen den Händen zerknüllt hatte.

»Wo haben Sie die gefunden?« Er fuhr mit dem Zeigefinger über den blauen Stern auf weißem Grund. *»Stars and Stripes«*, sagte er.

»Die lag bei Frodes Sachen«, sagte Susanne.

»Ich erinnere mich an diese Mütze«, sagte Morten. »Die gehört Jørn.«

Seine Augen waren blank, als schmerzte ihn die Erinnerung.

Er legte die Mütze auf den Tisch. Schaute in den Karton neben dem Sessel und nahm den Koffer mit den Musikkassetten heraus.

»Apropos Kleider.« Susannes Blick ruhte auf dem kleinen Lederkoffer. »Wir haben Frode in Ihrer Jacke gefunden, mit Ihrem Schülerausweis in der Tasche.«

Morten nickte.

»Den habe ich ihm gegeben ... und den Koffer auch«, sagte er. »Bevor ich gegangen bin. Frode brauchte einen Ausweis, um in Bergen ohne mich in die Clubs zu kommen. Ich war ein Jahr älter als die anderen, aber das haben Sie wahrscheinlich schon herausgefunden.« Er klappte den Kofferdeckel auf. Glitt mit dem Finger über die Kassettenrücken und zog eine Hülle ohne Aufschrift heraus.

»Haben Sie die schon angehört?«

Susanne schüttelte den Kopf.

»Noch nicht.«

Nielsen reichte sie ihr.

»Tun Sie das. Sie werden die Musik mögen.«

Susanne schaute aus dem Fenster, die Sonne kämpfte sich langsam durch den Nebel. Die Landschaft am Movatn war bezaubernd schön.

BERGEN, KRIMINALTECHNIK

DIENSTAG, 15. MAI 2018

Lerke und Eikanger waren zurück in der Kriminaltechnik in Bergen. Zuvor hatten sie die Arbeiten auf dem Børve-Hof abgeschlossen, wobei Lerke mehr und mehr das Gefühl hatte, dass ihr Kraft und Motivation endgültig abhandenkamen. Sie fühlte sich wie ein Ball, dem die Luft entwich.

»Fahr auf dem Rückweg vorsichtig.« Eikanger stellte einen Karton in das Laborregal. »Es gefällt mir gar nicht, dass du bei dem Wetter noch allein zurückfahren willst. Außerdem solltest du dich wirklich mal richtig ausschlafen. Bevor du fährst, müssen wir aber noch ein paar Berichte durchgehen.«

»Mach dir keine Sorgen«, sagte sie und wandte den Blick ab. Im Laufe der letzten Stunde hatte sie den Entschluss gefasst, nicht zurück nach Skipadalen zu fahren. Sie brauchte Zeit für sich selbst, musste nachdenken, eine Entscheidung treffen, was sie wirklich wollte. »Ich übernachte heute in meiner Wohnung in der Stadt.«

»Hier in Bergen? Ich dachte, die wäre längst verkauft?« Eikanger warf ihr einen fragenden Blick zu. Er schien sich wirklich Sorgen zu machen.

»Im Augenblick steht sie leer, eigentlich schon eine ganze Weile. Aber entspann dich, es ist nicht das erste Mal, dass ich dort übernachte.« Sie stellte das Material in den Schrank über dem Waschbecken und spürte Eikangers Blick zwischen den Schulterblättern. »Mach dir keine Vorwürfe. Deine Standpauke hat mir gutgetan. Aber ... frag bitte nicht weiter.«

»Nein, natürlich nicht. Ich mische mich doch nie in deine privaten Dinge ein.« Er blinzelte ihr zu. Lerke musste trotz ihrer trüben Stimmung lächeln.

Sie verstand ja, dass Bengt viel zu tun hatte, aber das hatte sie auch. Er hätte sich trotzdem fünf Minuten nehmen und sie zurückrufen können, wo es zwischen ihnen gerade so schwierig war. Ihr entgegenkommen. Sie vermisste die kurzen SMS, die sie sich früher immer geschickt hatten ... egal, wie hektisch es zuging. Sein Dienstwagen hatte vor der Polizeiwache gestanden, als sie über die Steindalssletta gefahren waren. Im internen Polizeinetz hatte sie gelesen, dass er Tornes verhörte und dann auch noch einmal mit Børve sprechen wollte. Auch war ihr nicht entgangen, dass er Indicia mit immer neuen Informationen fütterte. Lerke hatte den Analysebericht des Kriminalamts über die Axt gelesen und wusste, dass die Ereignisse sich überschlugen, aber ein kurzer Anruf dauerte ja nicht lang.

Die Müdigkeit steckte ihr wie Blei in den Knochen, aber bis zum Feierabend hatten sie noch einiges an Arbeit vor sich. Sie schrieb Bengt eine kurze SMS und sagte, dass es spät werden und sie in Bergen übernachten würde. Dann stellte sie das Handy auf lautlos, schaltete das Licht aus und schloss die Labortür ab, ehe sie gemeinsam mit Eikanger zu ihren Büros ging.

»Verdammt, wir hatten wirklich recht«, sagte sie zehn Minuten später in Eikangers Büro. Sie las die Nachricht des Kriminalamts vor und klopfte ihm auf die Schulter. »Der Speichel an der Socke ist definitiv von Torleif. Aber das wussten wir ja schon, jetzt haben sie aber auch noch was in den Epithelzellen gefunden.«

»Wahnsinn!« Eikanger schenkte sich Kaffee ein. »Sollte ich mal ermordet werden, wünsche ich mir wirklich eine etwas spektakulärere Mordwaffe als Wollsocken, die ich von meiner Mutter zu Weihnachten bekommen habe. Das ist irgendwie so ... erbärmlich. Sollten wir deinen Polizisten anrufen?«

»Übernimm du das nachher. Da ist noch ein Anhang.«

Sie sah Eikanger an, über dessen Nasenwurzel sich eine tiefe Furche abzeichnete. Dann fuhr er sich mit der Hand über das Gesicht.

»Das Kriminalamt nutzt ein Verwandtschaftsprogramm, um herauszufinden, von wem die Epithelzellen an den Wollfasern stammen. Ursprünglich sollte dieses Programm von der Polizei nicht genutzt werden können, aber offensichtlich ist das möglich. Einige Männer haben auf diese Weise ganz unabsichtlich noch ein paar Extrakinder bekommen.«

»Und, haben sie was gefunden?«

Eikanger schob seinen Stuhl ungeduldig zu Lerke und versuchte, einen Blick auf ihren Bildschirm zu werfen.

»Nein, noch nicht, aber sie sind dran. Es würde ja reichen, wenn nur ein Verwandter seine DNA eingegeben hätte.«

»Dann könnte uns also jeder, der seine DNA an diesen Service geschickt hat, unbewusst den Täter auf dem Silbertablett servieren?«

Lerke stand auf und schenkte sich eine Tasse Kaffee aus der Thermoskanne ein, die auf einer Bank stand.

»So ist es! Das nennt man Fortschritt.« Sie trank einen Schluck. »Wenn sie ein Match finden, reicht das aus, um einen Verdächtigen vorläufig zu verhaften. Als Beweis zählt es aber nicht. Die Tatsache, dass jemand der stolze Besitzer einer Socke ist, reicht nicht aus, um ihn als Mörder zu überführen. Rufst du Bengt an und bringst etwas Schwung in die Ermittlungen?«

Eikanger wollte protestieren, aber sie breitete die Arme aus. »Bitte.«

POLIZEIWACHE KVAM

ZUR SELBEN ZEIT, DIENSTAG, 15. MAI 2018

Bengt musterte Morten Vik, alias Oscar Nielsen, der auf der anderen Seite des Tisches im Verhörraum saß. Es hatte ein paar Minuten gedauert, bis er das Auftauchen dieses Geistes verdaut hatte. Auf dem Tisch vor ihnen stand frisch gebrühter Kaffee.

Susanne und Flotve saßen hinter dem Einwegspiegel und verfolgten das Gespräch.

»Erzählen Sie uns alles von Anfang an«, sagte Bengt, nachdem er die einleitenden Formalitäten geregelt und Stift und Notizbuch vor sich platziert hatte.

Morten Vik legte die Hände auf den Tisch. Seine Nägel waren gepflegt. Er sah zu der Bergwand, die hinter dem Fenster steil in die Höhe ragte.

»Ich bin mir nicht sicher, was der Anfang ist. Das ist eine lange Geschichte.« Er sah Bengt fragend an.

»Ich habe viel Zeit«, erwiderte Bengt und lehnte sich zurück. Er hoffte, dass er ruhiger aussah, als er sich fühlte.

Mehr als eine Stunde lauschte Bengt Mortens Geschichte. Der Mann erzählte ihm von dem Überfall seiner Freunde im Park, dass er seinen Volvo in Voss stehen gelassen hatte und mit dem Zug weitergefahren war, weil er Angst hatte, dass nach dem Wagen gefahndet wurde. Den Wechsel seiner Identität erwähnte er nur beiläufig. Es war unmöglich, sich nicht von dem beeinflussen zu lassen, was er erzählte, aber das galt für die meisten Verhöre. Jeder Mensch hatte seine Geschichte. Frode. Lars. Torleif. Henrik. Børve. Und jetzt Morten.

»Wie haben Sie erfahren, dass Sie Ihren Vater doch nicht getötet hatten?«, fragte Bengt, als Morten geendet hatte.

»Ein Mann in Christiania hat das für mich gecheckt.«

»Und was ist mit Ihrer Mutter? Sie müssen Sie vermisst haben.«

Er zuckte mit den Schultern.

»Was sollte ich ihr sagen?«

Bengt kratzte sich an der Schläfe. Wartete auf die Fortsetzung.

»Ich bin in einen Vorort von Kopenhagen gezogen. In Christiania habe ich mich nie richtig wohlgefühlt. Die Jahre vergingen, ich habe eine Ausbildung gemacht, habe Morten Vik mehr oder weniger vergessen, traf einen Mann und bekam eine Tochter. Sie heißt Torill, wissen Sie, wie meine Mutter. Für eine Weile war ich richtig glücklich. Aber … dann ist mein Mann an Krebs gestorben, als Torill fünf Jahre alt war.« Morten holte tief Luft, ehe er fortfuhr. »Damals habe ich zum ersten Mal erwogen, mit Mama Kontakt aufzunehmen. Vielleicht aus Trauer. Ich weiß es nicht. Es ist schwer, so etwas allein zu tragen.«

Bengt starrte auf die Tischplatte, zeichnete einen Kringel, ehe er den Blick wieder hob.

»Ich habe niemals jemandem erzählt, wer ich wirklich bin. Nicht einmal meinem Mann. Torill hat mich oft nach meiner Familie gefragt. Aber ich hatte nie den Mut, es ihr zu erzählen.«

»Wann haben Sie erfahren, dass wir nach Ihnen fahnden?«

»Das wusste ich nicht. Hat das in den Zeitungen gestanden?«

Bengt schüttelte den Kopf.

»Ich habe natürlich etwas über die Funde in Vavollen gelesen, das aber nicht mit mir in Verbindung gebracht. Warum auch?«

Morten zuckte mit den Schultern und trank einen Schluck Wasser.

Bengt blätterte durch seine Unterlagen.

»Dann kannte Winde Sie nur als Oscar Nielsen? Stimmt das?«

Morten Vik lehnte sich zurück und starrte an die weiße Wand hinter Bengt.

»Niemand kennt mich als Morten Vik. Ich wohne jetzt schon seit einigen Jahren wieder in Norwegen, in Oslo. Torill studiert dort, aber ... versuchen Sie, sich in meine Lage zu versetzen. Ich hatte meine Gründe, nicht nach Hause zu fahren. Nach dem Gespräch mit Winde ist dann aber etwas mit mir passiert. Vielleicht war es eine Art Weckruf, ich weiß es nicht, auf jeden Fall hatte ich mit einem Mal das Bedürfnis, meine Mutter zu sehen, aber ... Sie können sich nicht vorstellen, wie schwer es ist, plötzlich wieder Morten Vik zu sein. Ich hätte mich sofort melden sollen, als mir klar geworden war, dass Sie Frode gefunden haben ... hätte verstehen müssen, dass ich möglicherweise meinen Beitrag leisten kann ... Ich brauchte aber ganz einfach ein paar Tage, um mich zu sammeln.«

»Was für einen Beitrag?« Bengt hatte nicht vor, eigenhändig irgendwelche Schlussfolgerungen zu ziehen. »Reden Sie weiter, ich höre Ihnen zu.«

Morten schluckte mehrmals, trank einen Schluck Kaffee und räusperte sich.

»Frode hat mir von einem Plan erzählt, den er hatte.« Morten strich mit den Händen über die Armlehne des Stuhls und sah zum Spiegel, als wäre das ein Tor in die Vergangenheit. »Es ging um Erpressung.«

»Wie bei Børve?« Bengt war auf der Hut.

Morten musterte ihn.

»Børve ist harmlos. Mir hat er auf jeden Fall nie irgendetwas getan. Es kursierten viele Gerüchte über ihn, aber …« Morten hielt inne und senkte den Blick, als er verstand, dass er sich geirrt hatte und einige dieser Gerüchte wohl wahr waren.

»Ich kann nicht näher ins Details gehen, aber …«, begann Bengt.

»Ist schon in Ordnung. Ich kann das gut nachvollziehen. Das, worüber Frode gesprochen hat, hatte nichts mit Børve zu tun, sondern mit einem anderen, der keine Gelegenheit ausließ, allen möglichen Mist über … Rapungen zu erzählen. Damals habe ich Frode nicht geglaubt. Als ich vor meiner Abreise noch einmal unten am Bootshaus war, hat er mich zum Teufel gewünscht und gesagt, dass es ja noch andere als mich gäbe. Ich dachte damals, dass er das gesagt hat, um mich eifersüchtig zu machen. Weil er sauer war, dass ich wirklich gehen wollte. Doch dann hat er mir gesagt, wen er meint … und, ja, es gibt wohl kaum einen homophoberen Typ als Jørn Råen.«

Bengt hielt die Luft an. Morten schien das nicht zu bemerken.

»Und heute, als ich Jørns Mütze unter den Dingen von Frode gesehen habe, musste ich wieder an ihn denken. Ich habe mich gefragt, ob Frode damals nicht doch die Wahrheit gesagt hat. Vielleicht hatte er wirklich ein Verhältnis mit Jørn.« Morten schüttelte langsam den Kopf. »So, wie ich Jørn Råen kenne, kann ich mir gut vorstellen, dass er Panik bekommen hat, als Frode damit gedroht hat, ihn zu verraten. Jørns Vater hätte ihn vom Hof gejagt.« Morten holte tief Luft. »Jørn ist durchaus in der Lage, einen Menschen zu

Tode zu prügeln, das habe ich am eigenen Leib erlebt. Und er hätte sicher keine Skrupel gehabt, Frode zu töten, wenn der ihn wirklich unter Druck gesetzt hat.«

Susanne war während des Verhörs in den Raum gekommen. Sie setzte sich still auf den Stuhl neben Bengt und legte die rot-blaue Mütze mit den weißen Sternen auf den Tisch. Bengt goss sich ein Glas Wasser ein und leerte es in einem Zug. Er ermahnte sich selbst, dass Morten noch immer unter Verdacht stand und die Geschichte über Jørn möglicherweise nur seine Version der Wahrheit war. Morten hatte damals nicht weniger Angst gehabt, dass sein Vater alles erfahren konnte.

Bengt richtete seinen Blick auf die Mütze, die er auf dem Boden des Kellers gefunden hatte. Er wollte noch weitere Fragen stellen, als das Display seines Handys plötzlich aufleuchtete. Bengt zog es zu sich her. Er hatte mehrere unbeantwortete Anrufe von Eikanger und eine SMS: *Ruf mich an, sobald du Zeit hast.*

Er schob das Handy zur Seite. Irgendwie konnte er sich nicht von dem Gedanken befreien, dass Morten Vik auf einem Feldzug war, um sich für die Misshandlungen und Beleidigungen im Park an Jørn zu rächen.

»Sie erinnern sich also daran, dass das Jørns Mütze war«, warf Bengt ein und hielt sie ihm hin. Er hörte selbst, wie spitz er klang. »Ich habe selbst auch ein paar alte Freunde, aber ich weiß wirklich nicht mehr, was für Mützen sie getragen haben, als wir Jugendliche waren.«

Für einen Moment war es im Verhörraum vollkommen still. Morten nahm die Mütze und hielt sie ein paar Sekunden in den Händen. Dann lehnte er sich zurück und sah Bengt nachdenklich an.

»Jørns Onkel hat die gekauft, als er in den USA war. Eine für sich und eine für seinen Neffen. Jørn hatte sie ständig auf.

Und er trug sie an dem Abend, als sie mich im Park verprügelt haben. Das werde ich nie vergessen.«

»Und jetzt glauben Sie, dass Jørn etwas mit den Morden zu tun hat?«

»Sicher bin ich mir da natürlich nicht. Als ich die Mütze vorhin gesehen habe, ist mir aber der Gedanke gekommen. Warum sonst hätte sie bei Frodes Sachen sein sollen?«

Bengts Hals schnürte sich zu. Die Mütze hatte im Keller gelegen, als er Frodes Sachen ausgeräumt hatte, aber ob sie vorher in einem Karton gewesen war, konnte er nicht mit Sicherheit sagen. Auf jeden Fall hatte er sie zu den anderen Sachen aus den Achtzigern gelegt. Es war nicht auszuschließen, dass sie dem Mörder von Lars vom Kopf gerutscht war. Noch ehe er etwas dazu sagen konnte, fuhr Morten fort.

»Egal. Die Mütze hat mich auf jeden Fall auf den Gedanken gebracht, dass Frode ein Verhältnis mit Jørn gehabt haben könnte. Vielleicht hat Jørn Frode die Mütze geschenkt. Jørn hat mich und meinesgleichen mehr als alle anderen gehasst. Er hätte niemals damit leben können, als einer von uns entlarvt zu werden.«

POLIZEIWACHE KVAM

DIENSTAGABEND, 15. MAI 2018

»Wir können niemanden wegen einer Mütze verhaften«, sagte der Staatsanwalt mit dem Brustton der Überzeugung, als Bengt mit ihm telefonierte. »Ich glaube nicht daran, dass ein Mann noch mit derselben Mütze herumrennt, die er als Jugendlicher getragen hat. Die muss in einem der Kartons im Keller gelegen haben.«

Bengt konnte ihm nur recht geben, er wusste aber nicht, was das dann zu bedeuten hatte. Der Staatsanwalt war sich seiner Sache sicher. Er legte das Handy auf den Tisch, stellte es auf laut und starrte aufgewühlt darauf.

»Können wir ihn wenigstens einbestellen, um mit ihm zu reden? Ihn verhören, weil wir den Verdacht haben, dass er eine Falschaussage gemacht haben könnte?«

»Befragen können Sie ihn, aber für eine Verhaftung brauchen wir mehr.«

Bengt unterdrückte ein Stöhnen und legte auf. Susanne lief im Raum auf und ab. Die Frustration klebte an jedem Staubkorn, das in der scharfen Nachmittagssonne durch die Luft wirbelte.

»Okay«, sagte Bengt. »Wo fangen wir an?«

Er ließ sich auf einen Stuhl fallen und nahm sich ein weißes Blatt Papier vom Stapel. Susanne setzte sich auf die andere Seite des Tisches und schaltete ihren Computer ein.

Er kratzte sich zwischen den Schulterblättern. Hielt einen Augenblick inne und sah sie an. »Warte mal. Geh mal an die

Tafel.« Sie sah ihn verwundert an, tat aber, was er wollte. Bengt begann mit seinem Ausschlussverfahren. Er bat Susanne, alle Bilder zu entfernen, die entkräftet werden konnten, und begann mit seinen Überlegungen. Fast alle Personen, deren Fotos an der Tafel hingen, konnten ein Motiv gehabt haben, Frode Rosenquist zu töten, aber nicht alle hatten genug Triebkraft, um auch wirklich einen Mord zu begehen. Dafür brauchte es ausreichend Hass, Eifersucht oder Angst. Diese Urkräfte lagen in jedem Menschen verborgen, damit sie die Überhand gewannen, musste das Motiv aber wirklich stark sein.

Er bat Susanne, das Foto von Åsmund Børve von der Wand zu nehmen. Børve war kein angenehmer Mann, aber er hatte niemanden getötet.

Je mehr er über die Theorie mit der Mütze nachdachte, desto plausibler erschien sie ihm. Lars musste Jørn in dem Kellerabteil überrascht haben. Ein Polizist, der in einem Mordfall ermittelte, würde Fragen stellen, wenn ein Fremder Tornes' Keller durchsuchte, während dieser verreist war. Noch dazu war er als Freund von Morten bereits im Visier der Polizei gewesen. Und wenn Torleif wusste, dass auch Frode und Jørn ein Verhältnis hatten, und gedroht hatte, mit seinem Wissen zur Polizei zu gehen …

Bengt blieb mit den Händen im Schoß sitzen und sah zu Susanne. Sie hatte dunkle Ringe unter den Augen. Er rührte sich nicht und reagierte erst, als Susanne das Handy aus ihrer Tasche nahm und eine Nachricht las.

»Eikanger«, sagte sie. »Er fragt, ob wir im Dienst eingeschlafen sind und heute noch keinen Blick in Indicia geworfen haben.«

Bengt rieb sich die Augen und sah Susanne verwirrt an, dann ging sein Blick zu Flotve, der mit Kopfhörern auf den

Ohren konzentriert an der Pressemeldung arbeitete, die er herausgeben wollte. Er selbst hatte am Telefon gesessen, nachdem sie die Verhöre abgeschlossen hatten. Susanne setzte sich an ihren Computer und loggte sich ein.

»Wir haben mehrere Antworten vom Kriminalamt. Die letzte ist erst vor einer Viertelstunde gekommen.«

»Oh, verdammt!«, sagte Bengt, stellte sich hinter sie und las die Berichte und Anhänge der Reihe nach durch. Von den zwei unterschiedlichen DNA-Spuren in der Socke. Und von dem Verwandtschaftsprofil. Dann öffnete er den letzten Bericht. Das Kriminalamt hatte über MyHeritage eine Frau gefunden, deren DNA verwandt mit derjenigen war, die sie in den Epithelzellen gefunden hatten. Und diese Frau war eine Verwandte von einer Person auf Torleifs Liste: Jørn Råen.

Susanne sah zu den beiden anderen.

»Da steht noch mehr. Sie haben noch ein Match.«

Sie streckte den Finger aus. Bengt las und realisierte, dass sie etwas übersehen hatten, denn dieser Name stand nicht auf Torleifs Liste. Das Bild des Betreffenden hing aber an der Tafel. Das Kriminalamt hatte aus eigenem Antrieb noch weitere Nachforschungen angestellt und auch diejenigen überprüft, die verhört oder in dem Fall erwähnt worden waren. Dabei hatten sie eine Übereinstimmung mit einer DNA gefunden, die schon vor vielen Jahren im Fall eines Jungen aufgetaucht war, der zwischen Granvin und Voss vermisst gemeldet worden war. Der Junge war nie gefunden worden, von sämtlichen Zeugen waren damals routinemäßig aber Referenzproben genommen worden.

Die Bilder von Jørn und Frode, die sie auf Børves PC gefunden hatten, flimmerten über Bengts Netzhaut. Nackt zwischen den Felsen am Ufer. Hastig griff er zum Telefon und rief den Staatsanwalt an. Gleich darauf stürmten alle drei über die Treppe nach unten zur Garage. Flotve und Susanne vorneweg, Bengt direkt hinter ihnen. Er nahm die schusssichere Weste vom Haken hinter den Einsatzfahrzeugen und achtete darauf, dass die beiden anderen es ihm gleichtaten. »Und dieses Mal bewaffnen wir uns.«

»Wir hatten ihn eigentlich schon, die ganze Zeit über«, sagte Susanne, als sie sich hinter das Steuer setzte. »Er hing tagaus, tagein vor unseren Augen an der Tafel. Verdammte Bürokratie«, fügte sie hinzu und schnallte sich an, während in ihrem Kopf die restlichen Puzzleteile an ihre Plätze fielen.

ØYSTESE

15. MAI 2018

»Lasst das Blaulicht an«, sagte Bengt, als sie parkten. Langsam, ohne Eile, gingen sie auf das Haus zu. »Er soll wissen, dass wir kommen.«

Das letzte Stück führte sie zwischen dicht wachsenden Birken in einen Garten mit alten, blühenden Obstbäumen. Der Rasen war mit gelbem Löwenzahn und blauen Vergissmeinnicht bedeckt. Die Wohnräume lagen zum Fjord hin, aus der Küche blickte man auf die Auffahrt. Bengt beauftragte Susanne und Flotve, die Umgebung ums Haus zu sichern.

Er drückte auf die Klingel, und ein Hund begann zu bellen. Die Tür wurde von zwei rothaarigen Jungen geöffnet. Hinter ihnen tauchte Jan Grasdal auf. Der Mann, der bei Henrik Vik zu Besuch gewesen war, als Bengt in Gartveit vorbeigeschaut hatte. Es war lange her, dass er als junger Mann zusammen mit den Familien Tornes und Vik Mittsommer am Fjord gefeiert hatte. Zusammen mit seinem Neffen, Jørn. Grasdal hielt den Labrador am Halsband.

»Hallo«, sagte er, beugte sich vor und kraulte den Hund hinterm Ohr. Bengt fiel auf, dass der Hund den Schwanz zwischen die Beine geklemmt hatte. »Bist du mein Guter?«, Grasdal ließ den Hund in den Garten laufen, der kläffend zu den blinkenden Blaulichtern lief. »Kinder«, sagte Grasdal und legte seine Arme um sie. Er vergrub das Gesicht nacheinander in ihren Nacken, als würde er sich für eine Weile von ihnen verabschieden. »Geht rein zu Oma.«

Gleich darauf war irgendwo im Haus ein perlendes Frauenlachen zu hören, gefolgt von dem Juchzen der Kinder. Schranktüren wurden geöffnet, und kurz darauf ertönte die Erkennungsmelodie eines Kinderprogramms.

Die Frau kam an die Tür. Sie lächelte breit. Sie hatte graue, schulterlange Haare und ein junges Gesicht, als wäre das Leben gnädig mit ihr umgegangen … bis jetzt.

»Ich bin Ruth«, sagte sie lächelnd und begrüßte Bengt mit festem Händedruck. Ihr Lächeln erlosch, als sie ihm in die Augen sah. »Ist was passiert?« Dann ging ihr Blick zu ihrem Mann, der mit hängenden Armen dastand. Erst in diesem Moment schien sie die Blaulichter zwischen den Bäumen zu sehen.

Sie schob mit dem Fuß ein paar Schuhe zur Seite. Bückte sich und stellte sie ordentlich vor die Wand. Alles in einem Atemzug.

»Sind Sie offiziell hier?«

»Ich fürchte, ja.« Bengt schaute über die Schulter. Flotve und Susanne waren nirgends zu sehen.

»Darf ich reinkommen?«, fragte Bengt. Grasdals Gesicht entspannte sich etwas, als hätte er etwas anderes erwartet. Vielleicht dachte er, dass ihm noch Zeit blieb. Zeit, den Hund zu streicheln, Kuchen zu essen oder mit den Enkeln zu spielen. Einfach mehr Zeit.

»Machst du einen kleinen Ausflug mit den Jungs?« Grasdal legte seiner Frau die Hand auf die Schulter.

»Was ist hier los, Jan?«, fragte sie. »Hat das mit deiner Arbeit zu tun? Hast du jemanden angefahren?«

»Tu einfach, was ich sage.« Er legte die Finger um seinen kräftigen, rotblonden Bart und formte ihn zu einer langen Spitze.

»Wir müssen Sie bitten, mit uns zu kommen«, sagte Bengt zu Grasdal.

»Geht es wieder um die alte Sache?«, fragte Ruth, die keine Anstalten machte, die Kinder zu holen. »Bei der du damals als Zeuge ausgesagt hast? Aber jeder kann sich doch mal irren«, sagte sie. »Jan war an dem Tag gestresst, hatte gerade den Führerschein bekommen und … Wir helfen gerne, wo immer wir können. Das habe ich immer gesagt.«

Und wer fängt dich auf, wenn du fällst?, dachte Bengt.

»Dieses Mal muss ich Sie bitten, mit auf die Wache zu kommen«, sagte er und sah aus dem Augenwinkel, dass Susanne und Flotve aus zwei Richtungen hinter ihm aufschlossen. Grasdal zuckte zusammen, als wäre ihm der Ernst der Lage erst in Anbetracht der weiteren Polizisten bewusst geworden. Er bückte sich und knotete seine Joggingschuhe zu. Der rote Bart reichte fast bis auf die Schuhspitzen. Grasdal nahm die helle Sommerjacke, die seine Frau ihm reichte.

»Moment!«, sagte sie und verschwand in die Küche. Gleich darauf kam sie mit einer Schere zurück. »Die ist noch neu«, sagte sie, zog ein Etikett aus dem Nacken und schnitt es ab. Bengt nahm die Handschellen heraus.

»Können Sie die nicht weglassen?« Ruth hatte Tränen in den Augen, aber noch beherrschte sie sich. Vermutlich brach sie erst zusammen, wenn sie ihre Enkel abgeliefert hatte und abends allein zu Hause war. Ihr Gesicht drückte eher Wehmut als Schock aus. Vielleicht hegte sie schon länger einen Verdacht, wer ihr Mann eigentlich war. Vielleicht hatte sie sich schon lange die unaussprechlichen Gedanken gemacht, wieso er bei Tornes' Pflegesohn in der Fischerhütte in Lundanes gewesen war und was er seinem Neffen zugemutet hatte. Aber dann hatte sie die Vorstellungen immer wieder weggeschoben. Weil sie nicht wahrhaben wollte, wie wenig sie den Menschen kannte, mit dem sie zusammenlebte.

Bengt legte Grasdal die Handschellen an.

»Einen Moment noch!«, sagte Grasdal, als sie im Vorgarten standen.

Er drehte sich zum Fjord um und sah über sein Grundstück. Ruth trat auf die Treppe, als wollte sie ihn noch einmal umarmen, bevor er ging, wie sie es jeden Tag tat, wenn er zur Arbeit aufbrach. Dann schien sie es sich anders zu überlegen.

Dieser Tag war nicht wie jeder Tag, und doch war alles beim Alten. Ein Kreuzfahrtschiff glitt über den Fjord. Die weiße Spitzengardine bauschte sich hinter dem offen stehenden Fenster zum Garten. Grasdal hob die Hände und kratzte sich den Bart.

»Ich habe heute Abend Dienst. Der Expressbus über die Hardangervidda nach Oslo. Da müssten wir vielleicht Bescheid geben?«

»Darum kümmern wir uns«, sagte Bengt, legte eine Hand an Grasdals Ellbogen und führte ihn zum Streifenwagen.

Bengt nickte Flotve und Susanne zu, die direkt hinter ihnen gingen. Ruth hatte bereits die Tür geschlossen. Er strich mit der Hand über das Waffenholster, in dem die Pistole steckte.

»Das ist mehr als dreißig Jahre her«, sagte Grasdal, als Bengt sich hinter das Lenkrad setzte. Er sagte es so, als wäre jedes einzelne Jahr in seine Hirnwindungen eingemeißelt. Bengt antwortete nicht darauf, sah Grasdal aber über den Rückspiegel an. »Ich kannte Frode schon, seit er ein kleiner Junge war«, schob er nach, als wären das in irgendeiner Form mildernde Umstände. »Ich kannte seine Mutter. Er hat mir gedroht, meiner Familie zu erzählen, dass ich ... dass wir ...«

Bengt bremste ihn, indem er die Hand hob.

»Sie müssen jetzt nichts sagen. Wir warten, bis Ihr Anwalt da ist.« Vor seinem inneren Auge sah er Grasdal und Jørn mit gleichen Mützen. Was hatte er seinem Neffen sonst noch gegeben, damit er den Mund hielt?

»Torleif ist zu mir gekommen«, redete Grasdal weiter. »Er hat mir gedroht, euch zu erzählen, dass ich … dass ich …«

Er brachte das Wort nicht über die Lippen. Bengt legte den Rückwärtsgang ein und wendete. Susanne berührte Grasdals Hand. Er senkte den Blick, als Bengt ihn ansah. »Lars Staupe. Das war so nicht geplant, aber … ich hatte keine andere Wahl. Ich bin kein Mörder.« Bengt bremste ihn wieder.

»Nicht jetzt«, sagte er.

NORHEIMSUND, HOTEL SANDVEN

SAMSTAG, 26. MAI 2018

Bengt beugte sich vor und zupfte an seiner Tracht herum. Lerke hatte darauf bestanden, dass er sich zu Thomas' Konfirmation eine zulegte, damit er vom Stil her zu ihr und seinem Sohn passte. Aber das hatten sie schon vor über einem Jahr besprochen. Die ganze letzte Woche hatte Lerke unter dem Vorwand, so viel zu tun zu haben, in ihrer Wohnung in Bergen übernachtet. Bengt hatte sie umzustimmen versucht, hatte gefragt, was nicht stimmte, aber sie hatte ihn vertröstet. Wollte erst nach der Konfirmation mit ihm sprechen.

Sie sahen sich erst wieder, als sie aus der Kirche kamen. Lerke trug ein schlichtes schwarzes Kleid und flache Schuhe. Sie schob vor, die Tracht in Bergen vergessen zu haben, aber Bengt hatte sie bei sich zu Hause im Schlafzimmerschrank hinter den anderen Kleidern gesehen.

Jetzt stand er im Garten des Hotels Sandven. Katrine würde Thomas von der Kirche mitnehmen. Die Tische waren draußen gedeckt worden. Dunkelblaue Servietten auf weißen Decken, die in der lauen Brise flatterten. Lerke lief zwischen den Tischen hin und her und stellte Servietten auf, die der Wind umgekippt hatte. Dann rückte sie eine Vase mit Wiesenblumen zurecht.

Er drehte ihr den Rücken zu, lief über den weichen Rasen nach unten zum Fjord und setzte sich auf den Stuhl, auf dem er vor exakt fünfzehn Tagen mit der Jugendamtsleiterin Åsa

Kleiven gesessen hatte. Er brauchte einen Moment der Ruhe, bevor die Gäste aus der Kirche eintrudelten.

Thomas würde klarkommen, hatte William gemeint, solange Bengt ihm ein Erbe sicherte und William ein cooles Umfeld. Bengt nahm einen ordentlich zusammengefalteten Zettel aus der Tasche und begann, halblaut zu lesen. Nie zuvor hatte er eine Rede für jemanden geschrieben, der ihm so nahestand. Für den einzigen Menschen, der ihm so nahestand, fügte er in Gedanken hinzu.

Er hörte Stimmen. Katrine und Thomas näherten sich vom Parkhaus am südlichen Ende des Hotels, zusammen mit Thomas' Stiefvater. Katrine und ihr Ehemann wohnten schon die ganze Woche in dem Hotel. Thomas war öfter bei ihnen gewesen als zu Hause, wenn er nicht bei William gewesen war. Bengt war es nur recht gewesen, denn so hatte er sich in die Arbeit vergraben können, um den Fall abzuschließen und nicht nachdenken zu müssen.

Børve saß in Bergen in Untersuchungshaft und wartete auf weitere Verhöre, die die Darkroom-Gruppe durchführen wollte. Die Vernehmungen von Jan Grasdal liefen bereits. Er behauptete, dass Torleif nichts von den Übergriffen an den Jungen gewusst habe, aber damit gedroht hätte, der Polizei zu sagen, dass Grasdal schwul ist, und dann war ihr Streit eskaliert.

Weiter hatte Grasdal ausgesagt, dass Frode auch ihn erpresst hatte. Unter dem Vorwand, ihm Schweigegeld zu zahlen, damit er nicht ausplauderte, was passiert war, als Frode und Jørn noch klein waren, hatte er Frode in Lundanes getroffen und die Axt mitgenommen, die er sich irgendwann von Tornes geliehen hatte, um Äste im Garten zu kappen. Danach hatte er sie sauber gemacht, zurück in die Garage in Vavollen gebracht und in einen alten Sekretär gelegt, der dort gestanden hatte. Er war davon ausgegangen, dass sie dort sicher verwahrt war, aber als die Polizei die sterblichen Überreste in Vavollen gefunden hatte, war ihm in den Sinn gekommen, dass die Polizei DNA oder Fingerabdrücke daran finden könnte. Grasdal war Tornes' Umzugswagen gefahren und hatte gesehen, dass der Sekretär in dem Abstellraum gelandet war. Später hatte er sich dann einen Wohnungsschlüssel besorgt, der auch für das Vorhängeschloss des Kellers passte. Die Axt hatte noch im Sekretär gelegen. Doch dann war völlig überraschend Lars aufgetaucht. Die Kriminaltechnik hatte an der Axt keine Spuren von Grasdal gefunden. Nur Blut von Lars und Frode. Die Stars-and-Stripes-Mütze war aber voller Epithelzellen im Keller liegen geblieben. Die Mütze hatte nie in einem Karton mit Frodes Sachen gelegen, Grasdal hatte sie dort verloren.

Der Mensch handelt nicht immer rational, dachte Bengt. Die Mütze war der eine, winzige Zufall, der sie auf die Spur gebracht hatte.

Torleif war, wie schon von ihnen vermutet, mit der Schrotflinte in den Kofferraum gezwungen worden, nachdem sie gestritten hatten. Grasdal meinte, ihm sei da eine Sicherung durchgebrannt. Aus Mangel an etwas anderem hatte er Torleif mit seiner eigenen Socke geknebelt, damit er endlich die Klappe hielt. Er wollte mit ihm nach Laupsa fahren, um ihm Angst zu machen, aber als sie dort ankamen, war Torleif tot. Die Socke blieb im Kofferraum liegen, als Grasdal ihn in die Schubkarre legte.

Lerke ging auf die Verandatür des Hotels zu. Thomas rief ihren Namen und winkte. Dann ließ er Katrines Hand los und rannte hinter ihr her. Wie würde er es verkraften, wenn Lerke sie für immer verließ? Bengt schüttelte die schweren Gedanken ab. Heute war Thomas' Tag. Alles andere musste später geregelt werden. Er ging in den Eingangsbereich des Hotels und begrüßte die eintreffenden Gäste. An der Straße, die vom Kai heraufführte, standen vier Busse. Eine Frau saß hinter dem Steuer des Busses, den Grasdal hätte fahren sollen. Er kannte sie vage aus der Oberstufe. Sie war in seine Parallelklasse gegangen, aber ihr Name fiel ihm nicht mehr ein. Mit einem entgegenkommenden Lächeln öffnete sie den Gepäckraum, damit die Fahrgäste ihre Koffer hineinstellen konnten. Unterhielt sich kurz mit einem Jungen, half einer älteren Dame die Stufen hoch in den Bus. Folgte ihr bis zu einem freien Platz. Ein Alltagsgesicht, wie das von Jan Grasdal. Alle, mit denen Bengt in der letzten Woche gesprochen hatte, Zeugen und Familie, hatten das Gleiche geantwortet. Ein sympathischer Kerl, ein fürsorglicher Ehemann, aufopfernder Vater, ein engagierter Onkel, Politiker und Gemeinderatsabgeordneter, ein Großvater mit einem Überfluss an Zeit für seine Enkel, ein netter Busfahrer … ein Mörder.

Bengt ging runter zum Steg, als er Williams Speedboot hörte, das in den Fjord hineinfuhr. Ein typischer Auftritt für William, ebenso passend wie seine Weigerung, in die Kirche zu kommen.

Begleitet von lautem Motorengebrüll fuhr er das neu erstandene Boot rückwärts an den Anlegesteg vor dem Hotel. Es gurgelte unter der Schraube. Wie aus dem Ei gepellt, warf er Bengt das Tau zu und verschwand in der Kabine.

»Ich hol nur kurz das Geschenk«, rief er.

»Lass dir Zeit«, antwortete Bengt und überlegte, was sein Freund sich wohl jetzt wieder ausgedacht hatte. Vermutlich etwas viel zu Teures, auf das er selbst nie gekommen wäre. Er vertäute das Boot und sah seinen Sohn wie eine Rakete über den Rasen geschossen kommen. Um ein Haar hätte er ihm zugerufen, langsam zu machen, um nicht ins Stolpern zu kommen, konnte sich aber gerade noch beherrschen.

»Hier ist dein Geschenk, Thomas, genau wie du es dir gewünscht hast«, rief William hinter Bengts Rücken. Seine Stimme war so laut, dass sich die meisten Gäste umschauten. Einige kamen sogar zu ihnen runter.

»Ich weiß«, rief Thomas aufgeregt und lächelte Bengt an, als er an ihm vorbeilief.

Erst jetzt drehte Bengt sich um. Auf dem Steg war es ganz still geworden. Immer mehr Gäste strömten zusammen. Niemand sagte etwas. Zwischen Thomas und William stand eine Frau. Alle drei sahen Bengt erwartungsvoll an. Das lange Haar war gebleicht. Bengt fand, dass sie ängstlich aussah. Die arme Frau, war sein spontaner Gedanke. War das eine von Williams Eintagsfliegen, die er mit auf eine Konfirmation schleppte, wo sie niemanden kannte? Vielleicht eine, die er beim Nachspiel getroffen hatte oder in der Schlange vor der Fähre? Er warf einen nervösen Blick zu der Festtafel weiter oben im Garten. Die Frau kam lächelnd auf ihn zu. Oder konnte das eine Tante von Katrine sein? Ihre ganze Familie hatte Bengt nie kennengelernt.

Plötzlich fühlte er eine Hand in seiner. Lerke stand neben ihm und drückte extra fest zu. Sie hatte Tränen in den Augen. Ruhig legte sie ihre Wange an seine Schulter und drückte noch mal seine Hand. Erst als die fremde Frau direkt vor ihnen stand, fiel es ihm wie Schuppen von den Augen.

Die Augen, dachte Bengt. Thomas' Augen. Meine Augen. Nicht Katrines. Ihm wurde schwindelig, als ihm klar wurde, dass er zum zweiten Mal innerhalb kürzester Zeit einen Geist sah.

Wo der Schein mehr als einmal trügt

AGNES LOVISE MATRE

DAS SCHWEIGEN DES FJORDS

KRIMINALROMAN

Seit einem Tag und einer Nacht ist der sechsjährige Anders spurlos verschwunden. Sein Nachbar, der Polizist Bengt Alvsaker, setzt alles daran, den Jungen zu finden, scheint es doch, als sei er selbst der Letzte gewesen, der Anders lebend gesehen hat. Noch dazu hat Bengt, wie alle anderen in dem kleinen Dorf in Norwegen, die Augen davor verschlossen, dass Anders' Vater Alkoholiker ist. Alle Spuren, denen Bengt folgt, führen ins Nichts – bis eines Morgens die Schlafanzughose des Jungen am Strand gefunden wird, fein säuberlich gefaltet …

»Matre erfindet eine Geschichte, die sich jeden Tag so zutragen könnte.«

Ingvar Ambjørnsen
von der norwegischen Zeitung *Dagbladet*